启真馆 出品

神曲

地狱篇

〔意〕但丁·阿利吉耶里 著

王 军 译

ZHEJIANG UNIVERSITY PRESS
浙江大学出版社

但丁的语言非常明快和朴实，他用民众看得懂的佛罗伦萨口语撰写这部巨著，就是希望获得更多的读者。理解《神曲》的困难主要源自其深奥的思想内容和数百年的历史与文化间隔，而不是语言本身，所以译文不应给读者以晦涩之感。

鉴于上述原因，我决定用格律诗体翻译《神曲》。那么采用何种格律呢？《神曲》是一部11音节叙事诗，每一诗句的思想内容含量极其丰富。译文一般具有对原文的解释功能，因而，通常比精炼的原文略显冗长。中国的格律诗主要分为三言、四言、五言和七言几种，它们均因字数所限，难以表达清楚11音节诗句的全部内容。如果用字数较少的诗句翻译意大利的11音节诗，译者势必被迫放弃诗句的某些含义，这是我不愿见到的。

中国民间说唱艺术和戏曲的唱词也是一种韵律文，且与《神曲》一样，以叙事为主。这些唱词的字数、节奏和脚韵均遵守诗歌格律的规则。我从戏曲和说唱艺术的唱词中选择了3-3-4的十字句作为《神曲》翻译的句式样本，从而形成了下面这种韵律译文：

> 人生的旅途我方行半程，/便身陷幽暗的森林之中，/正确路已迷失，方向不明。/啊，这森林荒芜且崎岖难行！/实难以道出那恐怖之景，/现想起仍令我胆战心惊。

这种句式的字数较多，基本符合我翻译《神曲》的要求，它解除了我被迫放弃诗句中的某些含义的担忧，也使我自觉译文朗朗上口。选择这种翻译策略，仅仅是对诗歌翻译的一种尝试，成功与否，有待翻译同行和读者的检验，希望能获得认可。

此《神曲》汉语译本依据已故的罗马大学教授萨佩尼奥先生注释的，由佛罗伦萨 LA NUOVA ITALIA 出版社于1981—1982年出版的意大利文版本翻译而成。萨佩尼奥是20世纪著名的但丁学者，他的注释具有很高的学术价值和权威性，为我正确理解诗句提供了重要的帮助。考虑中国普通读者的文化素养和理解能力，我在译文中加入了大量的注释，目的是帮助广大读者更好地理解作品；但并未对诗句的引申意义做过分的解读，因为，在数百年的但丁评论中，对《神曲》许多诗句深层含义的解读存在着诸多的分歧，至今未有定论。希望读者在读懂文本的基础上能够自由地领悟诗人的思想。除注释外，为了方便读者的阅读和学者的查寻与研究，我不仅为诗句做了标号，而且还在每一章正文的前面加入了一段内容简介，并用小标题为每一章中的不同内容分了段；或许在读者的眼中，这些工作是一种画蛇添足之举。

在此《神曲》译本即将出版之际，我要感谢所有帮助我完成这项艰巨工作的人，尤其是我的夫人徐秀云女士，她曾反复多次阅读译稿，提出许多宝贵的修改意见。

翻译工作完成了，而且审阅和修改了多次，但由于作品篇幅浩瀚，内容丰富且涵盖多学科知识，我的能力有限，译文难免出现错误和令人遗憾之处，敬请读者指正。

王 军

2020 年 10 月于北京外国语大学

导读：但丁与《神曲》

但丁·阿利吉耶里（Dante Alighieri）是意大利最伟大的诗人，也是世界最杰出的诗人之一，他的代表作《神曲》为意大利和世界文学宝库增添了绚丽的光彩。

一、《神曲》产生的时代背景

1. 基督教思想统治下的欧洲

在有阶级的社会中，文化掌握在统治阶级的手中。中世纪的西部欧洲存在着两大统治阶级：一个是以皇帝或国王为首的封建主、骑士阶级（即所谓的贵族阶级），另一个是以教宗为首的基督教的僧侣阶级。两大统治阶级的特点决定了中世纪欧洲文化的特点。封建主、骑士阶级靠战马和枪剑夺得了政权和对社会的统治地位，因而他们尚武轻文，这样，文化大权自然旁落到另一个统治阶级——教会和僧侣的手中。

基督教的僧侣掌握欧洲中世纪文化大权是有其历史根源的。从西罗马帝国尚未灭亡算起至查理大帝重新统一欧洲的约四百年，这期间战乱不止，中央政府缺位，社会动荡，蛮族入侵，民众颠沛流离。当时，唯一能够帮助和组织民众勉强生存下去并维系欧洲文明延续的是基督教教会，其中本笃修会对此做出了巨大贡献。

战火迫使城市和乡村的居民逃入山林。在死亡线上挣扎的难民向那里的修道院乞讨食物，修士们不仅给予他们物质帮助，而且安慰他们的心灵，使备受战争与饥饿折磨的乞讨者得到精神上的抚慰。为躲避连年不断的战争，饥民们长期隐居深山老林，与世隔绝，互不来往，逐渐丧失了生产技能和与他人交往的能力。修士们意识到，为乞讨的饥民提供食宿，只能暂时解决他们的温饱，绝非长久之计，于是，便在修道院附近开设学校和生产作坊，建立农场和畜牧场，教授生产技能，帮助他们生产自救，培养其社会合作精神，引导他们重新回归社会生活。得到帮助和培训的民众逐步恢复了生产，中断已久的贸易活动又活跃起来。教会还开办了一些医院和收容所，救助了许多伤病难民。本笃会的修士誊写并保存了大量的古典著作，避免其毁于战火，从而在一定程度上保护了西方古典文化。在黑暗的中世纪早期，绝大多数人是文盲，只有神职人员通晓文墨；他们构成了唯一掌握文化的社会阶层，只有他们能够向年轻一代传授文化知识，也只有他们有资格担任君主的文臣。基督教会保护文化，救助难民，沟通各民族之间的感情，在调节战争和纠纷的过程中逐步成为各部落、各民族统治者的朋友，从而有可能引导他们皈依基督教信仰。总之，在积极参与社会活动的过程中，基督教会赢得了民众和统治者的信任，取得了重要的社会地位，逐步成为控制欧洲中世纪文化的统治阶级。

恩格斯说："中世纪把意识形态的其他一切形式——哲学、政治、法学，都合并到神学中，使他们成为神学中的科目。"[1] 因而，教会控制了中世纪欧洲的全部文化，并使其彻底基督教化。教会把灿烂的古希腊和古罗马文化加以篡改，使之为传播基督教思想服务，它大力宣扬上天重于人间、来世重于今生、灵魂重于肉体的神秘主义，因而，神学成为至高无上的学科，"信则明"成为中世纪哲学思想的基础。中世纪的欧洲人把人生视为朝觐上帝的旅程，认为上帝创造了人，并将其置于尘世，其目的就是考验人的表现。虔诚地信奉上帝、乐善好施且心无邪念的人是圣人，死后灵魂可以升入天国，沐浴上帝的光辉，永远享受天国的幸福。广大民众，或多或少都犯有罪过，但只要他们皈依基督、临终前忏悔罪过，灵魂便可以进入炼狱，接受不同程

---

[1]《马克思恩格斯选集》，第四卷，北京：人民出版社，1972，第 251 页。

度的惩戒，从而得以净化，然后升入天国享受永福。而罪孽深重且没有忏悔的灵魂死后被打入地狱，忍受无尽的痛苦与折磨，永世不见光明。在基督教思想的控制下，追求现世生活的欲望受到了压制；人们努力祈祷上帝，克制自己，规范行为，希望死后能够进入上帝之国，回归其身边。短暂人生的唯一目的就是获得永恒的天国幸福。然而，邪恶无处不在，具有极强诱惑力的恶魔引诱人的灵魂走向堕落，并想方设法阻止其进入天国。因此，拯救灵魂便成为中世纪欧洲人的最大愿望，它是人们获得永恒幸福必不可少的先决条件。对天国幸福的期盼使人们甘愿忍受日常生活中的各种苦难，欣然接受天命的安排。

2. 中世纪晚期欧洲社会的变化

（1）"世界末日"的预言落空，追求尘世幸福的欲望复苏

使徒圣约翰在《新约·启示录》中写道："及至一千年满了，撒旦就要从监牢里被释放出来。他一出来便去迷惑地上四极的万民……"[1] 中世纪早期，在欧洲的基督徒中流传着"世界末日"的迷信思想，他们普遍认为，公元 1000 年世界末日即将到来。恰巧在公元 1000 年即将来临之际，欧洲的许多地区发生了严重的自然灾害：暴雨、洪水、严寒等极端天气频发，导致饥荒蔓延、饿殍遍野、瘟疫肆虐。这些苦难本来就始终伴随着人类，此时却被解释为上帝对人类罪孽的惩罚，甚至被解释为世界末日的预兆和使徒预言的应验。

然而，公元 1000 年 1 月 1 日，在度过一个忐忑不安的不眠之夜后，人们惊喜地发现，清晨的第一缕阳光穿越黑暗的地平线，再一次照亮了大地，世界并没有灭亡，恐惧毫无必要。这种惊喜随之转变为一种崭新的、面对尘世生活的积极态度。此时的人不再默默地忍受生活的苦难，单纯地将其视为上帝对人类的考验，一股靠自己的力量创造世界的热情悄然诞生。摆脱精神束缚、要求解放的思想成为推动农业生产和社会发展的巨大动力。起初，人们羞羞答答、偷偷摸摸地追求现世生活，随后新思想便像闪电一般迅速地照亮开来。

---

[1]《圣经》，思高圣经学会出版社，2003 年，第 2093 页。

（2）相对和平的环境是促进农业生产的另一个重要因素

公元 1000 年之后，"世界末日"预言的破灭解放了欧洲人的思想，大规模民族战争的结束也为农业生产提供了有利条件。农民的生命安全有了保障，农作物不会再轻易地毁于战火；封建主希望开发新的耕地，以获得更多的收益，垦荒热兴起。垦荒运动使欧洲的面貌发生了巨大变化，成片的森林被砍伐，大块的荒地被开垦成农田。随着垦荒热的兴起，农业生产技术也快速进步：铁锹代替了木锹，诞生了耙和新型犁杖，人们开始采用新的套马技术并为马蹄钉铁掌，大量比牛行动快捷的马匹被投入到农业生产中，三年轮耕制越来越普及，阿拉伯人的先进灌溉技术被引入欧洲。农业技术的进步不仅减轻了农民的劳动强度，而且大大地推动了农业生产。

（3）城市的复苏和资产阶级的诞生与发展

农业的发展为人们提供了更大数量和更多种类的营养丰富的食品，提高了人体的抵抗力，延长了人的寿命，增强了人的生殖能力；此外，欧洲民族之间大规模战争的结束也大大降低了死亡率，人口开始迅猛增长。人口的增长又为农业生产提供了更多的劳动力，进一步推进了农业的发展。公元 11 世纪初，欧洲的人口只有约 4000 万，到了公元 14 世纪初，达到了 7300 余万，几乎增长了一倍。农村人口的迅速增长促使人们向城市转移，以寻求新的谋生手段。尽管封建主制定了严厉的法律惩罚逃离封地的农民，仍无法阻挡人们涌向城市，因为人求生的自然法则大于一切人类所制定的法律。

老城市开始复苏，新城镇也如雨后春笋般冒了出来，城市逐步成为商业和手工业的中心。城市经济与封建的农村经济有着本质上的区别。农民可以自己生产生活必需品，如粮食、蔬菜、棉花，还可以自己酿酒、榨油、纺线织布；他们的生产方式决定了他们可以做到低水平的自给自足。然而，城市经济却建立在手工业和商业的基础上，城市居民不可能以自给自足的方式维系生活。比如，一个鞋匠一周可以制作三双皮鞋，而他自己一年最多才穿坏一双，他的生产目的不再是自己消费，而是赚取货币，然后再购买自己所需要的生活用品。以商品交换为主要目的的市场经济随着城市的复苏而兴起。

　　手工业和商业的迅速发展促使城市中逐步形成了一个新的市民阶级，在意大利语中，"市民阶级"一词为 borghesia，即我们今天所说的"资产阶级"；其实，资产阶级就是市民中占主导地位的富有者。经过几个世纪的发展，这个新阶级变得越来越强大，对中世纪晚期乃至后来的欧洲历史和世界历史的发展起到了决定性的作用。

3. 社会价值观念和意识形态的变化

　　资产阶级不是以高贵的出身，而是凭借经济实力登上社会舞台的，它是一个以金钱利益为生活准则的新生阶级，它的诞生使社会的价值观念发生了彻底的改变。资产阶级的生活方式和他们的世界观影响着社会的各个阶层，贵族和僧侣阶级的构成及生活方式同样也发生了变化。

　　在意大利中部和北方形成了许多具有资产阶级共和国性质的城邦，它们的执政者和后来的僭主不仅用武力而且用金钱获得并扩大了他们的权势。封建贵族用骑士的刀剑夺得了社会的统治地位，而"新贵族"则用金钱垫起了登上社会上层的阶梯。金钱的力量左右着意大利和欧洲，在它的冲击下，教宗和主教们也变得越来越贪婪，开始拼命追求物质财富。他们修建高堂广厦，享受荣华富贵；买卖圣职和圣物的现象司空见惯。

　　在这种社会现实面前，文化和意识形态也必然会发生巨大变化。在思想文化领域中，人们试图在一定程度上摆脱教会的控制，反对中世纪的上天重于人间、灵魂重于肉体、来世重于今生的基督教传统观念，开始把目光转向现世生活，追求人世间的享乐和财富。神秘主义和禁欲主义虽然仍占重要地位，但逐步丧失了对人们的吸引力。越来越多的人开始对神学和哲学中的一些问题刨根问底，随着时间的推移，这一思潮逐渐形成了一股强大的社会力量。中世纪教会所宣扬的"信则明"的愚昧主义受到质疑，"明再信"的原则开始对哲学家和神学家的思想产生越来越大的影响。出现了以托马斯·阿奎那（Tommaso d'Aquino）为代表的更加强调理性的神学思想。托马斯认为：上帝的存在不是不言自明的，而是必须加以证明的。

《神曲》便是在这个发生巨变的社会背景之下诞生的。

二、但丁的生平

公元 1265 年 5 月，但丁出生在意大利佛罗伦萨的一个小贵族家庭，其家族属于圭尔费党（教宗党）。他少年时开始学习文化，后来师从佛罗伦萨的著名学者布鲁内·拉蒂尼（Brunetto Latini），研习当时参加政治活动必不可少的修辞学；青年时代，但丁曾在博洛尼亚（Bologna，另译：波伦亚）求学，进一步增长了修辞学的知识。

但丁自学诗歌创作，并很快崭露出非凡的艺术天才。他的诗歌情感热烈，词句隽永、优雅。他与许多优秀的诗人交流创作体会，并与圭多·卡瓦尔坎迪（Guido Cavalcanti）、拉波·贾尼（Lapo Gianni）、奇诺（Cino da Pistoia）等人结为挚友。但丁青年时代的作品主要是爱情诗，他把优美的诗篇献给心中暗恋的少女贝特丽奇，贝特丽奇成为他赞美的偶像和上天降至人间启迪他灵魂的天使。这些诗与圭多·圭尼泽利（Guido Guinizelli）、圭多·卡瓦尔坎迪和奇诺等人的诗具有相似的爱情观和同样的优雅艺术风格，因而，但丁自己和后来的文学史家称他与这几位诗友为"温柔新体"诗派的诗人。

1290 年，贝特丽奇病故，但丁极度悲伤，为摆脱痛苦，他曾经试图通过赞美其他美貌女子来淡化对贝特丽奇的思念，但始终无法忘记贝特丽奇优美、端庄、贤淑的形象。度过了短暂的悲伤时期，但丁又重新开始赞美贝特丽奇天使般的美貌，这时，诗中的贝特丽奇已经是天国中闪闪发光的圣女形象。1292—1293 年，但丁把为贝特丽奇写作的部分爱情诗歌收集整理成《新生》诗集，以此寄托对心爱女子的怀念之情。

此后，精神获得"新生"的但丁潜心学习神学和哲学理论，认真阅读了波伊修斯（Boezio）、西塞罗（Cicerone）、亚里士多德（Aristotele）、托马斯·阿奎那等人的著作，并开始研究隐喻训世诗。通过努力的学习、丰富的创作实践、广泛的阅读和深刻的研究，但丁为后来的创作升华打下了坚实的基础。

政治活动对但丁的性格与思想的形成起着极其重要的作用。但丁青年时代便开始参加政治活动。1289 年，他参加了坎帕尔蒂诺和卡普罗纳城堡战役，为打败阿雷佐和比萨的吉伯林党人（皇帝党人）做出了贡献。1295 年之后，但丁更是成为佛罗伦萨政治生活的积极参与者。当时，只有加入一个行会，人们才有机会进入政府机构，因而，但丁以哲学家的身份加入了佛罗伦萨医药协会（知识分子协会），从而成为佛罗伦萨共和政府的官员。1295 年 11 月至 1296 年 4 月，他是人民首领特别会议成员；1295 年 12 月，他是选举执政官智囊会议成员；1296 年 5 月至 9 月，他是百人团会议成员；1300 年 5 月，他作为佛罗伦萨的特使，前往圣吉米尼亚诺邀请该城派代表参加托斯卡纳圭尔费党联席会议，讨论再次结成圭尔费党同盟并选举同盟首领；同年 6 月，他当选任期两个月的执政官，成为佛罗伦萨共和政府的最高行政长官。

打败吉伯林党后，佛罗伦萨的圭尔费党内部分裂为"黑""白"两派。派别斗争、穷人与富人之间的阶级矛盾、家族冲突、个人恩怨、贪婪、傲慢、野心等等因素叠加在一起，致使佛罗伦萨的政治与社会形势变得十分复杂，就像一个随时都会爆炸的火药桶。1300 年 5 月 1 日，在佛罗伦萨圣三位一体广场，黑白两派首次爆发了流血冲突。教宗卜尼法斯八世（Bonifacio Ⅷ）为了控制佛罗伦萨和整个托斯卡纳地区，插手两派斗争，企图从中渔利。他利用流血事件，以调解两派矛盾为借口，派特使前往佛罗伦萨。调解者貌似公允，实际却支持黑派，打压白派。同年 6 月 23 日，当白派首领前往教堂参加祭祖活动时，黑派发动袭击，造成了更加惨重的流血冲突。当时，但丁正任佛罗伦萨政府的执政官，他以共和国利益为重，秉公处理了两派冲突。在他的建议下，佛罗伦萨政府下令同时驱逐白派领袖和黑派领袖，其中也包括但丁的挚友圭多·卡瓦尔坎迪。

1301 年，新任执政官允许被流放的白派首领返回佛罗伦萨，引起黑派不满。本来就依靠教宗支持的黑派请求卜尼法斯八世直接干预两派纠纷。但丁反对教宗插手佛罗伦萨内政，虽然此时他已经不是执政官了，但仍然与教宗进行了不懈的斗争。由于黑派试图借助教宗的力量打倒白派，维护佛罗伦萨共和国利益的但丁不得不向白派靠拢。

　　1301 年 10 月，在教宗卜尼法斯八世的唆使下，法兰西的查理·瓦卢瓦伯爵打着调停者的旗号率军逼近佛罗伦萨，使白派处于危险之中。危难之际，但丁和其他两位白派代表前往罗马与教宗谈判，希望获得和解。阴险的卜尼法斯八世用花言巧语欺骗了但丁等谈判代表，暗地指使法军继续对佛罗伦萨白派施压。面对查理的威慑，白派的抵抗软弱无力，很快便被征服；先前被流放的黑派领袖返回佛罗伦萨，夺取了政权，并对白派实施了残酷的报复。

　　1302 年 1 月 27 日，但丁在从罗马返回佛罗伦萨的途中得知被缺席判刑的消息。佛罗伦萨新政府以贪污、反对教廷调解者、破坏共和国和平等罪名，判处但丁两年流放、罚款 500 块弗洛林金币且永远不得担任公职。倔强的但丁拒不认罪，也未回佛罗伦萨交付罚款，因而，同年 3 月 10 日，又被判处终身流放和没收全部家产。佛罗伦萨政府声明，如果但丁返回故乡，必将处以火刑。

　　1302—1304 年，被流放的白派组织了三次返回家园的行动，但丁参加了前两次，企图与伙伴们一起打回佛罗伦萨。但由于组织不力，均未成功。但丁拒绝参加第三次行动，认为试图靠武力打回家乡的人是一群"邪恶的愚蠢同伴"[1]，他决心远离他们，走自己的路。从此，他开始了漫长的流亡生活。最初的几年间，他走遍了意大利的北方。在颠沛流离的生活中，天性倔强、傲慢的但丁饱尝了寄人篱下之苦。对家乡的思念和对子女的担忧更使他痛苦万分。1303 年，佛罗伦萨政府颁布法令，规定但丁的子女满 14 岁时也要像他一样被流放。但丁一度想含辱认罪，取得佛罗伦萨政府的谅解。他写信给佛罗伦萨执政者，请求宽恕，希望能获准返回故乡，使疲惫的肉体和灵魂得到休息。然而，他更想创建功业后风光地回归故里，从而令那些错误地加罪于他的人和佛罗伦萨政府懊悔。1304—1307 年间，流亡中的但丁撰写了《论俗语》和《飨宴》两部学术著作，试图向世人证明自己具有坚实的学术基础、崇高的道德修养、丰富的文化知识和高超的文学造诣。

---

[1]《天国篇》第 17 章第 62 行。

流亡生活开阔了但丁的眼界，他的视野从佛罗伦萨的派别斗争转到了维护整个天主教世界公正、纯洁和安宁的秩序之上。他认为，意大利境内发生混乱的原因是：资产阶级"新人"肆无忌惮、无休止地追求尘世财富和越来越膨胀的贪欲及野心败坏了社会风气；本应捍卫尘世和平、正义和幸福的皇帝玩忽职守，不尽责任，任凭帝国的花园——意大利荒芜；野心勃勃的教宗越来越超越神权，干涉世俗事务；皇帝与教宗之间的争权夺利导致意大利政治分裂，先是吉伯林党与圭尔费党之间斗争不断，然后是黑白两派厮杀连连，致使意大利永无宁日。

1310年，新当选的日耳曼神圣罗马帝国皇帝亨利七世企图恢复帝国对意大利的控制，率兵南下。亨利七世的到来，重新点燃了但丁返回故乡的希望。他期盼教宗与皇帝和解，希望皇帝更加关注意大利并恢复意大利的秩序。为此，但丁给意大利各城邦的国主和民众写了一封热情洋溢的公开信，倡议意大利人欢迎和爱戴亨利七世，把他视为恢复正义的救世主。亨利七世的军事行动受到托斯卡纳圭尔费党人的顽强抵抗，但丁非常气愤，写信谴责"穷凶极恶"的佛罗伦萨人。同时，但丁致书亨利七世皇帝，请求他火速进军佛罗伦萨，镇压这座反叛皇帝的城市。

1313年，亨利七世正准备进攻佛罗伦萨时，不幸染病身亡。皇帝的死使但丁返回故里的梦彻底破灭。亨利七世南下意大利时，教宗克雷芒五世害怕皇帝的势力在意大利增强，从而危及自己的利益，因此煽动意大利各城邦联合抗击他的军事行动。支持皇帝的但丁奋笔疾书，写下了论述政权与神权应该分离的政治论著《帝制论》。

1313年，佛罗伦萨政府对流放者实行大赦，因为但丁曾支持亨利七世，所以不在其列。1315年，佛罗伦萨政府再次实行大赦，宣布只要但丁交付罚款和真心忏悔就可以返回家园。但丁认为这是对他的侮辱，断然拒绝。他在《致佛罗伦萨一友人》的信中写道："这不是还乡之路，……难道我在别处无法领受太阳和星辰的光辉吗？"此时的但丁已经下定决心，他要满身荣耀地返回家乡，否则，宁愿客死他乡。这一决心是促使但丁后半生努力奋斗的动力，在这种动力的推动下，但丁完成了文学巨著《神曲》的创作,为世界文学宝库留下了璀璨的瑰宝。被激怒的佛罗伦萨政府再次缺席判处但丁及其子女死刑。

亨利七世去世后,但丁继续到处流浪,最后在拉文纳定居。他把子女召到拉文纳一起生活,精神得到些许安慰。1314年,但丁完成了《地狱篇》和《炼狱篇》的初稿,作品虽然尚未最后完成,却已经在读者中引起了强烈反响,取得了巨大的成功。博洛尼亚邀请他去接受桂冠,被他婉言谢绝。他更希望能在将他放逐的佛罗伦萨接受桂冠,以此回击他的敌人。晚年,但丁专心从事《天国篇》的写作,决心使已经取得辉煌成就的《神曲》更加灿烂。

1321年,受拉文纳城主圭多的委托,但丁前往威尼斯进行外交活动,归途中不幸染病。同年9月13日夜里,但丁客死于拉文纳城,被葬在该城的圣彼得大教堂。当时他刚刚完成《天国篇》的创作。

三、《神曲》以外的主要作品简介

但丁是一位多产作家,除《神曲》外,他还写作了《新生》(*Vita nova*)、《诗歌》(*Rime*)、《飨宴》(*Convivio*)、《论俗语》(*De vulgari eloquentia*)、《帝制论》(*Monarchia*)等重要的文学作品和理论著作。

《新生》诗集是但丁的早期作品,收集了诗人1283—1292年间创作的31首俗语爱情诗。作品中,诗人用俗语散文将各首诗歌连缀在一起,并对其加以评注,使各自独立的诗组成一个叙述爱情过程的整体;因而,我们可以说,它是但丁对青年时代所爱女子贝特丽奇的一部理想化的爱情史。

《诗歌》由没有收集在《新生》中的但丁的俗语抒情诗组成,数十首诗创作于作者一生中的不同时期,因而内容和所反映的思想情感多种多样:有体现诗人青年时期爱情的作品,其风格与《新生》中的作品相似;也有语言尖刻、辛辣,被称作"石头诗"的作品;还有风格庄严、犀利的作品。

《飨宴》成书于1304—1307年间,是一部没有完成的俗语散文体理论著作,本应由15章组成,第1章为引言,其他14章评注14首歌

（一种诗体）；然而，作者却只完成了前 4 章，因此，只评注了 3 首歌。但丁试图用这部作品向更广泛的民众推广文化知识，使更多的人品尝到知识的美宴，所以他将作品命名为《飨宴》。

《论俗语》是一部拉丁语散文体学术著作，与《飨宴》几乎同时成书；它是意大利文学史中第一部专门论述语言问题的著作。作品论及了意大利俗语的形成过程，分析了意大利各地俗语的特点，指出只有综合意大利各地俗语的优点，才能真正形成一种优秀的俗语，从而形成意大利语。

《帝制论》是一部拉丁语散文体政治理论著作，可能成书于亨利七世南下意大利时期。作品阐述了政权应独立于神权的观点。作者认为，日耳曼神圣罗马帝国皇帝不应受制于教宗，因为帝国的政权直接受命于天而非受命于教宗。这种政治观点在《神曲》中也有明确的体现。

上述作品在意大利文化史中均居于很高的地位，对理解但丁的思想和情感及中世纪晚期的文化也至关重要，然而，它们的重要性却远不能与《神曲》相比。

四、《神曲》简介

《神曲》（*Divina Commedia*），原名《喜剧》（*Commedia*），是但丁的代表作，也是意大利文学史中最伟大的诗篇，是世界文学宝库中难得的瑰宝。

对体裁的选择是但丁称自己的代表作为《喜剧》的第一个原因：中世纪晚期，人们称体裁高雅的作品为"悲剧"（tragedia），如古罗马诗人维吉尔的史诗《埃涅阿斯纪》，称体裁低俗的作品为"哀歌"（elegia），称体裁居中的作品为"喜剧"；但丁并不希望《神曲》成为只有少数人才能欣赏的"阳春白雪"式的作品，而希望有更广泛的读者，他认为，《神曲》的读者应该是有一定文化基础的普通人，因而选择了中等体裁。《神曲》由悲（地狱）到喜（天国）的内容是但丁称其为《喜剧》的第二个原因。第一次为这部作品冠以"神"字的是著名作家薄伽丘，其原因也有两个：首先，薄伽丘认为，这是一部前所未有的非凡之作，似出自神人之笔；其次，他认为，作品的内容不是尘世生活，而是人死后所要进入的三个世界，以"神的喜剧"相称也比较恰当。中译本通称《神曲》。

对《神曲》的创作年代历来有争议。但一般认为，《神曲》的创作始于但丁被流放后不久，可能始于1307年：《地狱篇》写于1307—1309年；《炼狱篇》写于亨利七世皇帝南下意大利时期，即1310—1313年；《天国篇》完成于但丁逝世前不久。

《神曲》是一部用佛罗伦萨俗语创作的百科全书式的隐喻、训世、叙事长诗，以3行诗体和连锁韵形式写成，因而，韵脚变化十分丰富。全诗分为《地狱篇》（*Inferno*）、《炼狱篇》（*Purgatorio*）和《天国篇》（*Paradiso*）3篇，《炼狱篇》和《天国篇》各有33章，《地狱篇》因多出1章序曲，由34章组成，3篇共100章，合计14233行。

1.《地狱篇》

《地狱篇》的第1章是全诗的首章，也是全诗的序曲。在首章头3句诗中，诗人就开宗明义地说：

> 人生的旅途我方行半程，/便身陷幽暗的森林之中，/正确路已迷失，方向不明。[1]

随后但丁又说，幽暗的森林十分恐怖，他在林中感受到"那痛苦与死亡相差无几"[2]；正当他胆战心惊之时，"抬头望，见光辉披盖山肩"[3]，太阳就在山后，于是他努力向光明之处攀登。在攀登的过程中，遇见了三只凶残的猛兽：花斑豹、雄狮和饿得骨瘦如柴的母狼，它们分别隐喻淫欲、傲慢和贪婪，这三大罪孽是中世纪基督教三大美德——禁欲、谦卑和安贫——的死敌。绝望的但丁跌跌撞撞又退回山

---

[1]《地狱篇》第1章第1-3行。
[2]《地狱篇》第1章第7行。
[3]《地狱篇》第1章第16行。

谷深处的幽暗森林之中。此时，古罗马诗人维吉尔的幽灵出现；他受但丁青年时期暗恋的女子、已故的贝特丽奇在天之灵的委托，前来解救但丁。在维吉尔的劝说下，但丁决定进行一次离奇的非凡旅行，即游历地狱、炼狱和天国。

但丁笔下的地狱是一个漏斗状的上宽下窄的深渊，入口位于北半球的耶路撒冷。两位诗人来到地狱门前，见门楣上写着数行令人毛骨悚然的、具有警示意义的大字：

> 通过我便进入苦难之城，/ 通过我便坠入永恒之痛，/ 通过我便混入堕落人中。/……入门者，请抛弃一切期盼。[1]

地狱共分为九层，外加地狱前厅。进入地狱大门，但丁跟随维吉尔来到地狱第一条恶河阿凯隆特的岸边，那里是地狱的前厅。许多灵魂跟随着一面大旗永无休止地奔跑，头上是成群的牛虻、毒蜂和血蝇，叮咬得他们浑身滴血，血沿着他们的身躯流向地面，地上是一团团令人作呕的蛆虫，它们接饮着滴落下来的污血；这些懦弱的无为者的灵魂，既得不到救赎，也无法真正受到地狱酷刑的惩罚，因为天主和地狱魔鬼都厌恶他们。河岸边聚集着成群的等待渡河进入地狱各层的罪恶灵魂。

摆渡者魔鬼卡隆往返于两岸之间，把灵魂运往阿凯隆特河的彼岸；他见但丁是活人，便拒绝其登船。此时，大地抖颤，但丁昏厥，醒来时已到达地狱的第一层——灵泊。在那里受罚的灵魂没有任何罪孽，只是未曾接受基督教的洗礼，不是基督徒；他们或是未来得及受洗就死去的婴儿，或是生活在基督教诞生之前。这些灵魂不受任何酷刑，唯一的痛苦是永远见不到上帝。他们中的许多古人不仅无罪，甚至还为人类创立过不朽的功绩，维吉尔便是其中之一。但丁为这些古代圣贤的灵魂设计了一座"高贵城堡"[2]，在那里他遇见了荷马、贺拉斯、奥维德、卢卡诺等著名诗人。

---

[1]《地狱篇》第 3 章第 1-3、9 行。
[2]《地狱篇》第 4 章第 106 行。

但丁随维吉尔来到地狱第二层的入口，希腊神话人物米诺斯作为地狱判官守护在那里。他用尾巴缠绕每一个将要下入地狱的罪魂，缠绕的圈数与灵魂将跌入的地狱层数相符。但丁这样写道：

> 他决定魂应去地狱哪圈；／这是位知罪孽轻重判官，／须忍受多少层地狱苦难，／其尾巴便缠绕多少圆圈。[1]

地狱第二层中惩罚的是淫乱者的灵魂，他们被风暴席卷着不停地飞舞，就像在尘世时被情欲卷动着片刻不得安宁。在那里，但丁见到了许多古代著名的淫荡女子，其中有引发特洛伊战争的海伦、迦太基的女王狄多、埃及的艳丽女王克娄巴特拉等人。但丁看见两个拥抱在一起的灵魂，便与他们交谈。这两个灵魂是里米尼的叔嫂通奸者弗兰切卡和保罗，但丁听他们讲述了不轨的爱情经过后，竟然激动得失去了知觉。

醒来时，但丁和维吉尔已经在地狱的第三层，那里惩罚的是饕餮者的灵魂，他们匍匐于烂泥之中，忍受着腥臭的雨水、冰雹和寒雪的袭击，三头恶兽刻耳柏吼叫着用利爪抓他们，剥下他们的皮并撕成碎片。

但丁随维吉尔来到地狱第四层的入口，象征贪婪的恶魔普鲁托口中吼叫着无法听懂的魔鬼语言："啪啪呸，阿来呸，撒旦，撒旦！"[2]令人毛骨悚然。维吉尔告诉他，但丁入地狱是上天的安排；闻此言，普鲁托跌倒在地，不再吼叫；两位诗人趁机爬下峭岩，进入地狱的第四层。那里，罪恶的灵魂分为两队，一队由守财奴的灵魂组成，另一队由挥霍者的灵魂组成：两队灵魂用吃奶的力气分别向相反的方向滚动着重物，艰难地在一条狭窄的环形通道中行走；相遇时，猛烈互撞和辱骂，然后掉转身，继续滚动着重物吃力地行走；不久后又在环形通道的另一端相遇，如此反复不断。这种惩罚象征人类对尘世财富的辛苦追求是徒劳无益的。

---

[1]《地狱篇》第 5 章第 9-12 行。
[2]《地狱篇》第 7 章第 1 行。

　　穿过地狱的第四层，但丁和维吉尔来到地狱第五层——斯提克斯泥河的岸边。河面上惩罚的是易怒者的灵魂，他们相互击打和撕咬。河下惩罚的是隐忍者的灵魂，他们陷在泥中，不停地呼噜呼噜喘着粗气，致使河面上的泥水冒起许多气泡；生前他们没有勇气反抗邪恶，死后只能埋在泥水之下暗恨无声。

　　地狱的第六层是狄斯城。在斯提克斯泥河岸边，但丁和维吉尔望见远处城楼上燃烧着烽火，更远处还隐约见到与其相呼应的烽火，火火相接，把危险信号传递到城中。两位诗人乘坐魔鬼弗雷加的渡船，向狄斯城驶去。守城的魔鬼阻止但丁入城，一位天使赶来，驱散魔鬼，打开城门，放但丁和维吉尔进入。狄斯城里到处是喷火的石棺，石棺里惩罚的是异端学说的信奉者和传播者，尤其是伊壁鸠鲁学派的信徒。在那里，但丁遇见了佛罗伦萨吉伯林党的领袖法利纳塔，并与他谈论了佛罗伦萨残酷的党派斗争。但丁认为法利纳塔的话预示了他回归故乡的路将十分艰难，是一种不祥之兆，因而非常惶恐。

　　狄斯城是地狱上下两部分的分界处，狄斯城上面几层中的灵魂（灵泊中的灵魂除外）犯的都是放纵自己的罪过，即无节制地令情感和欲望发展所造成的罪过；而狄斯城下面几层中受惩罚的则是有意作恶者的灵魂，即故意违反天条的罪恶灵魂。他们伤害上帝、他人或自己，所采用的手段无非两种：暴力或欺诈。其中，欺诈最为恶劣，它是人类所特有的邪恶，因而，犯欺诈罪行的灵魂在地狱最下面的两层中接受最严酷的惩罚。

　　但丁和维吉尔来到一座环形峭壁的边缘，希腊神话中的人身牛头怪物弥诺陶洛斯守在那里，两位诗人趁他狂怒之机走下峭壁，进入地狱的第七层。这一层又分为三圈。第一圈是沸腾的弗雷格顿血河，河中惩罚的是对他人施暴者的灵魂，其中有许多暴君。第二圈是恐怖的奇特树林：树木的枯枝上栖落着许多令人作呕的、长着女人头的妖鸟哈庇厄；树林中恐惧的魂影奔逃着，后面成群的恶狗紧追不舍；被奔跑者刮断的树枝流着血发出悲惨的哭声，哭声与妖鸟的叫声混合在一起，令人毛骨悚然。枯木由自杀者的灵魂变化而成，奔逃者是挥霍尽财产者的灵魂，他们是对自己的施暴者。第三圈是火的沙漠，空中飘落着大朵大朵的火片，在炙热的沙地上仰卧着亵渎神灵者的灵魂，同性恋者不停地奔跑，放高利贷者蜷坐在火片和炙沙之间。亵渎神灵者是对上帝的施暴者，同性恋是违反自然的行为，而自然是上帝的造物，被视为上帝的女儿，因而，犯同性恋罪孽的人是对上帝女儿的施暴者，即间接对上帝的施暴者。人的工作应该是一种模仿自然的技能，被视为自然的女儿，即上帝的孙女；放高利贷是利用借贷金钱谋取利益的行为，它背离了人工作的本质，是对上帝孙女的施暴者，因而，也是一种间接对上帝的施暴者。

当两位诗人沿着弗雷格顿血河的堤岸行走时，维吉尔向但丁讲解了地狱水系的形成：地狱的阿凯隆特、斯提克斯和弗雷格顿三条河的水均源自克里特岛伊达山中象征人类堕落的老人雕像，雕像痛苦地哭泣着，泪水汇集成地狱中的恶河，它们流向地狱的底层，形成了科奇托冰湖。

但丁和维吉尔来到地狱第七层边缘的峭岩处，希腊神话中象征欺骗的怪物格律翁从峭岩下方浮游上来，随后他载着但丁和维吉尔下到地狱的第八层。地狱的第八层由十条被称作"恶囊"的深沟构成，那些深沟由外向内、由上向下一圈套着一圈，深沟的中心处是一个巨大的井口，井口下面是地狱的第九层——科奇托冰湖。第一囊中惩罚的是淫媒者和诱奸者，长着犄角的魔鬼用巨大的鞭子无情地抽打他们。第二囊中惩罚的是阿谀奉承者，他们浸泡在粪便之中，臭气熏天，令人作呕。第三囊中惩罚的是买卖圣职者，他们头朝下，脚朝上，像木桩一样倒栽在一个个狭窄的石洞中，炙热的火苗在他们的脚掌上滚动着，烫得他们小腿不断地抖动；其中有许多教宗，迫害但丁的卜尼法斯八世也将来此受罚。第四囊中惩罚的是占卜者、巫师和占星术士，他们身体扭曲，上身朝后，只能倒退着行走，泪水流入臀沟，浸湿了屁股蛋。第五囊中惩罚的是买官卖官的污吏，他们浸泡在沥青中上下翻腾，不敢探出头来，因为恶爪鬼卒们随时都会用尖利的钩叉惩罚敢于露出沥青表面的罪魂。第六囊中惩罚的是伪君子，他们披着极其沉重的、闪闪发光的镀金铅制斗篷，吃力地缓慢前行。第七囊中惩罚的是盗贼，他们在毒蛇成堆的地面上奔逃，双手被毒蛇缠绕着捆绑在身后，无望获得解毒的鸡血石，更无法寻找到藏身之处。第八囊中惩罚的是智慧的欺骗者，一团团的烈火裹烧着他们；在尘世时，他们用欺骗的手段实现个人或小团体的利益，其智慧违背了基督教信仰的宗旨和道德准则，因而是一种邪恶的狡诈。但丁将古希腊智慧的象征者奥德修斯（古罗马神话称尤利西斯）置于这一层，他因为抗拒天命，煽动伙伴们随同他越过大地边缘，最后葬身于大海之中。第九囊中惩罚的是挑拨离间和制造分裂者，他们的身体被劈裂或砍断，残缺不全，十分悲惨。第十囊中惩罚的是造假者，生前，他们或伪装他人，或制造假币，或散布谎言实施欺骗。伪装他人者像疯子一样，用野猪一般的獠牙撕咬同伴；伪造货币者身患水肿病，肢体严重变形；制造谎言者因发高烧，身上散发着恶臭之气。

离开地狱第八层，但丁和维吉尔来到十条恶沟环抱的大井口，那里站立着几位古代的著名巨人。利比亚巨人安泰用手把两位诗人放入地狱的第九层——科奇托冰湖。冰湖分成一个套一个的四个圆环，即四个不同的区域。最外面的圆环叫"该隐环"，其名源自《圣经》中杀害兄弟的人物该隐，那里冰冻着背叛和残害亲人的罪恶灵魂。第二环叫"安忒诺环"，其名源自出卖特洛伊、导致城破国亡的叛国者安忒诺，那里冰冻着背叛祖国和党派的罪恶灵魂。第三环叫"托勒密环"，其名源自出卖庞培的埃及法老托勒密十三世，那里冰冻着背叛宾客的罪恶灵魂。第四环叫"犹大环"，其名源自出卖基督耶稣的犹大，那里冰冻着出卖恩人的罪恶灵魂。第四环的中心站立着地狱魔王路西法，他本是天上最光辉的天使，因傲慢跌入地狱，成为地狱魔王。地狱魔王长着三个面孔，有三张血盆大口，口中分别叼着三个人类的顶级叛徒：背叛耶稣的犹大和背叛恺撒的布鲁图与卡修；三张大口就像三架绞麻机，将三个无耻的叛徒绞碎。路西法用力扇动着六只翅膀，制造出三股寒冷的风，使科奇托湖水结成冰。

总体上看，地狱分为五大部分：第一部分为前厅，第二部分为第一层——灵泊（无恶者层），第三部分从第二层至第五层（无法自控欲望和情绪者层），第四部分为第六层——狄斯城（异端者层），第五部分从第七层至第九层（蓄意作恶者层）。

维吉尔抱着但丁跳上地狱魔王路西法长满毛的身体，倒退着向下爬行，当他们爬至地核的中心点时（即到达南半球的起始点时），便转过身来向上爬行，随后顺着一条通道上行至南半球地下的一座山洞，又从那里沿着通道爬向位于南半球大海中的炼狱岛。但丁写道：

> 好向导携我沿隐蔽小路，/开始返明亮的世界地面；/连片刻都不想停下休息，/他在前，我在后，向上登攀，/一直到透过那圆圆洞口，/天空的美丽物再现眼前。/走出洞，又重见群星之天。[1]

2.《炼狱篇》

但丁笔下的炼狱是一座位于南半球海岛上的高山。路西法从天上跌落下来的时候，头冲下摔入了南半球，他穿过南半球的岩层，到达地狱最底层的科奇托冰湖中心，成为地狱魔王；因惧怕其淫威，南半球的陆地沉入海底，转移至北半球，形成了北半球的陆地；同时，在猛烈的震动下，南半球地下形成了岩洞，洞中的岩石拱出南半球的海面，形成了炼狱山。但丁这样写道：

> 路西法从天降，落在这边，/南半球陆地均沉入波澜，/因惧怕地狱的魔王淫威，/转移至北半球，形成地面；/或许是为避魔形成空穴，/此处陷，一高山拱出海面。[2]

但丁随维吉尔从南半球地下走出，来到炼狱岛。这是一个与地狱截然不同的、充满和谐气氛的世界，他又见到了给人以愉悦感的蔚蓝的"群星之天"[3]。

在炼狱岛的海滩上，但丁和维吉尔遇见了古罗马共和国晚期的著名政治家加图的灵魂，他象征自由精神，是炼狱岛的守护者。生前，

---

[1]《地狱篇》第34章第133-139行。

[2]《地狱篇》第34章第121-126行。

[3]《地狱篇》第34章第139行。

加图反对恺撒独裁，拒绝在他的专制统治下生存，因而自杀，死后进入地狱的灵泊层。基督曾下到地狱，领出一些值得他解救的古人灵魂，加图便是其中之一。获救后，加图被上帝置于炼狱岛的海滩处，成为炼狱岛的守护者。在加图的要求下，维吉尔引导但丁来到水边，为其洗净面孔，缠上象征谦卑的灯芯草。随后，二人便准备攀登炼狱山。在但丁的笔下，加图的形象十分生动，他这样写道：

> 看上去他令人肃然起敬，／儿敬父不及我此刻情感。／面上挂花白的一缕长髯，／头发的颜色与胡须一般，／成两股，垂至胸，穿过两肩。／四圣星放射的耀眼光芒，／照射着老叟脸，令其灿烂，／我似见一太阳在我面前。[1]

此时，但丁见海面上一只小船飞驶而来，一位身穿白袍的天使以两翼作为风帆，驾驶着小舟，把有望获救的灵魂从台伯河口运到炼狱岛。刚刚到达炼狱岛的灵魂十分茫然，与但丁和维吉尔一样，不知从何处攀登炼狱山；他们似乎仍然沉湎于尘世的欢乐之中，忘记了净化自身的任务。在加图的指责和催促下，他们才慌乱地奔向炼狱山脚。

但丁随维吉尔来到炼狱山脚，在那里遇见了战死于沙场、临终前才忏悔罪过的曼弗雷迪，并听这位不幸的西西里国王讲述了他的经历。随后，两位诗人又遇见了另外一些懒洋洋的怠惰者的灵魂；在尘世时，他们迟迟不能忏悔罪过，所以死后须在炼狱山门外徘徊许久。此时，日已西斜，夜里无法继续登山，于是，维吉尔把但丁引入山腰处的一座山谷休息。夜深时，但丁在鲜花盛开的草地上入睡。他做了一个梦，梦中，好像被一只雄鹰抓上天空。醒来后他与维吉尔已经来到了炼狱山门处。

炼狱山门前有三级台阶，它们分别代表忏悔罪过的三个阶段：第一级用洁净的白云石制成，象征人们内心的悔悟；第二级用粗糙的紫黑石制成，象征痛苦地忏悔罪过的过程；第三级用红色的斑岩制成，

---

[1]《炼狱篇》第 1 章第 32-39 行。

象征用行动赎罪。三级台阶上面是一道金刚石门槛，门槛上坐着一位手捧宝剑的守门天使。但丁诚惶诚恐地跪倒在天使脚下，恳请他打开炼狱之门，放其进入。天使用宝剑在但丁的额头上刻画了象征七宗罪的七个 P 字，并告诉他，进入山门后，每游历完一级平台，便会有天使为他擦掉一个 P 字。随后，守门天使从祭服下抽出金银两把钥匙，打开炼狱山门，放但丁和维吉尔进入。诗人这样写道：

> 我虔诚扑倒在圣足之下，/ 请天使打开门，求他赐怜，/ 但我先在胸前捶打三拳。/ 那天使把七个大写 P 字，/ 用剑尖刻画在我的额面，/ "炼狱内洗此伤。"随后吐言。[1]

炼狱门内有七座平台，一层叠一层，形成炼狱的七级；每一级惩戒一种罪孽倾向。除惩戒外，为了引起诸灵魂的反思，还向他们提供正面的例子。

第一级中惩戒的是傲慢者，诸灵魂身负重物，蜷缩成一团，艰难地缓慢行走在山路上。云石上雕刻着许多图像，讲述了谦卑者受到赞扬的故事，如：大天使加百列宣告耶稣即将诞生时圣母的谦卑形象和语言、大卫运送圣约柜时的谦卑舞蹈、古罗马皇帝图拉真在寡妇面前所表现出的谦卑态度等。

第二级中惩戒的是嫉妒者，诸灵魂靠着岩壁坐在那里，相互依偎，眼皮被铁丝缝合在一起，就像一群坐在教堂门前乞讨的瞎子；空中传来邀请人们赴仁爱精神盛宴的呼声。在这一级里，但丁遇见了圭多·杜卡，并通过与他的对话，道明了一个惊世骇俗的观点：各家族的子孙都一代不如一代，他们必定使家族堕落；避免毁坏家族名声的唯一方法是断子绝孙。他这样写道：

> 布雷蒂诺罗啊，怎不消失？/ 你家族许多人不愿恶变，/ 一个个都已经离弃人间。/ 巴尼亚卡瓦罗不生儿好，/ 卡斯特、科尼奥

---

[1]《炼狱篇》第 9 章第 109-114 行。

自寻灾难：/生下了众伯爵，不厌其烦。[1]

布雷蒂诺罗是意大利罗马涅地区的小镇，那里的贵族以慷慨大度闻名于世；他们不追随堕落的社会潮流，为了不使一代不如一代的子孙败坏门风，宁愿一个个早早死去。圭多·杜卡感叹道：布雷蒂诺罗，你怎么还不为避免与邪恶同流合污而从人间消失啊！随后，杜卡又说，巴尼亚卡瓦罗小镇的封建主没有子嗣，这样很好，不会辱没家族的荣耀；而卡斯特伯爵和科尼奥伯爵两家却不厌其烦地生下了许多不肖子孙，其结果必定是灾难临头。

第三级中惩戒的是愤怒者，诸灵魂在漆黑的浓烟中祈求天主赐予怜悯。但丁昏昏沉沉地如入梦境，他似乎见到圣母玛利亚等贤人温和与宽容的光辉榜样。在摸索前行时，但丁遇见了"伦巴第的马可"，并与他交谈。通过马可之口，但丁谴责了教宗的权力欲，认为神权插足政权是尘世混乱的根源，提出了极具创造性的"两个太阳"的理论。

造福于世界的光辉罗马，/有二日照耀着两条路面，/一条是尘世路，另条通天。/一日熄另一日，牧师持剑，/两权力已合体，绞成一团，/其结果必然是专权作恶，/因合并此权便不惧彼权；/若不信就请你观察麦穗，/看果实其种类便可明辨。[2]

第四级中惩戒的是懒散者，诸灵魂的表现与生前的懒散截然不同，他们奔跑而来，跑在最前面的两个灵魂宣扬着勤快的典范。

第五级中惩戒的是贪财者和挥霍者，诸灵魂手脚被捆缚着匍匐于地面，有人呼唤着圣母玛利亚和其他安贫者的典范。看见流泪不止的灵魂，但丁又想起在幽暗森林附近的山坡上遇见的隐喻贪婪的母狼，他希望上天尽快将其驱离人间。在但丁和维吉尔听灵魂讲述有关贪婪的故事时，炼狱的大地颤抖，所有灵魂都高呼"至高处之荣耀归于上

---

[1]《炼狱篇》第 14 章第 112-117 行。
[2]《炼狱篇》第 16 章第 106-114 行。

天"[1]。此时，古罗马诗人斯塔齐奥的灵魂赶来，他向但丁和维吉尔解释了炼狱地震的原因。

但丁随斯塔齐奥和维吉尔登上炼狱的第六级。那里惩戒的是贪食者，诸灵魂望着奇怪的果树，贪婪地渴望品尝树上的果实，却徒劳枉然；一股从山岩上落下的清泉洒在果树的枝叶上，使其十分繁茂。灵魂们忍受着饥渴的折磨，得不到满足，因而瘦得皮包骨头，眼窝深陷，皮肤干裂，好似鳞片。通过与灵魂的交谈，但丁批评了贪食行为，赞美了节制食欲的品格。

但丁与维吉尔和斯塔齐奥进入炼狱的第七级，那里惩戒的是贪色者，在烈火中忍受着痛苦的诸灵魂歌唱天主，高呼贞洁美德的榜样。灵魂们分成两队，一队由同性恋者的灵魂组成，另一队由异性恋者的灵魂组成。

但丁在维吉尔和斯塔齐奥的陪同下继续前行，最终登上了位于炼狱山顶的地上乐园（即《圣经》中的伊甸园）。维吉尔告诉但丁，他已经获得了自由意志，可以凭借自由意志、不需他人引导在地上乐园中行走，之后贝特丽奇将引导他进入天国。但丁的注意力完全被那里全新的景色吸引，他走入赏心悦目的圣林，在一条小河处遇见了美丽无比的采花女子玛蒂达。玛蒂达向但丁讲解了地上乐园、圣林、忘川和忆涧的特点。但丁观看了由一系列具有基督教象征意义的人与物组成的仪仗队的游行。此时，贝特丽奇出现在五彩缤纷的花朵之间；慌乱的但丁急忙转身欲求助维吉尔，却发现他已离去。但丁被玛蒂达拉入忘川，不得不大口地饮用令其忘记罪恶过去的河水；随后，又在贝特丽奇的示意下，被玛蒂达引至忆涧水边，喝下了甘甜的泉水。喝过忆涧之水的但丁似乎获得了新生，已经完全"准备好升入到群星之天"[2]，即升入天国。

3.《天国篇》
但丁目不转睛地盯着贝特丽奇并跟随她一同以极快的速度飞向天

[1]《炼狱篇》第 20 章第 138 行。
[2]《炼狱篇》第 33 章第 145 行。

国。飞行中，但丁耳边响起悦耳的天籁之音，他十分惊愕。贝特丽奇看出但丁心中的疑惑，不待他开口提问，便向他讲解了快速飞天的原因，告诉他此时的飞天速度远超过空中的霹雳落向地面，因为他在天上，这一切都如同尘世的水从高处流向低处一样自然。诗中这样写道：

> 别以为我们仍身处尘世，/ 闪电弃其居所坠向地面，/ 其速度不如你此时飞天。[1]

> 我判断此升腾令你惊愕，/ 你不要诧异得瞪圆双眼，/ 这比水流下山更要自然。[2]

依据亚里士多德的理论和托勒密的地心说体系，但丁设计了宇宙的结构，又在此基础上设计了天国的结构。固定不动的地球是宇宙的中心，在它的周围包裹着大气层，大气层之外是九重天。九重天之外是净火天，它已经不是物质的宇宙，而是神心，即上帝的精神。宇宙最外面的一重天是原动天，它从上帝处接受动力，然后推动九重天围绕着地球旋转。九重天一圈套着一圈，最外面的一重天直径最大，旋转得最快，距离地球最近的月天直径最小，旋转得最慢；这样它们的旋转便是同步的、和谐的。天国永福者的灵魂都身处净火天的"洁白玫瑰"中，他们安坐在不同等级的位置上，接受上帝的光辉，享受瞻仰上帝圣容的幸福；但为了说明天国的结构和永福的等级，他们按照自己在人间所建立的功德，分别下到各重天中，与但丁会面和交谈。在解释宇宙的九重天时，但丁这样写道：

> 物质的九重天大小不一，/ 德能的多与寡是其根源，/ 那德能降诸天所有空间。/ 善越大天之恩就越厚重，/ 天体若分布匀，结构完善，/ 大空间载大恩理所当然。[3]

---

[1]《天国篇》第 1 章第 91-93 行。
[2]《天国篇》第 1 章第 136-138 行。
[3]《天国篇》第 28 章第 64-69 行。

但丁跟随贝特丽奇首先进入围绕地球的第一重天——月天，尽管他的身躯是固体，月球也是固体，但当他进入时，月球却没有任何开裂，就像水吸入阳光一样。月天的灵魂生前只实现了一部分自己的神圣意愿，他们只能在最低一重天中享受永福。天国幸福虽然分为不同等级，但是，享受永福的灵魂都满足自己所获得的幸福，并没有升迁至更高处享受更大幸福的奢望。

第二重是水星天，在那里的是为追求尘世荣耀而行善的灵魂；由于行善的目的不纯，他们所领受的上帝光辉自然会锐减。但丁遇到了组织编撰《查士丁尼法典》的东罗马帝国著名皇帝查士丁尼，并听他讲述了罗马帝国的辉煌历史。

但丁随贝特丽奇升入第三重天——金星天。意大利语中，金星一词与希腊-罗马神话中的爱神维纳斯的名字相同，因而，也被视为"爱神天"，是爱者灵魂所在之处。但丁见到许多光魂从净火天降到那里，并与其中的几位光魂进行了亲切的交谈。

但丁不知不觉地随贝特丽奇进入了第四重天——日天。日天中的智慧光魂更加明亮，他们把但丁和贝特丽奇围绕在中间，载歌载舞，十分欢乐。在那里，但丁遇见了中世纪晚期天主教最重要的神学家托马斯·阿奎那的灵魂，并听他赞美了圣方济的丰功伟绩和讲解了许多神学道理。随后，圣方济的忠实追随者波那温图拉向但丁赞美了托马斯所在的多明我会的创始人圣多明我的丰功伟绩。

第五重天是火星天。但丁看见两条由灵魂组成的非常明亮的光带，它们横竖交叉，形成一个等边的希腊式十字架，把圆形的火星分割成相等的四瓣。这种奇妙的景况令但丁惊愕不已，他不由自主地脱口而出："此前无任何物把我捆拴，曾用过如此的温情锁链。"[1]在意大利语中，火星一词与希腊-罗马神话中的战神玛尔斯的名字相同，因而，火星天也被视为"战神天"，那里是为信仰而战的战士们的灵魂所在之处。在这一重天中，但丁遇见了自己的高祖父卡洽圭达，他向但丁讲述了家族的起源和佛罗伦萨的历史，并预言了但丁将在流放中忍受颠

---

[1]《天国篇》第 14 章第 128-129 行。

沛流离的痛苦。

在不知不觉中但丁又随贝特丽奇进入了第六重天——木星天。在意大利语中，木星一词与希腊－罗马神话中诸神之王宙斯的名字相同，因而，木星天也被视为"君主天"，那里是英明君主的灵魂所在之处。在木星天中，但丁看见飞舞的光魂组成文字，随后又组成象征帝国的雄鹰图案。

但丁把目光转向贝特丽奇的脸，见她不再微笑，因为她的微笑会发出凡人眼睛无法承受的强烈的光，炫迷但丁的双眸，甚至会像闪电一样将他劈碎。此时，但丁已经随贝特丽奇升入土星天，那里是默祷者的世界。土星天中有一座金光闪闪的天梯，高不见顶，数不尽的光魂在天梯上来来往往；但他们都寂静无声，不敢歌唱，因为但丁的凡人听觉承受不了过于响亮的声音。

但丁随贝特丽奇升上恒星天，进入双子星座。贝特丽奇告诉但丁他已十分接近净火天，并请他在进入净火天之前俯视下面诸天和地球。遵照圣女的指示，但丁俯视下方，不仅看到了他穿越过的诸天，也看到了微不足道的地球。在这一重天中，出现了基督的凯旋大军，但丁见到光彩夺目的基督高高升起，队伍中的许多光魂却留在他的面前，其中有圣母玛利亚、圣彼得、圣雅各、圣约翰等重要的圣人。圣彼得、圣雅各和圣约翰就信、望、爱三超德向但丁提问，但丁一一作答。闻听但丁的精彩回答后，三位使徒和贝特丽奇齐声高呼："圣哉啊，圣哉啊！"[1] 他们对但丁的回答十分满意。

第九重天是原动天，亦称水晶天，它是宇宙旋转动力的发源地，诸天使从净火天降至那里，推动宇宙运转。透过透明的水晶天，但丁仰望更高处，看见远方有一个极小却光芒万丈的亮点，那便是上帝神光之源，即上帝的精神。光源点周围围绕着九个不同等级的天使群，形成九个飞舞着的天使火环。天使火环的旋转原则与宇宙的九重天不同：最靠近光源点的天使火环虽然最小，却等级最高，德能也最大，它对应物质宇宙的最大天环，因而旋转得最快；最外面的天使火环距

---

[1]《天国篇》第 26 章第 69 行。

离光源点最远，旋转得最慢，等级最低，德能也最小，它对应的是物质宇宙的最小天环。在讲解九个天使火环旋转原则时，但丁这样写道：

> 如若你以德能进行衡量，/ 而不是仅仅看在你面前，/ 所呈现圆形的实际大小，/ 神奇的现象便映入眼帘：/ 大德能对应着物质大天，/ 小德能对应着物质小天。[1]

随后，贝特丽奇向但丁介绍了组成九个火环的天使品级，并讲解了上帝为何和怎样创造了天使，路西法为何率部分天使反叛，未随路西法反叛的天使处于何种境况。但丁这样写道：

> 一部分天使便跌向下面，/ 搅动得四元素不得宁安。/ 留下的诸天使开始工作，/ 高兴地努力干，如你所见，/ 不停地推动着宇宙旋转。/ 你曾经见到过那个魔王，/ 宇宙的重量都压他上面，/ 天使的坠落因是其傲慢。[2]

离开物质宇宙的最后一重天，但丁终于随贝特丽奇进入了至高无上的、纯精神的净火天；该天充满了纯光（上帝的精神之光），那是真善之爱的体现，这种大爱给人以不可思议的愉悦感受。他看见一条闪亮的光河，河中飞溅出金色的火星；遵照贝特丽奇的嘱咐，他俯下身，用光河之水清洗双目。此时，长形的光河变成一个似有多层台阶的圆形光体，就好像一朵巨大无比的玫瑰，一层层的台阶如同玫瑰的花瓣儿；台阶的圣位上是天国的福魂，他们都穿着白色的长袍，因而"玫瑰"是洁白的；圣位的数量与最终升天的福魂的数量相同。"洁白玫瑰"的上方，飞舞着无数个天使，他们像采花粉的蜜蜂一样，忽而落在"玫瑰"的花瓣儿之中，忽而飞向光之源（上帝）。但丁这样写道：

---

[1]《天国篇》第 28 章第 73-78 行。
[2]《天国篇》第 29 章第 50-57 行。

> 勤劳的采蜜蜂结群飞舞，/ 时而入花之中，时而回返，/ 重回那使辛苦香甜之处，/ 诸天使也好似蜜蜂一般，/ 降落在巨花中，随后飞起，/ 将大爱永留于花瓣之间。[1]

净火天不再受自然法则的限制，没有时间和空间的概念，所以，事物不管远近，都十分清晰地呈现在那里。贝特丽奇携但丁飞入"洁白玫瑰"的黄色花心，并告诉他，天国的圣位已经所剩无几，不会再有很多灵魂从尘世来到这里享受永福。

闻此言但丁惊愕不已，急忙转身寻找贝特丽奇，希望她进一步讲解；然而，他见到站在身旁的并不是圣女，而是老叟圣伯纳德。在圣伯纳德的指引下，但丁举目望去，见贝特丽奇已经坐在"洁白玫瑰"从上数的第三级台阶之上，头上顶着光环，那光环反射着天主的灿烂光辉。诗中写道：

> 不说话，我举目望向上方，/ 见她头戴一顶灿烂之冕，/ 反射着永恒的天主光灿。[2]

圣伯纳德告诉但丁，他受贝特丽奇之托来此与其会面并帮助他圆满地完成天国之旅。随后，圣伯纳德请但丁望向"洁白玫瑰"最高处的最明亮区域。但丁遵命，他看见闪闪放光的圣母玛利亚坐在那里，周围和下方坐着众多古今圣人。

> 我看到一美人面带笑容，/ 飞舞的众天使将其围圈，/ 她之喜入所有圣人眼帘；/ 即便我有极强表达能力，/ 它足可与我的想象比肩，/ 也丝毫不敢把其美展现。[3]

圣伯纳德恳求圣母赐予但丁直接凝望上帝的能力。在圣母的恩赐

---

[1]《天国篇》第 31 章第 7-12 行。
[2]《天国篇》第 31 章第 70-72 行。
[3]《天国篇》第 31 章第 133-138 行。

下，但丁的视力大大加强，有能力探入神光的深处：他看见千变万化的宇宙万物被大爱集结成一部大书；随后，又看到三个大小相同却颜色各异的圆环，它们象征圣父、圣子、圣灵三位一体。

> 深奥且明亮的崇高光中，/ 有三环出现在我的眼前，/ 三颜色，然而却大小一般；/ 它们似相互间反射光线，/ 第三环就如同燃烧火焰，/ 它之火同来自前面两环。[1]

但丁还看到，第二个圆环中，有人的形象，它象征基督耶稣道成人身降临尘世救赎人类。

> 第二环源自于你的本身，/ 它好似折射你形成光圈；/ 我双眼略长久观望之后，/ 似乎见一人像绘于其间：/ 那人像与光环同等颜色，/ 我视线全聚于人像上面。[2]

此时，但丁已大彻大悟，领会了"大爱已转动我志向、意愿，亦推行太阳与群星之天"[3]。

五、如何解读《神曲》

1. 纷乱的《神曲》解读

《神曲》是一部百科全书式的文学作品，从神学到哲学，从政治到经济，从宗教到伦理道德，从神话到人类历史、城市史和家族史，从天文到地理，从物理到人类孕育，几乎无所不有，它的结构之宏大，涉及的人文和自然学科之广泛，提的历史和神话人物之众多，在人类的所有文学作品中也是罕见的。它不仅总结了中世纪文化，而且概括了西方古典文化，为后人研究中世纪及古希腊和古罗马文化提供了

[1]《天国篇》第33章第115-120行。
[2]《天国篇》第33章第127-132行。
[3]《天国篇》第33章第144-145行。

宝贵的资料。

从但丁尚未完成《神曲》创作的时候开始，这部伟大的著作就引起了意大利学者的极大兴趣，当时有人建议在意大利中部重要的文化城市博洛尼亚加冕但丁为桂冠诗人。但丁没有去博洛尼亚接受桂冠，他更希望能够在放逐他，后来又缺席判处他死刑的佛罗伦萨被加冕为桂冠诗人，从而满身荣耀地回归故里，以此回击他的政敌。但丁逝世后不久，便出现了对《神曲》的诠注、评论以及介绍作者生平的传记，有些城市还专门邀请学者公开讲解《神曲》；比但丁仅晚几十年出生的人文主义的伟大先驱者、杰出的小说家和诗人薄伽丘，就曾经是最早诠释和讲解这部不朽巨著的学者之一，他不仅在佛罗伦萨设坛宣讲《神曲》，而且还撰写了《赞但丁》（*Trattatello in laude di Dante*）和《〈神曲〉诠注》（*Comento*）等重要论著。后来，《神曲》传遍欧洲各国和世界各地，数百年来对它的研究经久不衰。《神曲》各种文字的译本、介绍、评论层出不穷，仅中文译本就有散文体和诗体多种，中文的评介更是不计其数。直至今日但丁和《神曲》仍然是意大利和世界各国文学研究者和文学爱好者的一个极其重要的探索和研究课题，《神曲》中的许多隐喻、人物形象和描写早已深深地扎根在读者心底，《神曲》中的许多脍炙人口的诗句早已成为引导人们努力上进的经典格言，"但丁学者"也成为人们经常使用的专有名词。

但丁具有极其广泛的影响，他已经成为意大利文化的象征，被尊崇为代表意大利民族的诗人。2020 年 1 月 17 日，意大利政府宣布当年的 3 月 25 日为首个"但丁日"。在民族处于各种苦难之时，尤其是在 19 世纪意大利民族复兴运动时期，但丁被爱国主义者视为意大利文明之父，成为号召人民起来反抗外族压迫、摆脱苦难、争取自由的一面极具号召力的旗帜。几百年来，各个时代、各种立场的人都极力利用但丁的显赫名声，依据自己对但丁的理解评论但丁和《神曲》，因而，不可避免地为其涂上各种不同的色彩。对但丁与《神曲》的解释和评论丰富多彩，五花八门，有的大同小异，有的却相差甚远，甚至完全相反。这恰恰说明，生活在社会变革时代的但丁处于十分矛盾的思想状态之中，《神曲》是一部具有深奥哲理的文学作品。

中世纪和文艺复兴前后的学者主要把精力放在了破译《神曲》中的隐喻和诠释诗句的含义之上，他们试图准确、全面地展示但丁的神学和哲学思想，因而，他们的分歧也主要集中在这一方面。而现代的学者则对但丁及其作品的思想内容及艺术手法进行了更加深刻的研究和更加激烈的争论。有人认为但丁是"人类自由的歌手"[1]、"英勇斗争的自由战士"[2]，有人认为他是"革新者的先驱"[3]，是对"垄断中世纪全部文化的宗教神学给予异常严厉的揭露和批判"[4]的勇士，有人认为他是捍卫教会的"圣洁的神父"[5]，也有人认为他是文艺复兴和"人文主义的先驱"[6]、"马丁·路德宗教改革的预言家"[7]。还有人更加具体地说：但丁想利用贝特丽奇传播邪说，用地狱魔王路西法隐喻教宗，用地狱森林中的人头恶鸟哈庇厄隐喻多明我会的修士等等，不一而足。意大利著名文学评论家德桑蒂斯（Francesco De Sanctis）在他撰写的、对后人影响极大的文学理论著作《意大利文学史》中说：

> 假如但丁再生，听到人们说，贝特丽奇代表邪说，或者贝特丽奇的灵魂代表邪说，哈庇厄是多明我会的修士，教宗是地狱魔王，他的语言是一种教派的黑话，看到人们给他的诗句蒙上许多神秘的含义，那么，他可能会拉着许多人的耳朵说："这个圈套我可不钻。"[8]

在诸多充满矛盾的争论中，有些人认为根本就无法找到一个准确的但丁，对是否存在着一个统一的但丁提出了质疑；还有些人公然否认但丁的伟大，著名的启蒙主义思想家伏尔泰和法兰西重要的诗人拉马丁便是否定但丁的两位重要人物。伏尔泰认为，正是因为无法理解

[1]《中国大百科全书》（外国文学卷），北京：中国大百科全书出版社，1982，第218页。
[2] 张英伦编：《外国名作家传》（上卷），北京：中国社会科学出版社，1979，第219页。
[3] 但丁：《神曲》，黄文捷译，广州：花城出版社，2000，序言，第6页。
[4] 但丁：《神曲》，黄文捷译，广州：花城出版社，2000，序言，第15页。
[5] 摘译自 De Sanctis, Francesco, *Storia della letteratura italiana*, Struzzi, 1981, p.190。
[6] 张英伦编：《外国名作家传》（上卷），北京：中国社会科学出版社，1979，第223页。
[7] 摘译自 De Sanctis, Francesco, *Storia della letteratura italiana*, Struzzi, 1981, p.190。
[8] 摘译自 De Sanctis, Francesco, *Storia della letteratura italiana*, Struzzi, 1981, p.191。

但丁的神秘，人们才迷信但丁的伟大。他在《哲学词典》关于"但丁文学"的部分中不无讽刺地这样写道：

> 你们想认识但丁吗？意大利人将其奉若神明，然而，他却是一个神秘莫测的神明，很少有人能够听懂他的神谕；世上有很多但丁的评论家，可能这也是无法理解他的另一个原因。他的英名永存，恰恰是因为人们根本就不阅读他的作品。只要牢牢地记住他的二十句妙语格言就足够了，就足以免去研究其著作的辛劳。[1]

拉马丁也曾经这样说过：

> ……他为时代而歌唱，然而，后人却无法理解他……这是但丁的过错：他以为，世世代代的人们都会被他的美妙诗句所打动，从而反对当时统治佛罗伦萨的那些他的敌人（谁知道都是些什么人）。然而，那些不知名姓之人的爱与憎与后人的爱与憎已毫不相干，与佛罗伦萨老官广场上流传已久的所有诗歌相比，后人更喜爱幽雅的诗句、美丽的形象和美好的情感。[2]

我国外国文学评论界一般把但丁视为集中世纪文化之大成者，同时也是人文主义和文艺复兴的最伟大的先驱者。较早的《神曲》翻译者之一王维克先生曾经写道：

> 故但丁对于前代为集大成者，对于"文艺复兴"则为先驱者。我们若把《神曲》视为描写人类死后灵魂的生活，因以惩恶劝善，还不如视为人类现世心理的描写，从罪恶得着解救的历程。[3]

---

[1] 摘译自 *Dictionnaire philosophique*，Paris，1784—1785，Ⅳ：p.113。

[2] 摘译自 De Sanctis, Francesco, *Storia della letteratura italiana*（转载 1856 年 12 月 10 日的 *Le Siècle* 报纸），Struzzi，1981，p.190-191。

[3] 但丁：《神曲》，王维克译，北京：人民文学出版社，1985 年，前言《但丁及其神曲》，第 10 页。

恩格斯说："封建的中世纪的终结和现代资本主义纪元的开端，是以一位大人物为标志的。这位人物就是意大利人但丁，他是中世纪的最后一位诗人，同时又是新时代的最初一位诗人。"[1] 中华人民共和国成立后，我国的但丁学者在解读《神曲》时，基本遵循恩格斯的这句评语；然而，在具体的评论中，则更强调但丁是时代进步的代表，认为他提倡理性，歌颂现世生活，鞭挞教会和社会的腐败，在一定程度上否定经院哲学，希望革新政治，复兴社会道德，他的作品所包含的中世纪的思想模式和所采用的中世纪的艺术手法，仅仅是一位代表新时代的诗人和作家不可避免地保留下来的旧时代的影响。

另一位《神曲》的翻译者、著名的但丁学者田德望教授曾经写道：

……《神曲》广泛地反映了现实，给中古文化以艺术性的总结，同时也出现文艺复兴时代人文主义的曙光。……《神曲》肯定现世生活的意义，它不只是来世永生的准备，而且有其本身的意义。……《神曲》还表现了但丁作为文艺复兴的先驱者，反对中世纪的蒙昧主义、提倡发展文化、追求真理的思想。[2]

为在我国介绍和传播意大利文学做过许多工作和贡献的吕同六教授，也在《外国名作家传》关于但丁的文章中开宗明义地说：

但丁·阿里盖利是欧洲中世纪向资本主义过渡的历史时期的巨人，意大利文艺复兴的伟大先驱者。[3]

在评论《神曲》时，他又写道：

它以广阔的画面和巨大的艺术力量，描绘出新旧交替时代意

---

[1] 摘译自《共产党宣言》意大利文版前言。
[2]《中国大百科全书》（外国文学卷），北京：中国大百科全书出版社，1982，第219页。
[3] 张英伦编：《外国名作家传》（上卷），北京：中国社会科学出版社，1979，第219页。

大利的社会生活，头一次鲜明地表达了新时代的新思想、新世界观——人文主义。……作为人文主义的先驱，但丁在批判封建社会的现实时，必然首先要把矛头指向教会。事实上，对教会罪恶的无情揭露，对僧侣阶级骄横腐败的愤怒鞭挞，对反动宗教神学的严正批判，构成了贯穿《神曲》的主旋律。[1]

在如此纷乱的评论之中，我们如何准确地理解但丁和《神曲》呢？20世纪意大利著名的但丁学者罗马大学的萨佩尼奥教授说：

中世纪末期，教条的、经院哲学思想的模式仍然顽固不化，仍然被人们普遍地接受，同时，一种更加开明的新文化的萌芽已经出现，并逐步扎下了根；如果我们看不到但丁的代表作与其时代文化之间存在着的千丝万缕的联系，如果我们不把其置于中世纪末期的历史背景之中，我们就无法充分地理解它，这一点和其他所有杰作的情况是一样的。[2]

为了更准确地解读《神曲》，最好的方法或许便是按照萨佩尼奥教授的建议，将但丁和《神曲》置于中世纪晚期的社会与文化背景之中，认真阅读《神曲》的文本，结合当时社会的具体情况，全面地分析但丁和他的代表作，理解它的中心思想及其所渗透出的复杂情感，品味作品丰富多彩、震撼人心的艺术风格。此外，我们还必须关注但丁的生活经历，因为一个人的生活经历会影响他的思想与价值观念的产生和变化，会促使他面对社会现实选择某种态度：或赞成，或反对，或接受，或拒绝，或歌颂，或批判。但丁并不是中世纪末期欧洲社会变革中走运的资产阶级暴发户，也不是时代的幸运儿，他是政治斗争的失败者，受到了不公正的流放待遇，因而他要反抗，要奋起抨击这个

---

[1] 张英伦编：《外国名作家传》（上卷），北京：中国社会科学出版社，1979，第223页。

[2] 摘译自 Sapegno，Natalino，*Compendio di storia della letteratura italiana*，Firenze：La Nuova Italia Editrice，1980，Volume Ⅰ：p.94。

他认为已经堕落的社会，要鞭挞佛罗伦萨的所谓"新人"和将他流放的政府及其幕后支持者教宗，要挽救腐朽的社会，并为实现这一目的而奋笔疾书。

2. 中世纪的挽歌

面对社会变革，人们自然会采取不同的态度，有的人赞同，有的人彷徨，还有的人反对。我们无法了解普通人的态度，历史未留下有关的资料；然而我们却可以了解但丁这样的著名文人的态度，因为他们留下了著作，通过解读他们的著作，我们可以窥视他们的思想。

（1）对堕落的谴责

在解读《神曲》时，我们决不可忽视《神曲》的创作目的、整体构思、主要内容和中心思想。但丁看到了社会的"堕落"，他在人间找不到引导人类回归正义的道路，只好求助于天命，求助于地狱、炼狱和天国的震撼力；因此，《神曲》的主要内容是对地狱、炼狱和天国的展示。诗人使用了大量的隐喻，在人们的眼前展现出可怕的地狱、艰辛的炼狱和光明幸福的天国，目的就在于启发人们不要为追求今生的快乐而忘记来世的祸与福，从而使人们在恐惧与希望中回归正路。

前面已经讲过，作品一开始，诗人就说自己迷失了人生前进的方向。的确，处于中世纪晚期欧洲社会巨大变革中的但丁有些彷徨，但这里，但丁主要想表示的却是人类堕落了，迷失了生活的正确目标。在《神曲》中，无论是《地狱篇》《炼狱篇》还是《天国篇》，我们随处可见但丁对人类堕落的谴责。在《地狱篇》第 14 章中，他用一座老人雕像隐喻人类的堕落，前文已经有所介绍，这里就不赘述了。

佛罗伦萨是生养但丁的城市，诗人对它的堕落尤为痛心，因而曾反复多次地对其进行控诉。在《炼狱篇》第 23 章中，他这样描述佛罗伦萨妇女的伤风败俗：

> 女子们敞着胸，不知羞惭，/无耻地来往于街巷路面。/何蛮族妇人或撒拉逊女，/需神权或其他立法监管，/命她们遮乳房行

走世间？[1]

诗人痛斥自己家乡的妇女，说她们不知羞耻、敞胸露怀地在城市的大街小巷上行走，连蛮族女子和撒拉逊异教妇女都不如，竟然需要教会和其他立法机构制定法律禁止祖露乳房。

但丁留恋和赞美昔日的佛罗伦萨，认为它的堕落和混乱起源于村夫们从封地来到城市。这些村夫后来成为做生意或经营钱庄的资产阶级，他们尔虞我诈，使佛罗伦萨变得越来越丑陋不堪。诗人感叹：假若这些村夫仍停留在封地，没有进城，那该多好！佛罗伦萨过去的生活是何等的简朴、和谐和安宁啊！在《天国篇》第15、16章中他写道：

他们仍停留在西米封底，/ 因祖先往返于那片地面，/ 未入城做生意或者换钱……[2]

那时候佛城在古墙之内，/ 其生活安宁且端庄、节俭，……[3]

当时并不佩戴项链、奢冠，/ 裙无绣，也没有带饰腰间，/ 并非是饰物比女人抢眼。[4]

往日见佛城有许多家族，/ 其生活都如此宁静、平安，/ 因而它无理由苦泪潜然：/ 他们与光荣的正义人民，/ 不曾使百合花倒挂旗杆，/ 令它的形象受嘲弄、耻笑，/ 党争血也还未将其浸染。[5]

然而，如今的佛罗伦萨争斗不已，一片混乱，全因为封地的蠢人

---

[1]《炼狱篇》第23章第101-105行。
[2]《天国篇》第16章第61-63行。
[3]《天国篇》第15章第97-98行。
[4]《天国篇》第15章第100-102行。
[5]《天国篇》第16章第148-154行。

进了城，混于城市的居民之中，使城中居民的成分过于复杂。他说：

> 现城市陷入了灾难之中，/ 人混杂必定是祸起根源……[1]

但丁还一针见血地指出，如果任由佛罗伦萨继续堕落下去，容忍城中各家族和各党派不断争斗，该城的毁灭便会成为事实。他写道：

> 如果你看一看这些事实，/ 再听听各家族怎么腐烂，/ 就不觉一城市结束生命，/ 是稀奇古怪事、理解太难。[2]

那么，在但丁的眼中，是什么令社会堕落了呢？自然是人的罪孽。在序曲中，但丁写道，当他试图走出幽暗的森林时，被三只猛兽挡住了去路。首先是一只灵巧的花斑豹，它的皮毛五彩缤纷，十分艳丽，隐喻"色"，即淫乱罪孽。

> 将行至悬崖的陡起之处，/ 突然见一灵巧花豹出现，/ 身披着艳丽皮，五彩缤纷，/ 不愿去，站立在我的面前；/ 它甚至还极力把路阻拦，/ 我被迫多次要转身回返。[3]

宗教信仰往往要求人们抑欲甚至禁欲，尤其是男女之间的情欲；这是因为，几乎所有的宗教都认为欲望是万恶之源，而男女之间的情欲又是人类最强烈的欲望之一。然而，花斑豹虽然凶恶，但它并没有能够拦截住但丁，真正使他无法前行的是隐喻傲慢的雄狮和隐喻贪婪的母狼。当但丁鼓足勇气要继续前行时，一只雄狮出现在他的眼前，随后，又出现了一只更加凶残、饿得骨瘦如柴的母狼。

> 希望那花斑兽不会伤我；/ 但此时一雄狮映入眼帘，/ 这怎能

---

[1]《天国篇》第 16 章第 67-68 行。
[2]《天国篇》第 16 章第 75-78 行。
[3]《地狱篇》第 1 章第 31-36 行。

不令我再度心寒。/它好像朝着我昂首而来，/饥饿已似乎使此兽狂癫，/空气也被吓得瑟瑟抖颤。/又见到一母狼骨瘦如柴，/好像是充满了贪婪欲念，/它已使许多人生活悲哀，/现在又令重石压我心间；/我担心难逃离它的双眼，/上行的希望便烟消云散。[1]

傲慢和贪婪始终是基督教会深恶痛绝的罪孽，被视为万恶之源。《旧约·德训篇》第 10 章中称"骄傲是一切罪恶的起源"[2]，而基督教早期最重要的传播者圣保罗则在《新约·弟茂德前书》中说"贪爱钱财乃万恶的根源"[3]。可见，二者在邪恶程度上最初是不分伯仲的。然而，在资产阶级拜金主义价值观念开始泛滥的中世纪晚期，与傲慢相比，贪婪的邪恶程度越来越被人们强调；因而，在《神曲》中，那只象征傲慢的雄狮虽然令但丁恐惧得浑身颤抖，但最终将其逼回幽暗山谷中的却是那只象征贪婪的饿得骨瘦如柴的母狼，在但丁的眼中，它显然比雄狮更加凶残。

（2）对贪婪和傲慢的谴责

既然贪婪是造成社会堕落的主要原因，它自然要受到诗人的猛烈抨击。但丁和当时许多维护传统道德准则的人一样，视金钱为伤风败俗的社会腐蚀剂，把资产阶级看作是吝啬鬼或挥霍无度的败家子；他极其仇恨将其流放的佛罗伦萨政府和支持这个坏政府的邪恶、不义的乌合之众，其实，他所指的乌合之众就是贪婪的佛罗伦萨暴发户，即所谓的资产阶级"新人"。在《地狱篇》第 16 章中但丁这样写道：

是新人和暴富滋生傲慢，/使人们之行为肆无忌惮，/啊，佛城啊，你为此哭泣不断。[4]

在《天国篇》第 9 章中他又写道：

[1]《地狱篇》第 1 章第 43-54 行。
[2]《圣经》，思高圣经学会译释，香港，1968，第 1168 页。
[3]《圣经》，思高圣经学会译释，香港，1968，第 1980 页。
[4]《地狱篇》第 16 章第 74-76 行。

它^[1]铸传罪恶的弗洛林币，/羊与羔被诱走错误路线，/使牧
人变恶狼，十分凶残。^[2]

　　资产阶级暴发户控制了佛罗伦萨，令该城越来越富有，致使它开
始铸造弗洛林金币，并使其很快流行于欧洲市场。金钱使佛罗伦萨人
（羊与羔）走上贪婪的错误道路，使神职人员变成凶残的恶狼。在贪
婪者中，但丁最痛恨的是视钱如命的神职人员，尤其是腐败的教宗和
枢机主教等高级教士，因为他们是社会的上层，是控制意识形态和文
化的统治阶级；他们带头伤风败俗，势必会成为普通人效仿的榜样，
从而使社会更加堕落。在《地狱篇》第7章中，但丁借助维吉尔的口
说道：

　　他答道："此处魂理智瞎眼，/曾糊里糊涂地活于人间，/全不
懂应适度使用金钱。……这些人头无发，执掌神权，/其中有教宗
和枢机要员，/他们都表现得十分贪婪。"^[3]

　　在谴责腐败的传教士时，但丁写道：

　　如今人靠插科打诨布道，/只要是听众能大笑哄然，/无所求，
风帽鼓，人便飘然。/若民众见鸟栖风帽之顶，/他们就一定会心
中明辨，/骗人的赎罪券价值几钱……^[4]

　　这几句诗展现出为捞取金钱，传教士到处骗人、兜售赎罪券的形
象，它使我们似乎看到了几百年后马丁·路德宗教改革的影子^[5]。

---

[1] 指佛罗伦萨。
[2] 《天国篇》第9章第130-132行。
[3] 《地狱篇》第7章第40-42行、第46-48行。
[4] 《天国篇》第29章第115-120行。
[5] 16世纪，教宗利奥十世命传教士在日耳曼兜售赎罪券，从而引发了马丁·路德所领
　　导的宗教改革运动；因此，我们可以把兜售赎罪券一事看作宗教改革运动的直接引
　　火线。

但丁毫不留情地指出，当时仍然活在尘世的贪婪的卜尼法斯八世将坠入地狱的深层，并以极其尖刻的语言鞭挞该教宗利用所掌握的教廷大权牟取经济利益。他把教廷比作教宗的妻子，挖苦卜尼法斯八世为了赚钱竟然叫自己的妻子卖淫。在《地狱篇》第19章中但丁写道：

> 他喊道："你来了，卜尼法斯？ / 你已经站在了我的身边？ / 书骗人，竟然差数年时间。/ 难道说这么快厌烦财富？ / 为得它你不惜实施欺骗，/ 娶美女，又令其卖淫赚钱。" [1]

请看，诗人对教宗使用了多么尖刻的挖苦语言！但丁认为，教宗为了抢掠尘世财富，疯狂地谋取世俗权力，干预日耳曼神圣罗马帝国的政务，致使皇帝无能力治理意大利社会，"任帝国之花园变成荒原" [2]。在《炼狱篇》第6章中但丁这样写道：

> 唉，诸位呀 [3]，若你们确懂上帝，/ 就应该真正有虔诚表现，/ 让恺撒稳坐在马背上面：/ 他马刺难纠正畜生错误，/ 快看看，从你们缰握掌间，/ 马变得有多么放荡、狂癫。[4]

在鞭笞贪婪者时，但丁还多次展示出圣母玛利亚和圣彼得、圣保罗等早期追随基督耶稣传教的使徒的光辉形象，把他们作为安贫的榜样，反衬贪婪的暴发户和腐败的教士的嘴脸，使其更加丑陋不堪，从而令读者更加痛恨贪婪者。在《天国篇》第21章中他又写道：

> 矶法与圣灵皿到来之时，/ 均骨瘦如柴且赤足向前，/ 乞食于各户把谦卑展现。/ 而如今牧师爷实在沉重，/ 行走时须有人左扶右挽，/ 还须有拉袍者跟在后面。/ 大披风亦遮其胯下骏马，/ 一张

---

[1]《地狱篇》第19章第52-57行。
[2]《炼狱篇》第6章第105行。
[3] 指教宗等掌控教廷的神职人员。
[4]《炼狱篇》第6章第91-96行。

> 皮披两个畜生背肩……[1]

"矶法"是圣彼得的别称,"圣灵皿"是圣保罗的别称。诗人说,这两位基督耶稣最重要的使徒,在传教时,十分贫寒和谦卑,他们骨瘦如柴,赤足行走,挨家挨户地乞食为生;而今天的传教士却身披华丽的长袍,吃得肥头大耳,走路时左右必须有人搀扶,后面还须有人为其拉起坠地的长袍,骑马时长袍不仅披在他的身上,而且还覆盖在马背上,就像一张皮披在两个畜生身上一样。这讽刺真可谓辛辣至极!

《神曲》中有许多谴责资产阶级暴发户和鞭挞贪婪的诗句,这里就不一一赘述了。但仅从上面引用的几段诗句,我们便不难看出,反对因争权夺利而迫害他人的资产阶级"新人",批判他们的出现所引起的社会"堕落",拯救人类,这是但丁写作《神曲》的一个重要的着力点。

但丁不仅痛恨贪婪,也非常厌恶傲慢。在《地狱篇》第8章中,当但丁与维吉尔乘船渡斯提克斯泥河时,浸泡在泥水中的佛罗伦萨人菲利普·阿尔詹蒂的灵魂试图抓住并伤害他,受到维吉尔的怒斥。随后,维吉尔严厉谴责了傲慢:

> 那厮在尘世时十分傲慢,/无善行能使他名留世间:/其灵魂因而便怒气冲天。/尘世有多少人耀武扬威,/却都将似脏猪陷此泥潭,/把可怖恶名声留于人间。[2]

在《地狱篇》第15章中,但丁痛斥佛罗伦萨刁民时称他们是傲慢者,他写道:

> 自古来世人称他们"瞎子",/这些人吝啬且嫉妒、傲慢。[3]

---

[1]《天国篇》第21章第127-134行。
[2]《地狱篇》第8章第46-51行。
[3]《地狱篇》第15章第67-68行。

在《炼狱篇》第 11 章中但丁又写道：

> 这位爷来此处，因为傲慢，／他欲把锡耶纳全控掌间。／死后他便如此不断行走，／因必须还欠债，付出金钱，／满足被冒犯者心中意愿。[1]

"这位爷"指托斯卡纳地区的吉伯林党领袖萨瓦尼·普罗文赞，他是锡耶纳人，曾经名声显赫。但随着时间的流逝，但丁游历地狱、炼狱和天国时，人们已经将其忘记，没人再提他的名字。然而他却要在炼狱中忍受不断奔走的辛苦，因为他冒犯了上帝，欠下了孽债，必须用辛苦偿还。

不仅傲慢的人如此，傲慢的城市亦如此。但丁说，佛罗伦萨曾经显赫一时，它十分狂妄，试图凌驾于托斯卡纳地区所有其他城市之上。曾几何时，身为托斯卡纳地区霸主的佛罗伦萨是多么自命不凡，而如今它却沦为卑贱的娼妓。但丁写道：

> 那时候佛城燃傲慢之火，／如今它已沦为娼妓一般。／你们的名声如草叶绿色，／来匆匆，去匆匆，快速转变……[2]

但丁猛力抨击傲慢者的无理智行为，认为是他们造成了佛罗伦萨党派之间的流血斗争，他们是引起佛罗伦萨堕落和混乱的祸根。傲慢者总以为自己很伟大，然而，他们的所谓名望转瞬即逝。

综上所述，我们可以看到，在资产阶级拜金主义价值观念开始泛滥的中世纪晚期，虽然贪婪的邪恶程度越来越被人们所强调，但傲慢仍然被视为大恶，它也是人类堕落的一个极其重要的原因，其破坏性仅次于贪婪。但丁认为，傲慢和贪婪是紧密不可分的两种严重的罪孽，因为，是金钱使资产阶级暴发户变得不可一世。他站在反对资产阶级"新人"的立场上，称他们是"吝啬且嫉妒、傲慢"之人，认为他们所

---

[1]《炼狱篇》第 11 章第 122-126 行。
[2]《炼狱篇》第 11 章第 113-116 行。

追求的财富是社会堕落的原因。他告诫人们，傲慢、嫉妒和贪婪是焚烧人们心灵的三把火，资产阶级暴发户对财富的疯狂追求是引发人们放荡不羁、撕裂社会的根源。在《地狱篇》第 6 章中他写道：

> 三把火——傲慢与嫉妒、贪婪，/ 点燃了他们心，令其不安。[1]

（3）拯救堕落社会的浪漫理想

众所周知，诗可以抒情，亦可以明志，《神曲》便是一部典型的明志的文学作品。面对社会的堕落，但丁始终盼望有人能够拯救它。在《神曲》的序曲中，他用猎犬的形象隐喻一位新的"救世主"，并表示了他对这位"新救世主"的迫切期待，希望这位"救世主"能够把那只威胁人类生存的贪婪母狼重新赶入黑暗的地狱。他这样写道：

> 那猎犬不食土，不吃银钱，/ 仅仅把智、爱、德吞入腹间，/ 它生于粗布中，出身卑贱。/ 救可怜意大利脱离苦难；/ 为了她卡米拉魂飞命断，/ 图努斯、尼苏斯鲜血飞溅。猎犬把饥饿狼逐出各城，/ 再将其重赶回幽幽深渊：/ 是嫉妒放它出地狱黑暗。[2]

不仅如此，但丁还希望用《神曲》这部震撼人心的巨著唤醒人类，从而达到拯救堕落世界的目的；于是，他把自己变成了诗歌这个虚拟世界中的"救世主"。试问什么人具有如此巨大的权力，能够把那么多有权势的人，甚至至高无上的教宗和君王打入地狱？恐怕只有万能的上帝了。正如德桑蒂斯所说，"人类自己无法爬上山坡，获得拯救。因此，出现了超自然力的援助。人们不仅需要理性，也需要信仰，不仅需要爱，也需要上天的恩赐。"[3]但丁在人间找不到通往正义的道路，只好依赖神力的帮助，在地狱、炼狱、天国的虚拟世界中展现自己拯

---

[1]《地狱篇》第 6 章第 74-75 行。

[2]《地狱篇》第 1 章第 103-111 行。

[3] 摘译自 De Sanctis, Francesco, *Storia della letteratura italiana*, EINAUDI, 1958, Volume I：p.175.

救人类的伟大抱负和无所不能的力量。这种展现显然距离真实的可能性和现实世界十分遥远，但它体现了诗人对美好未来的期盼和作品的浪漫的、理想主义的艺术之美。

（4）天启真理高于哲学

但丁是中世纪基督教经院哲学大师托马斯·阿奎那的崇拜者，喜爱哲学，承认哲学理性的重要性。当他被三只猛兽又逼退至幽暗山谷中的森林时，眼前出现了一个魂影，这个魂影是古罗马最著名的诗人维吉尔。众所周知，西方古典文化是建立在哲学理性基础之上的。如果说早期的古希腊文化还呈现出某种浪漫色彩，那么，古希腊的中晚期文化则越来越闪烁出哲学理性的光辉。而古罗马文化就更体现出理性的特点。如果我们回顾一下古罗马历史，就不难理解理性在古罗马文化中的重要意义。古罗马给人类留下的最重要的文化遗产包括：符合尘世生活需求的宗教信仰和神话，激励进取、约束权力、相对合理的公民大会和元老院的政治体制，十分有效的战争技艺，以获取国家利益为目的的外交手段，相对完备和公平的法律体系，更加体现实用功能的建筑艺术等等，这一切都是以理性为基础的。在但丁的笔下，维吉尔这位西方古典文化的杰出代表隐喻的便是这种西方古典文化中的理性。维吉尔前来解救但丁，又作为向导陪伴他游历了地狱和炼狱。在《地狱篇》第 1 章中但丁这样写道：

> 我退回山谷中，跌跌撞撞，/ 此时见一人影入我眼帘，/ 其音哑，因沉默许久时间。/ 我荒野见救星岂能不喊：/ "是真人，是魂影，均应垂怜，/ 快请你施慈悲，以示仁善！"[1]

但是，只有古典哲学理性是不足以引导人类走上正确道路的，古典哲学理性需要有宗教信仰和天启真理的帮助才能使人克服恐惧，踏上正确的道路。在《地狱篇》的第 2 章中，但丁描写了隐喻基督教信仰和天启真理的贝特丽奇下到地狱的场面，她嘱咐维吉尔赶往尘世，

---

[1]《地狱篇》第 1 章第 61-66 行。

把但丁从迷途的幽暗森林中解救出来，并引导他游历地狱和炼狱。贝特丽奇对维吉尔这样说道：

> ……我朋友运不佳，路上遇险，/ 受阻于无人的荒寂野山，/ 因恐惧他意欲把身回转；……派遣你救他者贝特丽奇，/ 我来自那一片欲返空间；/ 你快去用动听美妙话语，/ 尽全力帮助他摆脱苦难，/ 这样才能令我情定、心安；/ 因为爱我才说如此之言。[1]

这里，我们看到，维吉尔是受贝特丽奇委托才去幽暗的森林解救但丁的；从这一委托中我们不难看出，只有在宗教信仰和天启真理的支持下，哲学理性才能发挥作用。正如意大利罗马大学的萨佩尼奥教授所言：

> 在维吉尔和贝特丽奇的引导下，但丁踏上了朝圣之路，这一经历象征只有在哲学理性的支撑下，在帝国政权的引导下，人类才能走向尘世的幸福（即到达地上乐园），随后，再在天启真理的启迪下，在教会光辉的照耀下，才能走向天国的永福（即到达天国）[2]。

但丁认为理性可以引导人类实现人间的幸福，因而，《神曲》中，哲学和理性的化身古罗马诗人维吉尔便成为引导但丁游历地狱和炼狱的导师；但是，头脑里中世纪神学思想仍占主导地位的但丁又认为，理性是盲目的，会引至错误，需要上帝来指引，需要天命来解救，因而，《神曲》中引导但丁游历天国的人只能是已经成为天国圣女、代表基督教神学和天启真理的贝特丽奇。总之，对来世生活的幻想在但丁的作品中还占有主导地位，他仍然属于充满天主教神秘主义和禁欲主义的中世纪。

---

[1]《地狱篇》第 2 章第 61-63 行、第 67-72 行。

[2] 摘译自 Sapegno, Natalino, *Compendio di storia della letteratura italiana*, Firenze: La Nuova Italia Editrice, Volume I: p.123。

3. 新时代的曙光

但丁生活在新旧社会交替的动荡时代，资产阶级以及受其影响的社会开始要求重新评价人的价值。当时，虽然人们向愚昧的中世纪进行斗争的强大思想武器——人文主义尚未形成，但是，争取摆脱神秘主义和禁欲主义精神束缚的倾向已经出现。所以，尽管《神曲》的写作目的、主要内容、中心思想和整体构思是保守的，它谴责社会堕落和资产阶级的诞生所引起的社会变革，要恢复与维护旧的社会秩序及传统观念，在它的内容和形式上到处都可以看到中世纪文化的印记，但作品中却不止一次地流露出后来人文主义者所具有的思想和感情。

（1）对追求男女性爱者的同情

受欧洲中世纪晚期逐步世俗化的文化影响，但丁把所谓的淫乱行为看作是比较轻的罪孽，因此，序曲中的那只花斑豹尽管凶恶，但是并未能阻挡住但丁前行的道路。按照中世纪基督教的价值观念，但丁必须把犯淫乱罪且屡教不改的灵魂打入地狱，把有淫欲却愿意改过自新的灵魂置于炼狱，然而，他却把他们分别置于惩罚最轻的地狱第二层和炼狱第七层中。尤其是，当他听完保罗与弗兰切卡叔嫂通奸的感人故事后，竟然激动得昏了过去。在《地狱篇》第5章中但丁写道：

> 当一位苦灵魂讲述之时，/ 另一位痛哭泣，令我悲怜，/ 因而便失知觉，好似死去，/ 跌在地就如同尸体一般。[1]

在禁欲主义盛行的中世纪欧洲，男女性爱受到严格的限制。但是，进入中世纪晚期，随着资产阶级生活方式的蔓延，人们开始追求尘世的财富和享乐。性爱是尘世快乐最突出的体现之一，人们虽然还不敢公然宣扬它的合理性，还必须表面上谴责它，但已经开始默默地、愉快地接受这种人的精神和肉体的享乐。但丁也处在这种矛盾状态之中，理智要求他把通奸者打入地狱，然而，此处诗人所描写的昏迷却明确地表示他同情犯有淫乱罪过和情欲强烈的人。其实，在真实生活中，

---

[1]《地狱篇》第5章第139-142行。

但丁也是一个情种，终生爱恋贝特丽奇，曾为她写作过大量的爱情诗篇；即便贝特丽奇已经嫁人，诗人对她的暗恋之情仍有增无减。

（2）赞颂人的探索精神

中世纪，基督教会控制了全部欧洲文化，并使其彻底地基督教化，"信则明"成为当时哲学思想的基础。教会认为，世上的一切都体现了上帝的旨意，人们必须接受和执行这些旨意，不应窥测上帝的神秘意图，也不必问事物为什么存在和发展，而只应无条件地相信上帝。在这种神秘主义文化的统治下，人们对宇宙万物的探索热情被降至最低点。然而，随着中世纪晚期的社会变革，这种情况开始发生变化：人的理性在逐步复苏，好奇心和探索精神也在不断增长。

荷马史诗中的人物、著名的木马计的设计者奥德修斯[1]是古希腊智慧的象征，他因抗拒天命，煽动伙伴们驾船随同他越过大地边缘，驶出地中海，进入大西洋，最后葬身于大海[2]。按照中世纪的价值观念，但丁必须把他打入地狱第八层专门惩罚智慧欺骗者的第八囊，使其裹烧在烈焰之中，但是，在与其对话时但丁却表现出同情之意，甚至借助奥德修斯之口赞扬大无畏的探索精神。但丁这样写道：

> 我[3]说道："噢，兄弟们，已至西方，/你们都经历了千难万险；/去认识日背后无人世界，/因我们之生命十分短暂，/现在它已经是所剩无几，/切莫要拒绝此亲身体验；/应想想你们的最初起源：/并非为做畜生诞于世间，/而是为觅知识、寻求良善。"[4]

这里，但丁赞颂了人生的价值，宣扬了人的探索精神；他认为，人不是畜生，他生于世上，为的就是寻求知识和获得善良之美德。

（3）强调人的自由意志

基督教神学始终承认人具有自由意志，但中世纪基督教的神学更

---

[1] 在《神曲》中，但丁按照罗马神话的习惯称其为尤利西斯。

[2] 据传说，希腊－罗马神话中的大力神赫丘利在直布罗陀海峡处竖立了两根圆柱，标示大地的边缘，任何人都不能违反天意越过它们，否则便会受到最严厉的惩罚。

[3] 指奥德修斯。

[4]《地狱篇》第26章第112-120行。

加强调天命的意义，认为世间的一切都是上天安排好的，人应该遵循"信则明"的教义；因此，自由意志对人的精神世界的影响越来越弱。然而，在社会发生重大变革的中世纪晚期，像但丁这样的敏感文人又开始重新审视自由意志的价值，强调它的作用。《神曲》中，但丁不止一次地指出，人具有自由意志，可以判断善与恶，在一定程度上能够决定自己的命运，因而对自己的行为应负道德责任。在《天国篇》的第 1 章中，他说，上帝的神弓百发百中，要把人的灵魂射往天国，但有些人的灵魂却仍然会坠入地狱；这不能怪上帝，只能怪造物的材料不好，它无法承受上帝强弓的巨大推动力，因而弯曲，飞离了正确的方向；这就像雷电，它是火，本应向上燃烧，却坠落地面；人若纠缠虚妄的尘世快乐，也会远离天国，摔落在地上。诗人这样写道：

> 此时刻弓弦命我们飞向，/ 上天的法令所指定地点，/ 它弹射必定中欣悦靶环。/ 但作品与作者意图不符，/ 此情况诚然是十分常见，/ 因材料不适合，有的太软；/ 造物也有可能自行弯曲，/ 强推力使其脱前行路线，/ 走邪路，飞向了另外一边；/ 就如见云中火从天而降，/ 人若被虚妄乐紧紧纠缠，/ 也会被冲动力打落地面。[1]

在《炼狱篇》第 8 章中，正当但丁要继续艰难地攀登炼狱山的时候，一位灵魂目不转睛地望着他，并吐出下面的话语。

> 他说道："愿引你上升之烛，/ 在你的意志中能够寻见，/ 足够蜡可燃至高山之巅！……"[2]

这里，"引你上升之烛"指的是照耀但丁登山道路的上帝。说话的灵魂把意志比作为但丁提供能量的燃料蜡，他希望上帝能够看到但丁具有足够的蜡，即意志足够坚定，从而坚持不懈，最终登上炼狱山巅。

---

[1]《天国篇》第 1 章第 124-135 行。
[2]《炼狱篇》第 8 章第 112-114 行。

在《炼狱篇》第 16 章中，但丁写道：

> 世人总把责任推给上天，/ 好像是它推动万物运转，/ 所有事因它起理所当然。/ 若如此，便毁灭自由意志，/ 公正就不存在尘世人间，/ 恶受罚、善获福便很困难。……你们是自由的，同时受制，/ 更强大之力量，更佳自然；/ 它造的高贵魂独立于天。[1]

此处的"上天"指运行的宇宙天体，即自然的天体；"更强大之力量"和"更佳自然"指的是上帝。但丁说，人总想把自己堕落的责任推卸给自然天体的运行，因为天体的运行影响万物的产生和变化；然而，他却认为，若如此，善恶就难以区分，人间就不会存在公正；人虽然受制于天体的运行，但他是上帝创造的，因而他的灵魂十分高贵，具有自由意志，在一定程度上独立于天体，不受天体的影响。

（4）对古典文化的热爱

但丁生活在中世纪晚期，当时，一些有前瞻性的文人，已经不满足于只沿着基督教文化的轨迹行走，开始试图用其他文化的精髓补充和改善统治中世纪的基督教文化。在从其他文化中寻觅滋补精神的养分时，他们逐步对古希腊和古罗马文化产生了浓厚的兴趣。但丁便是这批进步文人中的一分子。萨佩尼奥教授曾经写道："长期对经院哲学家的研究并没有妨碍但丁热爱新语言和新文学，更没有阻止他对古代哲人和古典诗人的热情探索和模仿。"[2] 按照基督教的道德准则，但丁只能把不信仰基督教的古代英雄、杰出的哲学家和著名的诗人置于地狱的第一层，然而却为他们专门设计了一座壮观的城堡，并十分欣赏他们的丰功伟绩。当但丁随维吉尔走向城堡时，荷马等著名诗人迎向他们，他用赞美的语言将诸位诗人的形象展现在读者的眼前：

> 你快看那个人手捧宝剑，/ 是荷马——诗人王来你眼前；/ 似

---

[1]《炼狱篇》第 16 章第 67-72 行、第 79-81 行。

[2] 摘译自 Sapegno, Natalino, *Compendio di storia della letteratura italiana*, Firenze: La Nuova Italia Editrice, Volume I：p.95。

君主他走在三人前面；/贺拉斯曾写作讽刺诗篇，/奥维德、卢卡诺与他并肩。[1]

随后，但丁又展示了古代诸位英雄的形象，他写道：

赫克特、其他人、埃涅阿斯，/把厄勒克特拉祖母陪伴，/恺撒也披甲胄，鹰眼睁圆。卡米拉、彭忒西进入视线；/拉丁努国王也在我面前，/与其女拉维娜坐在一边。/逐王的布鲁图，鲁蕾琪亚、朱莉亚、玛琪亚我也看见；/萨拉丁躲一旁，无人陪伴。[2]

紧接着，但丁又歌颂了"哲学的大家族"，称亚里士多德为"大师"，他写道：

随后我略举目，望得更远，/一大师映入了我的眼帘，/哲学的大家族围其身边。/所有人都向他致以敬意，/有两位靠近者无人可比，/他们是柏拉图、苏格拉底……[3]

崇尚古希腊和古罗马文化是意大利人文主义运动最重要的特征之一，但丁所生活的时代距该运动的兴起还有数十年的时间差，但在《神曲》中，我们随处可见古希腊和古罗马文化中的真实人物或神话人物，尤其是《地狱篇》中更是如此。这说明但丁对古典文化十分热爱。从阿凯隆特和斯提克斯泥河的摆渡者卡隆与弗雷加，到看守地狱各层的判官米诺斯和刻耳柏、普鲁托、弥诺陶洛等魔怪，再到被置于地狱其他处的魔怪哈庇厄和喀戎等肯陶尔；从把但丁和维吉尔放到地狱巨井下面的利比亚巨人安泰，到地狱魔王路西法嘴中咀嚼着的刺杀恺撒的凶手；从海伦、迦太基女王狄多和艳丽的埃及女王克娄巴特拉，到

---

[1]《地狱篇》第4章第86-90行。
[2]《地狱篇》第4章第121-129行。
[3]《地狱篇》第4章第130-135行。

科奇托冰湖安忒诺环和托勒密环的名称，无不来自古希腊和古罗马文化。不仅如此，地狱的阿凯隆特、斯提克斯和弗雷格顿三条恶河和科奇托冰湖都源自古希腊的冥界，古希腊冥界的忘川则被但丁移植到炼狱山巅的地上乐园。维吉尔是《神曲》中最重要的人物之一，从《地狱篇》一开始，到《炼狱篇》结束，他始终陪伴着但丁；他是欧洲古典文化的重要代表，选择他作为游历地狱和炼狱的引导者，也表明作者对欧洲古典文化的重视。

在《炼狱篇》中，当但丁希望借助神力摆脱地狱的悲伤气氛，写出优美的诗句时，便呼吁希腊神话中掌管文化的缪斯，尤其是诗与歌之神卡料佩前来相助，他这样写道：

> 噢，快令这死亡诗重新复活，/ 缪斯呀，因我站你们一边，/ 此处请卡料佩挺身而出，/ 用她的美妙音助我诗篇……[1]

而在《天国篇》中，但丁认为缪斯的助力已经不足以令其写出配得上赞美天国的美妙诗句，于是便直接呼吁希腊神话中统领九大缪斯的太阳神阿波罗赐予灵感。他这样写道：

> 噢，卓越的阿波罗，最后一搏，/ 请令我变器皿，装你灵感，/ 可遵你之要求荣获桂冠。……[2]

> 噢，神能啊，如若你赐我力量，/ 虽脑中福国景印象肤浅，/ 我也能将其展世人面前；/ 你将见我来到桂树脚下，/ 头上戴其枝叶编制桂冠，/ 是你使我配此美树光灿。[3]

总而言之，《神曲》中还有许许多多其他来自西方古典文化的艺术形象，这里就不一一枚举了。

---

[1]《炼狱篇》第 1 章第 7-10 行。
[2]《天国篇》第 1 章第 13-15 行。
[3]《天国篇》第 1 章第 22-27 行。

综上所述，我们可以得出这样的结论：《神曲》的创作意图、整体构思、结构布局、主要内容和中心思想是维护欧洲中世纪传统观念的，是保守的；因而，许多西方评论家称其为"中世纪天鹅的绝唱"[1]。有人会说，但丁对罗马教廷和教宗具有大无畏的批判精神，应该被认为是赞成社会变革的诗人。的确，但丁曾十分勇敢地批判过罗马教廷和教宗，然而他的批判矛头并未指向天主教的教理教义和建立在这些教理教义基础上的道德准则，而是指向了社会变革所带来的腐败现象和包括以教宗为首的神职人员在内的腐败人物，他抨击教宗和教廷的目的恰恰在于维护受到社会变革冲击的传统的价值观念和天主教的教理教义。

面对社会变革，但丁的态度是矛盾的，因此，《神曲》的许多局部内容十分自然地流露出对新时代情感和精神的同情和赞许，这些同情和赞许在一定程度上体现了新时代的精神；恰恰是透过它们，我们看到了新时代的曙光。

4. 震撼人心、发人深省的艺术手法

（1）隐喻

翻开评论《神曲》的文章，我们常常可以见到"训世"和"隐喻"两个关键词汇。"训世"即训导世人，它道出的是作品的写作目的，而"隐喻"讲的则是作者为达到训世的目的所采用的一种重要的艺术手法。

《神曲》中充满了隐喻，它的整体构思和局部内容均体现了隐喻的艺术特点。有些隐喻的含义十分明显，比如，序曲中头三句诗隐喻人类迷失了前进的方向，对熟悉欧洲中世纪晚期历史的人该隐喻并不难懂，正像罗马大学菲洛尼教授所说，"这种隐喻是透明的，是比较容易理解的"[2]。然而，有些隐喻却比较晦涩，只有认真体会每一诗句的深刻含义且具备丰富的西方文化知识，方能理解其意。在《地狱篇》第

---

[1] 据说天鹅临终前的最后一声长鸣（绝唱）最哀婉动人。

[2] 摘 译 自 Ferroni, Giulio, *Storia e testi della letteratura italiana*, Milano：Mondadori Università，2002，p.252。

14 章中，但丁这样写道：

> 一老人背朝向达米埃塔，/ 挺直着站立在那座山间，/ 望罗马，就好像照镜一般。/ 他头用精黄金制造而成，/ 臂与胸纯银铸，亮光闪闪，/ 一直到腿根处青铜铸锻；/ 再往下皆黑铁，仍然挺坚，/ 但泥烧之右脚承重极难；/ 他却赖此泥足支撑立站。/ 除黄金，其他处均有裂缝，/ 从裂缝滴落出泪珠点点，/ 汇集泪冲击下山洞显现。/ 泪坠崖，入深渊，形成河流：/ 三恶河在地狱流淌不断；/ 随后又沿窄溪向下流去，/ 一直到再不能流动地点，/ 形成了科奇托死水一潭，/ 你将见，我这里便不多谈。[1]

达米埃塔是埃及的一座古老城市，象征人类的起源。雕像背朝古埃及文明，面向罗马帝国和基督教会的中心罗马，它具有极其深刻的寓意，隐喻人类经历了黄金、白银、青铜和黑铁四个时代，这是一个从淳朴状态逐渐腐败堕落的过程。虽然黑铁的腿和脚仍然能够支撑雕像自身的重量，但它的重心却被放在那只没有支撑力的泥足之上；这说明，但丁认为他那个时代的文明已经摇摇欲坠。除金头之外，雕像的全身都有裂缝，这表示，只有在黄金时代，即尚未犯"原罪"之时，人类才享有完美的幸福。

地狱、炼狱、天国的设计本身便是一个巨大的隐喻，它隐喻人们在短暂尘世生活中的不同表现将造成他们在永恒世界中的不同后果，即地狱中的永世痛苦、炼狱中的艰辛改造和天国中的永恒幸福。前面我们已经说过，引导但丁游历地狱和炼狱的维吉尔隐喻的是古典哲学的理性和帝国的职责，通过他，人们可以实现尘世的安宁和幸福；引导但丁游历天国的贝特丽奇则隐喻的是基督教的信仰和天启真理，通过她，人们可以实现至高的天国永福。我们还说过，阻挡但丁前行的三只猛兽隐喻的是中世纪基督教禁欲、谦卑、安贫三大美德的对立面淫乱、傲慢和贪婪，但丁所期盼的将贪婪饿狼重新赶回地狱深渊的猎

---

[1]《地狱篇》第 14 章第 103—120 行。

犬隐喻的是一位新的救世主。除上面所说的隐喻外,《神曲》中还有数不胜数的其他隐喻。比如,在炼狱门前有三块不同颜色的石阶,它们隐喻人们忏悔罪过时的三个不同阶段。但丁这样写道:

> 向前行,我们至第一台阶,/白云石洁净且光滑不凡,/我的影反射在光洁石面。/第二阶石头呈紫黑颜色,/极粗糙,似被火烧过一般,/横一道,竖一道,裂纹明显。/第三阶扎实地压在上面,/好像是喷火的一块斑岩,/红红的,如鲜血洒于地面。[1]

第一级台阶隐喻的是人们内心的悔悟,第二级台阶隐喻的是痛苦忏悔罪过的过程,第三级台阶隐喻的是用行动赎罪。

炼狱隐喻帮助人忏悔并改正错误的基督教教会,这一点我们可在炼狱守门天使的形象上略见端倪:他掌握着开启炼狱大门的金银两把钥匙,手中还捧着一把利剑,呈现出的显然是天主教会最重要的代表圣彼得和圣保罗的形象。但丁这样写道:

> 那天使把七个大写 P 字,/用剑尖刻画在我的额面,/"炼狱内洗此伤。"随后吐言。/灰烬或干土色一件祭服,/覆盖在守门的天使背肩,/那天使从中抽两把钥匙,/一把黄,一把白,金银齐全,/先用白,后用黄,打开大门,/致使我满足了心中之愿。[2]

守门天使用剑尖在但丁额头上刻画的七个 P 字自然也具有隐喻意义,它们隐喻七宗罪,即傲慢、嫉妒、愤怒、怠惰、贪财、贪食、贪色。天主教认为这七种罪孽是万罪之源,因而,称其为"七宗罪"。象征人类的但丁只有经过一步步的辛苦改造才能逐步摆脱这些罪孽,因而,他每登上一级炼狱平台,就会有一位天使为他抹去一个 P 字。

那么,《神曲》为何会充满隐喻呢?但丁又为何如此重视隐喻呢?这大概只能在中世纪的基督教文化中寻找答案。前面我们已经说过,

---

[1]《炼狱篇》第 9 章第 94-102 行。
[2]《炼狱篇》第 9 章第 112-120 行。

中世纪的欧洲文化掌握在基督教的僧侣和教会的手中。文化是统治阶级手中随意揉捏的橡皮泥，掌握欧洲中世纪全部文化的基督教教会必然会想方设法地改造它，使其服务于教会，满足其稳定社会的需要。因而，宣扬上帝的存在、训导人们背向现世生活和追求天国永福便成为欧洲中世纪文化最重要的任务。为取得训导世人的最佳效果，就必须采取最有效的训导手段，隐喻的艺术手法便应运而生。我们不妨看看欧洲中世纪教堂中的壁画，它们在我们眼前展现的经常是一幅幅既神秘又具有深刻隐喻意义的画面。隐喻给人某种神秘感，越是神秘，越会使缺乏理性的人深信不疑。这种情况使我们很自然地想起早期基督教著名神学家德尔图良（Tertullianus）的那句"因为荒谬，所以我信"的名言；即便这只是世人的传说，这句话未必真的出自德尔图良之口，但它给人们的启示是十分明确的。因而，隐喻不仅是中世纪欧洲形象艺术的重要方法，也是诗歌这种文字艺术的有效手段。萨佩尼奥教授说：

> 宣扬教义的文章，哪怕是深思熟虑之作，也经常收益甚微，因而，需要一个更广阔的平台，这个平台能够用既有力度又有宽度的形象打动人的心，使人们能够反思形象所提供的警诫，这些警诫应该是明显的，也应该是具有高度的；隐喻叙事诗的中世纪传统为但丁提供了最符合创作目的的模式。[1]

其实，无论古代还是现代，无论中国还是外国，无论平民百姓还是帝王将相，无论普通信徒还是大小神职人员，人人都对神秘之事兴趣浓厚，都喜欢闻悦耳之美言，而不愿听刺耳之说教；否则，就不会存在神妙、惊叹、忠言逆耳、阿谀奉承、捧杀、献媚等词语。在我们中国传统文化中隐喻也是随处可见的，古代中国就曾有人用一鸣惊人的故事点醒楚庄王，使其最终成为春秋五霸之一。隐喻始终存在于各种文化之中，在以说教为主要目的的欧洲中世纪基督教文化中，它的

---

[1] 摘译自 Sapegno, Natalino, *Compendio di storia della letteratura italiana*, Firenze: La Nuova Italia Editrice, Volume I: p.120。

地位就更显得突出。

（2）明喻

人们称《神曲》为隐喻训世诗，含义深邃的隐喻构成了这部杰作的极其重要的艺术特点；然而，当我们阅读但丁的代表作时，会发现其中的明喻也丝毫不逊色，它们像展现在读者眼前的一幅幅生动的画面，十分贴切和精彩，能够使读者脑中立刻产生联想，从而更深刻、更准确地理解诗句的含义。

在《地狱篇》第1章中，但丁身陷幽暗的森林，十分恐惧，危难中他见到一道光辉覆盖在山肩，心中略微平静。但丁这样写道：

> 见此景慌乱情略微平静：/恐惧曾令吾心湖水翻卷，/一整夜都忍受极度苦难。/就好像人逃离大海波澜，/喘息着紧张地爬上岸边，/急回首凝视着海水凶险；/奔逃魂转身望路过之处，/亦死死紧盯着仔细看：/它从来不允许活人过关。[1]

诗人把他的恐惧心情比作波涛翻卷的湖水，把自己比作一个刚刚逃离海难的、惊恐万状的人，使读者对他当时的精神状态一目了然。

当那只象征贪婪、饿得骨瘦如柴的母狼逼迫但丁又退回他先前迷失方向的幽暗森林时，但丁又这样写道：

> 就好像一赌徒希望获利，/却怎奈运不佳，被迫输钱，/悲哭泣，全身心忍受熬煎；/那母狼也如此令我不安：/一步步威逼着来到面前，/迫使我又退至日默林间。[2]

中世纪，欧洲社会赌博成风，人们都怀着十分强烈的赢钱的心情进入赌场，当运气不佳被迫输钱时，便极度悲伤，痛苦不堪；退入林中的但丁当时的心情亦如此。这种比喻很接地气，给读者留下极其深刻的印象。

---

[1]《地狱篇》第1章第19-27行。
[2]《地狱篇》第1章第55-60行。

在《地狱篇》第 5 章中，但丁描述了被狂飙裹卷着到处飞旋的淫乱者的灵魂，他这样写道：

> 就好似生双翼椋鸟一般，/ 寒季里结群飞，聚成一团，/ 狂飙也裹恶魂如此翻卷；/ 忽而这（儿），忽而那（儿），永不停转，/ 无希望可慰藉他们心田，/ 不可能歇片刻，减痛亦难。[1]

诗人把飞旋的灵魂比作成群结队、到处乱撞的椋鸟，他们忽而飞到这儿，忽而飞到那儿，忍受着不能歇息片刻的痛苦。这种比喻十分贴切，使人立刻联想到那是一种永无休止的辛劳之苦。狂飙把淫乱者行列中的弗兰切卡和保罗的灵魂裹卷至但丁和维吉尔面前，但丁邀请他们与其交谈；于是这两个拥抱在一起的灵魂便飞离队伍。此时，但丁这样写道：

> 就好像鸽子被情欲召唤，/ 举双翼要飞回温情家园，/ 在空中滑翔行，欲望使然；/ 那灵魂飞出了狄多行列，/ 沿邪恶之天空来我面前：/ 我呼声有力且充满情感。[2]

但丁把保罗和弗兰切卡两位淫乱者的灵魂比作发情的鸽子，它们在情欲的召唤下飞回温情的鸟巢，望着巢中的配偶盘旋于空中。若未曾亲眼观察过发情鸽子的状态，这种与现实生活紧密相关的比喻是难以写出的。

但丁随维吉尔来到地狱第四层的入口，令人毛骨悚然的恶魔普鲁托用难以听懂的魔鬼语言向但丁吼叫；维吉尔痛斥恶魔，告诉他但丁游历地狱是上帝的安排，闻此言，被震慑住的普鲁托跌倒在地，不再吼叫。但丁这样写道：

> 那残忍之恶兽跌在地上，/ 如鼓起之船帆栽落甲板，/ 因桅杆

---

[1]《地狱篇》第 5 章第 40-45 行。
[2]《地狱篇》第 5 章第 82-87 行。

被大风猛力吹断。[1]

但丁把跌倒在地的普鲁托比作因大风吹断桅杆而栽落于船甲板上的风帆，这种比喻显然来自人间的航海实践，因而很生动，也很易被人理解和接受。

在地狱第七层第三圈中，鸡奸者的灵魂头顶着飘落的火片，脚踏着炙热的火沙，在一条小溪堤岸的下面急行而来，他们对堤岸上的但丁和维吉尔非常好奇，由于昏暗，眯着眼睛看着这两位陌生人，就像在微弱的新月光下看人，又好似年迈的裁缝纫针。但丁这样写道：

> 此时有一队魂入我眼帘，/他们均沿堤坝奔走向前；/似夜晚新月下瞧望他人，/对我们诸魂也如此观看；/他们都一个个皱眉，眯眼，/就好像老裁缝纫针一般。[2]

这是多么生动的来自于现实生活的比喻呀！所展示的形象是多么逼真。只有对日常生活细节认真观察的诗人方能有如此生花妙笔。

这里不可能逐一列举作品中的各种比喻，仅举上面几个例子，希望读者能够窥一斑而知全豹。

（3）极具画面感的描写

《神曲》不是一部讲述现世生活的作品，它展现的是人死后将要去的地狱、炼狱和天国三个虚拟世界。然而，它的内容不但不抽象，反而十分具体、生动、引人入胜，能使人联想起尘世生活中的景况。在《神曲》中我们不仅能看到与人类生活密切相关的希腊－罗马神话传说，也能看到许许多多真实的历史或现实的人物和故事。在但丁的笔下，这些神话传说和真实的人物与故事都极具画面感，就像一幅幅生动的壁画；这既体现出但丁具有很强的俗语表达和描写的能力，也说明基督教教堂中的精彩壁画对他语言艺术的形成有很大的影响。

地狱前厅中，一群懦弱的无为者跟随着一面大旗不停地奔跑，数

---

[1]《地狱篇》第 7 章第 13-15 行。
[2]《地狱篇》第 15 章第 16-21 行。

不尽的牛虻、毒蜂和血蝇叮咬他们，致使他们血流满面；他们的脚下是成堆的令人作呕的蛆虫。在描写这个场景时，但丁写道：

> 赤裸身，被毒虫蜇咬，追逐，/那里有恶蜂蝇千千万万。/罪灵魂一个个面染鲜血，/血与泪相混合滴落脚面，/脚下的恶心虫吸吮不断。[1]

此处的刻画真可谓入木三分，仅仅寥寥数语，便使懦弱的无为者灵魂令人作呕的形象跃然纸上，同时也把对他们的严厉惩罚清晰地展示在读者的眼前，使读者一想起这种情况就不寒而栗。

地狱第七层的第二环是一片奇怪的树林，树干和枯枝上长满了毒刺；树上栖息着令人厌恶的人头鸟哈庇厄。恶鸟的凄惨鸣叫声与树的断枝处发出的痛苦的哭喊声和抱怨声搅在一起，十分恐怖。但丁这样写道：

> 树喊道："为什么令我伤残？"/它身体变黑紫，被血浸染，/随后又开言道："折我何干？/难道你怜悯心没有半点？/……"[2]

随后，但丁又写道：

> 就好像青柴火一头点燃，/风一吹，另一头抽噎不断，/伴随着吱吱声泪水涌出；/断枝处随话音滴血点点。[3]

生动的描写与贴切的比喻往往是相辅相成的。断枝流着鲜血，哭泣着发出抱怨；这种情况就像火烧潮湿的青柴，青柴的这一头被点燃，风一吹，另一头便吱吱作响，滴落出水珠。

在地狱第七层的第三环中，放高利贷者坐在炙热的沙滩上，头上飘落着火片，忍受着巨大的痛苦。但丁是这样描写的：

---

[1]《地狱篇》第 3 章第 65-69 行。
[2]《地狱篇》第 13 章第 33-36 行。
[3]《地狱篇》第 13 章第 40-43 行。

> 他们苦从眼中喷发出来，/ 扑打这（儿），扑打那（儿），挥手不断，/ 遮火雨，扬炙沙，上下忙乱：/ 就好似夏日里狗儿逐虫，/ 被跳蚤、蝇、虻咬，忍受实难，/ 于是便用嘴、足不断驱赶。[1]

受惩罚的恶魂不断地扑打落在身上的火片，扬起身下炙肉的火沙，就像夏日里摇头晃尾、足嘴齐用驱赶蚊蝇的狗儿一样，眼中喷射出痛苦与愤怒的火焰。

在地狱第八层第三囊中，买卖圣职的恶魂，头朝下，脚朝上，像木桩一样倒栽在一个个狭窄的石洞中；炙热的火苗在他们的脚掌上滚动，烫得他们小腿不断地抖动。但丁写道：

> 两脚掌均燃烧炙热火苗，/ 双膝处急抖动，似鱼闪窜，/ 绳捆足似乎也能够挣断。/ 脚跟至足尖处燃烧之火，/ 就好似涂油物火苗上蹿，/ 它仅仅炙烫着燃物表面。[2]

《地狱篇》第33章中，但丁讲述了乌格里诺伯爵与其子孙的故事，他们被困在牢狱中，已多日没有食物，饥饿得几乎要吞食自己的骨肉。

> 一丝光射入到痛苦狱中，/ 我扫视孩子们四张小脸，/ 也好像看见了自己面容，/ 痛苦地把双手咬于齿间；/ 孩子们以为我想吃东西，/ 立刻都站起身，开口吐言：/ "父亲呀，是你为我们穿可怜肉衣，/ 被你吃会减少我等苦难，/ 现在你剥下它理所当然。"[3]

随后，但丁又写道：

> 大地啊，太冷酷，怎不裂断？/ 我父子受四日如此熬煎，/ 伽多儿扑倒在我的脚边，/ "父亲啊，不救我？"他吐悲言。/ 他死

---

[1]《地狱篇》第17章第46-51行。
[2]《地狱篇》第19章第25-30行。
[3]《地狱篇》第33章55-63行。

去；其他的三个孩子，/随后也饿死于第五、六天；/我因此失光明，变成瞎子，/两天中不断把儿名呼喊，/还不停抚摸着每具尸体，/但挨饿比忍痛更加艰难。[1]

请看，但丁在我们面前展现出一个多么悲惨的场面，其笔法极具现实主义的力度，几乎每一诗句都像一只冰冷的手紧紧地抓住读者的心，拉动着它，令其颤抖，使其破碎。

但丁对地狱的描写十分精彩，对炼狱和天国的描写也绝不逊色。《炼狱篇》一开始，但丁站在炼狱岛岸边，望见一位天使驾驶满载灵魂的小船飞快驶来。诗中，他这样描写：

一光体沿大海飞驰而来，/其速度任何鸟难以比肩，/……再看时，它更大，更加耀眼。[2]

随后但丁写道：

在光体两侧处我见白色，/却不知它是个什么物件，/另一白亦渐渐出现下面。[3]

接着但丁又写道：

那使者随后便越来越近，/上天的神之鸟更加明灿；/至近处，眼难以承受其光，/我垂目，天使则驶向岸边，/其舟儿轻快地急速而来，/不吃水，就好像飞于海面。/天降的掌舵人站立船尾，/似"至福"铭刻在舵手之脸；/百余名灵魂坐船的里边。[4]

---

[1]《地狱篇》第 33 章 66-75 行。
[2]《炼狱篇》第 2 章 16-17、21 行。
[3]《炼狱篇》第 2 章第 22-24 行。
[4]《炼狱篇》第 2 章第 37-45 行。

天使驾驶的小舟由远而近，从远处看，他像一只飞鸟，略靠近时渐渐增大，显露出耀眼的白色；天使穿着白色的长衫立于船尾，他的两只白色羽翼伸向天空；最初，但丁分辨不出那是什么，更靠近时，天使的形象便清晰地展现在眼前；船儿飞驰而来，由于装载的是无重量的灵魂，因而吃水很浅。此处的描写，就像电影摄影师逐步拉近镜头所拍摄下来的一系列生动的画面。

炼狱的第二级惩戒的是嫉妒者的灵魂，他们身上穿着苦行衣，靠着岩壁坐在那里，相互依偎，就像一群坐在教堂门前乞讨的瞎子。

> 他们似身上披粗糙苦衣，/ 你挺我，我撑你，相互依肩，/ 靠岩壁支持才坐在地面。/ 就像是盲人们丧失生计，/ 赦罪节乞讨于教堂门前，/ 一个个首垂靠同伴身上，/ 为的是不仅用乞讨语言，/ 而且用苦苦的哀求神态，/ 在他人心中把怜悯呼唤。[1]

这是一个多么触目惊心的场面啊！它与苦难的现实生活紧密相连。为了引起人们的怜悯，乞讨者往往坐在上帝的家——教堂门前乞讨，这在中世纪的欧洲司空见惯，即便后来进入较文明的时代，这种现象也是常见的。

在惩戒贪食者灵魂的炼狱第六级，诗人描写了一颗奇怪的果树，树冠上宽下窄，恰恰与普通果树相反；一股从山岩上落下来的清泉洒在果树的枝叶上，浇灌着它们，使其十分繁茂。树下的灵魂贪婪地仰望着，渴望品尝树上的果实，却徒劳枉然；他们忍受着饥渴的折磨，瘦得皮包骨头，眼窝深陷，皮肤干裂，好似鳞片。但丁这样写道：

> 我见到树下人均举双手，/ 不知道为何向树冠叫喊，/ 似孩童欲获却无法得到，/ 苦哀求，被求者却不答言，/ 他高举所求物，并不遮掩，/ 其目的是刺激求者欲念。[2]

---

[1]《炼狱篇》第 13 章第 58-66 行。
[2]《炼狱篇》第 24 章第 106-111 行。

树上的果子就像孩童的欲求之物，为了刺激孩子的索取欲望，大人高高地将其举起；尽管孩子苦苦哀求，高举所求物的大人就是不满足他的愿望。这是多么形象的描述，这是多么贴切的比喻，它将贪食者期盼获得食物的急迫心情刻画得惟妙惟肖。

在天国的火星天中，但丁看见一个由光魂组成的巨大的十字架，许多光魂沿着十字架上下左右不断窜动，就像一束阳光射入阴影时于明亮的光线中显现出无数窜动的粉尘一样。诗人这样写道：

> 就好像人为了保护自己，/有时会巧妙地制造阴暗，/一束光若偶然射入影中，/见许多小颗粒，有长有短，/直飞行，斜流窜，四处飘动，/不停地变着样，或急或缓。[1]

在天国的木星天中，但丁看见飞舞的光魂组成文字，随后又组成象征帝国的雄鹰图形。诗人对光魂组成雄鹰图形的描写十分生动，他这样写道：

> 随后见从 emme 字母顶端，/重升起千余朵高低光团，/就好像猛击打燃烧木头，/迸发出小火星千千万万，/（愚人们常觉得吉兆出现），/其高低全都由日火决断；/当光团都静入其位之后，/一雄鹰首与颈映入眼帘，/背景上那鹰头闪亮如焰。[2]

光魂组完了"你们爱正义吧，世间的执法官员"[3]这两句话的最后一个字母 M（emme），又在这个字母形状的基础上开始变化。许多光魂就像燃烧的木头被猛击时飞溅出的火星，飞向空中，有的飞得高，有的飞得低，随后组成雄鹰图形。这里，我们见到的又是一个绝妙的比喻，又是一个精彩的描写。诗人若不仔细观察生活，绝不会展现出如此逼真的形象。

---

[1]《天国篇》第 14 章第 112-117 行。
[2]《天国篇》第 18 章第 100-108 行。
[3]《天国篇》第 18 章第 91、93 行。

结语

但丁以拯救人类为己任，把诗歌作为传播真理的工具，为了实现教育民众的目的，使他们接受说教，他需要展现栩栩如生的人物形象与震撼人心的故事情节和场景，也需要采用生动的艺术形式和形象的语言。

《神曲》是一部对未来充满美好理想的作品，从它的整体构思到它的名称（《喜剧》）都反映了这一点。作者看到了社会的"堕落"，幻想上天将解救人类，期盼安定、正义的美好世界尽快到来。这种盼望虽然只是一种不切实际的梦想，却始终激励着诗人为之努力奋斗。对未来的美好憧憬支配着《神曲》的整体构思，使作品从苦难的开端——地狱，逐步发展到光明幸福的结尾——天国，构成了一部理想的《喜剧》。地狱是苦难现实的写照，炼狱是从苦难现实向美好未来过渡时所必经的艰辛历程，天国则代表没有邪恶的理想未来。因此，《神曲》是一部具有浪漫主义色彩的作品。

然而，《神曲》不仅是浪漫主义的，也是现实主义的，它是浪漫主义和现实主义紧密结合的典范。上面我们已经看到，作品中对具体事物的描写与生活现实有着紧密的联系，是经过艺术加工后的现实生活的再现。《神曲》所涉及的问题是当时意大利社会最敏感的问题，所以，尽管它展现的是人死后将去的三个虚拟世界，内容却显得十分逼真，动人心弦。作品中除了那些人们所熟悉的希腊－罗马神话和《圣经》中的人物与故事之外，还描写了许多与但丁同时代或历史中的真实人物，讲述了许多有案可查的历史故事和中世纪晚期发生在意大利和欧洲其他地方的真实事件。在中世纪的其他隐喻诗中，含有象征意义的隐喻几乎构成作品的全部内容，因而给作品打上了复杂而怪诞的印记，影响读者理解其中的含义。而《神曲》中的隐喻却是以社会现实为基础的，简明易懂，非常接近于现实生活和人的真实情感；它们不但不会妨碍对具体情节的描写，使描写混浊不清，反而与其紧密配合，相得益彰。象征帝国与理性的维吉尔和象征神学与上天恩赐的贝特丽奇，不时地超越抽象的象征意义，变成诗人所仰慕的生动人物。至于其他隐喻，也不只是作者头脑中的主观臆造，而是以有声有色的具体形象展现在读者的面前。《神曲》对地狱、炼狱、天国三个虚拟世界景物的描写，对人物形象、动作以及情感的刻画和比喻，都极其生动。地狱与炼狱中的每一酷刑和艰辛的改造，都使人联想到人世的苦难和人们忍痛忏悔罪过的中世纪现实。一千多年来教会所宣扬的天国幸福在中世纪人的心中打上了深刻的印记，因此，对天国的描写也极其符合当时人们的思想感情。但丁善于利用来源于现实生活和自然界的比喻，这一点也使《神曲》更加贴近现实。总之，《神曲》既用隐喻启迪人们的思想，也以现实主义的笔触直接披露社会问题，是一部描写与现实紧密不可分的充满奇异幻象的叙事长诗。

目　录

第 1 章 [1]

　　《地狱篇》的第 1 章是《神曲》全诗的序曲。在这一章中，但丁设想，1300 年的春分时节，他迷失于一片幽暗的森林中；诗人的迷失隐喻人类的堕落和迷失。但丁预感面临死亡的危险，十分恐惧，他抬头见到山肩处有一道光线，心中闪现出一丝短暂的希望，于是开始向光明处攀登；在攀登的过程中，他遇见了三只凶残的猛兽：花斑豹、雄狮和饿得骨瘦如柴的母狼，它们分别隐喻淫欲、傲慢和贪婪，这三大罪孽是中世纪基督教三大美德——禁欲、谦卑和安贫——的死敌。绝望的但丁跌跌撞撞地又退回山谷深处的森林中。此时，古罗马诗人维吉尔的幽灵出现。维吉尔是西方古代文人的代表，隐喻西方古代文明的理性和哲学；他劝说但丁走另一条不寻常的道路，即游历地狱、炼狱和天国。

身陷幽暗的森林

人生的旅途我方行半程，
便身陷幽暗的森林之中 [2]，
正确路已迷失，方向不明。　　　　　　　3
啊，这森林荒芜且崎岖难行！
实难以道出那恐怖之景，
现想起仍令我胆战心惊。　　　　　　　6
那痛苦与死亡相差无几；

---

[1]《地狱篇》第 1 章构成了《神曲》全诗的序曲，它开宗明义，讲明但丁的处境，从而隐喻人类已经迷失方向。

[2] 但丁设想自己 35 岁那年迷失于一片幽暗的森林中，以此来隐喻人类的堕落，指责人类迷失了前进的方向。《旧约·圣咏集》第 89 篇中说："我们的寿数，不外七十春秋。"因而，人们猜想，但丁所说的"人生的旅途……半程"指的是 1300 年，即但丁 35 岁那年；从而推论出《神曲》的创作始于他被流放之后，即 1301 年之后。

为说明如何遇助我福星 [1]，

须先讲所见的其他事情。　　　　　　9

怎误入漆黑林无法说清：

当时我已远离正确路径，

因困倦，昏沉沉，睡眼蒙眬 [2]。　　12

阳光照耀下的山冈

我穿过之山谷十分幽暗 [3]，

它刺痛我的心，令吾胆寒，

来到了山脚下，幽谷尽头，　　　　15

抬头望，见光辉披盖山肩 [4]；

那闪闪行星 [5] 是耀眼光源，

它引人沿各条正路向前。　　　　　18

见此景慌乱情略微平静：

恐惧曾令吾心湖水翻卷，

一整夜都忍受极度苦难。　　　　　21

就好像人逃离大海波澜，

喘息着紧张地爬上岸边，

急回首凝视着海水凶险；　　　　　24

奔逃魂转身望路过之处，

亦死死紧盯着仔细观看：

它从来不允许活人 [6] 过关 [7]。　　27

---

[1] 指前来帮助但丁的古罗马帝国早期的著名诗人维吉尔。维吉尔是古希腊和古罗马文人的重要代表，因而象征西方古代文明的理性和哲学。

[2] 总之，但丁昏沉沉地迷失了方向，陷入了幽暗的森林。

[3] 指前面提到的"幽暗的森林"所在的山谷。

[4] "山肩"指接近山顶处的两侧山坡。山谷低处的森林中一片黑暗，而山与山相互错开的山肩处却露出了光线。

[5] 指太阳。按照当时流行的地心说理论，人们认为太阳是一颗行星。此处它象征上帝。太阳的光辉普照宇宙万物，上帝则用他的智慧之光普照智慧生命的心灵。

[6] 指仍活在尘世的人。

[7] "它"指前面所说的"幽暗的森林"，那里从来就不让任何还活在尘世的人通过。

我略微休息后，重新上路，

继续沿荒凉坡走向山肩，

下面足总牢牢实踏地面[1]。   30

路遇三只猛兽

将行至悬崖的陡起之处，

突然见一灵巧花豹出现，

身披着艳丽皮，五彩缤纷[2]，   33

不愿去，站立在我的面前；

它甚至还极力把路阻拦，

我被迫多次要转身回返。   36

清晨才刚刚地展露头脸，

太阳与那些星一同升天[3]：

神爱[4]推诸美物[5]开始初转[6]，   39

它们[7]便陪伴在明日身边[8]；

良辰与好季节展现眼前，

这令我有理由满怀期盼：   42

希望那花斑兽不会伤我[9]；

但此时一雄狮[10]映入眼帘，

---

[1] 但丁走一步，停一停，向上迈出的那只脚总是虚悬的，留在下面的那只脚则总实实地踩在地上。这行诗句表明，但丁犹豫不决，走得并不快；隐喻他追求光明的心并不坚定。

[2] 身披五颜六色的美丽皮毛的花斑豹隐喻淫欲，即中国人通常说的"色"。

[3] "那些星"指白羊星座。初春时节，太阳与白羊星座一起升起，人们称其为太阳进入白羊宫。

[4] 指上帝之爱。

[5] 指天上的群星。

[6] 当上帝创造天空和群星并推动群星运转的时候，即宇宙诞生之初。

[7] 指前面提到的"那些星"，即白羊星座的诸星。

[8] 据说，上帝创造万物、最初推动群星运转时，白羊座便陪伴着太阳；当时正值春天，因而春天被看作给人们带来希望的季节。

[9] 清晨和春天是美好的时间和季节，它们使但丁有理由期盼花斑豹不会伤害他。

[10] 雄狮隐喻傲慢，因为它总是高昂着头，目空一切。

这怎能不令我再度心寒。 45

它好像朝着我昂首而来，

饥饿已似乎使此兽狂癫，

空气也被吓得瑟瑟抖颤 [1]。 48

又见到一母狼骨瘦如柴 [2]，

好像是充满了贪婪欲念，

它已使许多人生活悲哀， 51

现在又令重石压我心间 [3]；

我担心难逃离它 [4] 的双眼，

上行的希望便烟消云散。 54

就好像一赌徒希望获利，

却怎奈运不佳，被迫输钱，

悲哭泣，全身心忍受熬煎； 57

那母狼也如此令我不安：

一步步威逼着来到面前，

迫使我又退至日默林间 [5]。 60

---

[1] 连周围的空气都被疯狂的雄狮吓得瑟瑟抖颤。

[2] 骨瘦如柴的母狼隐喻贪婪。花斑豹、雄狮、饿得骨瘦如柴的母狼分别象征淫欲、傲慢、贪婪，它们是基督教三大美德——禁欲、谦卑、安贫——的死敌。

[3] 但丁认为贪婪是万恶之源，是造成社会堕落、世风日下的祸根，它比淫欲、傲慢更可怕和更难以战胜。

[4] 指饿得骨瘦如柴的母狼。

[5] 指前面提到的"幽暗的森林"。一般情况下，人们会说：日光暗淡，因为"日光"和"暗淡"都是表现视觉状况的词汇；很少见到用表现听觉状况的形容词（默）来修饰表示视觉状况的名词（日）；此处，但丁的修辞手法十分大胆，所表示的意思亦是非常明确的。

第1章

维吉尔出现

我退回山谷中 [1]，跌跌撞撞，

此时见一人影入我眼帘，

其音哑，因沉默许久时间 [2]。 63

我荒野见救星岂能不喊：

"是真人，是魂影，均应垂怜，

快请你施慈悲，以示仁善！" 66

他答道："我非人，曾经是人，

伦巴第 [3] 是父母美好家园，

祖国在曼托瓦那座城垣 [4]。 69

我生于恺撒朝，为时太晚 [5]，

住罗马——屋大维 [6] 美好帝苑，

那时候伪神灵 [7] 到处泛滥。 72

我本是一诗人，曾经歌唱，

傲慢的伊利昂 [8] 葬身烈焰，

---

[1] 指前面说过的幽暗的森林所在的山谷。

[2] 来人是古罗马著名诗人维吉尔（Virgilio，前70—前19）的魂影，他在地狱中长期沉默，所以声音沙哑。

[3] 伦巴第是意大利北方的一个区域，其名字来自于中世纪早期侵入意大利并在该地区定居的北方蛮族伦巴第人；现在该地区是意大利共和国的一个行政大区，其首府是米兰。"伦巴第"的称谓出自维吉尔之口是不太合情理的，因为维吉尔在世时，该称谓还不存在；当时意大利北方被称作南高卢。

[4] 维吉尔的家乡是意大利伦巴第地区的曼托瓦城，因而，此处说"伦巴第是父母美好家园，祖国在曼托瓦那座城垣"。

[5] 维吉尔出生时恺撒（Cesare，前102—前44）三十余岁，还没有掌握罗马大权；恺撒被刺杀时，维吉尔刚刚二十几岁；此处"为时太晚"的意思是：诗人太年轻，还来不及写诗篇赞美这位伟大的统治者。

[6] 屋大维（Ottaviano，前63—公元14）又称奥古斯都，是恺撒的侄外孙，其外祖母是恺撒的姐姐；恺撒被刺后，他打败政治对手，掌握罗马大权，并称帝，成为罗马帝国的首位皇帝。

[7] 指非基督教的神灵。

[8] 伊利昂是黑海口处的一座古城，即荷马史诗中的特洛伊城。

安奇塞[1]正义子[2]离乡逃难。 75

你为何又痛苦返回这里？

为什么不登上愉悦之山？

它可是完美的快乐之源。" 78

我羞愧，怯生生，垂首吐言：

"难道说维吉尔来我身边？

你就是那滔滔诗河源泉[3]？ 81

噢，众诗人指路灯光辉灿烂[4]！

我爱你，久研寻你的诗篇，

但愿这可令你对我施援[5]。 84

你是我老师和权威诗人，

我向你学会了优美语言，

它[6]给我带来了荣耀万千。 87

你已见那恶兽逼我回转，

著名的哲人[7]呀，快施救援，

它令我血管与脉搏抖颤。" 90

魂影[8]见我流泪于是开言：

"你若想逃离这荒野林间，

就应走另一条奇特路线[9]： 93

---

[1] 安奇塞（Anchise，另译：安喀塞斯）是古罗马史诗《埃涅阿斯纪》中的人物，特洛伊英雄埃涅阿斯的父亲。

[2] 指埃涅阿斯（Enea）。埃涅阿斯是维吉尔的代表作《埃涅阿斯纪》中的主人公，被罗马人视为祖先。特洛伊城被攻陷后，他率领部分特洛伊人乘木筏逃离，历经千难万险，到达台伯河口；后来，他的后裔建立了罗马城。

[3] 你就是那个滔滔不绝地写出许多优美诗歌的人吗？

[4] 你这盏所有后世诗人的指路明灯十分光辉灿烂。

[5] 因为敬爱你，我已经阅读和研究你的诗很久时间了；但愿这能感动你，令你对我施援。

[6] 指上一诗句中所说的优美语言。

[7] 这是但丁对维吉尔表示尊敬的称呼。

[8] 指维吉尔。

[9] 指无凡人走过的通往地狱、炼狱、天国的道路。

维吉尔做但丁的向导

因令你呼救的野兽 [1] 凶残，

它不让任何人通过此地，

或咬死，或将其道路阻拦；　　　　　　　96

其本性既凶恶又很野蛮，

欲壑也永远都难以填满，

进食后其饥饿远胜餐前。　　　　　　　99

许多人与此兽欣然为伍，

在猎犬令母狼惨死之前 [2]，

还会有更多人如此这般。　　　　　　　102

救世猎犬

那猎犬不食土，不吃银钱，

仅仅把智、爱、德吞入腹间，

它生于粗布中，出身卑贱，　　　　　　105

救可怜意大利脱离苦难 [3]；

为了她 [4] 卡米拉魂飞命断，

图努斯、尼苏斯鲜血飞溅 [5]。　　　　　108

猎犬把饥饿狼逐出各城，

再将其重赶回幽幽深渊：

---

[1] 指前面说过的饿得骨瘦如柴的母狼。

[2] 母狼隐喻贪婪。但丁认为，贪婪是人类社会混乱与道德堕落的首要原因，驱逐它需要有一只代表上天正义和社会改革力量的猎犬，只有在它的奋斗下，人们才能建立起新的、公正的社会秩序。

[3] 但丁所期待的"救世主"（猎犬）既不贪金银，也不贪土地，而只注重各种美德，他（它）生于粗布制成的襁褓之中，出身卑贱，只有他才能救意大利脱离苦难。或许但丁所说的这位"救世主"暗指当时意大利某地区的某位出身卑微、品行正直的执政者。

[4] 指意大利。

[5] 卡米拉（Cammilla）、图努斯（Turno）和尼苏斯（Niso）都是《埃涅阿斯纪》中的人物，尼苏斯是埃涅阿斯的战友，图努斯和卡米拉则是埃涅阿斯的对手。埃涅阿斯为在意大利立足，曾进行过殊死的战斗，上述人物都战死于沙场。这里，但丁并未分敌我，把他们均视为为意大利牺牲的祖先。

是嫉妒放它出地狱黑暗 [1]。 111
我为你另选择一条路线，
请紧紧跟随我行进向前，
同我穿永恒界走出此间 [2]。 114

介绍地狱、炼狱、天国

在那里你将见痛苦古魂 [3]，
也能够闻听到绝望嘶喊 [4]，
为获得二次死人人呼天 [5]； 117
还可见火中魂乐满心田，
因他们都怀揣得救期盼，
均希望升华至永福空间 [6]。 120
若你想飞入到他们 [7] 之中，
胜过我一灵魂来你身边 [8]，
我离去，她引你继续向前； 123
因上帝不愿我入其家园：
他 [9] 统治环宇且坐镇上天，
我却曾将他的天条违反 [10]。 126

---

[1] "幽幽深渊"指地狱。但丁认为，嫉妒把贪婪从地狱中放出来祸害人类。
[2] 和我一同穿过地狱、炼狱、天国，走出这片幽暗的森林。
[3] 在永恒的境界中，你将见到未曾受过基督教洗礼的古代人的魂灵忍受地狱之苦。
[4] 也能够听到其他地狱恶魂绝望的哭叫声。
[5] 第一次死亡指人的肉体的死亡，第二次死亡指已经没有肉体的地狱灵魂的死亡。在地狱受苦的灵魂都乞求第二次死亡，以解脱难以忍受的永恒之苦。
[6] "火中魂"指在炼狱烈火中忍受痛苦的灵魂，因为他们有希望经过炼狱烈火的洗礼进入天国，苦中有乐，所以心中欢喜。"永福空间"指天国，那里生活着享受天国永福的灵魂。
[7] 指在天国享受永福者。
[8] 当你要升入天国的时候，会有一个比我更好的灵魂来引导你；这里暗指将引导但丁游历天国的贝特丽奇。
[9] 指上帝。
[10] 上帝不愿意维吉尔进入基督教的天国，因为他未曾受过洗礼，不是基督徒；但丁认为，维吉尔觉得此事违背了上帝的天条。

天国有帝之都、高高宝座 [1]，

从那里发号令，四方传遍：

噢，被选中天国民幸福无限！"　　　　　129

我说道："诗人 [2] 啊，请你救援，

为使你不识的上帝 [3] 喜欢，

请快快带着我逃离此处，　　　　　132

引我去你讲的那个空间 [4]，

看你说之灵魂 [5] 如何痛苦，

再让我见彼得辉煌门槛 [6]。"　　　　　135

话音落，他前行，我随后面。

---

[1] 天国中有上帝的都城，并设有上帝的宝座。

[2] 指维吉尔。

[3] 指维吉尔不认识的上帝，即基督教的上帝。维吉尔生活在基督教诞生之前，不是基督徒。

[4] 即永恒世界：地狱、炼狱、天国。

[5] 指地狱的幽灵。

[6] 指炼狱门槛。炼狱象征帮助人们忏悔和改正罪过的教会，圣彼得（San Pietro）被视为天主教会的创始人和第一任教宗；因而"彼得辉煌门槛"指的就是教会的门槛，即炼狱的门槛。

第 2 章 [1]

　　黄昏时分，已经见到一丝希望的但丁又陷入疑虑与恐惧之中：埃涅阿斯和圣保罗活在尘世时曾经到过永恒世界，但他们都是上帝选中的贤人；前者是古罗马人的祖先，他的后裔创建了罗马城和罗马帝国；后者则通过布道确立了基督教的信仰；而他只是一个普通人，又怎么能与古代的这两位贤人相比呢？又怎么敢领受上帝赐予的游历死后三界的巨大恩典呢？

　　为了解除但丁的疑虑，维吉尔告诉但丁，天上的三位圣洁女子（圣母玛利亚、圣露琪亚和贝特丽奇）对他有特殊眷顾；特别是贝特丽奇，她亲自下到地狱的灵泊层请维吉尔来解救但丁。听完维吉尔的解释，但丁又重新振奋精神，跟随维吉尔踏上非凡之路。

　　在这一章中，通过与维吉尔的对话，诗人向读者明示，他的这次不寻常的旅行是上天意志的体现，他与埃涅阿斯和圣保罗一样，肩负的是决定人类命运的使命。

但丁的疑虑与恐惧

白昼已渐渐去，天色昏暗，
尘世的众生灵弃劳入眠；
只有我一个人 [2] 仍在忙碌，　　　　　　3
准备去应对那激烈恶战 [3]：
艰辛路、可怜景左右夹攻 [4]，
我无误记忆 [5] 将绘其画面。　　　　　　6

---

[1] 这一章可以被看作是《地狱篇》的序曲。
[2] 维吉尔已经不是具有肉体的人，而仅仅是一个幽灵，因而，此处但丁说"只有我一个人"。
[3] 指旅程的艰险和痛苦。
[4] 我将要踏上艰辛的旅程，还要面对令人怜悯的悲惨境况。
[5] 地狱的苦难将深深地铭刻在但丁的心中，使其永难忘记那些可怖的画面，因而，此处但丁说自己的记忆是"无误记忆"。

噢，缪斯啊，智慧啊，你们助我 [1]；

噢，大脑啊，请记下我之所见：

如此可把你的高贵彰显。 9

我说道："诗人啊，你引我行，

在委我闯关的重任之前，

请先看我德能是否强健。 12

你说过，西尔维乌斯之父 [2]，

不死魂由可腐躯体 [3] 陪伴，

魂与肉一同入永恒深渊 [4]， 15

众恶的对头 [5] 却对他和善；

但想想他将结硕果万千 [6]，

其子孙一个个超俗非凡， 18

是罗马与帝国灵魂之父 [7]，

智者必觉此事理所当然，

因为在净火天 [8] 他已当选 [9]； 21

定该城 [10] 为圣地绝非虚传，

这件事已实现，众人可见：

大彼得继承者坐镇掌权 [11]。 24

---

[1] 按照古典史诗的创作传统，在写作之前，诗人要呼吁希腊神话中掌管诗乐的女神缪斯给予帮助，赐予灵感。

[2] 据罗马神话讲，西尔维乌斯（Silvio）是罗马人的祖先特洛伊英雄埃涅阿斯之子，因而，此处的"西尔维乌斯之父"指的是埃涅阿斯。

[3] 指人的可以腐烂的肉体。

[4] 据古罗马诗人维吉尔在史诗《埃涅阿斯纪》第 6 章中讲，还是肉体凡身的埃涅阿斯曾经游历冥界。

[5] 指天主，他是所有邪恶的死敌。

[6] 指埃涅阿斯的历代子孙十分优秀，他们建立了罗马，并使其辉煌无比。

[7] 此句诗的主语仍然是第 16 行的"他"，即前面所说的西尔维乌斯的父亲埃涅阿斯。

[8] 指天国最高处，那里是宇宙之外，是神心。

[9] 指埃涅阿斯是被上帝选中游历冥界的。

[10] 指罗马。

[11] 教宗坐镇罗马，执掌天主教世界的大权。"大彼得"指使徒圣彼得，他被认为是第一代教宗；他的继承者指的是天主教历代教宗。

你 [1] 也曾赞颂他 [2] 行走此路 [3]，

听人说他将会奏凯而旋 [4]，

从而晓教宗披斗篷根源 [5]。   27

'神选皿' [6] 也曾至永恒空间 [7]，

为了使对基督信仰更坚：

信仰是获救的道路起点。   30

我并非圣保罗、埃涅阿斯，

为何要去那里 [8]？何人决断 [9]？

无人信我配挑此等重担；   33

倘若我贸然地随你向前，

恐怕是此举动有些疯癫；

你智慧，明白我所吐之言。"   36

有些人会放弃欲做之事，

为新的想法把旧念改变，

将已经开始的事情中断，   39

我也在黑山谷如此这般；

细想想此旅程始于慌乱，

计划 [10] 便在心中烟消云散。   42

---

[1] 指维吉尔。

[2] 指埃涅阿斯。

[3] 维吉尔也曾经讲述过埃涅阿斯游历冥界（地狱）的故事。

[4] 据维吉尔的《埃涅阿斯纪》讲，埃涅阿斯在游历冥界时，听已故的父亲预言他将战胜敌人，从而坚定了斗志，为打败敌人、在意大利站稳脚跟奠定了基础。

[5] 埃涅阿斯的胜利为罗马城的建立奠定了基础，从而也为天主教教宗坐镇罗马奠定了基础。"教宗的斗篷"象征教宗对教会的统治大权。

[6] 指圣保罗（San Paolo）。圣保罗被称作"神选皿"，此称呼来自《新约圣经》中的《使徒行传》。"神选皿"指上帝选中的承载基督教神学思想的器皿。

[7] "永恒空间"指人灵魂离弃尘世后所去的地方，其中包括地狱、炼狱和天国。据圣保罗自己讲，他活在尘世时就曾经被带入第三重天；但他自己也说不清，是只有灵魂升入了天国，还是连肉体一同升入了天国。

[8] 指埃涅阿斯和圣保罗都曾经去过的人死后的灵魂世界。

[9] 何人决定让我去那里？

[10] 指但丁游历地狱、炼狱、天国的计划。

维吉尔的劝说和贝特丽奇的帮助

那伟人之魂影^[1] 回答我说：

"如若我理解了你吐之言，

你的心被怯懦已经搅乱； 　　　　45

它^[2] 经常会占据人的心田，

使人们弃辉煌，踌躇不前，

似牲畜看见了影子虚幻^[3]。 　　　　48

为了使你摆脱这种恐惧，

我道出为何来与你相见，

闻何事我心痛，对你生怜^[4]。 　　　　51

我本与飘忽的幽灵^[5] 为伴，

永福^[6] 的美夫人^[7] 将我召唤，

我听从她吩咐理所当然。 　　　　54

她闪闪之双眸亮超明星，

甜蜜蜜温柔地对我开言，

天使般美声音响我耳边： 　　　　57

'噢，曼托瓦谦恭魂^[8] 慷慨无限，

你英名至今仍传颂人间，

其^[9] 寿命与世界可以比肩； 　　　　60

---

[1] 指维吉尔的魂影。

[2] 指上一句说到的"怯懦"。

[3] 就像牲畜猛然看见虚幻的影子受到惊吓一样。

[4] 听到了什么，致使我心痛，对你产生了怜悯之情。

[5] 指生活在地狱灵泊层（地狱第一层）中的灵魂。未曾犯过罪孽的非基督徒的灵魂在灵泊层忍受永远见不到上帝的惩罚，其中包括基督教诞生之前便死去的古代圣贤的灵魂和没来得及受洗就死去的婴儿的灵魂。因为这些灵魂既无法进入天国，也不能坠入真正受苦受难的地狱，他们漂浮于天国与地狱深渊之间，所以此处称他们为"飘忽的幽灵"。

[6] 与天主一同生活在天国的灵魂被称作"永福者"，因为他们永世享受至福。

[7] 指后来引导但丁游历天国的贝特丽奇。

[8] 指维吉尔，他的家乡是意大利曼托瓦城。

[9] 指上一句提到的维吉尔的英名。

我朋友 [1] 运不佳，路上遇险，

受阻于无人的荒寂野山，

因恐惧他意欲把身回转；　　　　　　　63

在天上我听说他遇困难，

便担心他已经道路不辨，

我难以及时至，把他救援。　　　　　　66

派遣你救他者贝特丽奇 [2]，

我来自那一片欲返空间 [3]；

你快去用动听美妙话语 [4]，　　　　　　69

尽全力帮助他摆脱苦难，

这样才能令我情定、心安；

因为爱 [5] 我才说如此之言。　　　　　　72

当返回天主的身边之时，

我定会当他面把你称赞.'

她缄口，于是我开始吐言：　　　　　　75

'噢，夫人啊，你具有至美德行，

由于你人类方有此才能：

超最小天环下其他众生 [6]；　　　　　　78

即便是现在已觉得太晚，

---

[1] 指迷失于幽暗山谷中的但丁。

[2] 贝特丽奇是但丁所爱恋的一位佛罗伦萨的美丽少女，后来成为他的偶像和诗歌创作的灵感；但丁写作《神曲》时，她已经离开人世；在《神曲》中，她是引领但丁游历天国的向导。

[3] 指天国。贝特丽奇来自令人向往的天国，完成使命后她还要返回那里，因而此处说"那一片欲返空间"。

[4] 维吉尔是古罗马最伟大的诗人，其语言十分高雅，华美，因而此处称他的语言是"美妙话语"。

[5] 此处的"爱"一语双关，既指贝特丽奇本人对但丁的爱情，也指基督教所主张的博爱。

[6] 按照当时的地心说理论，宇宙的中心是地球，其周围围绕着九重天环，最小的天环是距地球最近的月天；月天下面便是地球，即尘世；尘世的其他众生指的是尘世非人类的其他一切生命。"超最小天环下其他众生"的意思是人的能力可以超越尘世一切其他物种。

维吉尔与贝特丽奇会面

我愿意遵你意、服从命令；

你不必费心思对我叮咛。 81

告诉我你为何轻易下行，

从天上降至这地心之中，

离开你欲返的辽阔天空？' 84

她答道：'你欲知，我便可对汝简言，

我为何来此处不惧艰险。

有些事可对人伤害不浅， 87

因而会让人们心惊胆战；

其他事却没有可怕之处，

并不能令人们恐惧、抖颤。 90

感谢主，他如此把我造就，

你 [1] 等苦 [2] 不能够伤我半点，

此处火 [3] 也难以近我身边。 93

见那位受阻者 [4] 处境悲惨，

女天主 [5] 心中生崇高爱怜，

便砸碎严厉的天条锁链。 96

于是把露琪亚唤至面前，

对其说："你信徒身处危难 [6]，

我现在托付你把他照看。" 99

露琪亚恨所有残忍之举，

便动身来到了我的身边，

---

[1] 指维吉尔。

[2] 你们的苦，即地狱之苦。

[3] 指地狱之火，即地狱的酷刑。

[4] 指受阻于幽暗山谷之中的但丁。

[5] 指圣母玛利亚。她是上天的主人基督耶稣的母亲，因而被称作"女天主"。

[6] "露琪亚"指基督教早期的圣女露琪亚（Santa Lucia），她象征天主的恩典，其名字具有光明之意。据说，但丁自幼视力不好，又爱看书，所以特别敬奉这位象征光明的圣女；因而，此处圣母称但丁为圣露琪亚的"信徒"。

古拉结 [1] 在那里将我陪伴。 102

她 [2] 说道："受天主赞扬的贝特丽奇，

你为何不去救爱你儿男 [3]？

他为你已背离俗人太远 [4]。 105

你未闻他哭声十分可怜？

你不见他与死搏斗不断，

挣扎于似海的河水波澜 [5]？"

听完了露琪亚这番话语， 108

我离开永福席下至此间；

人趋利避害时绝不怠慢，

但其速也不会如我这般 [6]； 111

我相信你无比高雅语言 [7]，

可令你与闻者光辉灿烂 [8]，'

她对我说完了这番话语， 114

便把其流泪眼转向一边，

示意我应尽快至此地面；

于是我来到这（儿），如她所愿； 117

引你离那猛兽 [9] 凶残视线：

它阻你走捷径攀登美山 [10]。 120

怎么了？你为何踟蹰不前？

又为何让怯懦卧你心间？

---

[1] "古拉结"意思为"古代的拉结"。拉结（Rachele）是《旧约》中的人物，在基督教中象征默祷生活。

[2] 指圣露琪亚。

[3] 指但丁。

[4] "俗人"指尘世的普通人。露琪亚说：但丁为追求贝特丽奇已远离尘世俗人的行列。

[5] 隐喻尘世的罪恶和地狱的苦难。此处使用"河水波澜"，可能是因为地狱中有几条令人恐怖的波涛似大海一样凶猛的河流。

[6] 世人趋利避害的速度都很快，但是，也不会比我来这里的速度快。

[7] 指维吉尔的诗歌语言。

[8] 你的作品不仅令你美名远传，而且还陶冶读者的情怀。

[9] 指那只隐喻贪婪的饥饿母狼。见第 1 章。

[10] 指那座披着阳光的山。见第 1 章。

为何你如此地猥琐、无胆？　　　　　　123
天庭有三神圣美丽婵娟，
眷顾你，置你于她们心间，
我也曾对你作吉利预言 [1]。"　　　　　126

但丁恢复坦然的心情

就好像被夜霜击打花朵，
低垂首，无精神，缩成一团，
见日出，花怒放，挺直茎秆 [2]，　　　129
我也是先萎靡，疲惫不堪，
闻言后心中又勇气再现，
说话时便表现慷慨不凡：　　　　　　132
"噢，那助我之女子 [3] 实在良善！
她所吐句句是正义之言；
你遵从她之命，表现堪赞！　　　　　135
令我心再一次充满期盼，
用话语说服我同行、并肩，
又使我恢复了最初意愿。　　　　　　138
向导啊，主人啊，我的老师 [4]，
上路吧，我们已统一意见。"
说话间他动身，迈步向前，　　　　　141
我随他也踏上荒野路面。

---

[1] 指维吉尔曾对但丁说明过的游历地狱、炼狱、天国的计划。
[2] 花儿又重新挺直开放了。
[3] 指贝特丽奇。
[4] "向导""主人"和"老师"都是但丁对维吉尔的尊称。

第3章

但丁和维吉尔来到地狱门前，见门楣上写着几行令人恐怖的字。他们跨过地狱之门，进入地狱前厅；那里漆黑一片，空中回荡着混乱且无止境的愤怒、抱怨和哭泣之声，但丁心中极度痛苦与恐惧。

懦弱的无为者的灵魂在一面大旗下不停地奔跑，数不尽的牛虻、毒蜂和血蝇叮咬他们，使其血流满面；他们的脚下是成堆的令人作呕的蛆虫。这些灵魂既得不到救赎，也无法真正受到地狱酷刑的惩罚，因为天主和地狱魔鬼都厌恶他们。

随后，但丁来到地狱第一条恶河的岸边，见到众灵魂争先恐后地要登上渡船，希望尽早到达彼岸；他们哭泣着诅咒自己的命运，把等待的恐惧变成了急于进入地狱的迫切愿望，这一切都是上帝意志的体现。地狱魔鬼卡隆负责将诸灵魂摆渡到对岸，然而，他拒绝但丁登上渡船，因为但丁并非是罪恶的死亡者的灵魂。此时，大地抖颤，闪出一道耀眼的红光，致使但丁昏厥过去。

地狱之门

"通过我 [1] 便进入苦难之城 [2]，
通过我便坠入永恒之痛 [3]，
通过我便混入堕落人 [4] 中。　　　　　3
正义促造物主做出决断，
把神力、崇高智、初爱展现，
是三位一体将我创建 [5]。　　　　　6

---

[1] 指地狱之门。

[2] 指地狱。

[3] 指永远无法摆脱的地狱之苦。

[4] 指被打入地狱的罪恶灵魂。

[5] 是圣父的崇高神力、圣子的崇高神智、圣灵的原本至爱合在一起创建了我，从而使罪孽受到应有的惩罚。

我之前只存在永恒之物 [1]，

吾生命也永存，不会中断 [2]。

入门者 [3]，请抛弃一切期盼 [4]。"　　　　　9

一排排黑暗字展现眼前，

书写在入口的门楣上面；

我说道："老师 [5] 呀，这些字令人抖颤。"　　12

于是那警觉者 [6] 回答我说：

"应该把疑虑都抛弃一边，

须排除所有的怯懦情感。　　　　　　　　15

现已至我讲的那个地方 [7]，

此处你将见到苦人万千，

他们都丧失了心智之善 [8]。"　　　　　18

老师握我的手，和颜悦色，

因而我受慰藉，心觉宁安，

随后他引我入神秘黑暗 [9]。　　　　　21

在那片无星的幽幽空间，

回荡着嚎叫声、哭泣、哀叹，

初次闻 [10] 我难免泪流满面。　　　　　24

---

[1] 基督教神学认为，上帝在创造地狱之前，先创造了各重天和天使及土、水、气、火四大元素，这些都是永恒的；而尘世的人类、动物和植物等都诞生于地狱之后。

[2] 地狱和天国一样是永恒的，而炼狱则是暂时的，世界末日一到，炼狱便会消逝。

[3] 指进入地狱的灵魂。

[4] 但丁随维吉尔来到地狱门前，看见门楣上写着上面 9 句话。

[5] 指维吉尔，他是引导但丁游历地狱和炼狱之人。

[6] 指能够洞察但丁心理状态的维吉尔。

[7] 指地狱。在前两章中，维吉尔曾经向但丁简述过地狱情况。

[8] 按照天主教神学理论的解释，"心智之善"指的是上帝所代表的至高无上的真理。

[9] 指地狱。

[10] 指但丁以前从来没有听过如此悲惨、可怕的声音。

无为者

一句句异样语[1]、可怖之词，

一声声愤怒腔、痛苦之言，

还有那击掌声，高低不同，　　　　　　27

都混杂在一起，乱成一团[2]，

漂浮和游荡于永恒黑暗[3]，

似沙漠被旋风卷动一般。　　　　　　　30

我头脑被恐怖紧紧箍住，

便问道："老师呀，什么声响我耳边？

是何人挣扎于这等苦难？"　　　　　　33

他答道："是无为悲伤魂发此哀叹，

他们既无骂名，亦无颂赞[4]，

也只好如此地忍受摧残。　　　　　　　36

其中有那一群卑劣天使，

但他们并不曾把主[5]背叛，

为己利，既未反，也不忠诚[6]，　　　　39

被天逐，以避免美[7]受污染；

怕恶魂[8]因他们自觉荣耀，

地狱也不愿其进入深渊[9]。"　　　　　42

---

[1] 指与人类不同的奇怪的语言。

[2] 各种声音混杂在一起，忽高忽低。

[3] 指地狱的黑暗。

[4] 无为者既不具备选择善的美德，也没有选择恶的胆量；因而他们得不到人们的赞颂，也听不到人们对他们的咒骂。

[5] 指天主。

[6] 按照基督教的解释，路西法（Lucifero）本来是上帝创造的最耀眼的大天使，是天上的一颗明星；但由于太傲慢，后来率天上部分天使反叛上帝，被上帝打入地狱，成为地狱魔王。维吉尔对但丁说，在无为者的行列中还有那些既没有跟随路西法反叛上帝又不忠诚于上帝的选择中立的天使。

[7] 指上天之美。

[8] 指地狱的邪恶灵魂。

[9] 上天驱逐这些无为的天使，怕的是他们会污染美丽的上天；而地狱不接受他们，是怕地狱的邪恶灵魂借助他们的光彩而沾沾自喜。

我问道："老师呀，如此哀号，

这些魂忍受着何等苦难？"

他答道："我解释十分简短：　　　　　　　　45

无为者连死都不敢期盼 [1]，

盲目地苟且生，无比下贱 [2]，

对其他命运均妒满心田 [3]。　　　　　　　48

慈悲与正义都鄙弃他们，

不允许其名声留在世间；

勿再议，看罢便赶路向前 [4]。"　　　　　51

我望去，见到了大旗一杆，

快速行，急奔跑，绕着圆圈，

我觉它 [5] 片刻都不会停站；　　　　　　54

一长队追随者紧跟后面；

如若未亲眼见，相信也难：

太多人被死毁，如此悲惨；　　　　　　57

随后有一个人入我眼帘，

望影子 [6] 我便已认出其面，

因怯懦他曾拒肩挑重担 [7]。　　　　　　60

我立即理解且确信无疑，

---

[1] 无为者的灵魂既不能升入天国，也不能下入真正的地狱，天国与地狱均鄙视他们；他们对死亡不抱任何希望，连死都不敢期盼，因而他们嫉妒包括在地狱忍受严厉惩罚的罪魂在内的所有灵魂（见下面第 48 行）。

[2] 他们没有任何生活目标，因而比任何人都下贱。

[3] 对其他人的命运均异常嫉妒。

[4] 但丁十分鄙视无为者，连议论他们都不愿意；因而，维吉尔请但丁在此处看一看就立即离去。

[5] 指前面提到的那面大旗。

[6] 地狱中的灵魂都只有影子，而没有真实的躯体。

[7] 可能指但丁时代让出教宗权位的切雷斯提诺五世（Celestino V，另译：雷定五世、切列斯诺五世，1294 年 7 月 7 日至 1294 年 12 月 13 日在位）。1294 年 7 月他当选教宗，犹豫再三后登基，后来感觉力不从心，不顾他人反对，决定退位，致使卜尼法斯八世登基，成为新教宗。卜尼法斯八世是后来迫害但丁的罪魁祸首，但丁认为，切雷斯提诺五世的逊位为这位邪恶教宗掌权铺平了道路，因而把他看作胸无大志的"无为者"。

这是群怯懦者，行为卑贱，

主[1] 与敌[2] 都非常厌恶他们，　　　　　　63

他们均似未生，十分悲惨[3]：

赤裸身，被毒虫蜇咬，追逐，

那里有恶蜂蝇千千万万。　　　　　　　　66

罪灵魂一个个面染鲜血，

血与泪相混合滴落脚面，

脚下的恶心虫吸吮不断[4]。　　　　　　　69

随后我便开始翘首远望，

见人群聚一条大河岸边，

便说道："老师呀，微弱光令我看到，　　　72

似乎有许多人急至对岸，

是何人竟然要如此这般？

什么使他们有这等意愿？"　　　　　　　75

　　　　阿凯隆特河与卡隆

他答道："悲伤河名字叫阿凯隆特[5]，

在那里我们将暂停不前，

到时候你自然心中明辨。"　　　　　　　78

闻此言我垂目，自觉羞愧，

---

[1] 指天主。

[2] 指天主的敌人，即地狱魔王路西法和众魔鬼。

[3] 无为者什么都未曾做过，就像从来就没出生过一样，因而，他们是十分悲惨的。

[4] 罪恶的灵魂一个个被蚊蝇蜇咬得满脸是血，他们脚背和地面上一团团令人作呕的蛆
虫不断地吸吮着滴落下来的血。地狱和炼狱中的灵魂以一报还一报的原则受到应有
的惩罚，罪与罚的方式关系极其密切。比如，无为者生前从来没有站在任何旗帜下
行动过，死后便受到紧跟一面飞速奔跑的大旗不停绕圈的惩罚；生前他们未曾受过
任何激励，庸庸碌碌，无所作为，死后则被毒蜂和牛虻蜇咬，不得不永无休止地奔
跑；生前他们怯懦，无声无息，死后，他们的血和泪只配被令人作呕的蛆虫吸吮。

[5] 阿凯隆特（Acheronte）是希腊神话和民间传说中冥界的一条河流，在《神曲》中，
但丁将其置于基督教的地狱，使其成为地狱的第一条河。

担心我之话语令其 [1] 不欢，

便沉默，不吐言，直至河边。　　　　　　　　81

见一船朝我们划行而来，

一老叟，顶鹤发，船上立站，

高吼道："邪恶的灵魂啊，该遭劫难！　　　　84

永远都别再想见到青天 [2]，

我来此渡你等到达彼岸，

受冰火惩罚于永恒黑暗 [3]；　　　　　　　　87

哎，你 [4] 是个活的人，来此何干？

快离开死人群，切莫近前 [5]。"

他见我不离去，随后又言：　　　　　　　　90

"你要选另条路、其他港湾，

不应该从此处前往彼岸，

而需乘另一只更轻渡船 [6]。"　　　　　　　　93

"请卡隆 [7] 熄怒火，"向导 [8] 吐言，

"是为所欲为处 [9] 令其 [10] 这般，

切莫问，这件事理所当然！"　　　　　　　　96

灰黑色泥水河摆渡之人 [11]，

络腮须颜面上怒容不见：

---

[1] 指维吉尔。

[2] 地狱的灵魂永远无法走出黑暗，因而无法见到天日。

[3] 在永远见不到光明的地狱中忍受冰冻和火烧的严酷惩罚。

[4] 指但丁。

[5] 卡隆（Caronte）对但丁说，你是个活人，混在死人的灵魂中干什么？快离开他们，千万不要再向前走了。

[6] 这里暗指但丁是可以获救的灵魂，未来需要在台伯河河口处乘坐轻舟驶向炼狱岛；《炼狱篇》第 2、15 章中对此有所解释。

[7] 卡隆本是希腊神话中的人物，在冥界负责驾船把亡灵摆渡到阿凯隆特河对岸；但丁将其置于基督教的地狱，仍让他负责用船运送被打入地狱的灵魂。

[8] 指引导但丁游历地狱的维吉尔。

[9] 指无所不能的上天。

[10] 指但丁。

[11] 指卡隆。

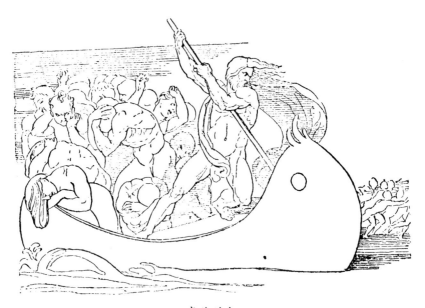

卡隆的船

他刚才眼中还充满火焰。   99

一闻听他吐出残忍之言 [1]，

诸不幸赤裸魂 [2] 脸色大变，

一个个惊恐得牙齿打颤，   102

都诅咒天主与自己爹娘，

和他们 [3] 诞生的时间、地点，

而且还骂人类及其祖先。   105

恐怖河等待着不惧天者 [4]，

他们都聚拢在邪恶水边 [5]，

众灵魂嚎啕声震荡河岸。   108

卡隆用喷火眼示意登舟，

把罪魂均收于他的渡船，

并用桨狠击打，谁若迟缓。   111

就好像秋季里树降叶片，

片片叶飘落在大地上面，

一直到树见己赤裸枝干；   114

亚当的恶子孙 [6] 亦是如此，

见示意，一个个登舟离岸，

似驯鸟 [7] 回应其主人召唤。   117

诸灵魂漂行于昏暗波涛，

在到达大河的彼岸之前，

---

[1] 指卡隆刚才说的令人恐惧的话。

[2] 指等待渡过阿凯隆特河的赤裸灵魂。

[3] 指那些听到卡隆之言的悲惨灵魂。

[4] 指地狱的罪魂。他们生前不畏惧上天的规定，放纵自己的欲望，为所欲为，因而，此处称他们为"不惧天者"。

[5] 指前面提到的阿凯隆特河边。

[6] 指地狱的罪魂，他们曾经是人间的败类，因而，被视为人类始祖亚当子孙中的邪恶者。

[7] 指受到过精心训练的鸟儿。

另一批新恶魂又聚此岸 [1]。 120

我和蔼之导师开口说道:

"孩子 [2] 呀,这些人均死于天主怒焰 [3],

他们从各国度 [4] 聚于此间, 123

都急于渡过这恶河水面,

是上天正义令如此这般 [5]:

使恐惧化作了迫切期盼 [6]。 126

从不见此处渡善良灵魂,

若卡隆斥责你,口吐抱怨,

你应知他那是善意之言。" 129

地震与但丁昏厥

话音落,觉黑暗荒野抖颤 [7],

这令我恐惧得心惊胆战,

想起来至今仍浑身冷汗。 132

流泪的大地 [8] 上狂风骤起,

见一道红色光十分耀眼,

它使我失知觉,跌倒地面 [9], 135

就好似入梦的睡者一般 [10]。

---

[1] 前一批灵魂尚未到达彼岸,又有一批灵魂聚于此岸,可见要渡河的罪恶灵魂非常多。

[2] 指但丁。

[3] 因天主对他们的恶行发怒,剥夺了对他们的恩典,所以他们才跌入地狱。

[4] 从世界的四面八方。

[5] 是上天的正义促成了这件事。

[6] 使对地狱的恐惧化作了迫切进入地狱的期盼。

[7] 但丁感觉到大地在颤抖。

[8] 指洒满了罪恶灵魂泪水的地狱地面。

[9] 但丁昏了过去。

[10] 但丁跌倒在地上,就像一个睡着了的人。

第4章

　　但丁苏醒过来，不知不觉地到达了阿凯隆特河的彼岸，进入了地狱的第一层——灵泊。尽管居住在那里的灵魂未做过任何罪恶之事，甚至有些人还曾为人类创建过功绩，但他们却无法获救，因为他们或生活在基督教诞生之前，或不信奉基督教，还有一些人尚未受洗便离弃人世，从而不能领受天主的恩典。这些灵魂只忍受精神上的惩罚，即迫切期待见到天主却没有任何实现希望的可能。在他们中间，有许多贤者：英雄、明智的君主、哲学家、科学家和诗人等。但丁为这些贤人设计了一座高贵的城堡，城堡的前面是一片鲜花盛开的绿地。古希腊和古罗马著名诗人荷马、贺拉斯、奥维德、卢卡诺走出城堡迎接但丁和维吉尔。

灵　泊

一巨响击碎我脑中睡意，
突然间我受到猛烈震撼，
就好似梦中人惊醒一般；　　　　　3
向四周我转动蒙眬睡眼，
随后又立起身定睛观看，
欲知晓我处在什么地点。　　　　　6
我的确已到达大河彼岸，
身处于痛苦的深渊边缘 [1]，
那里聚无尽的如雷抱怨 [2]。　　　　9
雾茫茫，深难测，一片黑暗，
尽管我向谷底投下视线，
却不能分辨出任何物件。　　　　　12

---

[1] 但丁定睛张望，发现自己的确已经在阿凯隆特河的彼岸，到达了地狱的边缘，即地狱最外面的一层。
[2] 在那里，由于黑暗，什么都看不见，只能听到无尽的如雷声一般的吼叫和抱怨。

大诗人 [1] 面苍白，开口说道：

"从此处我们入幽幽黑暗 [2]，

我在前，你紧紧跟在后面。" 15

我察觉他面色骤然改变，

便说道："你通常除吾惧，令我心安，

汝若怕，我怎敢行走向前 [3]？" 18

他答道："是地狱灵魂的极度痛苦，

把怜悯涂抹在我的颜面 [4]，

使你觉恐惧情生我心间。 21

快快走，勿止步，前途漫漫。"

就这样他上路，引我向前，

我们入深渊的第一圆环 [5]。 24

那（儿）只能靠听觉辨别情况：

无哭声，却只有声声哀叹，

哀叹令永恒的空气抖颤 [6]。 27

叹息者并非受酷刑折磨 [7]，

一群群，人众多，内心悲惨，

有孩童，有妇女，也有儿男。 30

好老师对我说："你咋不问，

都是些什么魂在你面前？

离去前我希望你能明辨： 33

---

[1] 指维吉尔。

[2] 指黑暗的地狱。

[3] 你若害怕，我怎敢向前走。

[4] 使我脸上显露出怜悯之色。

[5] 指地狱的第一层。但丁设想的地狱在北半球，是一个漏斗形的巨大深渊，从地面直至地心，一共分为九层。地狱的第一层叫灵泊（limbo），未曾受过洗礼的非基督徒的灵魂在那里忍受永远见不到上帝的痛苦，其中包括基督教诞生以前信奉异教、创建过伟业的历史名人。

[6] "永恒的空气"指地狱中的空气。诸灵魂哀叹所发出的气息吹得地狱的空气直颤抖。

[7] 在灵泊层中，听不到痛苦的哭声，只能听到叹息声；因为那里的灵魂并不忍受酷刑，只为永远见不到上帝而叹息。

基督降临到灵泊

他们都不曾把任何罪犯，

未受洗，有功劳也难明言 [1]，

受洗是皈依你信仰 [2] 门槛 [3]；　　　　　36

若他们生活在基督之前，

却未拜应拜的主与上天 [4]，

我便是该行列其中一员；　　　　　39

无罪过，只因有如此缺陷 [5]，

我们便被抛弃，忍受苦难，

有期盼，却没有希望实现 [6]。"　　　　42

闻其语我心中极度痛苦，

知灵泊 [7] 空中悬鬼魂万千 [8]，

其中有名人把大功创建 [9]。　　　　　45

于是我便发问，以图心安，

也为了证实我一个信念：

"老师呀，主人呀 [10]，请对我言，　　　48

为享福是否有魂出深渊 [11]，

因功德或其他幸运升天 [12]？"

明白我暗示者 [13] 开口回言：　　　　　51

[1] 因为没有受洗皈依基督教，即便有功劳，也难以说出口。

[2] 指但丁所信仰的基督教。

[3] 洗礼是基督教的第一圣礼，受洗后才算皈依了基督教。

[4] 基督教诞生之前，人们虽然还不是基督徒，却应该崇拜《圣经》中所讲述的上帝，即犹太教的上帝，而不应像古希腊和古罗马人那样崇拜异教之神。

[5] 我们并没有犯过罪，只是有上述的缺陷，即：未受洗礼皈依基督教，也不信《圣经》中所讲述的上帝。

[6] 都期盼能见到上帝，但这一愿望永远无法实现。

[7] "灵泊"（Limbo，另译：林勃或灵薄），地狱的第一层被但丁称作"灵泊"。

[8] 灵泊层中的鬼魂，既无法升入天国，也无法进入真正的地狱忍受那里的酷刑，处于不上不下的悬空状态。

[9] 指古代信奉异教却创建过功绩的历史名人。

[10] 指前来解救但丁的维吉尔。

[11] 指地狱。

[12] 因为曾经创建功德或者其他什么原因幸运地升入天国。

[13] 指维吉尔。

"我刚刚进入这地狱黑暗，

便见到有一位强者 [1] 出现，

他头戴辉煌的凯旋王冠。   54

把始祖 [2] 及子孙亚伯 [3]、挪亚 [4]、

立法者摩西 [5] 爷携带身边，

领出了幽幽的地狱深渊；   57

还有那大卫王 [6]、亚伯拉罕 [7]、

以色列 [8]、拉结 [9] 等父子 [10] 亲眷，

为娶妻 [11] 雅各曾辛苦多年 [12]；   60

让他们均享受永福于天 [13]。

另一事你也应心中明辨：

并无魂获救于此事之前 [14]。"   63

我们未因说话停止脚步，

---

[1] 暗指天主。

[2] 指人类始祖亚当和夏娃。

[3] 亚伯（Abèl）是《旧约》中的人物，人类始祖亚当和夏娃的儿子。

[4] 挪亚（Noè）是《旧约》中的人物，曾受上帝启示，造方舟，拯救了人类。

[5] 摩西（Moisè）是《旧约》中的人物。遵上帝之命，摩西率领受奴役的希伯来人逃离
埃及，摆脱了悲惨的生活，并制定《十诫》，作为希伯来人的法律。

[6] 大卫（David）是《旧约》中的人物。上帝选择他替代扫罗，成为以色列的第二
任王。

[7] 亚伯拉罕（Abraàm）是《旧约》中的人物。他是犹太教、基督教和伊斯兰教的先
知，是上帝从尘世众生中所选择并给予祝福的人。被希伯来和阿拉伯等民族视为
祖先。

[8] 以色列（Israèle）指《旧约》中的人物雅各，他又被称为以色列。根据《圣经》记
载，雅各是亚伯拉罕的孙子，以撒的儿子，生有十二个儿子，后来，其子成为以色
列十二族的族长，因而他被视为以色列十二族的先祖。

[9] 拉结（Rachele）是《旧约》中的人物，雅各的妻子。

[10] 指以色列（雅各）的父亲以撒（Isacco）和以色列的十二个儿子。

[11] 指拉结。

[12] 为娶拉结为妻，雅各（以色列）被迫为岳父牧羊 7 年，因而此处说"为娶妻雅各曾
辛苦多年"。

[13] 上帝曾下到地狱，把上述《旧约》所说的犹太人的先贤领出地狱，带他们到天国享
受永福。

[14] 在上帝来地狱带走上述人类先祖之前，并没有人类的灵魂获救后升入天国。

却已经穿过了"野林[1]"一片，

我是说过密集灵魂身边。 66

刚离开苏醒处没有多远[2]，

我见到燃烧着烈火一团，

光驱散黑暗影，形成半圆[3]。 69

虽不远，火焰却不靠身边，

然而我已隐约能够看见，

有一群可敬者占那空间。 72

古代的著名诗人

"噢，为学识与艺术争光之人[4]，

这是些什么人，如此不凡？

是荣耀使他们不同一般。" 75

闻问话老师便回答我言：

"他们的美名声仍传世间，

因获得上天的崇高恩典[5]。" 78

此时我听到了一个声音：

"向崇高诗人[6]把敬意奉献！

离去的灵魂又重新回返。" 81

话音落，寂无声，宁静一片，

我看见四巨影迎面向前，

他们既不悲伤亦无笑脸。 84

我贤师[7]于是便开口说道：

---

[1] 比喻魂影一个挨一个，非常密集，像野林中的树木一样稠密。

[2] 刚刚离开我苏醒过来的地方不远。

[3] 距但丁不远处有一座高贵的城堡，那里燃烧着一堆火；因为但丁站在城堡的前面，只能看见城堡前面的火光，所以火光呈半圆形。

[4] 指维吉尔。

[5] 因为这些人获得了上天的恩典，所以他们的美名至今仍在人间传颂。

[6] 指维吉尔。

[7] 指对但丁十分和善的维吉尔。

"你快看那个人手捧宝剑，

是荷马 [1]——诗人王来你眼前；　　　　　　87

似君主他走在三人前面；

贺拉斯 [2] 曾写作讽刺诗篇，

奥维德 [3]、卢卡诺 [4] 与他并肩。　　　　　90

一代三称我为诗人魁首 [5]，

如此称他们也理所当然 [6]，

把荣耀赐予我，众人皆欢 [7]。"　　　　　93

我如此见诗王 [8] 及其伙伴，

诗王歌高亢且十分婉转，

超众人，似雄鹰直上云天。　　　　　　96

诗人们转过身向我致意，

他们已与吾师 [9] 交谈一番，

我老师高兴得面露笑颜；　　　　　　99

众人令我感觉荣耀非凡：

邀请我加入到他们中间，

作诗人行列的第六成员 [10]。　　　　　102

---

[1] 荷马（Omero，约前 9 世纪—前 8 世纪）是古希腊著名诗人。

[2] 贺拉斯（Orazio，前 65—前 8）是古罗马帝国奥古斯都时代的著名诗人，曾著有《讽刺诗集》两卷。

[3] 奥维德（Ovidio，前 43—公元 17）是古罗马帝国奥古斯都时代的著名诗人。

[4] 卢卡诺（Lucano，另译：卢卡努斯，39—65）是古罗马帝国时期的著名诗人。

[5] 刚才只听到一个人说话，但是这一个人的声音却代表了其他三个人的心声：称我为诗人之魁首（崇高诗人）。

[6] 称他们四人为诗人之魁首也是理所当然的。

[7] 赐予我如此大的荣耀，他们也会得到满足；因为他们和我一样，也是诗人之魁首，我的荣耀就是他们的荣耀。

[8] 指荷马。

[9] 指维吉尔。

[10] 荷马、贺拉斯、奥维德、卢卡诺、维吉尔，再加上但丁，共六个人。但丁应古代著名诗人的邀请，加入他们的行列之中，感到非常光荣。

伟大灵魂的高贵城堡

边议论，边行走，至火之处，
所议事我现在不便细谈，
但全是我六人应吐之言 [1]。 105

来到了一高贵城堡旁边，
高高的七道墙十分壮观 [2]，
美丽的护城河将其围圈。 108

越过了护城河，如履平地 [3]，
我进入七道门，随同诸贤 [4]，
至一片翠绿的嫩草地面。 111

那里魂目光都严肃、迟缓，
面显露凝重色，十分威严 [5]：
话不多，却句句令人喜欢 [6]。 114

从那里我们又退到一边，
至开阔且明亮高坡上面，
以便把所有人尽收眼帘。 117

珐琅般绿草地就在对面 [7]，
草地上伟人魂现我眼前，
于是便亢奋情涌入心间 [8]。 120

---

[1] 六个人都是诗人，自然谈论一些与作诗有关的事情，这里不便细细讲述，以免离题太远。

[2] 城堡、七道城墙都具有明显的隐喻意义，但隐喻什么，在《神曲》的评议史中争议很大。按照但丁的儿子彼得的注释，城堡隐喻哲学，七道城墙隐喻哲学所覆盖的七个领域：物理学、形而上学、伦理学、政治学、经济学、数学和辩证法。

[3] 六位诗人轻而易举地越过了护城河。隐喻他们是超凡脱俗之人，没有任何障碍能够阻止他们获得智慧和荣耀。

[4] 指荷马、维吉尔等五位诗人。

[5] 与古代智者的形象相符。

[6] 虽然他们话不多，但每一句都十分到位。

[7] 诸位诗人对面有一片如珐琅彩一样闪闪发亮的绿色草。

[8] 但丁见到古代伟人的灵魂十分激动。

赫克特 [1]、其他人 [2]、埃涅阿斯 [3]，

把厄勒克特拉 [4] 祖母陪伴，

恺撒 [5] 也披甲胄，鹰眼睁圆。　　　　　123

卡米拉 [6]、彭忒西 [7] 进入视线；

拉丁努 [8] 国王也在我面前，

与其女拉维娜 [9] 坐在一边。　　　　　126

逐王的布鲁图，鲁蕾琪亚 [10]、

朱莉亚 [11]、玛琪亚 [12] 我也看见；

萨拉丁 [13] 躲一旁，无人陪伴。　　　　　129

随后我略举目，望得更远，

---

[1] 赫克特（Ettore）希腊神话中的人物，特洛伊王子。他英勇善战，后被刀枪不入的希腊第一勇士阿喀琉斯杀死。

[2] 指赫克特和埃涅阿斯以外的特洛伊建城者的后裔。

[3] 维吉尔代表作《埃涅阿斯纪》中的主人公，他是特洛伊人的后裔，也是罗马人的祖先。

[4] 厄勒克特拉（Elettra）是希腊神话中的人物，特洛伊之母；与宙斯结合生育了建立特洛伊城的达耳达诺斯。

[5] 古罗马著名的政治家和军事家。

[6] 维吉尔的史诗《埃涅阿斯纪》中的女英雄。

[7] 彭忒西（Pentasilea，另译：彭忒西勒亚）是希腊神话中亚马逊女战士之王，曾率军加入特洛伊一方，与希腊联军对抗，最后英勇战死。

[8] 拉丁努（Latino，另译：拉丁努斯）是《埃涅阿斯纪》中的人物。特洛伊城破后，埃涅阿斯率众漂泊至台伯河口登陆；拉丁人的国王拉丁努允许其在拉丁平原立足，并在神谕指引下，把女儿拉维娜嫁给埃涅阿斯。

[9] 拉维娜（Lavina，另译：拉维尼亚）是维吉尔的史诗《埃涅阿斯纪》中的人物，后来成为埃涅阿斯的妻子。

[10] 布鲁图（Bruto，另译：布鲁图斯）和鲁蕾琪亚（Lucrezia）是古罗马两位传奇式人物，古罗马共和国的建立与他们有密切关系。据古罗马著名史学家李维记载，贤淑、美丽的罗马贵妇鲁蕾琪亚被国王塔圭尼乌斯的儿子强奸，她不忍欺辱，请丈夫布鲁图和父亲为其复仇，随后自刎；此事引起罗马人暴动，驱逐国王，建立共和国。

[11] 朱莉亚（Julia）古罗马著名政治家、军事家恺撒之女，嫁给其政敌庞培。

[12] 玛琪亚（Marzia）是古罗马共和国晚期著名政治家加图之妻，但丁曾多次谈到她。

[13] 萨拉丁（Saladino，1138—1193）是中世纪伊斯兰世界著名的军事家、政治家和埃及苏丹（1174—1193 年在位）。因在抗击十字军东征的战争中表现出卓越的军事才能而闻名基督教和伊斯兰世界，在埃及历史上被称为民族英雄。

一大师 [1] 映入了我的眼帘，

哲学的大家族围其身边。　　　　132

所有人都向他致以敬意，

有两位靠近者 [2] 无人可比，

他们是柏拉图 [3]、苏格拉底 [4]；　　135

德谟克 [5]（原子是偶然汇集）、

泰勒斯 [6]、阿纳萨 [7]、第欧根尼 [8]、

恩培多 [9]、赫拉克 [10] 均坐于地；　　138

芝诺 [11] 与迪奥克 [12]、俄耳甫斯 [13]、

西塞罗 [14] 与李维 [15] 皆露其面，

塞内加 [16] 亦在此，不可不言 [17]，　　141

---

[1] 指亚里士多德（Aristotele，前384—前322）。但丁不止一次地称亚里士多德为哲学大师，赞扬他的智慧和理性。

[2] 指最靠近亚里士多德身边的两个人。

[3] 柏拉图（Platone，前427—前347），古希腊著名哲学家。

[4] 苏格拉底（Socrates，前470—前399），古希腊著名哲学家。

[5] 德谟克（Democrito，另译：德谟克利特，前460—前370）是古希腊唯物主义哲学家，原子唯物论学说的创始人，率先提出原子论，认为世界是原子偶然汇集而形成的。

[6] 泰勒斯（Talete，约前624—前547或前546）是古希腊哲学家，被称为"西方科学和哲学之祖"，是希腊最早的哲学学派——米利都学派（也称爱奥尼亚学派）的创始人。

[7] 阿纳萨（Anassagora，另译：阿纳萨格拉）是古希腊哲学家。

[8] 第欧根尼（Diogenes，约前412—前323）是古希腊哲学家，犬儒学派的代表人物。

[9] 恩培多（Empedocles，另译：恩培多克勒，前493或495—前432或前435）是古希腊哲学家。

[10] 赫拉克（Eraclito，另译：赫拉克利特，前544—前480）是古希腊哲学家，朴素辩证法的代表性人物。

[11] 芝诺（Zenone，前490—前425），古希腊哲学家。

[12] 迪奥克（Dioscoride，另译：迪奥克里斯），公元1世纪古罗马著名药学家。

[13] 俄耳甫斯（Orfeo），希腊神话中的著名诗人和歌手。

[14] 西塞罗（Cicerone，前106—前43），古罗马著名的政治家、演说家、法学家和哲学家。

[15] 李维（Tito Livio，前59—公元17），古罗马著名的史学家。

[16] 塞内加（Seneca，约前4—公元65），古罗马著名的哲学家、伦理学家和悲剧作家，斯多葛学派的代表性人物之一。

[17] 塞内加也在这里，我对此怎么能不提一下呢。

希波克 [1]、托勒密 [2] 岂能不见，

几何家欧几里 [3] 也现容颜，

两伊本 [4] 与盖伦 [5] 均在此间。　　　　144

我无法为每人细细画像，

说起来话太长，需要时间：

用语言常难把实情展现 [6]。　　　　147

六人组现只剩我们两个，

智向导 [7] 引我踏另一路面，

出宁静 [8]，走入了漆黑一片，　　　　150

我感觉那（儿）空气都在抖颤 [9]。

---

[1] 希波克（Ipocrate，另译：希波克拉底，前 460—前 370），古希腊最著名的医师，欧洲医学奠基人。

[2] 托勒密（Tolomeo，90—168），西方著名的天文学家、地理学家。

[3] 欧几里（Euclide，另译：欧几里得，约前 330—前 275），古希腊著名的几何学家。

[4] 指伊本·西那（Ibn-Sīna/Avicenna，980—1037）和伊本·鲁世德（Ibn Roschd/Averroè，1126—1198）。伊本·西那又称阿维森纳，是 11 世纪阿拉伯著名的医学家和哲学家，伊本·鲁世德又称阿威罗伊，是 12 世纪阿拉伯著名的医学家和哲学家。

[5] 盖伦（Galeno，129—199）是古罗马著名的医学大师，被认为是古代西方仅次于希波克拉底的第二位医学权威。

[6] 语言的表达能力是有限的，它经常无法表述清楚所要表现的场景。

[7] 指充满智慧的向导维吉尔。

[8] 走出了高贵城堡周围的宁静环境。

[9] 在那漆黑的可怖环境中，我感觉空气都因恐惧而颤抖。

第5章

　　但丁与维吉尔来到地狱第二层的入口，希腊神话中的克里特国王米诺斯守卫在那里，他命令诸灵魂忏悔罪过，并根据罪过的轻重程度决定他们去地狱的哪一层接受惩罚。

　　在地狱的第二层中，淫乱者的灵魂被风暴吹动着不断地旋转、飞舞，就像在尘世时他们被情欲风暴不断地卷动一样。

　　在好奇的但丁的询问下，弗兰切卡讲述了她与保罗叔嫂通奸的故事，他们的悲惨结局引起但丁的怜悯，致使他激动地昏厥过去。

地狱第二层、米诺斯

就这样从一层下到二层，

这一层比上层要小一圈，

但痛苦却更甚，哭声一片 [1]。　　　　　　　　　3

可怖的米诺斯 [2] 龇牙怒喊：

他根据入者 [3] 罪做出判断，

去何处，全看他尾巴咋卷 [4]。　　　　　　　　6

我是说生来便不幸之魂 [5]，

尽忏悔其罪过于他面前，

他决定魂应去地狱哪圈；　　　　　　　　　　9

---

[1] 地狱的第二层是淫乱者的灵魂接受惩罚的地方，在第一层——灵泊中，但丁只听到悲伤的叹息之声，而这里，受苦的灵魂却发出号啕的哭声。地狱共分九层，由上而下，一层比一层小，灵魂所受的酷刑却一层比一层严厉。

[2] 据希腊神话讲，米诺斯（Minòs）是宙斯与欧罗巴之子，后来成为克里特国王，因其在位时公正、严明，死后成为冥府的判官。

[3] 指进入地狱第二层以下各层的罪恶灵魂。

[4] 米诺斯根据灵魂生前所犯罪孽的轻重程度，用尾巴卷成数量不等的圆圈，并按照所卷圆圈的数量决定灵魂进入地狱的哪一层接受惩罚。

[5] 指被打入地狱的灵魂。按照中世纪的天主教神学理论，人的命运早已经由上天所预定，被打入地狱的灵魂自然生来就是十分不幸的。

这是位知罪孽轻重判官[1]，

须忍受多少层地狱苦难，

其尾巴便缠绕多少圆圈。　　　　　12

他面前集聚着许多灵魂，

排着队接受他做出审判，

先述罪，听判决，再跌深渊[2]。　　15

米诺斯见我至他的面前，

把重任暂搁放，张口开言：

"噢，你来到我这间受苦客栈[3]，　　18

瞧瞧你托何人，咋入门槛[4]？

别以为入口宽你可自便！"

我导师回答时义正词严：　　　　　21

"吼什么？此天命，你勿阻拦：

可为所欲为处[5]有此期盼，

你不要再提问，多语赘言。"　　　24

淫乱者

随即便开始闻痛苦音符，

此时我来到了号哭地点，

那震撼之哭声搅吾心肝。　　　　　27

我进入光默的幽幽黑暗[6]，

哭声似狂飙下大海波澜，

被逆风吹打得浪头翻卷。　　　　　30

---

[1] 米诺斯是地狱判官，自然十分了解每一个人罪孽的轻重。

[2] 跌到应受惩罚的那一层。

[3] 指地狱。

[4] 看看你怎样进入地狱？再看看你把自己托付给了什么人？从这两句话中我们可以听出，米诺斯对但丁所信任的人（指维吉尔）表示怀疑，因为他来自地狱。

[5] 指可任意决定一切的上天。

[6] 再一次大胆地用表示听觉的形容词（默）来修饰表示视觉的名词（黑暗）。请看第1章第60行。

地狱的暴风雨永无停息,

席卷着众灵魂团团打转,

猛撞击,令他们遭受磨难[1]。 33

灵魂被风卷至悬崖边缘;

尖叫着,哭泣着,发出抱怨,

哀号着骂神力,诅咒上天[2]。 36

我知道是肉欲横流之魂[3],

在此处忍受着这等苦难,

他们置理性于欲望下面[4]。 39

就好似生双翼椋鸟一般,

寒季里结群飞,聚成一团,

狂飙也裹恶魂如此翻卷; 42

忽而这(儿),忽而那(儿),永不停转[5],

无希望可慰藉他们心田,

不可能歇片刻,减痛亦难。 45

又有魂飞过来,飘荡空中,

如一群悲鸣的灰鹤一般,

在天上排长队,羽翼伸展。 48

见此景我问道:"何人如此,

在身后抛下了哭声一片[6]?

老师呀,黑风令他们悲惨。" 51

---

[1] 地狱的惩罚是遵循一报还一报原则的:地狱第二层的灵魂,生前不能克制自己的情欲,死后下入地狱也要受象征情欲的狂飙席卷,不断地飞舞,东撞西撞,永无安宁。

[2] 犯淫乱罪的灵魂受米诺斯审判之后,便跌下一座悬崖,进入地狱的第二层接受惩罚;所以,诸灵魂每逢被卷至悬崖前面时,都会想起是神的力量令他们陷入万劫不复的境地,因而便辱骂令他们受苦的神力,诅咒上天对他们的惩罚。

[3] 指淫乱者的灵魂。

[4] 淫乱者的灵魂都丧失了理性,因而在此处忍受着被象征肉欲的风暴席卷的痛苦。

[5] 此处的比喻十分生动:受惩罚的灵魂像寒季里集聚成群的椋鸟一样,忽而飞到这儿,忽而飞到那儿,混乱无序。

[6] 但丁不仅看到了如成群的椋鸟一样无序的灵魂,而且看到了一队如灰鹤一样排列有序的灵魂;这些灵魂飞过后,在身后留下了悲伤的哭声。

他答道："你心中迫切期盼，

欲知晓是何人来你面前；

第一位是女王 [1]，治民万千。　　　　54

尼诺妻，继夫位，成为女王，

疆土似苏丹王那样宽广 [2]，

书中说她名叫萨米拉姆，　　　　57

是纵欲之恶习令其灭亡，

定律条合法化无耻淫荡 [3]，

为的是阻止人咒其荒唐。　　　　60

另一位不忠于希凯斯君 [4]，

为爱情叛前夫，自杀身亡 [5]；

海伦也令时代变得疯狂 [6]；　　　　63

你再看伟大的阿喀琉斯，

为爱情战斗至身死命丧 [7]；

再瞧瞧帕里斯 [8]、特里斯坦 [9]，　　　　66

[1] 指古代传说中的萨米拉姆（Semiramide），她继承丈夫尼诺的王位，成为亚述人的女王。中世纪作家常把她写成淫乱女性的典型。

[2] 她所统治的疆土就像今天埃及的苏丹王统治的疆土那样广阔。

[3] 据说，萨米拉姆曾制定法律，使淫乱行为合法化。

[4] 指传说中的北非古国迦太基的女王狄多（Didone），她的丈夫叫希凯斯（Sicheo）。

[5] 狄多曾发誓，她将永远忠诚亡故的丈夫希凯斯；但据维吉尔在《埃涅阿斯纪》中讲，特洛伊城破之后，英雄埃涅阿斯率众逃至迦太基，并与狄多女王产生了狂热的爱情；后来埃涅阿斯受神灵的召唤，为建立一个更辉煌的城市——罗马，毅然决然地离开迦太基，致使狄多女王自杀殉情。

[6] 美女海伦（Elena）是荷马史诗《伊利亚特》中的人物。但丁说，是她引起了十年的特洛伊战争，令她那个时代的人变得十分疯狂。

[7] 阿喀琉斯（Achille）是荷马史诗《伊利亚特》中的一个半神英雄，希腊联军的第一勇士；除一只脚踵外他全身刀枪不入。据中世纪有关特洛伊的传奇讲，阿喀琉斯疯狂地爱上了特洛伊公主波吕克塞娜，最终陷入圈套，被帕里斯用箭射中脚踵而死。

[8] 帕里斯（Paris）是希腊神话中的人物，因拐走斯巴达王后美女海伦而引发特洛伊战争。

[9] 特里斯坦（Tristano）是中世纪不列颠系列骑士传奇中的人物，神武过人，爱上了叔父的妻子，后来被其叔父谋害。

还有那淫乱的埃及女王 [1]。"

老师指千余魂，令我心伤，

他们均死于爱，被情埋葬。　　　69

闻老师道出了诸位英名，

知他们是古代贵妇、英雄，

头晕厥，我心生怜悯之情。　　　72

里米尼的弗兰切卡

便说道："诗人啊，我有心愿，

想与那同行的二人交谈，

他们似轻飘飘随风旋转 [2]。"　　　75

老师说："待见其更近身边，

以他们爱之名邀其相见，

他二人会双双来你面前。"　　　78

风刚刚吹他们至我身旁，

我说道："噢，灵魂呀，你们受难，

如若是无人管，过来谈谈！"　　　81

就好像鸽子被情欲召唤，

举双翼要飞回温情家园 [3]，

在空中滑翔行，欲望使然；　　　84

那灵魂飞出了狄多行列 [4]，

沿邪恶之天空 [5] 来我面前：

---

[1] 指妖艳的埃及女王克娄巴特拉（Cleopatra），她先使罗马统帅恺撒因为爱情迟迟不愿意返回罗马，后来又使罗马"后三头"的重要人物安东尼坠入爱河。

[2] 但丁见到有两个与众不同的灵魂，他们紧紧地拥抱在一起，好像十分轻飘，随着风不停地旋转，于是便好奇地想与他们交谈。

[3] 指鸽子窝。

[4] 那两个拥抱在一起的灵魂飞出了迦太基女王狄多所在的行列。这个行列是由因为爱情而自杀或被杀者的灵魂组成。

[5] 指地狱的空中。

我呼声有力且充满情感[1]。　　　　　　87

"噢，可爱的人儿呀，你很良善，

竟然来参观这无望空间[2]，

这里被我们的腥血浸染；　　　　　　90

宇宙王[3] 如若是我等朋友，

我们便请求他保你平安[4]，

因为你示怜于我们苦难。　　　　　　93

如若风似此时沉默不语[5]，

任何事我们都愿意交谈，

只要能令你们心中喜欢。　　　　　　96

我出生之地在大海岸边，

波河与其支流相互做伴，

在那里注入了海水波澜[6]。　　　　　　99

是爱情速进入高贵心间[7]，

使他[8] 爱我被夺躯体美艳[9]，

那方式[10] 至今仍令我恨怨[11]。　　　　　102

爱不容被爱者没有回报，

他[12] 英俊，亦抓住我的心肝：

---

[1] 由于但丁的呼叫声充满了怜悯的情感，致使那两个灵魂离开队伍，来到但丁的面前。

[2] 指地狱。

[3] 指上帝。

[4] 如若上帝是我们的朋友，对我们表示怜悯，我们就一定会为你祈祷平安；然而，上帝不可能是地狱灵魂的朋友，此话只表示说话者的强烈愿望。

[5] 只要风能像现在这样不吼叫，使我们的说话声能够被对方听见。

[6] 指意大利亚得里亚海岸城市拉文纳，弗兰切卡（Francesca）生于该城，后来嫁给里米尼城主，因而被称作里米尼的弗兰切卡。波河在拉文纳地区注入亚得里亚海。

[7] "爱情产生于高贵之心"是但丁所在的"温柔新体"诗派的基本理念。

[8] 指爱恋弗兰切卡的保罗（Paolo）。

[9] 使他爱上了我被人剥夺（即被人杀死）了的美丽身躯。

[10] 指被残忍杀害的方式。

[11] 弗兰切卡因为与小叔子保罗通奸，被其夫残忍杀害；至今她仍然怨恨在心。

[12] 指与她通奸的小叔子保罗。

保罗和弗兰切卡犯下罪愆

至今仍未弃我，如你所见 [1]。　　　　105

爱引导我二人一同命断 [2]，

该隐环 [3] 也将把凶手 [4] 惩办。"

他们 [5] 对我们吐上述之言。　　　　108

我听完愤怨魂所说话语，

低垂首，长时间不愿抬眼，

一直到诗人 [6] 问："你有何念？"　　　111

我答道："哎呀呀，着实悲惨，

有多少美欲望 [7]、多少意愿 [8]，

引他们陷入到痛苦泥潭 [9]！"　　　114

"你苦令我生怜，弗兰切卡 [10]，"

我随后又对她开口吐言，

"致使我眼中泪流淌不断。　　　　117

告诉我：温情的叹息初现，

爱之神怎么把欲火点燃，

令你们体验那神秘甘甜 [11]？"　　　120

她答道："悲惨时回忆幸福，

最令人感觉到痛苦、心酸，

---

[1] 就像你所看到的那样，我的情人至今都没有抛弃我，我们仍然紧紧地拥抱在一起。

[2] 然而，爱情却令我们一起被人杀死。

[3] 该隐环是地狱最底层的一片区域，背叛亲人者的灵魂在那里接受十分严厉的惩罚。

[4] 指杀害两位情人的凶手弗兰切卡的丈夫。

[5] 虽然只有弗兰切卡一人说话，但代表的却是她与保罗两个人，因而，此处使用"他们"一词。

[6] 指维吉尔。

[7] 指爱情的欲望。

[8] 指爱情的意愿。

[9] 指走到了通奸的地步，并被人发现后杀害。

[10] 开口说话的灵魂叫弗兰切卡。弗兰切卡和保罗叔嫂通奸的故事在但丁生活的中世纪晚期流传甚广。

[11] 在因情欲萌动发出最初叹息的时候，爱神如何点燃了你们的情爱烈焰，最后令你们去大胆地体验爱情的神秘甘甜？

你老师[1]最明白此事之难[2]。 123

但如若你非常热切期盼，

要了解我们的爱情根源，

我此时便哭泣对你直言。 126

有一天我们读兰斯洛特[3]，

看见他被爱情紧紧纠缠；

当时只我二人，并无猜忌[4]， 129

却多次抬起头相互对看，

那读物使我们改变面色，

有一段征服了我们情感[5]。 132

读物是我们的加列奥托[6]：

读到了两情人狂热爱恋，

微笑的美女[7]唇被吻不断， 135

此男子[8]也吻我，微微颤颤，

从此后难分离，永远做伴；

那一日我们未再读后面。" 138

当一位苦灵魂[9]讲述之时，

---

[1] 指维吉尔。

[2] 维吉尔生前曾经是古罗马最著名的诗人，受众人崇敬，享有极高的荣誉，却因为不是基督徒而被置于地狱，处于永远无法见到光明的悲惨境地，所以他最知道"悲惨时回忆幸福"是什么滋味。

[3] 有一天我们一起阅读有关兰斯洛特（Lancillotto）的故事。兰斯洛特是不列颠系列骑士传奇中的人物，是亚瑟王最伟大的圆桌骑士之一，虽然忠于亚瑟王，却爱上了亚瑟王的王后桂尼拉（Ginevra，另译：桂妮维亚）。

[4] 当时虽然只有我们两个人，没有他人在场，然而，我们都心中十分坦荡。

[5] 读着读着，我们都不由自主地抬起头对望，而且激动得脸都变了颜色；当读到最精彩情节的时候，我们便被爱情所征服。

[6] 在不列颠系列骑士传奇故事中，加列奥托是亚瑟王的宫廷总管，他怂恿兰斯洛特与王后相爱，成为二人的"诲淫者"；此处，弗兰切卡说，她与保罗所读的那本书起到了勾引他们通奸的作用，可以被视为他们二人的"诲淫者"——加列奥托。

[7] 指与兰斯洛特发生不轨爱情的女王。

[8] 指弗兰切卡身边的男子，即她的小叔子保罗。

[9] 指弗兰切卡。

保罗和弗兰切卡遭受惩罚

另一位 [1] 痛哭泣，令我悲怜，

因而便失知觉，好似死去 [2]，　　　　　　　141

跌在地就如同尸体一般。

---

[1] 指弗兰切卡的情人保罗。

[2] 但丁听完弗兰切卡的讲述，心中产生了怜悯之情；由于过分激动，他昏厥过去。

第6章

但丁醒来，已经在地狱的第三层。那里，雨雪和冰雹交加，饕餮者的灵魂匍匐于泥水之中，忍受着巨大的苦难。三头恶兽刻耳柏不断地向罪恶的灵魂吼叫，用其利爪抓他们，剥下他们的皮，并撕成碎片。在受惩罚的灵魂中，但丁见到了他的同乡恰克，并通过他的口讲述了佛罗伦萨城邦共和国的党派斗争，预告了白派的失败，揭示了嫉妒和傲慢是引发党派斗争的根源。

刻耳柏与饕餮者

此时我又重新苏醒过来：
对叔嫂 [1] 怜悯曾令我昏乱，
因而便倒在地万事不辨。　　　　　　　3
苏醒后，移动身，左右翻转，
睁双眼向周围仔细观看，
见新的受苦者、新的灾难。　　　　　　6
我身处地狱的第三层中 [2]，
那里降恶雨雪，阴沉，冰寒；
雨不停，其势也永远这般。　　　　　　9
大粒雹、黑色水、白白雪片，
从幽暗之空中倾泻连连，
泼洒在大地上，臭气熏天。　　　　　　12
刻耳柏 [3] 残忍且十分怪异，
长三头，怒吼着，如同疯犬，
朝陷入此地者狂吠不断。　　　　　　　15

[1] 指弗兰切卡和保罗。见上一章。
[2] 饕餮者的灵魂在地狱第三层受惩罚。
[3] 刻耳柏（Cerbero，另译：刻耳柏洛斯）是希腊神话中冥界的看门犬，它长得凶恶、可怖，有三个头和许多只利爪。在《神曲》中，但丁将它置于地狱的第三层，令其看管饕餮者的灵魂。

它胡须脏兮兮，圆睁红眼，

腹肥大，其恶爪既利又尖，

抓灵魂，剥下皮，撕成碎片。　18

雨雪令罪魂嚎，好似犬吠，

悲惨魂不断把身体扭转，

试图用这边身遮挡那边 [1]。　21

刻耳柏见我们来到面前，

张三个血盆口，獠牙外显，

那大虫 [2] 肢与体不停动弹。　24

我向导伸出了他的双手，

两掌中把泥土抓得满满，

抛入到怪物的贪婪食管。　27

恶魔怪刻耳柏雷吼震天，

众灵魂成聋子心甘情愿 [3]；

狂吠犬吃食时方能宁安，　30

因它要专心把食物吞咽，

所以才暂停止声声怒吼，

那污面大虫也如此这般。　33

雨和雪使诸魂匍匐在地，

我二人足踩在他们背肩，

踏似人虚幻影行走向前。　36

恰克及其所吐之言

所有的灵魂都卧于泥中，

却只有一个魂不同一般，

见到我，猛起身，坐于地面。　39

---

[1] 悲惨的灵魂不断地转动，试图护住自己的身体，但是，护住了前面却护不住后面。

[2] 指怪兽刻耳柏。"大虫"一词具有贬义，既展示出刻耳柏的丑陋形象，又表明但丁对它的厌恶之情。

[3] 刻耳柏怒吼如雷，诸灵魂不愿意听他的叫声，都宁愿成为聋子。

刻耳柏

开言道："噢，你这个入地狱者，

认识我，就辨辨我的颜面，

你生于我离开尘世之前[1]。"   42

我答道："苦使你成此模样，

或许令吾双眼难以识辨；

你面目我似乎从未曾见。   45

告诉我你是谁，咋遭此难？

即便受其他刑比这更惨，

也不比受此刑令人生厌[2]。"   48

他说道："你的城[3]充满嫉妒，

它已经溢出袋，四处泛滥[4]，

那座城也是我尘世家园；   51

用'恰克'称呼我也很自然[5]：

因我犯饕餮罪，受害不浅[6]，

被雨雪苦折磨，如你所见。   54

我并非是唯一悲惨灵魂，

此处魂全都是同类罪犯，

必须受同样的酷刑摧残。"   57

我说道："恰克呀，你的苦难，

压吾心，致使我泪流满面；

分裂城[7]之居民将会怎样？   60

如可能，就请你对我明言，

---

[1] 恰克（Ciacco）离开尘世之前但丁就已经诞生了，因而应该认识他。

[2] 即便是有些刑罚比这更严厉，也绝不会比这更令人恶心。

[3] 指佛罗伦萨。但丁是佛罗伦萨人。

[4] 嫉妒已经无法控制，四处泛滥。但丁十分仇恨嫉妒，因为他是引发佛罗伦萨城邦共和国派别斗争的重要原因。

[5] "恰克"是说话人的绰号，也是当时佛罗伦萨人对猪的一种称呼，因而此绰号具有贬义；此人犯饕餮罪，被称作猪是十分恰当的。

[6] 不仅灵魂受到损害，财产和身体也受到损害。

[7] 指由于内部斗争而陷入分裂的佛罗伦萨。

若某人有正义，为何混乱 [1] ？

告诉我什么是分裂根源 [2] 。" 　　　　　63

他答道："久紧张必会流血 [3] ，

另一派被'村野 [4] '粗暴驱赶，

他们的利益遭严重侵犯。 　　　　　66

但仅仅三年后'村野'失势，

另一派 [5] 翻了身，掌握大权，

那左右逢源者 [6] 撑其腰杆； 　　　　　69

得势者将昂首许久时间 [7] ，

对敌人之镇压十分凶残，

全不顾他们的啼哭、愤然。 　　　　　72

有两位公正者，却无人听 [8] ，

三把火——傲慢与嫉妒、贪婪，

点燃了他们心，令其不安 [9] 。"　　　　75

说到此他结束声声泣怨。

我说道："还想听赐教之言，

继续讲似对我赠礼一般。 　　　　　78

---

[1] 但丁对佛罗伦萨相互斗争的各派都持怀疑态度，认为他们都不是正义的。

[2] 但丁对佛罗伦萨的政治形势非常关心，他认为地狱的亡魂可以预见未来之事，因而向恰克提出有关问题。

[3] 但丁时代，佛罗伦萨市民分为"黑"、"白"两大派别，相互间斗争十分激烈，政治气氛非常紧张；1300 年 5 月 1 日，在一次节庆活动中，发生了流血事件，致使市民之间的矛盾更加尖锐。

[4] 指"村野派"，即白派。白派的重要成员切尔基家族来自于佛罗伦萨周围的农村，因而被称作"村野派"。

[5] 指黑派。

[6] 指当时的教宗卜尼法斯八世（Bonifacio Ⅷ，1294—1303 年在位）。卜尼法斯八世在"黑"、"白"两派之间左右逢源，不明确表态，但后来却在紧要关头支持黑派夺取了佛罗伦萨政权。掌权的黑派认为但丁同情白派，因而将其放逐。

[7] 黑派战胜白派后，长期掌握政权，飞扬跋扈，迫害白派；但丁也被他们流放，至死未能返回祖国。

[8] 此处"两位公正者"可能泛泛地指少数人，这行诗的意思为：虽然也曾有过少数公正的人，但被派别斗争冲昏头脑的人们不愿意听取他们的意见。

[9] 在但丁眼中，傲慢、嫉妒和贪婪是焚烧佛罗伦萨市民心灵的三把火。

泰加尤 [1]、雅各布 [2]、法利纳塔 [3]、

阿里戈 [4]、莫斯卡 [5] 努力行善 [6]，

其他的豪杰也精明强干；　　　　　　　　81

他们都在何处？引我去见，

享天福，还是在地狱受难 [7]？

知其情是我的强烈意愿。"　　　　　　　84

那人 [8] 道："在更黑灵魂之中 [9]，

不同罪把他们打入深渊 [10]，

向下走，你可与他们相见 [11]。　　　　　87

我请你返温情尘世之时，

令人们能把我记在心间；

下面我将不再回答你言。"　　　　　　　90

他把其平视眼抬起向上，

看着我，随即便头垂地面 [12]，

倒在地，与其他盲魂 [13] 一般。　　　　　93

---

[1] 泰加尤（Tegghiaio）13 世纪佛罗伦萨的政治人物，圭尔费党（教宗党）的重要成员，曾担任过圣吉米尼亚诺和阿雷佐的执政官。

[2] 雅各布（Iacopo）13 世纪佛罗伦萨的政治人物，圭尔费党（教宗党）的重要成员，曾任佛罗伦萨的谈判专员，调节佛罗伦萨与托斯卡纳地区其他城邦之间的关系。

[3] 法利纳塔（Farinata）13 世纪佛罗伦萨重要的政治人物，吉伯林党（皇帝党）的首领，曾带领吉伯林党驱逐圭尔费党人。

[4] 可能指 13 世纪佛罗伦萨的政治人物阿里戈·菲凡提（Arrigo Fifanti）。

[5] 莫斯卡（Mosca）13 世纪佛罗伦萨的政治人物，吉伯林党的重要成员，曾担任政府要职和军队统帅。

[6] 此处"努力行善"指的是上述之人都曾为国家做过贡献，但在但丁看来，这并不足以弥补他们在私德方面的缺陷，因而也被打入地狱。

[7] 他们是在天国享福呢，还是在地狱受难呢？

[8] 指前面提到的恰克。

[9] 他们都在位于地狱更黑暗处的灵魂之间。

[10] 指地狱。

[11] 恰克回答但丁说：他们犯有不同的罪过，均被打入地狱，承受不同的惩罚；继续往下面走你就会看见他们。

[12] 但丁站着，恰克坐着，二人对话时，恰克的眼睛是平视的；此时他仰起头，眼睛向上翻，看着但丁的脸；随后又垂下头，看着地面。

[13] 灵魂均趴在泥水之中，什么都看不见，因而此处称他们为"盲魂"；进而隐喻他们精神上也是盲目的。

向导说："天使号吹响之前 [1]，

他不会再苏醒，睁开双眼，

那时候天主将来他身边：　　　　　　　96

所有魂将重见悲伤坟墓，

恢复其肉体身，重现容颜，

听永恒之判决回荡于天 [2]。"　　　　　99

最后审判之后的受苦灵魂

就这样我二人慢步向前，

过魂雨混合的肮脏地面 [3]，

并且就未来事 [4] 略作交谈。　　　　　102

我说道："老师啊，大审判 [5] 结束之后，

这痛苦将增加还是会减？

其程度还会是如此这般？"　　　　　105

他答道："请重温你所学 [6]，再做判断，

它 [7] 认为，诸事物越是完善，

越能够感觉到福或苦难 [8]。　　　　　108

即便是这些被诅咒恶魂，

永远也无法获真正完善，

---

[1] 指最后审判到来之前。最后审判那一天，众天使会吹响号角。

[2] 天主教神学理论认为，世界末日到来之时，古今所有人的灵魂都将与被埋葬在坟墓中的肉体重新合为一体，在天主面前接受最后的审判。

[3] 走过肮脏的灵魂与肮脏的雨水混合在一起所形成的泥泞的地面。

[4] 指最后审判之后的事情。

[5] 指最后的审判。最后的审判也称"大审判"。

[6] 指但丁学习过的哲学和神学理论。

[7] 指上一行提到的但丁的"所学"。

[8] 这里，维吉尔间接地回答了但丁的问题，进一步解释说，事物越是完整，它就越感觉快乐或痛苦。按照这种经院哲学的观点，我们可以推论出，在最后审判之后，人由于灵魂和肉体重新结合而复归完整，天国的永福者会感觉更加幸福，而地狱的罪恶者则会感觉更加痛苦。

对那天 [1] 却仍抱更大期盼 [2]。" 　　　　111

我们绕那条路前行后转 [3]，

议论了许多事，不必多言；

来到了下行的一个去处， 　　　　114

见大敌普鲁托 [4] 守在那边。

---

[1] 指最后的审判那一天。

[2] 尽管地狱的灵魂永远无法获得真正的完善，但他们却十分期盼最后的审判那一天，希望通过最后的审判，获得尽善尽美。

[3] 我们沿着曲折的地狱之路兜来兜去。

[4] 普鲁托（Pluto）是罗马神话中的冥神，冥界的主宰；但是，在《神曲》里，但丁把基督教文化中背叛上帝的路西法作为地狱魔王置于地狱最深处，因而普鲁托失去了地狱魔王的地位；有些评论认为这里的普鲁托应该指的是希腊神话中的财神普鲁托斯，因为他所看守的地狱第四层中惩罚的是对财富缺乏理性的守财奴和挥霍无度者。

第7章

　　但丁随维吉尔来到地狱第四层的入口，象征贪婪的恶魔普鲁托吼叫着，令人毛骨悚然。维吉尔告诉他，但丁下到地狱是上天的安排；闻此言，普鲁托跌倒在地，不再吼叫。在地狱的第四层，罪恶的灵魂分为两队，一队由守财奴的灵魂组成，其中有许多教宗、枢机主教等神职人员，另一队由挥霍者的灵魂组成；两队灵魂用吃奶的力气分别向相反的方向滚动着重物，艰难地在一条狭窄的环形通道中行走；相遇时，他们都无法通过，于是便怒吼、谩骂、厮打，并相互猛烈撞击；然后掉转身，继续滚动着重物吃力地行走；不久后又在环形通道的另一端相遇，再次争吵、辱骂、厮打，如此反复不断。这种惩罚象征着人类对财富的辛苦追求（无论是吝啬地聚财，还是无度地挥霍财富）是徒劳无益的，因为，只有时运女神才能决定人们的财富得失。

　　穿过地狱的第四层，但丁和维吉尔来到斯提克斯河岸。这条泥水河是地狱的第五层，河面上有许多易怒者的灵魂，他们相互击打和撕咬；河下泥中陷着隐忍者的灵魂，他们叹息着，呼噜呼噜地喘着粗气，致使河面上的泥水冒起许多气泡。

普鲁托

"啪啪呸，阿来呸，撒旦，撒旦[1]！"
普鲁托[2]用嘶哑声音叫喊，
那智者[3]对其意完全明辨；　　　　　　　　　3
对我说："你切莫恐惧不安，
因为他[4]之能力十分有限，

---

[1] 这是一句地狱魔鬼的语言，但丁不懂，然而，生活在地狱的维吉尔却完全可以理解；意思应该是"撒旦啊，撒旦，地狱魔王"。
[2] 守卫地狱第四层入口处的魔鬼。见上一章结尾处。
[3] 指维吉尔。
[4] 指普鲁托。

普鲁托的地界

难阻挡我二人下此峭岩 [1]。"   6

他转向那愤怒肿胀之脸 [2],

开言道;"你住嘴,不要叫喊!

把你的恶狼怒 [3] 忍于心间。   9

入深渊并非无任何原因:

是上天表示了如此意愿 [4],

米迦勒曾在那(儿)惩罚叛乱 [5]。"   12

那残忍之恶兽 [6] 跌在地上,

如鼓起之船帆栽落甲板,

因桅杆被大风猛力吹断。   15

地狱崖囊宇宙罪恶万端,

沿着它我们下痛苦陡岩,

进入了地狱的第四圆环 [7]。   18

守财奴与挥霍者

啊,正义的上帝呀,是谁设置,

这么多新刑罚、新的苦难 [8]?

罪为何使我们如此悲惨?   21

---

[1] 指从地狱第三层到第四层必须经过的悬崖峭壁。

[2] 指普鲁托。

[3] 在《地狱篇》第 1 章中我们已经看到,狼隐喻贪婪;普鲁托是看守地狱惩罚贪婪者(即守财奴和挥霍者)的第四层入口的魔鬼,因而但丁称他的愤怒为"恶狼怒"。

[4] 是上帝在天国表示了让这个人下到地狱的意愿。

[5] 大天使米迦勒(Michele)曾经惩罚以路西法为首的背叛上帝的罪恶天使。

[6] 指普鲁托。

[7] 指地狱第四层。地狱的第四层中,贪婪者的灵魂接受惩罚;他们分成两类,一类为守财奴的灵魂,另一类是挥霍者的灵魂;他们在一条狭窄的环形通道中用吃奶的力气推动着重物,相遇时都无法通过,便相互谩骂,撞击,然后,各自掉头向相反的方向继续推动重物,在通道的另一端再次相遇,再次相互辱骂和厮斗;就这样反复不断,永无停歇。

[8] 正义的上帝呀,你在这里汇集了多少与上几层不同的苦难啊!

卡律布狄斯 [1] 处滚滚波澜，

相互间迎头撞，水花四溅，

此层的群舞者 [2] 也似那般 [3]。　　　　　24

这里比其他处灵魂更多，

东一队，西一队，嚎叫不断，

用吃奶力气滚重物向前。　　　　　27

相遇时互厮打，再把身转，

推重物又走向环道另端 [4]。

"为何存？""为何弃？"你吼我喊 [5]。　　　　　30

诸灵魂沿黑暗环道回返，

从这面，到那面，连续不断，

反复喊他们的污秽语言，　　　　　33

半圈后掉转身继续向前 [6]，

又开始另一轮殊死决战。

我的心被刺痛，于是说道：　　　　　36

"老师呀，现在请对我明言，

削发人 [7] 集聚在我们左边，

何许人？全都是神职人员？"　　　　　39

他答道："此处魂理智瞎眼，

曾糊里糊涂地活于人间，

[1] 在意大利的墨西拿海峡，爱奥尼亚的海流与第勒尼安的海流相撞，形成了一个极其不寻常的漩涡，这就是著名的卡律布狄斯大漩涡，它对面是斯库拉礁石；二者威胁着航海者的生命安全，因而，在西方语言中，"位于卡律布狄斯和斯库拉之间"意思为"进退维谷"。希腊神话中有关卡律布狄斯的传说便来自于此。

[2] 比喻不断推动重物的诸灵魂。

[3] 在地狱第四层的灵魂，就像卡律布狄斯漩涡处两股浪头那样，相遇时也迎头猛撞。

[4] 互相厮打后又转身向后滚动重物。

[5] "为什么要积存财富？""为什么要抛弃财富？"守财奴的灵魂与挥霍者的灵魂相互吼叫，漫骂。

[6] 灵魂们排成队，沿着狭窄的环形通道向前滚动巨大的重物，相遇时堵塞在那里无法通过，于是便相互吼叫和辱骂，然后转过身，再向后推；不久后又在环形通道的另一端相遇，再次重复吼叫和辱骂，就这样反复不断。

[7] 指头顶上被削去一圈发的人，即神父。

全不懂应适度使用金钱。 42

诸灵魂至环道两端终点，

狂吠声便道出事情根源：

相反罪 [1] 把他们一分两边。 45

这些人头无发，执掌神权 [2]，

其中有教宗和枢机要员 [3]，

他们都表现得十分贪婪。" 48

我说道："老师呀，这些人中，

有几个我可以清晰识辨，

他们是你说的那类罪犯？" 51

老师道："你并无正确判断：

盲目活使他们污秽不堪，

今日已无人识他们颜面 [4]。 54

他们至两点处 [5] 总是争斗：

那一队 [6] 出坟墓仍握双拳，

这一队 [7] 毛发均剪得短短 [8]。 57

恶弃存 [9] 使他们远离上天，

在此处相互间厮打不断；

我难寻'美'词语将其展现。 60

---

[1] 地狱第四层的灵魂犯有吝啬罪或挥霍罪，这是两种相对立的罪行。

[2] 此时，维吉尔指着那些神职人员的灵魂说话。

[3] 指枢机主教，即人们通常说的红衣主教。

[4] 盲目的生活使他们满面污秽，根本就不会有人认出他们，因而你的判断是错误的。

[5] 指环形通道的两个终点处。

[6] 指守财奴的灵魂。

[7] 指挥霍者的灵魂。

[8] 最后审判时，灵魂都要返回被埋葬在坟墓中的尸体，随后，二者合一，从坟墓中走出，到上帝面前接受审判。但丁认为，即便到了那一天，守财奴也仍然会紧握双拳，隐喻他们一毛不拔；挥霍者则会把毛发剪得非常短，几乎剃得光光的，隐喻他们已经倾家荡产，一贫如洗。

[9] 指以邪恶的方式挥霍财富或积蓄财富。

时运女神

孩子呀，财富受'时运[1]'支配，

你可见它极易随风飘散，

人类却为财富争斗不断；　　　　　　　63

即便把月下金[2]奉送一人，

也无法使此人心足意满，

令他的疲惫魂[3]获得宁安。"　　　　　66

我说道："老师啊，请你明示，

你说的时运神真实颜面；

她为何把世间财富控管？"　　　　　　69

老师道："世人啊，你们真蠢，

是无知把尔等伤成这般！

望你们能吞下我的观点[4]。　　　　　　72

那智慧无比的上天之主，

造诸天，并定谁推其运转[5]，

使天空各处都金光闪闪；　　　　　　　75

他均洒光辉于四面八方，

为尘世荣华[6]也指定总管[7]，

指导其沿何路行进向前；　　　　　　　78

总管将虚财富[8]及时转移，

人与人，族与族，不停变换[9]，

人理智难阻挡财富相传；　　　　　　　81

---

[1] 指时运女神（Fortuna）。

[2] 天下的黄金。

[3] 指贪婪者为争夺财富累得疲惫不堪的灵魂。

[4] 你们这些愚蠢的尘世人，太无知了；希望你们能接受我的看法。

[5] 上帝创造了宇宙，并指定天使推动它运转。在《飨宴》第2篇第4章中但丁指出：诸天的推动者不是某种物质，而是天智，即俗称的"天使"。

[6] 指人类的各种财富，即财产、尊严、荣耀、权势、社会地位、健康的身体等。

[7] 上帝也自然会为尘世的荣华指定一位总管，她就是时运女神。

[8] 对天国永福来讲，尘世财富是虚无的。

[9] 时运把财富从一个人身上转移到另一个人身上，从一个家族转移到另一个家族。

有人盛，有人衰，这是必然，

人只能全依赖'时运[1]'裁判，

其裁决就好像蛇藏草间[2]。 84

你等智难与其相争互斗[3]：

她[4]独行，巧安排，并做决断，

似诸神治自己王国一般[5]； 87

时运神不停转，变化万端，

必然性致使她快速转换[6]，

以至于其境况更迭不断[7]。 90

她被人悬十架，受人诅咒[8]，

诅咒者本应该对其颂赞，

却无理谩骂她，恶语连连[9]； 93

然而她耳不闻，快乐无限，

与其他初造物[10]同愉，共欢，

高兴地转动她美妙轮盘[11]。 96

我们应下到那更苦一层，

动身时群星才刚刚升天，

现在已向下行[12]，久留不便[13]。"

99

[1] 指时运女神。

[2] 时运女神的裁决是隐秘的、不被人察觉的，它就像隐藏在草丛中的蛇。

[3] 你们人类的智慧怎么能与"时运"相比。

[4] 指时运女神。

[5] 就像古代诸神治理自己所统治的领域那样随心所欲。

[6] 此处"必然性"指天命。时运女神不断地快速转变，这是天意所定的。

[7] 以至于时运不断地变化。

[8] 人们痛恨变化莫测的时运女神，把她钉在十字架上，诅咒她。

[9] 曾经有过机运的人，本应该赞颂时运女神；但由于她变化莫测便反而谩骂她。

[10]指上帝最先造的造物，即与宇宙同生的天使等最高级的智慧生灵，"时运"也是其中之一。

[11]时运女神毫不介意人类的诅咒和谩骂，她与其他比人类更高级的智慧生灵在一起，感觉十分快乐；她得意地推动着命运的轮盘，决定着人类的运气。

[12]我从"灵泊"动身时，群星从东方刚刚升起，现在它们已经转向西方，开始下沉；这说明已经过去了 12 个小时。

[13]已经过去太长时间了，因而，我们不可在此久留。

斯提克斯泥河：易怒者与隐忍者

我们过第四层，又至一岸 [1]，
来到了沸腾的河水 [2] 旁边，
水冲出一沟壑，流淌向前。　　　102

浑浊水虽不黑，但色灰暗，
由此等烟色的波浪陪伴，
我们沿凶险路进入低环 [3]。　　　105

这条河名字叫斯提克斯 [4]，
向下流形成了一片泥潭，
那"沼泽"在灰色恶坡下面。　　　108

我凝眸睁双眼仔细观看，
"沼泽"中见泥人折腾、翻转，
一个个赤裸身，愠色遮面。　　　111

互击打，并非只依靠拳掌，
头与脚及胸部使用齐全，
你咬我，我咬你，牙齿利尖。　　　114

老师道："孩子呀，你已看到，
是怒者之灵魂在你面前；
我希望你确信，勿揣疑团：　　　117

泥水下还有人痛苦哀叹，
口吐气使泡泡泛于水面，
无论眼转向哪（儿）均能看见。　　　120

'在艳阳温情中我等悲惨，
那时候抑郁已深藏心间，　　　123

---

[1] 但丁和维吉尔穿过地狱的第四层，来到地狱另一条河斯提克斯（Stige）的河岸。

[2] 河中波浪翻滚，就像河水在沸腾。

[3] 指进入地狱的第五层。

[4] 斯提克斯本是希腊神话中的另一条冥界之河，但丁将其置于基督教的地狱，使其成为地狱的第二条河；它是一条泥河，携带的泥沙在山坡下形成一片泥潭。

现只能受苦于黑水泥潭 [1]。'

罪魂喉呼噜噜，好似颂赞 [2]，

因他们不能吐完整语言 [3]。"   126

我们绕泥水潭足足半圈，

或半陷泥水中，或者踏岸 [4]，

眼望着诸魂把泥水吞咽，   129

就这样至一座塔楼对面。

---

[1] 活在尘世艳阳天下时，我们就很悲惨，那时候我们心中已经深藏着抑郁之情，因而，现在我们也只能在黑黑的泥水中受苦。

[2] 隐忍者灵魂的喉咙呼噜呼噜地发出声音，好像在唱赞歌一样；这句话显然是对这些罪魂的讥讽。

[3] 他们深陷在泥潭下面，无法吐出完整的语言。

[4] 我们深一脚浅一脚地行走着，有时双足会陷入泥水，有时又会脚踏坚实的河岸。

第 8 章

在斯提克斯泥河岸边，但丁和维吉尔望见远处有一座高高的塔楼，塔楼上点燃两堆烽火，更远处还隐约可以见到另一堆烽火与其呼应，从而火火相接，把危险信号传递到狄斯城中。

但丁和维吉尔登上魔鬼弗雷加的渡船，向狄斯城驶去，途中遇到浸泡在泥水潭中的但丁的同乡菲利普·阿尔詹蒂，他试图抓住并伤害但丁，被维吉尔喝退。小船继续前行，两位诗人更加清晰地看到似烧红了的铁的塔楼。

但丁与维吉尔刚刚在城门处下船，便见到一群魔鬼出现在城门之上，他们阻止尚未离世的但丁进入死人之城；维吉尔避开但丁，与魔鬼们私下交涉，却未取得任何结果，垂头丧气地返回但丁的身边。尽管如此，维吉尔仍然鼓励但丁，希望他不要灰心，因为上天将派一位天使来帮助他们。

弗雷加与渡河

我现在继续讲搁放之事：
在到达高塔楼脚下之前，
我们已遥望见它的顶端，　　　　　　　　　　3
熊熊地燃烧着两堆火焰 [1]，
传信号，另一堆位于更远，
大诗人 [2] 眼勉强能够看见。　　　　　　　　6
我转向智慧海 [3] 开口问道：
"是何人把这些火焰点燃？
两堆火各自把何意体现？"　　　　　　　　9

---

[1] 这是报警信号，两堆火表示来了两个人（维吉尔和但丁）。中世纪，城堡与城堡之间常用烽火传递警情。

[2] 指维吉尔。

[3] 亦指维吉尔。

他答道："泥潭雾 [1] 若不遮眼，

等待者便出现你的眼前：

你将见他行于泥浪水面 [2]。" 12

我见到一小舟快速驶来，

只一人划着桨独自驾船；

从未有硬弓弩如此有力， 15

能射出这样的飞行之箭 [3]。

"无耻的恶灵魂，你可来了 [4]！"

船上的摇桨人厉声叫喊。 18

我老师对来者开口喝道，

"弗雷加 [5]，弗雷加，吼也枉然！

我们只过河时受你控管 [6]。" 21

闻喝声弗雷加收起怒焰，

就好像受到了巨大欺骗，

懊恼情将其心填得满满 [7]。 24

向导先踏上了他的小舟，

之后又命令我随其登船；

我入舟，船才似载重一般 [8]。 27

我二人刚站立古船 [9] 之上，

深吃水小舟便劈开波澜，

---

[1] 指漂浮在泥潭之上的雾霾。

[2] 你便可以在泥潭的水面上看见人们等待到来的人。

[3] 比喻小舟快速行驶，就如飞箭一般。

[4] 摆渡者弗雷加（Flegiàs，另译：弗列居阿斯）并没有看清楚来的是什么人，这句话只是他对将要登船的灵魂习惯性的呼喊。

[5] 弗雷加是希腊－罗马神话中的人物，战神玛尔斯的儿子；因太阳神阿波罗诱奸其女，曾愤然烧毁阿波罗的圣庙；维吉尔在《埃涅阿斯纪》中对此有所描述。但丁将其置于地狱的第五层，使其成为斯提克斯泥河的摆渡人，让他运送来到岸边的灵魂，并将灵魂抛入泥水之中受苦；他象征愤怒。

[6] 你也只是在渡我们过河时才能控制我们，其他时候都对我们无能为力。

[7] 听到维吉尔的话，弗雷加十分失望，因为此次他并不能随意发泄愤怒。

[8] 维吉尔是魂影，没有重量；但丁是活人，因而，他入船时，船才像是承载了重量。

[9] 弗雷加掌控地狱斯提克斯泥河渡船已经很久了，因而此处称他的渡船为"古船"。

全不似载其他灵魂那般 [1]。   30

菲利普·阿尔詹蒂

当船行泥水的死潭 [2] 之时，

一泥人出现在我的面前，

他问道："是何人这么早来此河面 [3]？"   33

我答道："我虽来，却不会逗留此间。

你是谁？竟如此肮脏、难看？"

他答道："我是个哭泣者，如你所见。"   36

我说道："可恶魂，留此受难，

你哭泣与悲伤永不会变 [4]；

尽管你浑身泥，我识你面。"   39

那灵魂把双手伸向木船 [5]，

警觉师 [6] 推开他，对其怒喊：

"快快与其他狗滚到一边！"   42

随后用双臂膀搂住吾颈，

亲吻着我的脸开口吐言：

"义愤魂 [7]，生你者洪福无限 [8]！"   45

那厮在尘世时十分傲慢，

无善行能使他名留世间：

其灵魂因而便怒气冲天 [9]。   48

尘世有多少人耀武扬威，

---

[1] 但丁是肉体之身，因而比较重，当他上船时，船身下沉，吃水很深，完全不像以往
运送灵魂时那样。

[2] 指死人灵魂所在的泥潭。

[3] 但丁还没有死就先入地狱，因而此处说"这么早"。

[4] 你这个应受诅咒的邪恶灵魂啊，你将永远不会改变哭泣和悲伤的状况。

[5] 那个灵魂把双手伸向木船，想抓住但丁。

[6] 意思为"我警觉的老师"，指维吉尔。

[7] 愤怒地对待邪恶的灵魂。此处指但丁。

[8] "生你者"指但丁的母亲。生下但丁这样对邪恶义愤填膺的人可真有福啊！

[9] 那个满身是泥的人丝毫不值得人们回忆，因而他的灵魂在此处怒气冲天。

却都将似脏猪陷此泥潭，

把可怖恶名声留于人间。" 51

我答道："在走出泥潭之前，

老师呀，我希望能够看见，

此恶魂[1]淹没在泥汤里面。" 54

他说道："还未待见到彼岸，

依我看你就将实现心愿，

你理应为此事意足心满。" 57

随即见诸泥魂[2]群起发难，

把那人折磨得十分悲惨；

我至今仍谢主，将其颂赞[3]。 60

众魂吼："快来打菲利普·阿尔詹蒂[4]！"

那佛城[5]之灵魂十分怪诞，

也用牙啃自己，连连不断。 63

我们把他搁放，不再议谈；

此时有痛苦声响我耳边，

于是我睁大眼向前观看。 66

狄斯城

贤老师开言道："噢，我的孩子，

有一城叫狄斯[6]，就在眼前，

[1] 指刚才与但丁说话的那个满身泥污的灵魂。

[2] 指浮在斯提克斯泥河上面的易怒者的灵魂。

[3] 我至今仍感谢并赞颂天主，他让易怒者的灵魂群起而攻击曾经想抓住和伤害我的那
个灵魂。

[4] 曾经想抓住但丁的灵魂叫菲利普·阿尔詹蒂（Filippo Argenti），他是佛罗伦萨人，
可能是但丁的一个仇人。据说此人是一位骑士，非常富有，因而十分傲慢。

[5] 指但丁的故乡佛罗伦萨。

[6] 在史诗《埃涅阿斯纪》中，维吉尔把冥界也称作狄斯（Dite）；此处，但丁把魔王之
城称作"狄斯"。

狄斯城

城居民人众多，鬼军万千[1]。" 　　　　　　69

我说道："老师呀，已经看见，

山谷中[2]城墙上塔楼红艳，

就好似出炉的赤铁一般[3]。" 　　　　　　72

老师道："入地狱深处时你可看见，

永恒火[4]是从内向外而燃，

使外部显露出红色火焰[5]。" 　　　　　　75

我们至护城河深壕里面[6]，

它环抱无丝毫慰藉城垣[7]，

那城墙似用铁铸造一般。 　　　　　　78

魔鬼的阻挠和维吉尔的失意

绕城行一大圈，至一去处，

凶悍的摇船人[8]厉声叫喊：

"快下船，这便是入城地点。" 　　　　　　81

我见到天降者[9]何止百千，

均立于城门上，愤怒开言：

"是何人在肉体未死之前， 　　　　　　84

便要过死人的王国地面？"

我睿智之老师示意密谈[10]，

---

[1] 城里有许多居民（指居住在那里的灵魂）和成千上万的魔鬼所组成的保卫魔王之城的军队。

[2] 地狱呈漏斗形状，但丁与维吉尔是自上而下游历地狱的，因而，从他们所乘坐的船上望去，下面的狄斯城好似卧于一个深深的山谷之中。

[3] 就好像被烧红的铁一样。

[4] 指地狱之火。

[5] 当你进入狄斯城之后，便可以看到，是城里熊熊燃烧的火焰，从塔楼处显露出来。

[6] 狄斯城的护城河与斯提克斯泥河相通。

[7] 指狄斯城。那是一座没有丝毫慰藉之城。

[8] 指弗雷加。

[9] 指那些随路西法叛逆上帝的天使，他们被上帝赶出天国后跌入地狱，成为地狱的魔鬼。

[10]维吉尔想与诸魔鬼避开但丁私下交谈，因为魔鬼的怒火是对着但丁的。

想与那提问者私下了断。   87

众魔鬼于是便略收怒火，

开言道："你独入，他离去，走得远远，

活人闯此王国，胆大包天 [1]。   90

你留下，他应沿疯路 [2] 返还，

有本事，就让他独自体验 [3]，

你为他已引路走过黑暗 [4]。"   93

读者呀，你想想，闻此恶言，

我的心该会是多么慌乱，

难置信我还能独返人间 [5]。   96

我说道："哎呀呀，亲爱向导，

你已经七八次保我平安，

每当我遇险时你都施救，   99

切莫要抛弃我，令我受难；

若继续向前行不被允许，

我们可寻足迹一同速返。"   102

引我至那里的高贵君子 [6]，

开言道："莫担忧，我们路无人可拦，

因天主对此已安排在先。   105

等着我 [7]，卸下你心中负担，

振精神，应抱有良好期盼，

我不会弃你于地狱深渊。"   108

话音落和蔼的前辈 [8] 离去，

---

[1] 他是个活人，竟想闯死人的王国，真是胆大包天。

[2] 指但丁和维吉尔刚刚走过的只有无理智的疯子才敢走的地狱之路。

[3] 若他有本事，就让他体验一下独自走回去的经历吧。

[4] 来时，你已经引他走过了地狱的黑暗道路。

[5] 但丁认为，他很难独自一人沿原路返回尘世。

[6] 指维吉尔。

[7] 维吉尔要去与魔鬼们谈判，因而叫但丁耐心等待。

[8] 指维吉尔。

只留我在那里忐忑不安，

"成"与"败"在心中展开激战。 111

听不见对他们^[1]口吐何言，

但老师未在那（儿）许久时间，

诸魔鬼均争先退入城垣。 114

他们当老师面紧闭城门，

我老师被关在鬼城外面，

他转身走向我，步子缓慢。 117

两只眼低低地垂向地面，

眉宇间自负已全然不见。

叹息道："他们竟拒我入痛苦家园^[2]！" 120

然后说："我恼怒，你莫气馁，

无论是谁防卫这座城垣，

我们都能成功通过考验。 123

他们的此蛮横并不新鲜：

那外门也曾被他们紧关，

但该门至今仍未上门闩^[3]。 126

你曾见那门上阴森冥文^[4]，

已有人从那里走向此间，

无向导，下陡坡，穿过诸层， 129

他将令开此门，无人敢拦^[5]。"

[1] 指那些守城的魔鬼。

[2] 他们竟然拒绝我进入痛苦之城。

[3] "外门"指地狱入口的大门。众魔鬼曾关闭地狱大门，试图阻止基督耶稣进入地狱带走古代贤者；愤怒的基督破门而入，致使直至今日该大门仍敞开着，无法关闭。

[4] 指第 3 章开头处所见到的铭刻在地狱大门门楣上的文字。

[5] 此处但丁埋下了伏笔，在下一章中，将有一位天使，受天主之命，来地狱打开狄斯城大门，放但丁和维吉尔进入。

第9章

诗人继续讲述狄斯城的情况。但丁见维吉尔欲言又止，便开始担忧。维吉尔安慰但丁，说自己曾经到过地狱的深处，因而熟悉道路，能够安全地为其引路。但丁忽见复仇三女神立于城楼上，她们见到但丁，便呼叫能够使人变成石头的女妖美杜莎前来阻止他进城；维吉尔怕但丁受到伤害，急忙捂住他的双眼。此时，一声巨响，震得地动山摇；但丁向泥潭水面望去，见一位天使踏泥水而来。天使用权棒打开城门，放但丁和维吉尔进入地狱的第六层狄斯城，并严厉斥责守城的魔鬼，随即离去。狄斯城中一马平川，但丁见到许多敞着盖儿的石棺被烈火烧得通红，如同刚出铁匠炉的炽铁，信奉异端者的灵魂在石棺里忍受痛苦。随后，但丁和维吉尔从石棺和城墙之间的空地穿过，继续前行。

但丁的恐惧与维吉尔的安慰

见向导又返回我的身边，
胆怯的颜色便涂染吾面 [1]，
这 [2] 把他之不悦 [3] 迅速驱散 [4]。　　　　　3
诗人 [5] 似凝神听，双足停站 [6]，
因四周雾弥漫，一片黑暗，
他无法把视线投得更远。　　　　　6
开言道："我们应打赢此仗，

---

[1] 但丁感到十分恐怖，面如土色。
[2] 指但丁脸上的胆怯之色。
[3] 指维吉尔感觉到的不悦，因为他刚刚被魔鬼拒绝。
[4] 维吉尔见到但丁面显恐惧之色，立刻控制住自己的情绪，他脸上不高兴的表情便消失了。
[5] 指维吉尔。
[6] 此时，维吉尔停住脚步，凝听周围的声音。

除非是……'他 [1]' 已示助我心愿 [2]:

噢,还不来 [3],真让我望眼欲穿!" 　　　　9

我发现他后语不搭前言,

似乎在把什么努力遮掩 [4],

前与后话语意相差甚远; 　　　　12

或许并没有我想的严重,

但其言仍令我恐惧不安:

竟然说半句话,随后中断。 　　　　15

"地狱的第一层灵魂万千,

只忍受无望的精神苦难 [5],

可有人下到这底层深渊 [6]?" 　　　　18

向老师我提出如此问题;

他答道:"此情况十分罕见 [7],

无几人踏我们行走路面。 　　　　21

但从前我的确曾下深渊 [8],

那是被厄里彤 [9] 咒语召唤,

她可使魂附体,重返人间。 　　　　24

当时我魂离体刚刚不久 [10],

---

[1] 指天主。

[2] "除非是……"表现出最初维吉尔对上天的帮助曾有过怀疑,随后,他脑中的这一闪念立刻消逝了;他认为这是不可能的,因为说一不二的天主已经通过贝特丽奇表示过帮助他的愿望。

[3] 指应该到来的天使还没有到来。

[4] 但丁感觉维吉尔前言不搭后语,似乎在掩饰着什么。

[5] 指无希望升入天国的精神苦难。

[6] 但丁心中十分恐惧,对维吉尔的能力又产生了怀疑,担心处于灵泊的维吉尔从来就未进入过地狱的深层,无法保证他在那儿的安全;因而问灵泊的灵魂中是否曾有人"下到这底层深渊"。

[7] 灵泊中的灵魂下到地狱深层的情况是罕见的,但也不是没有。

[8] 指地狱的深层。

[9] 厄里彤(Eritòn)是希腊神话中的女巫,善于招魂。为了安慰但丁,维吉尔说,他的灵魂曾被这位女巫召入地狱底层,并带出一个灵魂,以此证明他曾经进入地狱的深层,认识应走的道路。

[10] 当时我刚刚弃世,魂体分离。

她便令我进入这座城垣 [1]，

将一魂提出了犹大冰环 [2]。　　　　　27

那可是最暗的底层深渊，

距包罗万象的顶天 [3] 最远；

因此我识路途，你可心宽。　　　　　30

这一片泥水潭臭气熏天，

它把此痛苦城 [4] 紧紧围圈，

不发怒我们便难入城垣。"　　　　　33

复仇三女神

我无法记住他别的话语，

心已被双眸引塔楼上面：

高高的塔楼尖冒着火焰；　　　　　36

霎时见直立的复仇三女 [5]，

身上被地狱血染得红艳，

其举止如尘世女子一般；　　　　　39

有多条绿水蛇身上绕缠，

邪恶的鬓角处、头的上面，

长犄角之长虫盘得满满。　　　　　42

永恒的哭泣国王后女仆 [6]，

[1] 指狄斯城。

[2] 指地狱第九层科奇托冰湖的最中间一环，该环得名于出卖耶稣的犹大；背叛恩人者死后，灵魂在那里受罚。

[3] 指原动天，或称水晶天。按照托勒密的地心说天体理论，地球是宇宙的中心，第九层地狱是地狱的最底层，位于地心处；原动天则是宇宙最高的一重天，它环抱其他所有天；因而，位于地狱第九层的犹大环距原动天最遥远。

[4] 指狄斯城。

[5] 复仇三女神是希腊神话中最令人恐惧的女神，她们分别是不安女神阿勒托、忌恨女神墨纪拉和报复女神底西福；她们疯狂地追逐和报复杀人凶手，特别是弑亲人者；在《神曲》中，她们象征杀人罪犯永远无法摆脱受良心谴责的懊恼情绪。

[6] 指复仇三女神。"永恒的哭泣国"指冥界（即基督教的地狱），"永恒的哭泣国王后"指希腊 - 罗马神话中被冥王普鲁托掠至冥界做王后的普洛塞耳皮娜；但丁认为，冥界王后的女仆是复仇三女神，但普洛塞耳皮娜的形象并未出现在《神曲》之中。

复仇三女神

我导师对她们了如指尖，

他说道："厄里尼[1]真凶狠！你[2]快来看：　　　　45

那位是墨纪拉[3]，立于左边，

阿勒托[4]在右侧哭泣不断，

底西福[5]站中间。"话落不言[6]。　　　　48

三恶女用指甲抓破胸脯，

又用掌击自己，高声叫喊，

吓得我紧依偎诗人身边。　　　　51

那三魔向下望齐声呐喊：

"美杜莎[7]快来呀，变他[8]为岩，

未报复忒修斯真是错念[9]。"　　　　54

"你向后转过身，把脸捂住，

戈耳工[10]出现时你若看见，

就再也无法回尘世人间。"　　　　57

说话间老师还推我转身，

不相信我手可自保安全，

于是便用他掌遮我双眼。　　　　60

---

[1] 厄里尼（Erine，另译：厄里尼厄斯）是希腊神话中复仇三女神的总称。

[2] 指但丁。

[3] 墨纪拉（Megera）希腊神话中的复仇三女神之一。

[4] 阿勒托（Aletto，另译：阿勒克托）是希腊神话中的复仇三女神之一。

[5] 底西福（Tesifone，另译：底西福涅）是希腊神话中的复仇三女神之一。

[6] 话音一落，维吉尔就不再说话了。

[7] 美杜莎（Medusa）是希腊神话中的蛇发女妖，戈耳工三姐妹之一。据传说，波塞冬被美杜莎的美貌吸引，在雅典娜的神庙里奸好了她，此事激怒了雅典娜。雅典娜不能惩罚波塞冬，于是便把美杜莎变成了可怕的蛇发女妖，并让任何看到她眼睛的男人都立即变成石头。在《神曲》中，她象征阻止人悔罪的绝望情绪。

[8] 指但丁。

[9] 据希腊神话讲，雅典王忒修斯（Teseo）和朋友庇里托俄斯一同去冥界，企图拐走冥府王后普洛塞耳皮娜，却未成功，被冥神俘获，囚禁于冥府；后来被大力神赫拉克勒斯救出。此话的意思为，当初如果严厉惩罚了忒修斯，没让他逃离冥界，今天就不会再有人敢闯地狱；现在只能叫美杜莎快点来，把这个闯入地狱的狂徒（指但丁）变成石头。

[10] 此处戈耳工（Gorgòn）指美杜莎。戈耳工是希腊神话中的凶恶三姐妹的总称，她们的头发是毒蛇，嘴里长着獠牙，其中最小的就是著名的女妖美杜莎。

天国使者

噢，你们 [1] 的理智都十分健全，

仔细看怪诗句面纱后面，

隐藏的寓意和道德理念 [2]。　　　　　　63

一巨响震撼了泥浪水面，

把恐惧装满了人的心间，

使泥河两岸也瑟瑟抖颤；　　　　　　66

就好像因冷暖相差甚远，

形成了猛烈风，疯狂一般，

被冲击之树木难以阻挡，　　　　　　69

枝叶落，被卷走，离弃林间；

风卷沙滚滚来，十分傲慢，

野兽与牧民都纷纷逃难。　　　　　　72

他松开捂眼手，开口说道：

"你顺着冒气泡古老水面，

往最浓烟雾处纵目观看。"　　　　　　75

千余个被毁魂入我眼帘：

见一位过潭者 [3] 双足净干 [4]，

他们便撒开腿四处乱窜，　　　　　　78

似一群青蛙遇天敌游蛇，

沿水面纷纷逃，转瞬不见，

随后又卧泥潭，缩成一团。　　　　　　81

---

[1] 指读者。

[2] 诗人提醒读者，要注意领会神秘诗句后面的道德寓意，即：人在努力自救的过程中，会遇到一些难以克服的障碍；如阻止人悔过自新的是邪恶的诱惑（魔鬼）、无法摆脱对以往罪过的懊恼情绪（复仇三女神）、无法忏悔罪过的绝望（美杜莎）等；但丁认为，人的理性（维吉尔所体现的）的力量虽然能帮助我们跨越许多障碍，但人若想越过一切障碍，就要依靠天赐之力——神的启示，即天主通过天使所赐予的帮助。

[3] 指前来帮助但丁和维吉尔的天使。

[4] 虽然他双脚踏在泥浪之上，却丝毫没有沾上泥水。

那来者挥左手，连连不断，

欲驱散面前的浓浓雾团，

似乎他仅仅有这一麻烦 [1]。　　　　　　84

我认出他是位上天使者，

于是便转身看老师颜面，

他示意我安静、快把腰弯。　　　　　　87

啊，此来者胸中似充满怒焰！

他手持一小杖来到门前 [2]，

开城门并未遇任何阻拦。　　　　　　90

踏恐怖门槛时开口说道：

"噢，可耻者 [3]，你们被上天驱赶，

是什么令你们如此狂癫？　　　　　　93

那意愿注定会得以实现 [4]，

为什么你们要极力违反？

抗天命总会增你等苦难 [5]。　　　　　　96

来对抗命运有什么好处？

应记住，刻耳柏至今仍然，

下巴与脖颈上须毛不见 [6]。"　　　　　　99

随后他又转身踏泥路面，

未再对我们吐其他之言，

似无暇再顾及眼前之人，　　　　　　102

就好像有别的急事要办 [7]；

听完了神圣语 [8]，深感心安，

---

[1] 过泥潭的天使未遇任何麻烦，只是挥动手驱散面前的雾霾之气。

[2] 指狄斯城门前。

[3] 指阻止但丁进入狄斯城的魔鬼。

[4] 那是上帝的意愿，是注定会实现的。

[5] 每一次违反上帝的意愿，都会加重上天对你们的惩罚。

[6] 据希腊神话讲，大力神赫拉克勒斯遵照命运的旨意，进入冥界，用锁链紧紧拴住拦路恶兽刻耳柏的脖子，磨掉了它脖颈上的毛和下巴上的胡须。

[7] 指天使急于返回天国。

[8] 指刚才天使所说的话。

我们便迈开步走向城垣。 105

进入地狱第六层

安全入狄斯城毫无阻拦；

我怀着观察这堡垒 [1] 意愿，

把该城之情形仔细观看。 108

入城后我纵目四处张望，

见左右与前后一马平川，

到处是苦与罚，十分凶残。 111

似罗讷 [2] 阿尔勒 [3] 入海水边，

和普拉 [4] 科瓦内 [5] 拍岸地点，

在靠近意大利土地之处 [6]， 114

座座坟使地面高低多变 [7]；

这里也坟墓多，地不平坦 [8]，

但只是其情景更加悲惨； 117

坟冢似被烈火熊熊燃烧，

座座墓都好像喷射火焰 [9]，

不需要更热铁锻美物件 [10]。 120

棺椁盖均掀起，立在一边，

---

[1] 指守卫严密的狄斯城。

[2] 罗讷（Rodano）是法国的一条大河，在普罗旺斯的阿尔勒城附近注入地中海。

[3] 阿尔勒（Arli）是法国南部普罗旺斯地区的城市，在罗讷河入海口附近。

[4] 普拉（Pola）是克罗地亚西部的一座重要的海港城市，始建于公元前 2 世纪；位于伊斯特拉半岛西南，濒临亚得里亚海。

[5] 科瓦内（Carnaro，另译：科瓦内尔）是亚得里亚海北部克罗地亚地区的一个海湾。

[6] 上述两地都是靠近意大利的地区。

[7] 在阿尔勒地区曾经有许多为阵亡的查理大帝的勇士修建的坟墓，在普拉地区也曾经有一片古罗马的坟地。

[8] 狄斯城中也可以见到许多高低不平的坟墓。

[9] 犯异端罪的人在地狱第六层被烈火烧得通红的石棺中忍受痛苦。这使我们联想起中世纪教会把它所认为信仰异端学说的人处以火刑的历史事实。

[10] 这是一种比喻：石棺像被烧红的铁，即使要锻造精美的物件，也不需要把铁烧得比这更红。

痛苦的抱怨声传到外面，

那声音似传递心中恨怨。 123

我问道："老师呀，是何人如此悲惨，

被葬在一个个棺椁里面？

是何人发出此痛苦哀叹？" 126

他答道："这里是各派的异端祖师，

和他们追随者千千万万，

坟之多，恐令你想象也难。 129

同类人均同样葬于此间，

但墓温不相同，罚亦有变 [1]。"

我二人向右面转过身去， 132

过苦地 [2] 与城墙 [3] 之间地面 [4]。

[1] 他们都是信奉异端的人，所以都被葬在这里；但是，由于他们罪过的严重程度不同，石棺的温度也有所不同，因而所受的惩罚程度也不同。

[2] 指石棺所在地。

[3] 指狄斯城的城墙。

[4] 但丁与维吉尔走过石棺与城墙之间的空地。

第10章

地狱的第六层中，异端信徒在被烈火烧得炙热的棺椁中忍受痛苦。但丁的注意力集中在不相信灵魂不灭的伊壁鸠鲁派信徒身上，他在伊壁鸠鲁派信徒的坟地里遇到了他的同乡法利纳塔和卡瓦尔坎特，前者曾经是佛罗伦萨吉伯林党的领袖，后者是但丁的朋友圭多·卡瓦尔坎迪的父亲；这两个人都与但丁的命运有着密切的关系。

卡瓦尔坎特因误解了但丁的话，以为儿子圭多已离开人世，所以十分痛苦，致使但丁也很懊恼和自责。

法利纳塔与但丁谈论了佛罗伦萨残酷的党派斗争。但丁认为法利纳塔的话预示了他回归故乡的路将十分艰难，是一种不祥之兆，因而非常惶恐。

但丁跟随维吉尔沿着一条小路继续前行，来到类似一座山谷的深渊边缘，下面便是地狱的第七层；一股臭气从深渊扑面而来。

伊壁鸠鲁派信徒的坟墓

这时候我老师迈步向前，
沿小路行苦地、城墙之间 [1]，
我立刻跟随在他的身边。　　　　　　3
我说道："至高的美德者 [2]，如你所愿，
快引我层层转邪恶圆环 [3]，
答我问，并令我意足心满。　　　　　6
我能否见睡卧坟墓之人？
棺椁均盖开启，毫无遮掩，
且没有任何人在此看管。"　　　　　9

---

[1] 行走于城墙与坟地之间的小路。

[2] 指维吉尔。维吉尔是古罗马理性世界的象征，根据亚里士多德的哲学理论，但丁认为他具有至高无上的美德。

[3] 指各层地狱。地狱一环一环（即一层一层）地转着圈通向最底层。

老师道："他们将携留在尘世躯体，

从山谷约沙法 [1] 返此地点，

到那时棺椁将全部盖严。　　　　　　　　　12

这片地掩埋着伊壁鸠鲁 [2]，

他所有信徒也葬于此间，

这些人均认为：身死魂断 [3]；　　　　　　15

因而你未说的心中意愿 [4]，

和向我提出的那个疑团 [5]，

在此均将解决，你可心安。"　　　　　　18

我说道："你不仅现在才向我提示，

好向导，听你话，我才慎言，

否则我不对你隐瞒心愿 [6]。"　　　　　　21

法利纳塔

"噢，托斯卡纳 [7] 人啊，谈吐优雅 [8]！

你活着过火城 [9]，不惧艰险，

真希望你愉快留在此间。　　　　　　　　24

你口音已表明出生之地，

---

[1] 据说，世界末日时，上帝将在约沙法山谷（Iosafàt）做最后的审判，届时，人们的灵魂和肉体合在一起前去受审。最后审判之后，异端信徒将返回这里，到那时，棺木的盖便会封上。

[2] 伊壁鸠鲁（Epicuro）是古希腊著名的哲学家，无神论者，伊壁鸠鲁学派的创始人。他的学说建立在基督教诞生之前，不应该算作宣传基督教异端学说的人；然而，但丁认为，他的学说在基督教发展史上有很大的负面影响，所以，此处把他置于异端学说传播者之列。

[3] 伊壁鸠鲁派认为，人的肉体死亡了，灵魂也就随着死亡了。

[4] 维吉尔已经猜出但丁还希望有人能够解答他的另一个问题。

[5] 指前面但丁所提出的问题。

[6] 你不仅仅现在才提醒我谨言慎行，我必须听你的话，否则我就不会像现在这样吞吞吐吐的，总是对你有所隐瞒。

[7] 但丁的故乡佛罗伦萨所在的地区。

[8] 啊，你这个托斯卡纳人呀，谈吐真优雅!

[9] 指到处燃烧着熊熊烈火的狄斯城。

那是个高贵的美丽家园 [1]，

我或许曾搅扰它的宁安 [2]。"   27

此声音突然间出一石棺，

恐惧情便闯入我的心间，

我紧紧依偎在向导身边。   30

向导道："快看那站立者法利纳塔，

你做甚？快将身转向那边 [3]！

其腰部以上你全能看见。"   33

我的眼紧盯住他 [4] 的脸面：

他挺胸，昂着头，直直立站，

好像是极蔑视地狱深渊。   36

我向导勇敢且双手敏捷，

坟墓间推我至那人面前，

嘱咐道："你应该谨慎吐言。"   39

就这样我来到那人坟边。

他 [5] 面带不屑情，十分傲慢，

开口问："何人是你的祖先？"   42

我愿意顺从他心中意愿，

告诉他一切事，毫无隐瞒；

于是他略抬头 [6] 看着我脸；   45

随后说："都站我对立一面 [7]，

激烈地反对我和我祖先，

---

[1] 指但丁的故乡佛罗伦萨，那里也是说话人的故乡。

[2] 说话的人叫法利纳塔（Farinata），是佛罗伦萨吉伯林党（皇帝党）的领袖，曾领导吉伯林党驱逐圭尔费党（教宗党）人；党派斗争曾搅扰得佛罗伦萨不得安宁。

[3] 你在干什么呀？怎么这么猥琐？快转向那边看法利纳塔。

[4] 指前面提到的法利纳塔。

[5] 指前面提到的站在坟墓中的那个人，即法利纳塔。

[6] 表现出一种高傲的样子。

[7] 指但丁的祖先都站在他的对立面。

以至于我两次将其驱散 [1]。"　　　　　　　48

我答道："虽然说他们被逐,

但两次又全都顺利回返;

你们 [2] 却未学会咋归家园 [3]。"　　　51

卡瓦尔坎特

此时见棺椁的敞开之处,

一魂影露下巴立其身边,

我认为他跪在棺木里面 [4]。　　　　54

他看看我周围,似乎欲见,

我身旁有其他某人陪伴;

见猜想无根据,哭泣开言:　　　　57

"凭才智你来游黑暗牢狱 [5],

既如此,我儿子他在哪边?

为什么他没有把你陪伴 [6]?"　　　60

我答道:"并非我想踏此径,

---

[1] 法利纳塔曾两次放逐包括但丁先人在内的圭尔费党人,一次是在 1248 年,另一次是在 1260 年。

[2] 指法利纳塔和他的族人。

[3] 但丁反唇相讥:我的族人虽然曾被放逐,但后来都成功地返回了家园,而你和你的族人被放逐后却没有学会如何返回家园。1267 年,圭尔费党取得胜利,属于吉伯林党的法利纳塔和他的家人被放逐,一直未能返回家乡。

[4] 但丁看见那人很矮,只露出一个头,所以认为,他一定跪在棺木里。

[5] 指地狱。

[6] 刚刚露出头的灵魂叫卡瓦尔坎特·卡瓦尔坎迪(Cavalcante Cavalcanti),是但丁的好友大诗人圭多·卡瓦尔坎迪(Guido Cavalcanti)的父亲。据薄伽丘讲,他是一位英俊、富有的骑士,接受伊壁鸠鲁学说,不相信人的肉体死后灵魂会活着,认为人生最大的幸福是肉体的快乐。他是圭尔费党的重要成员,曾经是法利纳塔的政治对手;吉伯林党得势时烧毁了他的家。1267 年,圭尔费党重返佛罗伦萨;两派为了维持和平,相互联姻,法利纳塔的女儿与卡瓦尔坎特的儿子圭多订婚。由于这两位亲家都相信伊壁鸠鲁派的异端邪说,但丁认为,他们死后应在同一个坟墓里受苦。这里,卡瓦尔坎特以为但丁是因为有才华才被允许游历地狱的,因而认为同样有才华的儿子也会和但丁一起来,然而却没有看到他,所以有些失望。

炙热的坟墓

等待者 [1] 欲引我去见一灵 [2]，

您圭多或许曾鄙视此行 [3]。"　　　　　　　63

其话语和他所忍受酷刑，

使我能猜得出他的姓名，

因而有如此的明确回应 [4]。　　　　　　　66

闻此言他 [5] 猛然立起高喊：

"你说他'曾鄙视'？他弃人间 [6]？

难道说阳光已不刺其眼 [7]？"　　　　　　　69

他看到我反应略微迟缓，

并没有立刻就回答其言，

便向后倒下去，不再出现 [8]。　　　　　　　72

法利纳塔的预言

但另位大人物 [9] 自愿留下，

他神色并没有什么改变，

颈不移，身体也没有扭转。　　　　　　　75

他继续前话题，开口吐言：

"说他们 [10] 回归术未记心间，

比卧此更令我难忍熬煎。　　　　　　　78

再等待五十次此地王后，

---

[1] 指在一旁等待但丁的维吉尔。

[2] 在一旁等待我的那个人想引导我去见一个灵魂（指在天国的贝特丽奇）。

[3] 您儿子圭多或许曾经鄙视这类旅行。但丁认为，圭多也相信伊壁鸠鲁派思想，或许他不愿意去见代表基督教神学和上帝启示的贝特丽奇，因而鄙视这类旅行。

[4] 通过这个灵魂的谈吐和所受的酷刑，但丁已经猜出他是谁，因而十分明确地回答了他的问话。

[5] 指圭多的父亲卡瓦尔坎特的灵魂。

[6] 卡瓦尔坎特听但丁使用了动词的过去时（就像汉语中使用了"曾"一词），心中产生疑惑，以为儿子圭多已经离开尘世。

[7] 难道他已经离弃人间再也见不到太阳光了吗？

[8] 卡瓦尔坎特躺倒在棺木中，这种举动表示出他的绝望。

[9] 指法利纳塔。

[10] 指法利纳塔的族人。

展现出她那张明亮圆脸，

你便知学回归多么困难 [1]。　　　　　　　81

如若你能返回温情人间，

告诉我，他们咋如此凶残，

为何要立法害我族成员 [2]？"　　　　　　84

我答道："那可是残忍屠杀 [3]，

阿比亚 [4] 被染得十分红艳，

对于此有祷文宣于圣殿。"　　　　　　　87

他叹息，摇摇头，随后开言：

"并不是我一人造此灾难，

与他人共行动有其根源 [5]。　　　　　　90

所有人都同意摧毁佛城，

只有我一个人挺身立站，

捍卫它，公然与众人对战 [6]。"　　　　　93

亡魂的预言

"噢，但愿您子孙能获得平安 [7]！"

---

[1] "此地"指地狱，"此地王后"指希腊－罗马神话中的冥王后普洛塞耳皮娜；据西方古代神话讲，冥王后是月亮的化身。这几行诗的意思为：需要再等待 50 次月圆，即 50 个月，你才能知道学会回归家乡有多难。1302 年但丁被放逐，他曾与其他"白派"被流放者一起试图武力打回佛罗伦萨，1304 年 6 月，他们的计划彻底失败。按照但丁的虚构，他游历地狱的时间是 1300 年 4 月，至 1304 年 6 月共计 50 个月。

[2] 请你告诉我，佛罗伦萨人为什么那么残忍？他们为什么制定法律迫害我家族成员？

[3] "残忍屠杀"指蒙塔佩尔蒂之战。1260 年 9 月 4 日，托斯卡纳吉伯林党联军在蒙塔佩尔蒂击溃佛罗伦萨圭尔费党军队，使其伤亡惨重。

[4] 阿比亚（Arbia，另译：阿尔比亚）是意大利托斯卡纳地区流经佛罗伦萨附近的一条小河。

[5] 与托斯卡纳地区其他城市的吉伯林党组成联军，共同行动，那也是有充分原因的。

[6] 蒙塔佩尔蒂之战后，托斯卡纳各城邦的吉伯林党领袖召开会议，试图通过夷平佛罗伦萨的决议，只有法利纳塔一人坚决反对，誓死捍卫自己的祖国。

[7] 但丁听说法利纳塔捍卫了佛罗伦萨的利益，有些激动，因而向他发出了衷心的祝愿：祝愿他的后代能够平安。

我求道，"请您解我的疑团，

我的脑被其缠，无法判断。 96

如若我未听错，您可预知，

流动的时间中将发事件，

那为何眼前事你却难辨 [1]？" 99

他说道："我们似患眼疾，只可望远，

近处的事与物全都不见 [2]；

至高主 [3] 仅赐予这点光线。 102

靠近或在眼前，吾智全无，

任何事发生在尘世人间，

无人传，想知晓十分困难； 105

因而你就应该心中明辨：

未来门关闭后 [4]，知识全散，

消失后便永远不会再现 [5]。" 108

面对着所犯错我很懊恼 [6]，

于是说："您告诉躺倒人 [7] 切莫心烦，

他所生那个人 [8] 仍在人间； 111

我刚才未回话，沉默不语，

是因为在沉思，反应太慢，

您此时已为我解开疑团 [9]。" 114

引路人已经在叫我离去，

---

[1] 像您这样的地狱灵魂为什么只能预见未来却无法分辨眼前的事情呢？

[2] "我们"指法利纳塔等伊壁鸠鲁派信徒的灵魂，因为他们在尘世时只知道享受现世快乐，否定来世，就像只能看见眼前而看不见未来的近视眼，因而，上天惩罚他们，令他们在地狱中像远视眼一样，只能望见未来，而无法看到眼前。

[3] 指天主。

[4] 指最后审判之后。

[5] 最后的审判发生在世界的末日，那时，世界已不存在，所以也不再有所谓的"未来"，人类的知识亦自然全部消亡，再也不会重新出现。

[6] 指刚才但丁对卡瓦尔坎特所犯的错误，即令其产生了误解。

[7] 指卡瓦尔坎特。

[8] 指圭多·卡瓦尔坎迪。

[9] 法利纳塔的回话已经解开了但丁刚才沉思的那个疑团。

于是我请灵魂 [1] 快点吐言，

告诉我谁与他同在此间。　　　　　117

他说道："同我在这里者成千上万：

腓特烈二世帝 [2] 亦卧此圈 [3]，

那枢机大主教 [4] 也在里面。"　　　120

其他人不再提。其影不见。

我走向古诗人 [5]，陷入沉思，

觉他 [6] 的话语似不祥之言 [7]。　　123

但丁惶惑不安

"你为何竟如此惶惑不安？"

大诗人提问时移步向前；

我解释令老师意足心满。　　　　　126

那哲人 [8] 命令我："你的脑中，

应记住听到的不利之言。"

竖食指，又说道 [9]："她的丽眼，　129

请注意，那可是万物皆辨 [10]；

---

[1] 指法利纳塔的灵魂。

[2] 指西西里国王、日耳曼神圣罗马帝国皇帝腓特烈二世（Federico Ⅱ，1194—1250）。

[3] 也在这一层地狱。

[4] 指枢机主教奥塔维亚诺·乌巴尔迪尼（Ottaviano degli Ubaldini）。他出生于一个吉伯林党家庭，曾任博洛尼亚主教，1245 年起任枢机主教。他名声显赫，在佛罗伦萨一带，一提起枢机主教之称谓，人们自然会认为指的就是他。由于在一定程度上支持吉伯林党，但丁认为他死后被打入地狱。

[5] 指维吉尔。

[6] 指法利纳塔。

[7] 法利纳塔说，被流放的人要返回祖国是十分困难的；这似乎预示了被流放的但丁难以返回佛罗伦萨，因而，但丁认为法利纳塔的话是不祥之言。

[8] 指维吉尔。

[9] 维吉尔竖起食指说话，表示他的话十分重要，提醒但丁注意。

[10]"她的丽眼"指已经成为天国圣洁灵魂的贝特丽奇的眼睛。贝特丽奇象征基督教的神学思想和天主的启示，因而她的眼睛能辨别一切。

她将投温情光于你之面 [1]，

把你的人生路讲解一番 [2]。" 　　　　　　　132

话音落古诗人向左移步，

我们沿一小径走向中间 [3]，

离城墙，至谷上 [4]，道路中断 [5]； 　　　　　135

谷下的恶臭气直冲上面 [6]。

---

[1] 贝特丽奇将来到你面前，看着你，向你讲述。

[2] 当你与贝特丽奇相见时，她会讲解你未来的情况。但丁十分希望了解自己未来的命运，但后来并不是贝特丽奇预示了他的未来，而是他的高祖卡洽圭达（Cacciaguida）做了这样的预示。

[3] 走向地狱第六层中心地带。

[4] 从地狱第六层看，地狱的第七层好像一座深深的山谷；但丁和维吉尔来到这座山谷的上方。

[5] 在山谷上方但丁和维吉尔行走的小路中断了。

[6] 但丁和维吉尔站在山谷上面的边缘处，感觉到山谷下的一股臭气扑面而来。

第11章

　　从峭壁下冲上来的一股恶臭之气逼得但丁和维吉尔躲避到一座大墓的石棺盖后面，石棺中葬着教宗阿纳斯塔二世，他是受人诱骗而离经叛道的异端邪说的信奉者。

　　维吉尔利用在阿纳斯塔二世石棺后面停顿的机会向但丁讲解了地狱中灵魂的分布情况及其理由。在狄斯城之外的灵魂（灵泊中的灵魂除外），无论是淫乱者、守财奴和挥霍者，还是饕餮者、愤怒者和隐忍者，按照亚里士多德的伦理学理论，他们犯的都是放纵自己的罪过，即无节制地令情感和欲望发展所造成的罪过。然而，在地狱最下面的几层中，受惩罚的则是有意作恶者的灵魂，即故意违反天条的罪恶灵魂；他们伤害上帝、他人或自己，所采用的手段无非两种：暴力或欺诈；其中，欺诈最为恶劣，它是人类所特有的邪恶，因而，犯欺诈罪行的灵魂在地狱最下面的两层中接受最严酷的惩罚。

在教宗阿纳斯塔二世墓前

我们至由巨石崩塌之后，

形成的圆环形峭壁边缘[1]，

下面的众灵魂更加悲惨[2]；　　　　　　　　　　3

升腾的恶臭气直冲吾面，

那臭气来自于底层深渊，

逼我们躲避一棺盖后边；　　　　　　　　　　6

见那座大墓上这样写道：

"阿纳斯塔二世[3]归我看管，

---

[1] 指地狱第六层和第七层之间由于巨石崩塌所形成的悬崖峭壁。在下一章中还有更详细的讲解。

[2] 下面的灵魂承受更加严厉的惩罚，因而也更加悲惨。

[3] 阿纳斯塔二世（Anastasio Ⅱ，另译：阿纳斯塔修斯二世）是一位出生于意大利的教宗，公元 496—498 年在位。

教宗阿纳斯塔二世之墓

受引诱，他远离正直路线 [1]。" 　　　　　　9

老师说："下行时我们要慢，

使嗅觉对恶臭略微习惯，

然后便不在乎臭气熏天 [2]。" 　　　　　12

地狱中灵魂的分布情况

我说道："你应寻补救办法，

以避免白白地浪费时间 [3]。"

他回答："你看我为此事正在盘算 [4]。" 　　15

随后说："孩子呀，在峭岩环抱之间，

有三个似前面所见圆环 [5]，

一环比一环小 [6]，下行可见。 　　　　18

每一环都挤满邪恶灵魂，

应晓其怎样及为何受难，

以便你一见到心就明辨 [7]。 　　　　21

惹天怒恶行为均为害人，

为实现其目的所用手段，

无非是暴力或阴险欺骗。 　　　　　24

因欺骗是人类特有罪恶，

欺骗者更加令上帝生厌，

---

[1] 阿纳斯塔二世曾试图与君士坦丁堡牧首阿卡丘斯和解，因而接见了阿卡丘斯的助祭佛提努斯（Fotino），结果在罗马教廷引起极大争议；有人认为他受到佛提努斯的诱骗，远离了正路。

[2] 维吉尔建议但丁放慢脚步，以便使嗅觉能够略微习惯地狱深处发出的恶臭气味。

[3] 但丁请维吉尔想方设法地节约时间，这表明但丁十分珍惜时间；在许多地方但丁都有类似表示。

[4] 维吉尔回答说：你看我正在考虑怎么节约时间呢。但丁与维吉尔的想法不约而同。

[5] 指地狱最下面的三层，即第七、八、九层。

[6] 地狱呈上宽下窄的漏斗形，因而，最下面的三层，与上面的六层一样，一层比一层小。

[7] 维吉尔告诉但丁应该先弄明白地狱最下面三层中灵魂怎样受惩罚，为什么受这样的惩罚，以便他一见到这些灵魂就明白是怎么回事。

所以在底层受极端苦难 [1]。 27

第一环 [2] 全都是施暴灵魂，

但暴行有三类，需要分辨，

他们便又分别被置三圈 [3]。 30

对上帝、自己或他人施暴 [4]，

即危害其本身，或毁物件 [5]；

我对你将此理解释一番： 33

有的人毁、烧、夺他人财产，

或者令他人死、遭受苦难，

使受害之人的处境悲惨； 36

伤人者和凶恶杀人罪犯，

与强盗、毁物者各分一边，

受罚于此环的第一圆圈 [6]。 39

人亦能毁自身及其财物，

谁若是寻短见离弃人间，

或者因赌博已倾家荡产， 42

因而在应乐处 [7] 泪流潸然，

便会在第二圈忍受苦难 [8]，

其悔恨皆无用，为时已晚。 45

---

[1] 野兽害人时使用的只是暴力，用智慧实施欺骗是人类特有的本事，也是人类特有的罪孽；上帝更憎恨善于欺骗的人，因而把他们置于地狱的更深处，令他们忍受更大的苦难。

[2] 指地狱最下面三环中的第一环，即第七层地狱。

[3] 暴行又分为三类，需要把不同的施暴者区分开，因而，他们被分别置于不同的三个圆圈之中。

[4] 三类不同的暴行分别是：对上帝的暴行、对自己的暴行和对他人的暴行。

[5] 所谓的施暴就是伤害受害者的身体或者他们的财产。

[6] 对人身体施暴者指的是伤害人或杀人的罪犯，对受害人财物的施暴者指的是损坏、烧毁、抢夺他人财物者；这些施暴者都使受害人十分悲惨，因而他们在地狱这一层中的第一个圆圈中分成不同的组接受惩罚。

[7] 指人间。

[8] 如果人们能正确地利用自己的财富，便可以在人间生活得很幸福；然而，有些人却在赌博的恶习中倾家荡产，他们只好在尘世痛苦地哭泣，死后还要在地狱第七层第二圈中受罚。

人也能对神灵施加暴力，

心否定其存在，诅咒不断 [1]，

还蔑视自然及它的恩典 [2]；　　　　　　　48

亵渎神那些人亦受惩办，

最小圈打烙印，炙伤斑斑 [3]，

索多玛 [4]、卡奥尔 [5] 均在其间。　　　　51

尽伤害良知的邪恶诈术 [6]，

可用来把信任之人 [7] 欺骗，

亦可令其他人 [8] 是非不辨。　　　　　　54

这后种欺骗 [9] 似仅仅切断，

普通的自然爱连接锁链 [10]；

犯罪者污垢都隐于二环 [11]：　　　　　　57

巫师与占卜者、谄媚、伪善、

造假者、卖圣职、窃贼、贪官、

诱淫者在那里随处可见。　　　　　　　　60

---

[1] 否定上帝的存在和诅咒上帝是对上帝本身施加暴力。

[2] 大自然和大自然对人类的恩惠是上帝创造之物，蔑视它们也是对上帝的犯罪。

[3] "最小圈"指地狱第七层的第三圈，它在第一和第二圈的里面，因而最小。在那里，火雨滴落在诅咒上帝和蔑视自然及自然恩惠的亵渎神灵的人身上，给他们打上遍体鳞伤的印记。

[4] 索多玛（Soddoma）是《旧约》记载的一座城市，位于死海的东南方，如今已沉没在水底。据《旧约》说，该城的男人喜欢同性恋和鸡奸行为，因而该城的名字成为鸡奸者的代名词。但丁认为，同性恋和鸡奸是蔑视自然的罪行，应受到严厉的惩罚。

[5] 卡奥尔（Caorsa）是法国南部 - 比利牛斯大区洛特省的省会城市，据说，中世纪时，该城居民喜好放高利贷，因而，卡奥尔成为放高利贷者的代名词。但丁认为，自然是上帝的女儿，人类的工作则是自然的女儿，即上帝的孙女；放高利贷者蔑视人类的工作，不劳而获，他们的行为是对上帝的亵渎。

[6] 原本每个人都多少会有些良知，但在行欺诈之术时，邪恶之人却无法控制自己，毫无理智，尽丧良知。

[7] 指那些对自己特别信任的人，如亲属和挚友等。

[8] 指那些对自己并无特别信任的一般人。

[9] 指欺骗那些对自己并无特别信任的一般人。

[10] 指人类之间的自然的、普通的友爱关系。

[11] 犯这种罪的人都隐藏在地狱最下面三层的第二层，即整个地狱的第八层。

前一种欺骗 [1] 则令人忘记，

自然与后加的爱之情感 [2]：

后加爱建立起特殊关联 [3]；　　　　　　63

叛卖者 [4] 犯此类最重罪行，

狄斯内、宇宙心 [5]、最小之环，

忍受着永恒的沉重苦难 [6]。"　　　　66

我说道："老师呀，你的论述，

已清晰展示了这座深渊 [7]，

其灵魂之分布一目了然。　　　　　　69

有些魂被粘在沼泽地中 [8]，

有些魂受雨淋 [9]，被风席卷 [10]，

有些魂相遇便恶语连连 [11]；　　　　72

告诉我，主对其有否怒焰？

如若有，咋不入火烧城垣？

如若无，又为何受此苦难 [12]？"　　75

他答道："你怎么这样糊涂？

---

[1] 指对自己特别信任的人所施的欺诈术。

[2] 欺诈对自己特别信任的人，不仅割断了人与人之间所具有的自然友爱的纽带，而且还割断了另外加上的特殊关系的纽带，如亲属关系、朋友关系、宾客关系、共同祖国关系、施恩与受恩者之间的关系等。

[3] 是后加的那条爱的纽带使人们之间建立起特殊的信任关系。

[4] 欺诈对自己特别信任之人的骗子被人们称作叛卖者。

[5] 宇宙的中心。

[6] 这些骗子在狄斯城内、宇宙中心处、地狱的最小一环中忍受最严厉的惩罚。按照当时所流行的地心说理论，地球是宇宙的中心，位于地球最深处的地狱第九层也自然是宇宙的最中心点。

[7] 指地狱。

[8] 指在地狱第五层斯提克斯泥河中受苦的愤怒者和无为者的灵魂。

[9] 指在地狱第三层中受苦的饕餮者的灵魂。

[10]指在地狱第二层中被狂风刮来刮去的淫乱者的灵魂。

[11]指在地狱第四层中分为两队，沿狭窄通道滚动重物前进，相遇时互骂不止的守财奴和挥霍者的灵魂。

[12]"火烧城垣"指狄斯城。但丁问，上帝对地狱上面几层的灵魂是否有愤怒；如果有，为什么不让他们进入狄斯城承受更严酷的惩罚；如果没有，又为什么让他们承受地狱上面几层的苦难。

比平时智竟差如此之远 [1]；

你头脑漂移至什么地点 [2]？   78

不记得你'伦理'书中词句 [3]？

那些话阐述了劣根有三：

放纵与恶意和兽性疯癫 [4]；   81

上天对此三恶均不喜欢。

你忘了为什么放纵罪轻，

因而也受较轻责罚苦难 [5]？   84

如若你细细看这些论断，

再想想何人在此处上边，

受罚于狄斯的城垣之外，   87

便明白此分隔理所当然 [6]；

亦理解神正义为何决定，

鞭上层罪魂 [7] 时怒气略减 [8]。"   90

放高利贷者的下场

我说道："噢，太阳 [9] 啊，你驱散浓浓迷雾，

解除了我疑惑，令吾心欢，

致使我爱理解，亦喜疑团 [10]。   93

---

[1] 比平时的智商竟然差得这么远。

[2] 你脑子胡思乱想到什么地方去了？

[3] 难道你不记得所学习过的伦理学理论吗？此处，"伦理"指但丁所学习过的亚里士多德的伦理学著作《尼各马可伦理学》。

[4] 按照亚里士多德的伦理学理论，人具有放纵、恶意和疯狂兽性三种劣根，它们导致人做出邪恶的事情。

[5] 难道你不记得在三种罪孽中放纵的罪最轻，因而也受较轻的惩罚吗？

[6] 维吉尔说，如果但丁仔细思考亚里士多德的伦理学理论，再想一想在环形峭壁上面、狄斯城之外接受惩罚的都是些什么人，就会明白把地狱各层分为上下两大部分（地狱前厅、灵泊、狄斯城除外）也是理所当然的。

[7] 指位于狄斯城之外、地狱上面几层的罪恶灵魂。

[8] 也会明白为什么在惩罚地狱上面几层罪恶灵魂时天主的怒气会略微轻一些。

[9] 比喻象征哲学理性的维吉尔。

[10] 致使我既喜欢理解哲理，又喜欢产生疑团，提出问题，从而获得解答，增长知识。

请求你略微把身体后转，

讲一讲高利贷伤神恩典 [1]，

再为我打开这未解疑团。" 96

他说道："哲学对理解之人 [2]，

不仅仅在一处亮明观点：

大自然依照它规律运行， 99

神智与神之工是其根源 [3]；

如若是翻开你'物理 [4]'书卷，

几页后你便可清晰看见： 102

似学生在模仿他的老师，

人工作亦极力效法自然；

视其为上帝孙，似无不便 [5]。 105

《创世记》[6] 如若你还能记得，

开始便说人类生活、发展，

都要靠此二者 [7] 方能实现 [8]； 108

放贷者却走上另一条路，

他蔑视模仿者 [9] 及其自然，

对其他之事物却抱期盼 [10]。 111

现在你随吾行，我想下转 [11]；

---

[1] 请求你再回头解释一下前面提到的放高利贷者是怎样伤害上帝恩典的。

[2] 指那些懂得哲学的智者。

[3] "神智"指上帝的心智，"神之工"指上帝创造并控制自然万物的活动。大自然运行
的根源是神智和神工。

[4] 指但丁学习过的亚里士多德的《物理学》。

[5] 人类的工作是顺自然而为的，就像学生学习和模仿老师的知识和技能一样；因
而，称人类的工作为上帝的孙女也是可以的，因为由上帝所创造的大自然是上帝的
女儿。

[6] 《旧约》中的第 1 章。

[7] 指自然和人的工作。

[8] 《创世记》一开始就说人类的生活与发展都要依赖自然和人类自己的劳动。

[9] 指模仿自然而工作的人类。

[10] 放高利贷者走上了背离上帝指引方向的另一条道路，他们蔑视自然和人的辛勤工
作，妄图靠钱赚钱，不劳而获。

[11] 我想继续转着圈向下行走。

地平线双鱼 [1] 已光辉闪闪，

大熊座 [2] 亦卧于西北天边 [3]，　　　　　　　　114

若下崖还需要再行一段。"

[1] 指双鱼星座。

[2] 指大熊星座。它是著名的北斗七星所在星座。

[3] 4 月 8 日清晨但丁开始游历地狱，那时，太阳与白羊星座刚刚从东方同时升起，双鱼星座则应该先于白羊星座两小时出现在地平线上；这说明当时已经是但丁进入地狱 20 多小时后的 4 月 9 日早晨 4 点钟；此时，北斗星所在的大熊星座将沉没于天际的西北角。

第 12 章

　　但丁和维吉尔在环形峭壁的上沿处看见了咆哮的弥诺陶洛，他们趁怪物狂怒之际，沿着一条山体崩塌所造成的岩缝走入地狱的第七层，来到沸腾的弗雷格顿血水河畔。在那里，他们遇见了喀戎、涅索斯、福罗和许多半人半马的肯陶尔。喀戎命令涅索斯为但丁和维吉尔带路，并护送他们渡过弗雷格顿血河。

　　血河里惩罚着对他人施暴的罪犯，特别是暴君；其中有许多著名人物，如亚历山大、狄奥尼、阿提拉、盖伊、里涅尔等。肯陶尔看管着河中施暴者的灵魂，只要有人敢把身子过高地探出血水河面，他们必用利箭惩罚之。

　　沿着血河向一个方向走，河水越来越浅；如果向相反的方向走，河水则越来越深。但丁和维吉尔在涅索斯的引领下，来到河水最浅处，那里的水仅仅漫过人的脚面；于是他们便准备过河。

峭岩与弥诺陶洛

我们至下行的那个地方，
山险峻，使行者畏惧向前，
那怪物 [1] 也令人不敢观看。　　　　　　　　3

就好像特兰托 [2] 城市之侧，
因地震或者是山体不坚，
阿迪杰 [3] 冲击下土崩石断 [4]；　　　　　　6

---

[1] 指下面将讲明的半人半牛的怪物弥诺陶洛（Minotauro，另译：弥诺陶洛斯）。这里，诗人卖了一个关子，以此引起读者的好奇之心。

[2] 特兰托（Trento）是意大利北部位于阿尔卑斯山脚下的一座城市。

[3] 阿迪杰（Adige）是意大利第二大河流。源于意大利北部阿尔卑斯山的两个湖泊，向南流淌，后折向东南，流入亚得里亚海，全长 410 千米。

[4] 中世纪，在意大利北部的特兰托城附近、阿迪杰河的左岸曾发生严重的山崩，埋没了许多村镇和居民，并形成了陡峭的断崖；但丁以此来比喻地狱中的断崖，因而使了解特兰托断崖的意大利读者有身临其境之感。

从山顶一直到平缓地面，

一小径夹在那陡峭裂岩，

为意欲下岩者提供方便， 　　　　9

可沿其向下行进入深渊[1]；

克里特之耻辱丑陋不堪[2]，

伏卧在那断裂山岩旁边， 　　　　12

假母牛孕育的这头怪物[3]，

见我们，便啃咬自己不断，

就好像其心中燃烧怒焰。 　　　　15

贤哲者[4]怒吼着对他吐言：

"你以为雅典王[5]来此地面，

欲杀你，就像在尘世人间？ 　　　　18

快滚开，你这头可恶畜生，

他来此并未受你姐训练，

而是来看你受何等苦难[6]。" 　　　　21

此时见那畜生又蹦又跳，

似公牛受致命一击那般[7]，

脱缰绳却不知奔向哪里[8]， 　　　　24

蹦到这（儿），跳到那（儿），拼命撒欢；

---

[1] 指进入地狱的更深处。

[2] 指希腊神话中的半牛半人的怪物弥诺陶洛。

[3] 克里特岛国王米诺斯的王后帕西淮爱上了一头美丽的公牛，为达到与公牛交媾的目的，她命人制作了一头假母牛，并钻入母牛腹中，与公牛交配，生下了弥诺陶洛。

[4] 指维吉尔。

[5] 指希腊神话中的雅典王子（后来成为雅典王）忒修斯。据希腊神话讲，受奴役的雅典必须每年向克里特王国进贡童男童女，以供弥诺陶洛食用；为把雅典从克里特的严酷压迫下解救出来，忒修斯潜入弥诺陶洛居住的迷宫，在克里特公主阿里阿德涅的帮助下成功地用毒剑杀死半牛半人怪物，并沿着阿里阿德涅的线团所指引的路线走出迷宫。

[6] "他"指但丁，"你姐"指弥诺陶洛的姐姐阿里阿德涅（Arianna）公主。诗句的意思为：你姐姐并没有教这个人怎样使用毒剑和沿着线团的指引走出迷宫，他来此不是为了杀你，而是为了看看你怎么受苦。

[7] 就像当初被忒修斯的剑刺中了一样。

[8] 弥诺陶洛挣脱了缰绳，无目的地乱蹦乱跳。

机敏者 [1] 高喊道 [2]："快奔出口，

它狂怒，你正好可下此岩。"　　　　　　　　　27

就这样我们踩石堆下行，

因承受新重量，那些石岩，

常在我双足下抖抖颤颤 [3]。　　　　　　　　30

我边走边思考，老师开言：

"守岩的愤怒兽 [4] 被我驱赶，

你或许对断岩思绪不断 [5]。　　　　　　　　33

我希望你知道上次我来，

下入到地狱的底层深渊，

那陡峭之山岩尚未崩坍 [6]。　　　　　　　　36

如若我未记错，他 [7] 来这里，

顶层 [8] 处夺狄斯 [9] 猎物百千 [10]；

在发生此事件之前不久，　　　　　　　　　39

这污秽之深谷四处抖颤 [11]，

致使我以为是宇宙觉爱 [12]，

有人说 [13]，因为爱世界会变，　　　　　　　42

---

[1] 指维吉尔。

[2] 对但丁高喊。

[3] 但丁是具有肉体的尘世之人，比较沉重；因而，此处说"因承受新重量，那些石岩，常在我双足下抖抖颤颤"。

[4] 指弥诺陶洛。

[5] 你或许还在想那处断岩。

[6] 维吉尔说，上次他受女巫召唤，进入地狱底层，带走一个罪恶的亡灵，曾经路过这里；但那时，山岩还没有崩塌。参看第9章。

[7] 指基督耶稣。

[8] 指地狱的第一层灵泊。

[9] 狄斯是罗马神话中的冥神，此处指地狱魔王路西法。

[10]指带走了地狱灵泊中的许多古代贤人的灵魂。

[11]"深谷"指地狱。据《新约》中的《马太福音》讲，耶稣被钉在十字架上时，上天震怒，致使地动山摇，那次大地震令地狱的许多地方山岩崩裂。

[12]致使我以为，宇宙四大元素要回归到和谐的状态，即宇宙回归到原始的混沌状态。参见下面第43行诗句的注释。

[13]指古希腊的著名哲学家恩培多（Empedocle，另译：恩培多克勒斯）。

它常常会变得混沌一片 [1]；

就在那同时间，多处古岩，

发生了这样的剧烈塌陷 [2]。　　　　　45

请你把两只眼转向山谷，

可见到血水河 [3] 已经不远，

河中煮暴力伤他人罪犯。"　　　　　48

沸腾的血河与肯陶尔

噢，盲目的贪婪和疯狂愤怒 [4]，

激我们作恶于短暂世间 [5]，

随后在永生 [6] 中忍受苦难！　　　　　51

正如我引路人 [7] 所说那般，

我看到呈弓形一条沟堑 [8]，

环抱着好一片宽阔平原；　　　　　54

成队的肯陶尔 [9] 身上佩箭，

奔驰在高崖脚、沟堑之间，

---

[1] 恩培多认为，宇宙的存在和它的秩序是由于四大元素（火、气、水、土）相互不和所造成的，若四大元素能够进入和谐状态，它们便会混为一体，回归到原始的混沌状态。

[2] 在许多地方，古老的山岩都发生了崩裂情况，何止这一处。

[3] 指弗雷格顿河（Flegetonte，另译：弗列格通河）。在维吉尔的《埃涅阿斯纪》中，它是冥界的一条火焰河；此处，但丁把它改写成沸腾的血水河，以隐喻令人流血不断的暴力行为。

[4] 此处的"贪婪"和"愤怒"并非指促使人犯放纵罪行（见地狱第四、五层）的冲动情绪，而是指灵魂中所具有的暴力杀人和抢夺他人财物的邪恶倾向。

[5] 按照基督教的神学理论，人生是短暂的，其目的只是考验人在尘世的表现，从而决定人在来世永生中的地位，即升入天国享受永福还是下入地狱忍受永恒的痛苦。

[6] 指离弃尘世后的生命。按照基督教的神学理论，人离弃尘世之后，或升入天国，或下入地狱，或进入炼狱经过烈火的洗涤和净化后再升入天国。

[7] 指维吉尔。

[8] 指弗雷格顿河。

[9] 肯陶尔（Centauro，另译：肯陶洛斯）是希腊神话中的半人半马，他们粗野、狂暴，象征奔腾于荒原上骑马射箭的武士和暴力；因而，但丁将他们置于此处监视以暴力伤害他人的灵魂。

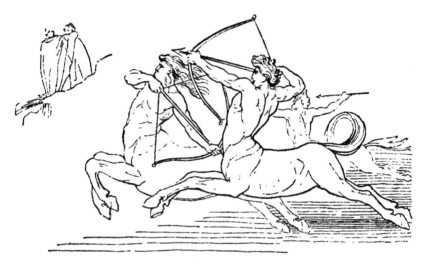

与肯陶尔相遇

就如同在世间捕猎一般。 57

见我们走下崖全都停站 [1]，

有三位走出队，迎面向前，

手中握精选的弯弓与箭； 60

闻其中一人马远处叫喊 [2]：

"你二人走下崖欲受惩办？

停在那（儿）回我话，否则射箭。" 63

我老师开言道："欲获回答，

过一会（儿）待我至喀戎 [3] 面前，

太急躁会给你带来灾难。" 66

老师又碰碰我随后说道：

"他便是涅索斯，为报仇怨，

也为了得伊阿把身奉献 [4]。 69

伟喀戎曾培育阿喀琉斯 [5]，

低着头站立在他们中间 [6]；

另一位是福罗 [7]，胸燃怒焰。 72

沟堑边肯陶尔还有百千，

若灵魂从血河抬起头脸，

---

[1] 指肯陶尔全都停止了奔腾的脚步。

[2] 听到其中一个肯陶尔在远处叫喊。

[3] 喀戎（Chiron）是肯陶尔的首领。西方古代作家都把喀戎描写成聪明、睿智、与众不同的肯陶尔。

[4] 涅索斯（Nesso）是希腊神话中负责驮人渡过冥河的半人半马。据希腊神话讲，他因调戏得伊阿（Daianira，另译：得伊阿尼拉）被其夫赫拉克勒斯用箭射死；临终前，他让得伊阿用其鲜血染红丈夫的内衣，谎称，只要赫拉克勒斯穿上这件内衣，就永远不会爱上别的女人；得伊阿不知这是毒计，便遵其言行事；赫拉克勒斯穿上这件毒外衣后，疼痛难忍，自焚身亡；从而涅索斯为自己报了仇。

[5] 喀戎曾作为老师培养过阿喀琉斯等许多希腊神话中的英雄。

[6] 喀戎低着头站立在他们中间，好像在思索什么；这表明喀戎是一位非常善于思考的、智慧的半人半马。

[7] 福罗（Folo，另译：福罗斯）也是希腊神话中的一位肯陶尔。在西波达弥亚和庇里托俄斯的婚礼上，因为喝醉，与其他肯陶尔一起试图掳走新娘。

超罪行所限高，必受一箭 [1]。"   75

喀戎

我二人靠近那敏捷猛兽，

喀戎便抽出来一只利箭，

用箭尾拨须 [2] 于两腮后面。   78

露出了他那张巨大之口，

对同伴开言道："是否发现，

后面人 [3] 脚触物必定动弹？   81

死人足通常难如此这般 [4]。"

喀戎的人头与马身相连，

我向导已到达他的胸前 [5]，   84

回言道："他 [6] 的确是个活人，

我只是要向他展示深渊；

但必须引他来，不为寻欢 [7]。   87

那圣女 [8] 暂停唱'哈利路亚'，

委托我把新的使命承担 [9]：

他 [10] 非盗，我魂也并无凶颜。   90

---

[1] 犯暴力罪行者的灵魂根据罪行的性质和轻重程度被置于沸腾的血水河中或深或浅的地方受苦，并按照他们的罪恶程度，规定了他们身子可探出水面的高度，违反规定者，肯陶尔必定会用箭惩罚他们。

[2] 指喀戎的胡须。

[3] 指但丁。

[4] 你们是否发现，后面那个人的脚所踩到的石头都会活动，死人魂影的脚是不会造成这种情况的。这是因为具有肉体的但丁比较重，而魂影则没有重量。

[5] 维吉尔已经来到了半人半马的喀戎面前。此处用"胸前"一词，是因为喀戎十分高大，维吉尔个头只到达他的胸部。

[6] 指但丁。

[7] 这是上天的安排，我必须引他来，而不是为了寻求欢乐。

[8] 指贝特丽奇。

[9] "哈利路亚"是希伯来文，含义为"赞美主"。此诗句的意思是：圣女贝特丽奇暂停唱赞美诗，从天国来到地狱的灵泊，委托维吉尔承担这项新的使命。

[10] 指但丁。

我凭借神力 [1] 才踏此路面，

开始了这一次荒野探险，

你应派一人马引路向前， 93

指示出在何处涉水过河，

并且应把此人 [2] 驮在背肩，

因为他非灵魂，无法飞天 [3]。" 96

喀戎对涅索斯转身说道：

"你回去，引他们行走一段，

若遇到其他队 [4]，令闪一边。" 99

涅索斯

就这样我们随可靠护卫 [5]，

沿沸腾红河岸 [6] 迈步向前，

河中的被煮魂惨叫连连。 102

见血水已没至他们眉眼，

高大的肯陶尔 [7] 开口吐言：

"暴君们杀掠时十分凶残。 105

狠毒的狄奥尼 [8]、亚历山大 [9]，

都在此为残忍哭泣不断；

前者令西西里痛苦多年。 108

[1] 我凭借上帝的力量。

[2] 指但丁。

[3] 但丁并不是一个轻飘的魂影，因而飞不起来。

[4] 指其他肯陶尔的队伍。

[5] 指涅索斯。

[6] 指沸腾的血液之河弗雷格顿。

[7] 指涅索斯。

[8] 指老狄奥尼（Dionisio，另译：老狄奥尼西奥斯）。他是位于意大利西西里岛的古希腊移民城邦叙拉古的僭主，十分强势，试图使叙拉古人对他唯命是从，其势力曾一度扩张到整个西西里岛；古代作家把他视为暴君的典型。关于他，最有名的传说莫过于"达摩克利斯之剑"。

[9] 指西方古代著名的亚历山大大帝。

额头披黑发者阿佐利诺[1]，

奥庇佐·埃斯特在其身边，

他头上金色发闪亮耀眼，　　　　　　　　111

却被其忤逆子弑杀人间[2]。”

我转向古诗人[3]，听他吐言：

“他[4]为你做向导，我随后边。”　　　114

过一会（儿）肯陶尔[5]停住脚步，

向那条热血河瞩目观看，

见群魂浸河中，头露水面；　　　　　117

便指着角落的孤魂说道：

“主[6]怀中他刺伤一人心肝，

泰晤士至今仍滴血不断[7]。”　　　　120

随后见一些魂头与胸背，

全部都露出了血河水面，

其中的许多人我识容颜。　　　　　　123

向前行，那血河越来越浅，

以至于只漫人双足脚面；

我们便从那里蹚至对岸。　　　　　　126

---

[1] 指阿佐利诺·罗马诺（Azzolino da Romano，1194—1259）。他是中世纪晚期意大利东北部十分强悍的政治人物和军队统帅，吉伯林党（皇帝党）的首领，勇猛、狡诈、残忍，被后人认为是最凶残的暴君、“魔王撒旦的儿子”。

[2] 指奥庇佐·埃斯特二世（Obizzo d'Este），他是意大利中部城市费拉拉的城主。据说，1293 年，其子阿佐八世为篡位将其弑杀。

[3] 指维吉尔。

[4] 指涅索斯。

[5] 指涅索斯。

[6] 指天主。

[7] 孤魂指盖伊·孟福尔（Guy de Montfort），其父西蒙·孟福尔率领英国领主起兵反抗英王，失败后被杀；1272 年，为报杀父之仇，盖伊在意大利的一座教堂里，利用做弥撒的机会，当着法国国王和西西里国王的面刺杀了英王爱德华一世的堂兄亨利，并将其心装在一只金樽中，悬挂在泰晤士河伦敦桥桥头的一根圆柱上。这一罪行发生在被视为天主之家的教堂中，即天主的怀中，又如此残忍，因而引起了极大的公愤。

肯陶尔[1]开言道："如你所见，

沸腾河这一边越来越浅，

我希望你相信，另外一边，   129

血水却十分深，河底难探，

最深处是暴君所在地点，

他们都在那里呻吟不断。   132

阿提拉在那（儿）被上天惩罚，

因为他曾经是'挞世皮鞭'[2]，

皮洛士[3]、塞克图[4]在那（儿）受难；   135

劫路的里涅尔[5]也在里面，

另一个同名人[6]亦难幸免[7]，

他们被血水煮，直至永远。"   138

随后他[8]转过身，重过水面[9]。

---

[1] 指涅索斯。

[2] 罗马帝国晚期，匈人国王阿提拉（Attila，406—453）入侵意大利和高卢，造成巨大灾难；中世纪的人称他为"挞世皮鞭"。

[3] 可能指古希腊化时代伊庇鲁斯王皮洛士（Pirro），他穷兵黩武，曾率军侵入意大利，大败罗马军团，使罗马人深受伤害。

[4] 可能指古罗马共和国"前三巨头"之一庞培的儿子塞克图（Sesto，另译：塞克斯图斯），他被古罗马作家描写成残忍的海盗。

[5] 指强盗里涅尔·科尔内托（Rinier da Corneto）。

[6] 指强盗里涅尔·帕索（Rinier Pazzo）。

[7] 两个里涅尔都是意大利中部令人胆寒的强盗，他们与但丁是同时代的人。

[8] 指涅索斯。

[9] 重新涉水朝来时的方向走去。

第 13 章

渡过了弗雷格顿河，但丁与维吉尔进入了一个既恐怖又奇怪的树林中，那里的树木奇形怪状，扭曲着，浑身疙瘩，没有绿叶，树干和枯枝上长满了毒刺；树上栖息着令人作呕的人头鸟哈庇厄。恶鸟的凄惨叫声和树的断枝处发出的痛苦抱怨声搅在一起，十分恐怖，使人不寒而栗。在密集的树丛之间，魂影奔逃着，身后是成群的追赶他们的恶狗。

自杀者的灵魂隐藏在枯树之中，最后审判到来之时他们也无法与肉体合一，这是对他们施暴于自己肉体的惩罚。在树林中，但丁遇到了变成枯树的皮埃尔·维涅，他是日耳曼神圣罗马帝国皇帝腓特烈二世的重臣，因无法忍受迫害而自杀。随后，但丁又遇到了在林中奔逃的拉诺和雅各莫；恶狗追赶上雅各莫，将其撕成碎片；在尘世时，这两个人是随意糟蹋自己财产的败家子。

自杀者的树林

涅索斯尚未至河的对岸 [1]，
我们已入一片树林里面，
并没有任何路穿此林间。 3
一个个枯树冠无叶、黑暗 [2]，
枝与干扭曲且节疤长满，
无果实，遍体是有毒刺尖： 6
兽出没切奇纳、科尔内托 [3]，
不喜欢开垦的片片田园，

---

[1] 当但丁和维吉尔进入一片树林的时候，半人半马的涅索斯还没有返回到弗雷格顿血河的对岸。

[2] 树林中的树木没有绿叶，树冠呈黑暗色。

[3] 切奇纳（Cecina）和科尔内托（Corneto）是意大利托斯卡纳近海地区的两个小镇。但丁时代，两个小镇之间是野兽出没、灌木丛生的荒野。

却寻觅如此险密林极难 [1]。　　　　　　9

哈庇厄曾示难特洛伊人 [2]，

驱其离斯特洛法德 [3] 岛岸；

此丑鸟 [4] 在野林把窝搭建。　　　　　　12

她们生宽翅膀，颈面似人，

足如鹰，羽毛把大肚遮掩；

从怪树发声声哀鸣、抱怨。　　　　　　15

吾贤师 [5] 面对我开口吐言：

"在我们未继续深入之前，

你应该先知晓已在二圈 [6]，　　　　　　18

随后将进入那恐怖荒原 [7]。

仔细瞧，你便可亲眼看见，

难令人置信的凄惨场面。"　　　　　　21

我闻听处处有哭嚎之声，

却未见哭嚎人在我眼前，

因而我很迷惘，止步停站。　　　　　　24

贤导师认定我心中以为，

有人因我们至躲树后面，

是他们之哭声传我耳边。　　　　　　27

于是便对我说："这些枯树，

如若你把某根小枝折断，

[1] 出没于切奇纳和科尔内托之间荒原上的野兽不喜欢已经被开垦的田园，但是，它们也寻找不到如此恐怖的树林。

[2] 哈庇厄（Arpie，另译：哈耳庇厄）是希腊－罗马神话中的鸟身人首怪物，维吉尔的《埃涅阿斯纪》中曾描写过这种怪鸟：埃涅阿斯率领特洛伊的逃亡者到达斯特洛法德岛，在那里受到哈庇厄的袭击，被迫逃离该岛。曾经有一个哈庇厄向特洛伊人预示了他们将在路途中遭遇许多灾难。

[3] 斯特洛法德（Strofade，另译：斯特洛法德斯）是希腊西部的一座岛屿。

[4] 指哈庇厄。

[5] 指维吉尔。

[6] 你应该知道我们已经在地狱第七层的第二圈中了。

[7] 随后，我们还将进入第七层的第三圈，那是一片令人恐怖的荒原。

哈庇厄的树林

你想法必定会烟消云散。"   30

皮埃尔·维涅

于是我略向前伸出一手，

把一根小树枝折下刺干；

树喊道："为什么令我伤残？"   33

它身体变黑紫，被血浸染，

随后又开言道："折我何干？

难道你怜悯心没有半点？   36

我们也曾是人，现为枯树，

即便是蛇蝎魂在你眼前，

你的手也应该略轻一点。"   39

就好像青柴火一头点燃，

风一吹，另一头抽噎不断，

伴随着吱吱声泪水涌出 [1]；   42

断枝处随话音滴血点点。

见此景手中枝跌落地面，

我受到惊吓后呆呆立站。   45

那智者 [2] 回答道："可怜魂啊，

此景他只在我诗中看见 [3]，

他如若事先能相信我话，   48

便不会伸出手把你折断 [4]；

但令人信此事 [5] 着实太难，

我引他折你枝，心也自寒 [6]。   51

---

[1] 风一吹，青柴火的另一头会吱吱响，并冒出水来，就像在哭泣一样。

[2] 指维吉尔。

[3] 指但丁只在维吉尔的《埃涅阿斯纪》中见过这种情况。见《埃涅阿斯纪》卷 3。

[4] 假如他之前能够相信在我诗中读过的内容，就不会把你的树枝折断。

[5] 指断枝处流血并发出抱怨之声。

[6] 这种事太难令人置信了，所以我引导他这么做；其实我心中也很不好受。

告诉他你是谁，他会补偿，

因为他可返回尘世人间，

能够使你名声重新灿烂 [1]。"　　　　　54

树干说："你口吐蜜语诱我，

我岂能默无声，缄口不言，

若多说，你切莫心中不欢。　　　　　57

我便是持两把钥匙之人 [2]，

腓特烈 [3] 那颗心控我掌间，

开与锁其心扉只需轻转 [4]；　　　　　60

别人知他秘密都很困难 [5]。

我忠于此职责，荣誉璀璨，

以至于睡不安，人死脉断 [6]。　　　　　63

那娼妓 [7] 淫荡的献媚目光，

从来就未离开恺撒 [8] 庭院，

她经常出没于帝王宫廷，　　　　　66

在众人心中燃反我烈焰，

熊熊火也灼烧皇帝心田，

使璀璨荣誉变悲惨灾难 [9]。　　　　　69

因憎恶之秉性，我的灵魂，

---

[1] 他还可以返回人间，并用他的诗句恢复你以前的光辉形象。

[2] 此人叫皮埃尔·维涅（Pier della Vigna），是西西里王兼日耳曼神圣罗马帝国皇帝腓特烈二世宫廷的首席书记官，由于忠于职守，才能出众，曾一度是宫廷中最得宠的大臣；后来，皇帝听信谗言，将其下狱，剜其双目；据说，他无法忍受屈辱和折磨而自缢身亡。诗人用"持两把钥匙"来比喻皮埃尔完全控制了皇帝：一把钥匙可打开皇帝的心，另一把可锁上皇帝的心。

[3] 指腓特烈二世。

[4] 轻轻地转动钥匙，便可以打开或锁上他的心扉。

[5] 只有皮埃尔可以打开或锁上皇帝的心，这样就使其他人很难了解皇帝的心思。

[6] 先是废寝忘食地为皇帝服务，后来引起其他朝臣的嫉妒和怨恨，受到诬陷，落得个自缢身亡的下场。

[7] 隐喻嫉妒和钩心斗角。

[8] 指皇帝。恺撒虽然未曾称帝，却经常被后人认为是罗马帝国的第一位皇帝；因而，他的名字经常被用来作为皇帝的代名词。

[9] 致使令我骄傲的荣誉变成了令我死亡的悲惨灾难。

意欲离众人的邪恶更远，

正义我竟然把不义错犯 [1]。 72

我可以此树的奇根发誓，

从未曾把我的君主背叛，

他 [2] 值得世间人崇敬无限。 75

若你们谁能够返回尘世，

请把我扫地的名誉重建，

是嫉妒击打它栽倒地面。" 78

诗人 [3] 略沉思后对我说道：

"他住口，你切莫浪费时间，

若喜欢，便提问，对他吐言。" 81

我答道："还是你问他那事，

若你觉那事可令我心欢 [4]；

我不便再提问，他太可怜。" 84

于是他 [5] 便说道："被囚之魂，

如若是这个人 [6] 心甘情愿，

帮助你在尘世实现愿望 [7]， 87

就请你讲述魂怎囚树干 [8]；

若可能，还请你对我说明，

可有魂曾摆脱枯木纠缠。" 90

闻此言那树干用力鼓气 [9]，

---

[1] 由于我的秉性是憎恶嫉妒，我的灵魂要远离那些奸佞小人，所以我做出了自杀的傻事；我本来是无辜的，是正义的，现在却成了非正义的自杀罪犯。按照中世纪基督教的教义，自杀是亵渎上帝的重罪。

[2] 指腓特烈二世。

[3] 指维吉尔。

[4] 如果你觉得了解那件事（灵魂怎么会被拘禁于枯树之中？有没有灵魂曾经摆脱枯树的束缚？）可以令我心中获得满足，那你就问好了。

[5] 指维吉尔。

[6] 指但丁。

[7] 指在尘世恢复皮埃尔的名誉。上面曾经提到过这件事。

[8] 就请你讲述一下灵魂是怎么被囚禁在枯树之中的。

[9] 枯木禁锢住灵魂的声音，只有用力向外吐气，才能冲破禁锢，发出声音。

那股气随后成如下语言：

"我回答你问题，言简意赅：   93

残忍魂[1]把肉体抛弃一边，

彻底地挣脱它，独自行远，

米诺斯便将其打入七环[2]。   96

魂跌入此野林，并无准处，

是时运决定其所至地点；

如斯佩尔特麦[3]落于此地，   99

发出芽，长成苗，变野树干；

哈庇厄随后便食光其叶，

造创伤，痛苦窗发出哀怨[4]。   102

我们似其他魂也寻外衣，

却无人能将其重披背肩[5]：

理难容人重获抛弃之物，   105

只好拖外衣至此处林间，

那外衣挂树上，凄凄惨惨，

被灵魂荆棘刺折磨不断[6]。"   108

---

[1] 指残忍地杀害自己身体的灵魂，即自杀者的灵魂。

[2] 地狱判官米诺斯便把他打入地狱的第七层。

[3] 指斯佩尔特麦粒。斯佩尔特小麦是欧洲一种生命力极强的植物。

[4] 哈庇厄栖息在枯树上。她们经常令枯枝折断，造成枯树的创伤；枯树伤口处流出黑暗的血水，发出惨叫声；这些创伤就像枯树身上的窗口，展示出被囚禁在枯树体内的灵魂的痛苦。

[5] 最后审判之日，我们也和其他灵魂一样，去寻找自己的外衣（躯壳），却无法将其重披身上。按照中世纪的基督教教义，在最后审判之日，其他灵魂都与自己的躯壳重聚一起，接受上帝的审判，只有自杀者的灵魂无法再进入自己的躯壳。

[6] 自杀者的灵魂无法披上自己的躯壳，只好把它拖到这片可怖的树林之中；他们变成枯树，把躯壳悬挂在树上，用自己身上的毒刺折磨自己的躯壳。自杀者用暴力把灵魂和肉体分离，灵魂视肉体为"敌人"，因而，死后在地狱中仍折磨其肉体。

第 13 章

倾家荡产者

我们觉此魂想继续讲述，

便全神贯注于那根树干，

但忽闻嘈杂声响成一片， 111

似猎人闻猪奔埋伏地点，

后面是追赶的成群猎犬，

兽叫与枯枝声混乱不堪。 114

见两魂从左侧奔跑而来，

赤裸身，遍体伤，似飞一般，

把林中一根根枯枝撞断。 117

前者喊："死亡啊，快助我，快来助我 [1]！"

另一个似乎觉跑得太慢，

便喊道："拉诺 [2] 呀，托坡之战， 120

你的腿可没有如此灵便 [3]！"

或许因已经把力气用完，

他紧挨灌木丛蜷成一团。 123

二灵魂身后的树林之中，

成群的黑色犬狂奔向前，

似挣脱锁链后显示贪婪。 126

那群狗狠狠咬蜷卧罪魂 [4]，

一块块将其躯撕成碎片，

又叼走碎肢体，十分悲惨。 129

[1] 死亡快来救我呀！奔跑的亡魂还希望再死一次，即希望灵魂也死亡；因为他实在无法忍受如此剧烈的痛苦。但是，灵魂是永远不会死亡的，他的呼救是徒劳的。

[2] 在前面跑的人叫拉诺。

[3] 拉诺呀，在托坡战争中你可没有像现在跑得这么快。拉诺（Lano）是距佛罗伦萨不远的锡耶纳城的一个浪子，他挥霍无度，几乎倾家荡产，死后于托坡战争中。因为他用暴力毁掉了自己的财产，死后其灵魂被打入地狱第七层的第二圈。

[4] 指和灌木蜷成一团的后面这个灵魂。此人叫雅各莫（Giacomo），是帕多瓦附近的圣安德烈镇人士。他也是一个不折不扣的败家子。据说，有一次他坐船游玩，为了消磨时间，竟然一个一个地把钱币投入水中；还有一次，为了取乐，竟然让人点燃他的别墅，以观火势的壮观。

向导便紧紧地拉着我手,

引我至流血的碎灌木前,

那灌木哭泣也徒劳枉然。 132

灌木说:"噢,安德烈雅各莫呀,

拿我做掩护体怎能安全?

你邪恶之人生与我何干?" 135

老师至灌木前向下俯视,

开言道:"你是谁,多处折断 [1],

竟带血吐出此痛苦之言?" 138

他说道:"噢,灵魂啊,你们到此,

来观看如此的无耻摧残,

我枯枝被折断,远离躯体, 141

请你们重将其聚我脚边 [2]。

有一神曾保我城市平安 [3],

现换成圣洁的洗礼约翰 [4]; 144

为此事,他设法伤害吾城 [5],

然而在阿尔诺 [6] 通道 [7] 上边,

仍保留古老神雕像碎片 [8], 147

否则在阿提拉 [9] 毁城废墟,

居民们欲重建新的城垣,

---

[1] 疯狂的恶狗在撕咬雅各莫时,撞断了灌木的许多枯枝。

[2] 恶狗撞断了我的枯枝,并刮带着它们远离了我的身边;现在请你们把这些枯枝收集在我的根处。

[3] 指战神。古罗马时,佛罗伦萨城的保护神是罗马神话中的战神。

[4] 但丁时代的佛罗伦萨城保护神是基督教的洗礼约翰,因而,我们可以推论出,说话的灌木是佛罗伦萨人士。

[5] "他"指前面提到的"有一神",即古罗马神话中的战神。佛罗伦萨改变了信仰和保护神,得罪了战神,战神便用战争打击该城的居民。

[6] 阿尔诺(Arno)是一条流经佛罗伦萨的河。

[7] 指跨越阿尔诺河的"老桥"。

[8] 指战神雕像的碎片。

[9] 阿提拉是罗马帝国晚期的匈人国王,他率兵侵入罗马帝国境内,其铁骑踏遍高卢和意大利,佛罗伦萨城也曾被其摧毁。

其努力必定会徒劳枉然 [1]。   150

我是在自家中缢绝命断 [2]。"

---

[1] 假如在阿尔诺河的渡口处（指著名的佛罗伦萨"老桥"处）未保留战神残缺不全的雕像，那么在匈人国王阿提拉毁城后的废墟上，佛罗伦萨人就无法重建新城。据说，佛罗伦萨人改信基督教后，把战神庙改成洗礼约翰教堂，其中的战神像被移至"老桥"附近的塔楼里。

[2] 说话的魂灵是何人，但丁并没有说明；但此人是在家中自杀的，这一点十分明确。

第 14 章

　　在地狱第七层第三圈中，但丁眼前出现了一个从未见过的极其恐怖的景象：一片广阔的荒原，空中飘落着大朵大朵的火片；在炙热的沙地上仰卧着亵渎神灵者的灵魂，同性恋者不停地奔跑，放高利贷者蜷坐在那里。在亵渎神灵者中狂妄的卡帕揪的形象十分突出，他是希腊神话中围攻忒拜的七王之一，因挑战神灵被宙斯用雷电击毙。

　　但丁和维吉尔沿着一条血水小溪的堤岸穿过荒漠。小溪的上方形成了一层雾气，熄灭了空中飘落的火片，因而二人避免了被火灼伤。

　　维吉尔向但丁讲解了地狱河流和湖泊形成的原因：在克里特岛的伊达山中，有一座巨大的老人雕像，其头是金制的，臂膀和背胸是银制的，腰腹是铜制的，腿和一只脚是铁制的，另一只脚是泥土烧成的；然而，雕像的重心却恰恰落在了没有支撑能力的泥足之上，致使雕像除金头之外其他部位均出现裂缝，从裂缝中不断流出的泪水汇集一处，流入地狱，形成了地狱的阿凯隆特、斯提克斯、弗雷格顿河和科奇托湖。这座雕像隐喻人类的堕落。

飘落火雨的沙漠

哭泣魂令我生怜悯之情，
我收集断枝并堆其脚边，
此时见他已经缄口止言。　　　　　　　　　3
我二人 [1] 来到了两圈 [2] 界线，
二、三圈被分隔内外两边，
正义的恐怖刑 [3] 映入眼帘。　　　　　　　6
为清晰展示出所见奇景，
须先说我们至一片荒原：

---

[1] 指但丁与维吉尔。

[2] 指地狱第七层的第二和第三圈。

[3] 指上天惩治地狱邪恶灵魂的刑罚。

所有的植物都避那（儿）远远 [1]。　　　　9

凄惨林似围绕荒原花环，

血水河包围在花环外面 [2]，

我们在花环边止步不前。　　　　12

荒原是一大片干燥厚沙，

加图曾双足踏大漠地面，

此地与他所踩沙地一般 [3]。　　　　15

诗句展我眼前恐怖情景，

噢，读者呀，你们心必生慌乱，

惧上帝之惩罚显示威严 [4]！　　　　18

我见到许多群赤裸灵魂，

哭泣着，一个个十分悲惨，

所忍受之惩罚不似从前 [5]。　　　　21

有的人卧于地，仰面朝天 [6]，

有的人坐地面，蜷缩一团 [7]，

还有人四处奔，永无宁安 [8]。　　　　24

在四处奔走者人数最多，

虽然是少数人仰卧地面，

---

[1] 我要先告诉读者，我们来到了一片荒原；那荒原的环境太恶劣，所有的植物都远离它，无法在那里生存。

[2] 那片荒原是地狱第七层的第三圈，外面围绕着第七层的第二圈——枯木树林，枯木树林外面则是第七层的第一圈——弗雷格顿血河。

[3] 这片荒原就像加图所踩踏的非洲大漠的沙地一样。古罗马共和国晚期，在恺撒与庞培的政治斗争中，加图（指小加图）站在了庞培一边；庞培死后，他也战败，最后自杀于非洲的古城乌提卡（今突尼斯境内）。

[4] 我的诗句展现出我亲眼看到的恐怖情景，见到这种场面，读者都会因惧怕上天的惩罚而心中慌乱。

[5] 他们受到的惩罚和我以前见到的不一样。

[6] 指亵渎神灵者，即施暴于上帝的人。

[7] 指放高利贷者，即施暴于技艺（指人类创造财富的各种工作）的人。自然被看作上帝的女儿，而模仿自然的技艺则被看作自然的女儿，即上帝的孙女。放高利贷者并不生产财富，只是靠钱赚钱，因而，它受到欧洲中世纪价值观念的谴责。

[8] 同性恋等对自然施暴者不停地到处奔走。

但他们对痛苦最易抱怨[1]。 27

沙原上飘浮着大朵火片，

一朵朵慢慢地落向地面，

就好像无风时雪降山巅。 30

如印度炎热地，亚历山大[2]，

见军队头上降炙烫烈焰，

落地火仍然在熊熊而燃； 33

于是命士兵们猛踏地面，

趁单独之火苗尚未结团，

使热气随动作尽快四散[3]； 36

永恒火在此也这样飘落，

似火绒遇火镰，必被点燃，

火沙漠把痛苦成倍增添[4]。 39

悲惨者[5]两只手上下飞舞，

忽而这（儿），忽而那（儿），连连不断，

为的是拂去那朵朵火片。 42

卡帕拗

我说道："老师啊，唯狄斯城门恶鬼，

能把你行进的道路阻拦[6]，

---

[1] 在四周不断行走的对自然施暴者人数最多，而仰卧的对上帝施暴者人数较少，但对上帝施暴者的灵魂最容易发出抱怨，就像他们生前最容易说出亵渎上帝的话那样。

[2] 指亚历山大大帝。

[3] 大阿尔贝图斯（Alberto Magno）的《论大气现象》一书中有一封亚历山大大帝致老师亚里士多德的信。信中先说，在印度，天降大雪，于是他命令士兵用力踏地前进，以便抖掉身上的雪片。后来信中又说，印度的天气很热，似天降火焰，他命令士兵用衣服遮住身子，以避免被晒伤。由于阿尔贝图斯把这两件事合在一起讲，造成了混乱，人们以为刚下完雪，就天降火焰，致使没有准确理解其意的但丁也如此描述。

[4] 就像亚历山大所见到的情况那样，此处的地狱火片也飘落下来，点燃了炙热的沙漠，成倍地增加了沙漠所造成的痛苦。

[5] 指在此处接受惩罚的罪恶灵魂。

[6] 见前面第 8 章。

除此外，你可以克服万难；　　　　　　45

告诉我那高大鬼魂 [1] 是谁，

他为何不怕火，仰卧怡然？

似火雨并不能令其变软 [2]。"　　　　48

向老师我正问他 [3] 的情况，

那鬼魂自己也已然发现，

他叫道："我死后如同生前 [4]。　　　51

即便是宙斯令铁匠 [5] 辛苦，

或者令其他神 [6] 疲惫不堪，

忙碌于蒙吉贝铁匠炉旁 [7]，　　　　54

就如在弗雷拉诸神之战 [8]；

主神叫'伏尔甘，快来助我！'

随后从他那（儿）取愤怒利箭 [9]，　57

拉开弓瞄准我猛力射出，

末日 [10] 时把我身击倒地面，

也无法报复我，称心如愿 [11]。"　　　60

---

[1] 此人叫卡帕拗（Capaneo，另译：卡帕拗斯），是希腊神话中"七将攻忒拜"故事中的七将之一，他攻城时，口出狂言，说连众神之王宙斯都无法阻挡他入城，因而，被宙斯用雷电击毙。把亵渎古代神灵的人打入地狱，似乎并不符合基督教的道德准则；然而，这种现象却反映出，调和古典文化和基督教文化恰恰是欧洲中世纪晚期的一个重要特点。

[2] 好像火雨并不能令他屈服。

[3] 指那个高大的鬼魂。

[4] 我死后与生前一样桀骜不驯。

[5] 指希腊‐罗马神话中的火神伏尔甘。

[6] 指协助伏尔甘锻铁的诸位独眼巨神。

[7] 蒙吉贝（Mongibello，另译：蒙吉贝勒）是埃特纳火山的另一种称呼，常用于中世纪。据希腊‐罗马神话讲，位于意大利西西里岛的埃特纳火山是火神伏尔甘的铁匠炉，有许多独眼巨神在那里协助他为宙斯锻造利箭（霹雳）。

[8] 据希腊神话讲，在古色萨利的弗雷拉（Flegra，另译：弗雷格拉）山谷，主神宙斯曾大战企图登上奥林匹斯山的巨神。

[9] 取来霹雳和闪电。

[10] 在我死的那一天。此人是被雷电击毙的。

[11] 即便宙斯像在弗雷拉山谷与众神（Ciclopi）大战时那样呼叫伏尔甘来帮助他，并用伏尔甘锻造的雷电击毙我，他也不能称心如意，因为我并没有屈服。

我老师也用力大声吼道：

"卡帕挼，狂妄竟毫无收敛；

疯狂是对你的最好惩罚：　　　　　　　63

除非是自己怒令你受难，

其他刑均不足把你惩办。"

我从未闻老师如此叫喊。　　　　　　　66

随后他转向我和蔼说道：

"忒拜城曾经被七王围圈，

他便是那七王其中一员，　　　　　　　69

曾蔑视天神且如今依然；

我说过，他那种轻蔑神情，

恰恰把其心胸尽情展现 [1]。　　　　　72

现在你随我来，但应谨慎，

足勿踏灼热的沙子上面，

而应该紧挨着树林边缘。"　　　　　　75

血溪

我们至一去处，沉默无语，

见林外一小溪出现眼前，

红色水至今仍令我胆寒 [2]。　　　　　78

不利卡 [3] 也流出潺潺细泉，

浣纱女为工作分其数段，

---

[1] 他轻蔑的表情准确地展示出他的心胸。

[2] 像血一样的红色河水，时至今日想起来仍令我胆战心惊。

[3] 不利卡（Bulicame，另译：不利卡梅）是位于意大利维泰尔博城不远的一个温泉湖，面积很小；湖水含有很高的硫黄成分，因而有些发红，水面上雾气腾腾，似水沸腾。血溪的水看上去与该湖的水相似。

此溪似那细泉流淌漠间 [1]。 81

河床底与斜坡 [2] 及其岸边,

全都由一块块石头砌建,

看得出从此处可过荒原 [3]。 84

"地狱门不拒绝任何人入 [4],

我们迈其门槛未受阻拦,

在随后看到的事物之中, 87

你将见之景况尚未出现 [5];

这条溪真值得注目观看:

天降火均熄于小溪水面 [6]。" 90

闻老师吐出了如此话语,

引起我索知识食物意愿,

于是便请求他赐我美餐 [7]。 93

老人雕像及地狱的河与湖

他说道:"大海中有一个衰败之国,

名字叫克里特,不似从前 [8],

首位王 [9] 统治下纯洁不凡。 96

---

[1] 有一条细细的泉水源于不利卡湖,泉水中经常见到许多浣纱女忙于工作,她们把泉水分成数段,各自在自己的那段泉水中浣纱(这是但丁时代常见的场面);地狱这条小溪的水看起来与那条细泉的水相似,也是红色的,冒着热气,似乎在沸腾,它流淌于地狱炙热的沙漠。

[2] 指河床两侧的斜坡。

[3] 但丁觉得可以沿着河岸穿过荒原,因为河岸是石头砌成的,双足不必踩踏炙热的火沙。

[4] 前面曾经说过,地狱大门被基督耶稣打破后一直是敞开的。见第 8 章。

[5] 从我们踏入地狱大门之后,在所有你见到的事物中,你将要看到的景况尚未出现过。

[6] 这条小河真值得仔细观看,因为天上飘落下来的火片都在小河水面上熄灭了。

[7] 老师的话引起我求知的欲望,于是我就请他继续深入讲解。

[8] 克里特国衰败了,已经不像从前了。

[9] 据希腊－罗马神话讲,克里特的首位国王是主神宙斯的父亲克洛诺斯,他统治的时代被认为是神奇的"黄金时代",那时的人都天真无邪,十分幸福。

那里有一座山名唤伊达 [1]，

树繁茂，水潺潺，令人喜欢；

现在它已衰老，荒凉一片。　　　　　　99

瑞亚曾选它做安全摇篮 [2]，

把她的小儿子 [3] 藏于其间，

儿哭闹，她便命锣鼓喧天 [4]。　　　　102

一老人背朝向达米埃塔 [5]，

挺直着站立在那座山间 [6]，

望罗马，就好像照镜一般 [7]。　　　　105

他头用精黄金制造而成，

臂与胸纯银铸，亮光闪闪，

一直到腿根处青铜铸锻；　　　　　　108

再往下皆黑铁，仍然挺坚，

但泥烧之右脚承重极难；

他却赖此泥足支撑立站。　　　　　　111

除黄金，其他处均有裂缝，

---

[1] 伊达是克里特岛最高的山，也是希腊神话中的圣山。据希腊神话讲，主神宙斯曾在
那里成长。

[2] 瑞亚是希腊神话中的第二代天后，与丈夫克洛诺斯结合生下赫斯提亚、德墨忒尔、
赫拉、哈迪斯、波塞冬和宙斯六个孩子。克洛诺斯唯恐儿子夺取他的权位，瑞亚每
生下一子，他便将其吞入腹中。当最小的孩子宙斯降生后，瑞亚以襁褓裹石，哄骗
克洛诺斯吞下，却把婴儿隐藏在克里特岛的伊达山中。每当宙斯哭叫时，瑞亚就让
人在摇篮边为他跳舞，并用短剑敲击铜盾掩盖他的哭声。长大后，宙斯施计救出被
父亲吞下的五个兄弟姐妹，并与他们合力推翻了克洛诺斯的统治，自己登上了众神
之王的宝座。

[3] 指希腊神话中的主神宙斯。

[4] 命人敲击盾牌，以掩盖宙斯的哭声。

[5] 达米埃塔（Damiata）是埃及的一座古老的海港城市。它象征人类文明的起源之地。

[6] 站立在伊达山中。

[7] 就好像照镜子一样遥望罗马城。罗马城是罗马帝国和基督教会的中心，象征皇帝所
掌握的世俗政权和教宗所掌握的神权。

四种金属的雕像

从裂缝滴落出泪珠点点 [1]，

汇集泪冲击下山洞显现 [2]。　　　　　　114

泪坠崖，入深渊，形成河流 [3]：

三恶河 [4] 在地狱流淌不断；

随后又沿窄溪 [5] 向下流去，　　　　　117

一直到再不能流动地点，

形成了科奇托死水一潭，

你将见，我这里便不多谈 [6]。"　　　　120

我问道："若眼前这条小溪，

本源自我们的尘世人间，

为何在此边缘我才看见 [7]？"　　　　　123

他答道："你知道，此地呈圆环形状 [8]，

你已经在这里行走很远，

我们在下行时一直向左，　　　　　　126

从未曾把一圈全部转完：

不见水向下流虽觉新鲜，

---

[1] 这里的老人雕塑形象显然是来自于《旧约·但以理书》中第 2 章有关尼布甲尼撒王梦中的故事。在梦中，国王见一座高大人像，头是金的，胸与臂膀是银的，腹和腰是铜的，腿是铁的，脚是半铁半泥的。这座雕像具有极深的寓意，它隐喻人类经历了黄金时代、白银时代、青铜时代和黑铁时代，象征人类从淳朴状态逐渐腐败堕落。雕像背朝古埃及文明世界，面向罗马帝国和基督教会的中心罗马城；虽然精铁的腿和脚仍然能够支撑自身的重量，但身体的重心却被放在那只没有支撑力的泥足之上，这说明但丁认为，他那个时代的文明已经摇摇欲坠。除金头之外，雕像的全身都有裂缝，这表示，只有在黄金时代，人类才享有完美的幸福。

[2] 从雕像裂缝中流出的泪水，汇集在一起，形成水流，冲出了一个山洞。

[3] 汇集起来的泪水又一层一层地流下断崖，流入地狱深渊，形成了地狱的河流。

[4] 指我们前面已经见过的阿凯隆特、斯提克斯、弗雷格顿河。

[5] 指维吉尔和但丁面前的那条血色的小溪。

[6] 科奇托（Cocito）是地狱最底层的可怖冰湖，在《地狱篇》后面的几章中我们将见到。

[7] 如果眼前的小溪来自于人间，那么，我们以前为什么没有见到？为什么只是到了地狱第七层第二圈和第三圈之间的边缘处才看见？

[8] 你知道，此处（地狱）是圆形结构。

你却勿把惊愕显于颜面 [1]。"

我说道："在何处忘川与弗雷格顿 [2]？

对前者你从来未曾吐言 [3]，

却说泪是另条河流 [4] 源泉。"

"我喜欢你提的所有问题。"

他答道，"但沸腾红色波澜，

已给你一问题清晰答案 [5]；

出深渊，忘川河你方可见 [6]：

当灵魂悔过后解脱羁绊，

在该河洗干净，改头换面 [7]。"

他又说："离树林时间已到，

你应该跟随在我的后面，

为避火我们须行走河沿，

那里的火雨片均熄烈焰。"

129

132

135

138

141

---

[1] 向下行时，我们一直向左转，还未走完一圈；你以前没见到小溪怎样流到这里，却在此见到了它，感觉有些新奇，但你不必把惊愕表情显露在脸上。

[2] 弗雷格顿河是前面见过的"沸腾的血河"，但此处第一次提及其名字。忘川与弗雷格顿原本都是希腊神话冥界中的河流。

[3] 一直到现在你都没对我讲述过忘川的事。在《神曲》中，但丁把希腊神话冥界的"忘川"置于炼狱山巅的地上乐园之中，《炼狱篇》才谈到它。

[4] 指弗雷格顿河。

[5] 你问我：忘川河（Letè）在哪里？弗雷格顿河在哪里？刚才你见到的沸腾的血河已经清晰地回答了其中的一个问题，即弗雷格顿河在哪里。

[6] 走出地狱深渊后你才能见到忘川河。

[7] 用炼狱火净化之后，人可以悔过自新；然后，经地上乐园的忘川河水洗涤，便能忘记一切邪恶。

第15章

　　一队鸡奸者的灵魂沿着小溪堤岸在火的沙漠上疾行而来，他们对堤岸上的但丁和维吉尔非常好奇，由于昏暗，眯着眼睛看着这两位陌生人，就像在微弱的新月光线下看人，又好似年迈的裁缝纫针。

　　队伍中，有一个灵魂认出了但丁，并紧紧地抓住他的衣襟；但丁也认出了那个灵魂，他便是但丁所敬爱的佛罗伦萨著名学者和政治家布鲁内；据说他曾教授过但丁修辞学，师生二人的关系非同一般。但丁在鸡奸者的队伍中竟然见到了自己的恩师，于是惊呼道："布鲁内先生啊，您在此间？"

　　随后，但丁与布鲁内进行了较长时间的对话。布鲁内向但丁讲述了邪恶的佛罗伦萨人的根源，预言了但丁的光辉未来，并介绍了几位与自己为伍的重要的鸡奸者。

在火沙上奔跑的灵魂

我们沿坚硬堤 [1] 离开树林 [2]；
小溪上浓浓雾遮盖水面，
拯救了溪水和两侧堤岸 [3]。　　　　　　　　　　3
佛拉芒 [4] 因惧怕滚滚波澜，
在维桑、布鲁日 [5] 两地之间，
筑大堤使海浪受阻、逃窜；　　　　　　　　　　6

---

[1] 指上一章提到的血水小溪的堤岸，因为堤岸是用石头砌成的，所以此处说"坚硬堤"。
[2] 指前面提到的由人头恶鸟栖居的枯木树林。
[3] 小溪上空浓浓的水蒸气熄灭了天上落下来的火片，使小溪水面和溪岸成为安全的地方。
[4] 指佛拉芒人。佛拉芒人主要居住在比利时北部，部分人居住在荷兰和法兰西等国。
[5] 维桑（Guizzante，另译：维杉特）是法兰西海港城市加来附近的一个地区，距比利时不远。布鲁日（Bruggia）是比利时的文化名城，14 世纪时为欧洲最大的商港之一。

帕多瓦 [1] 也沿着布伦塔河 [2]，

克恩顿 [3] 尚没有炎热之前，

急筑堤欲保卫城镇家园；　　　　　　　9

并不知谁建筑小溪堤坝，

它却与上述堤 [4] 模样一般，

只是无那些堤高大、厚宽。　　　　　　12

我已经看不见树林 [5] 在哪（儿），

即便是把身体转向后面，

因我们离那里已经很远。　　　　　　　15

此时有一队魂入我眼帘，

他们均沿堤坝奔走向前；

似夜晚新月下瞧望他人，　　　　　　　18

对我们诸魂也如此观看；

他们都一个个皱眉，眯眼，

就好像老裁缝纫针一般 [6]。　　　　　　21

布鲁内

其中有一灵魂细细端详，

认出我，并牢牢抓吾衣边，

高叫道："好奇怪，在此相见！"　　　　24

当他向我伸出臂膀之时，

---

[1] 指帕多瓦人。帕多瓦（Padova）是意大利东北部的一座城市。

[2] 布伦塔（Brenta）是意大利东北部的一条河流。

[3] 克恩顿（Chiarentana）是奥地利最南部的一个州，与意大利接壤。布伦塔河发源于那里的山区，流经意大利的帕多瓦地区，然后注入亚得里亚海。在克恩顿的天气还没有开始热、山上的冰雪尚未融化之时，帕多瓦人就开始忙于修建堤坝，以防河水泛滥。

[4] 指佛拉芒人在维桑和布鲁日之间修建的海堤和帕多瓦人在布伦塔河修建的河堤。

[5] 指前面提到的栖息人头恶鸟的枯木树林，即地狱第七层第二圈。

[6] 那些鬼魂像在黑暗的夜晚仔细观看他人，又像老裁缝纫针，都凝眉望着但丁和维吉尔。

我注视他那张被灼之面 [1]，

烧焦颜并未阻吾眼看清， 27

是何人来到了我的跟前；

我把手伸向其低处之脸 [2]，

惊问道："布鲁内 [3] 先生啊，您在此间？" 30

他说道："噢，布鲁内若离队伍，

反转身陪着你行走一段，

孩子啊，你切莫心中不欢。" 33

我答道："请吩咐，我尽全力；

若希望我陪您坐此地面，

身边人 [4] 不反对，我亦照办。" 36

他说道："孩子啊，这群人中，

无论谁略停顿，必卧百年，

火伤他，也不能左挡右掩 [5]。 39

因而你向前行，我紧跟随，

然后我再把那队伍追赶，

队中人哭泣其永恒灾难 [6]。" 42

我不敢下堤坝与其并行 [7]，

却只能低垂首，身躬腰弯，

似边行边对他示敬一般 [8]。 45

---

[1] 被烧焦了的脸。

[2] 但丁和维吉尔在堤坝上面，与但丁说话的灵魂在堤坝的下面，因而此处说"我把手伸向其低处之脸"。

[3] 布鲁内（Brunetto，另译：勃鲁内托）是 13 世纪佛罗伦萨重要的政治人物和学者，但丁曾师从他学习过修辞学，因而对他十分尊敬。

[4] 指维吉尔。

[5] 如果奔走的灵魂中有谁敢停住脚步，就必定受到更严厉的惩罚，即卧在火的沙漠上一百年，受火雨和炙热沙漠的灼烤而丝毫不能遮掩。

[6] 他们为忍受永恒的灾难而哭泣。

[7] 因为水蒸气熄灭了小溪及其堤岸上方的火片，致使但丁感觉堤岸上是安全的；堤岸下面则是火的沙漠，天上还降着火雨。

[8] 在堤岸上面的但丁只能跟堤岸下面的布鲁内弯着腰、低着头说话。这样，看起来好像但丁在一边走一边向布鲁内表示敬意。

但丁和布鲁内

他说道："是时运还是天命，

末日前便带你来到此间 [1]？

他 [2] 是谁，引导你行走向前？" 48

我答道："在上面朗朗人间，

我寿命还没有终结之前，

迷失于幽暗的山谷里面。 51

昨日晨我转身欲离山谷，

在被迫返回 [3] 时，他便出现，

并引我沿此路回归家园 [4]。" 54

他说道："我尘世之判断若是准确，

你追随己明星理所当然，

必定能到达那光荣港岸 [5]； 57

假如我未死得如此之早，

上天对你厚爱我能得见，

一定会助你把事业实现 [6]。 60

那邪恶、不义的乌合之众 [7]，

都来自菲索莱 [8] 古老地面，

坚持其山野性，固执、愚蠢， 63

将以你为敌人，因你太善：

---

[1] 是时运还是天命在你尚未死亡之前就把你带到地狱来了？

[2] 指维吉尔。

[3] 被豹、狮子和母狼逼迫返回幽暗山谷的森林之中。见第 1 章。

[4] 指返回正直的道路。

[5] 如果我在尘世时所做的判断是正确的话，只要你沿着导航的明星所指引的方向航行，就一定能够到达你的目的地。布鲁内曾经是但丁的老师，他希望但丁沿着正确的道路前行，收获光荣的果实。

[6] 布鲁内离世时，但丁只有 29 岁；他认为自己还没来得及帮助但丁取得辉煌的成就。

[7] 指把但丁流放了的邪恶的佛罗伦萨人。

[8] 菲索莱（Fiesole，另译：菲耶索莱）是意大利佛罗伦萨附近的一座古城，传说，佛罗伦萨人来自那里：古罗马共和国晚期，菲索莱人参与喀提林叛乱；罗马人平定叛乱后，夷平该城，将其居民迁至佛罗伦萨城，与少数从罗马移来的贵族家庭共居新城；由于居民的来源、社会地位、文化素养、秉性和生活习惯都不同，因而争斗不断，来自菲索莱的居民经常被看作刁民。

无花果结果实不会香甜，

只因有酸野果树木陪伴[1]。　　　　　　　　66

自古来世人称他们[2]'瞎子'，

这些人吝啬且嫉妒、傲慢，

你切记不要被他们污染。　　　　　　　　69

时运会保住你许多荣耀，

两派[3]都恨不能把你吞咽，

但青草却距离羊嘴甚远[4]。　　　　　　　72

菲索莱牲畜视同类为草[5]，

若他们粪便中幼苗偶见，

那可是罗马人圣种萌现[6]：　　　　　　　75

当万恶之巢穴[7]刚建成时，

便有些罗马人留居其间[8]；

万不可让畜生[9]将其糟践[10]。"　　　　　78

我答道："若吾愿全可满足，

您至今也未曾离弃人间[11]，

并没有被逐出尘世家园[12]；　　　　　　81

因为您已牢牢扎我心田，

---

[1] 比喻在刁民的陪伴下，高贵的人也难以做出辉煌的成就。

[2] 指佛罗伦萨的那些刁民。

[3] 指黑派和白派。中世纪晚期，佛罗伦萨的居民分裂为教宗党和皇帝党；后来，皇帝党失败，退出政治舞台，教宗党内部又分裂成黑派和白派。但丁担任佛罗伦萨执政官时，为表示公允，曾把黑白两派首领均流放，因而，两派都仇恨他，恨不能把他生吞活咽。

[4] 然而，但丁却远离佛罗伦萨，邪恶的佛罗伦萨人欲加害于他而不能。

[5] 那些如畜生一样的菲索莱的后裔，把同乡视为他们可以食用的青草。

[6] 如果在那些畜生的粪便中偶然能够见到植物的幼苗，那可是罗马人留下的神圣种子所发的芽啊。

[7] 指佛罗伦萨。

[8] 指佛罗伦萨。

[9] 指菲索莱人，即前面所说的"菲索莱牲畜"。

[10]万万不可让来自菲索莱的邪恶的佛罗伦萨人糟践了罗马人圣种所发出的芽啊。

[11]按照我的意愿，您至今都不该离世。

[12]比喻死亡。

曾教诲我咋能永生人间，

您亲切之形象如父一般；　　　　　　　　　84

现想起真令我心中疼痛，

只要我活于世必须明言，

我对您之教导感激万千。　　　　　　　　　87

您所讲我之事，笔录，保存，

如若我能到达圣女 [1] 身边，

请她释另一事和您之言 [2]。　　　　　　　90

我只想面对您表白心迹，

只要我良心不指责、抱怨，

听'时运' [3] 之安排是我心愿。　　　　　　93

其预示 [4] 对吾耳已不新鲜，

时运女 [5] 随意地转动轮盘，

似农夫挥锄头十分随便 [6]。"　　　　　　　96

我老师 [7] 从右侧向后转脸，

盯着我，随后便开口吐言：

"善听者必然能牢记心间 [8]。"　　　　　　　99

---

[1] 指贝特丽奇。

[2] 就请她解释您说的话和另外一件事。另外一件事指《地狱篇》第10章中法利纳塔对但丁的预言。

[3] 指时运女神。

[4] 指时运女神的预示。

[5] 指时运女神。

[6] 时运女神经常预示未来，这对我来说已经不新鲜；新鲜的是她的预示千变万化，因为时运轮盘不断地、随意地转动，就像农夫挥动锄头那么随便。

[7] 指维吉尔。

[8] 可能维吉尔在表扬但丁，说他善于认真地听别人说话，因而能够牢记所听到的话。

犯鸡奸罪的神职人员和文人

并未与布鲁内停止交谈 [1]，

我问谁是他的重要伙伴，

其地位显赫且声名远传 [2]。 102

他答道："能了解一些人着实有益，

其他人，最好是缄口不言，

时间短，说太多确有不便。 105

总言之，你应知，全是僧侣 [3]，

并且是大文人，名声震天，

在尘世被同样罪恶污染。 108

悲惨的人中有普里西安 [4]，

方济各・阿克索 [5] 也在里面；

'仆之仆 [6]' 调动者你亦可见， 111

他离开阿尔诺清水之畔，

被调到巴基廖小河岸边 [7]，

邪恶躯被遗弃那片地面 [8]。 114

虽然我想继续议论下去，

却不能再逗留、侃侃而谈，

因见到沙漠上升起新烟 [9]， 117

我不可与将至灵魂见面。

---

[1] 维吉尔插话时，但丁并没有停止与布鲁内交谈。

[2] 但丁问布鲁内，与他在一起的灵魂中，谁曾经是地位显赫、声名远传的人。

[3] 你应知道，与我在一起的重要人物，全都是僧侣。

[4] 普里西安（Priscian）是 6 世纪著名的拉丁文语法学家，他的语法著作是中世纪学校的基础课本。

[5] 方济各・阿克索（Francesco d'Accorso）是 13 世纪意大利博洛尼亚大学最重要的法学教授之一。

[6] 指但丁时代的教宗卜尼法斯八世。教宗都自称是"上帝仆人之仆人"。

[7] "调动者"指被教宗调动的那个人，即安德烈・摩奇（Andrea dei Mozzi）；此人曾任佛罗伦萨（阿尔诺是流经佛罗伦萨的河流）主教，1295 年被教宗卜尼法斯八世调至维琴察（巴基廖是流经维琴察的河流）任主教。

[8] 安德烈・摩奇在维琴察刚任主教一年便死于该城。

[9] 另一群奔跑的灵魂即将到来，他们在沙漠上卷起如烟雾一样的尘土。

《宝库》[1] 令我仍然活于世间，

无他求，向你把此书推荐。" 120

随后他掉转身，好似一位，

维罗纳越野赛奔跑大汉，

为夺得绿锦标恐后争先； 123

他不像失败者，似操胜券 [2]。

---

[1]《宝库》是布鲁内的重要作品，令他名垂人间。

[2] 布鲁内就像一个参加维罗纳越野赛的大汉，掉转身快步奔跑着去夺取绿色的锦标；
似乎他已经胜券在握。维罗纳越野赛是中世纪晚期十分著名的体育比赛，优胜者可
以获得一块绿布作为奖励。

第16章

又有三个灵魂脱离他们的行列与但丁交谈，他们都是比但丁长一辈的佛罗伦萨的重要人物，一位叫圭多，一位叫泰伽尤，还有一位叫雅各布。他们与但丁议论了佛罗伦萨社会道德和政治腐败的原因。对这三位长辈，但丁采取了既谴责又尊敬的态度：把他们置于忍受严厉惩罚的环境之中，同时又用崇敬的目光望着他们。但丁认为佛罗伦萨堕落的原因是：暴发户掌握了政权，他们十分狂妄，肆无忌惮，挥霍无度。他深信，财富是人类道德的腐蚀剂，它使个人和家庭，乃至国家走向毁灭。

离开三位佛罗伦萨人，但丁和维吉尔来到地狱第七层的边缘，他们听到河水的轰鸣声，弗雷格顿河像一条飞流直下的瀑布坠入地狱的下一层。此时，维吉尔命令但丁把腰间的绳索抛向崖下，随即见到一个怪物从地狱深处浮了上来，就像一位水手潜入水底解除羁绊船锚的杂物后又浮出水面。

三个佛罗伦萨人

那溪水 [1] 流入了另一层中 [2]，
我来到一去处，闻其轰鸣 [3]，
就好似蜂房在嗡嗡作响 [4]，　　　　　　3
此时见奔跑的三个魂影，
脱离了火雨下灵魂队伍：
诸灵魂在雨中忍受苦痛 [5]。　　　　　　6

---

[1] 指流经火的沙漠的小溪。弗雷格顿河形成一条溪流，流经火的沙漠，随后，从悬崖处坠入地狱的第八层。见前面几章。

[2] 指地狱的第八层。

[3] 但丁来到距弗雷格顿河坠入地狱第八层不远的地方，听到河水发出的震耳欲聋的轰鸣声。

[4] 坠入深渊的河水发出与蜂窝里蜜蜂的嗡嗡声相似的轰鸣声。

[5] 但丁见到有三个魂影，他们脱离了被火雨和火漠折磨的灵魂队伍。

三人迎我们来，高声叫道：

"快站住，服装已显示分明，

你似乎来自我邪恶之城 [1]。"　　　　　　9

哎呀呀，见他们遍体鳞伤，

新旧伤由烈焰灼烫而成！

现想起，我的心仍然疼痛 [2]。　　　　　12

我老师注意听他们叫喊，

转过身，面向我，开口吐言：

"等一下，对他们应该恭敬，　　　　　　15

是自然在此处射出火箭，

否则我必定会对你说道，

你最好迎他们急步向前 [3]。"　　　　　18

我们刚停脚步，他们三人，

便唱起旧歌谣 [4]，以示悲惨，

到达后立刻就围成一圆。　　　　　　　21

似赤裸、涂油的摔跤健儿，

在展开相互间较量之前，

察投入战斗的有力时机，　　　　　　　24

他三人盯着我兜着圈圈；

其脖颈与脚步方向不一，

颈向左，足朝右，移动不断 [5]。　　　27

三人中有一位开口说道：

----

[1] 那三个灵魂从但丁的穿戴上看出了他可能是佛罗伦萨人。

[2] 但丁感叹说：至今想起那三个灵魂悲惨且可怖的烧伤面孔他心中仍然感觉疼痛。

[3] 维吉尔对但丁说，我们需要等这三个灵魂过来，因为他们值得我们尊敬；如若不是怕火雨和火漠伤害到你，我会让你主动迎上去，以示尊敬。

[4] 指又开始哭叫起来。哭叫是地狱中最常听见的声音，诗人用"旧歌谣"来比喻它，具有讥讽的含义。

[5] 奔但丁和维吉尔而来的三个灵魂，脚下被炙热的火沙灼烤，不敢停止脚步，因而兜成一个圆圈，一面不停地转动，一面注视着但丁；他们就像古时候的摔跤健儿，在投入激战之前观察有利时机，脚步横着向一个方向移动，而眼睛却盯着相反的方向。这一段比喻十分接近真实生活，可见但丁对日常生活的观察是十分仔细的。

"若足陷残忍沙、灼伤黑面，

令你等对我们显露鄙视，　　　　　　　　30

名望却能动情，令你吐言；

告诉我是谁的活人之足，

竟安全行走于地狱深渊 [1]。　　　　　　33

这个人赤裸身，毛发全无，

你可见，我踩其足迹向前，

他身份极高贵，你难相信，　　　　　　36

瓜拉达 [2] 之孙子在你面前；

叫圭多 [3]，他一生文武双全，

既善于用脑筋，亦善舞剑。　　　　　　39

我身旁另一位踏沙之人，

名字唤泰伽尤·阿朵布兰；

上界人应听从他的意见 [4]。　　　　　　42

我名叫雅各布·卢提库齐，

十字 [5] 上我身与他们同悬；

伤害我之妻子十分凶悍 [6]。"　　　　　45

若我可避烈火灼烧身体，

---

[1] 如果你鄙视我们丑陋的外表和无法忍受火沙炙烤的痛苦表情，那么，我们在尘世的名望却能够感动你，令你说出真话；告诉我们是谁如此大胆，竟然敢以活人之足践踏地狱地面。

[2] 瓜拉达（Gualdrada）是中世纪晚期佛罗伦萨十分著名的女子，被当时的人誉为贞洁、贤淑妇女的典范。

[3] 指圭多·贵拉（Guido Guerra，约 1220—1272），他是佛罗伦萨的一位世袭伯爵，聪明、智慧、英勇善战，支持教宗党，在决定教宗党与皇帝党命运的贝内文托战役（1266）中表现十分突出。

[4] 泰伽尤·阿朵布兰（Tegghiaio Aldobrandi）也是佛罗伦萨著名的圭尔费党（教宗党）人，曾任阿雷佐城最高行政长官。他不主张佛罗伦萨对锡耶纳开战，其建议未被采纳，结果在蒙特阿培提战役中惨败，因而，此处说："上界人应听从他的意见。"

[5] 指处决人的十字架。

[6] 我的凶悍的妻子把我害苦了，致使我在这里忍受永恒的苦难。雅各布·卢提库齐（Iacopo Rusticucci）是中世纪晚期佛罗伦萨的一个出身低微的暴发户，腰缠万贯；据说，他的妻子十分凶悍，致使他厌恶女色，转好男色，因而死后被打入惩罚鸡奸者的地狱第七层的第三圈。

圭多、泰伽尤和雅各布

必定会扑过去拥作一团，

老师会允许我如此这般； 48

因为我会被火灼伤，烤焦，

恐惧便抑制了我的情感，

但我有抱他们迫切意愿。 51

我言道："当主人 [1] 说话之时，

我便想是何人来我面前？

你三人究竟是何许人士？ 54

我并非蔑视谁，而是心酸。

你们的此处境令我痛苦，

许久后痛方能消逝、飘散。 57

我也是你们的家乡之人，

你们创伟业绩，英名璀璨，

我总是激动听，并且广传。 60

为寻求甜蜜果 [2] 我弃苦胆 [3]，

此向导已对我许下良愿；

但我须先下入地心深渊。" 63

腐败的佛罗伦萨

他答道："我祝愿你的灵魂，

能支配你躯体许久时间 [4]，

你身后之美名光辉灿烂。 66

告诉我，恭与勇是否依然，

居住在我们的城市地面，

或者说它们已距其甚远； 69

---

[1] 指维吉尔。

[2] 隐喻天国的幸福。

[3] 隐喻尘世罪孽所带来的苦难。

[4] 意思为：我祝愿你长寿。

古列莫[1]之话语折磨人心，
他刚才还痛苦把我陪伴，
现在已归队伍，行走在前。"   72
闻此言，我抬头，高声叫喊：
"是新人和暴富滋生傲慢，
使人们之行为肆无忌惮，   75
啊，佛城[2]啊，你为此哭泣不断。"
那三人都以为这是回言，
便好似闻真话，面面相看，   78
齐声道："你轻易便满足问者心愿，
若每次你都能坦诚相见，
直率吐心中言，你必欣然！   81
若你能逃出这幽幽黑暗，
若你能重见那美丽星天，
愉快地说一声'我已去过[3]'，   84
请你把我们向世人叙谈。"
话音落，圈子散，他们逃离，
其捷足似生翼，飞行一般。   87
来不及说"阿门"，转瞬之间，
他们便消逝得踪影不见；
这时候老师觉应离此间。   90

但丁的绳子

我跟在他身后，未行多远，
有轰鸣流水声响于耳边，
说话时勉强闻对方之言。   93

---

[1] 古列莫（Guglielmo Borsiere）是佛罗伦萨的一位骑士，他曾说：佛罗伦萨传统的
   "恭"与"勇"已不存在。薄伽丘在《十日谈》中讲述过一个有关他的故事。
[2] 指佛罗伦萨城。
[3] 指去过地狱。

似发源维佐峰^[1]那条河流^[2]，

沿河道向东方流淌向前，

奔腾于亚平宁左侧山坡， 96

随后便向低处注入谷间；

下山前其名唤阿夸凯塔^[3]，

弗利^[4]处此名便消失不见； 99

在高山圣本笃^[5]上空轰鸣，

本应沿千峭壁缓缓下山，

却仅在一崖处跌落下面^[6]。 102

我们见那红河^[7]也是如此，

从峭壁跌落时轰鸣震天，

耳振聋便在那顷刻之间^[8]。 105

我腰间缠绕着一根绳索，

曾经想用此绳作为一番：

捆缚住花斑豹^[9]，遂我心愿。 108

此时刻我遵从向导之命，

把解下之绳索缠成一团，

随后捧绳团于他的面前。 111

他此时转过身，面朝右侧，

尽力抛那绳索远离崖边，

使其能坠落至深谷下面。 114

---

[1] 维佐（Veso）是意大利的一座山峰，位于意大利与法国的边界处。

[2] 指意大利北部的蒙托内河（Montone）。

[3] 在意大利语中，"阿夸凯塔"（Acquaqueta）的意思为"平静的水"。

[4] 弗利（Forlì）是意大利北部的一座城市，位于波河平原，亚平宁山脉东北麓，蒙托内河畔。

[5] 指圣本笃修道院。

[6] 蒙托内河本来应该沿着许多山中的河道缓慢地流下亚平宁山脉，然而，它却只在圣本笃小镇处轰然坠落，因而震耳欲聋。

[7] 指地狱的血河弗雷格顿。

[8] 但丁用人们所熟悉的意大利河流来比喻地狱血河，给人以身临其境之感。

[9] 指但丁在幽暗山间所遇到的那只隐喻淫欲的花斑豹。见《地狱篇》第 1 章。

怪物游来

见此举我心中暗暗想道：

"老师盯此绳索，不转双眼，

必将有新奇事出现面前。"　　　　　　117

有些人不仅能看到行动，

其理智还可以入人心间，

噢，多谨慎才可将他们陪伴 [1]！　　　120

老师道："过一会（儿）有人上来，

你想象他到来，我亦期盼 [2]：

他很快会在你眼前出现。"　　　　　123

对貌似虚假的真实之事，

人应该尽可能不去议谈，

因它可令人们无过受辱 [3]，　　　　126

但此时我却难静默不言。

若此诗能令人长久喜欢，

读者呀，我用它可发誓言：　　　　129

在浓重、昏暗的空气之中，

我见到一怪物浮出深渊，

似铁锚被暗礁等物缠住，　　　　132

人潜水除羁绊返回水面；

这可令镇定心惊愕，难安 [4]。

那怪物似游水，蹬缩双腿，　　　　135

其上身高扬起，十分舒展。

---

[1] 但丁知道，维吉尔不仅看见了他的行动，而且窥测到了他心思，因而感叹道：陪伴这样智慧的人需要多么谨慎啊！

[2] 你脑中已经想到一会儿有人从下面上来，我也期盼他到来。

[3] 大意为：人不要妄议那些看起来虚假的真实之事，因为说错了会被人指责为说谎，从而蒙受耻辱。

[4] 就连那些具有镇定之心的人，见到这种奇特之事，也必定惊愕不已，无法安宁。

第17章

象征欺诈的格律翁浮上来之后，卧在峭岩边缘；它面似人，爪似狮，尾似蛇，满身疙瘩和花纹，尾尖处长着叉形毒针。他的任务是载但丁和维吉尔下到地狱的第八层，那里惩罚着各类骗子。在登上格律翁脊背前，维吉尔请但丁与坐在火漠上的灵魂交谈，以便他能牢记地狱的见闻和体验，并将其带回人间。随后，在维吉尔的要求下，为确保肉体凡胎的但丁的安全，格律翁载着他和维吉尔盘旋着缓慢地降落在地狱第八层的崖脚处。

格律翁

"你快看，那一只凶猛野兽 [1]，

其尖尾可穿透墙、甲 [2]、坚山！

那怪物之臭气污染尘世 [3]！"   3

我向导对我吐如此之言；

并示意那怪物靠近峭岩 [4]，

游过来，在那里登上崖边。   6

那象征欺骗的肮脏形象，

到达后，把头、胸伸上石岸，

长尾巴却仍然留在下面。   9

看面容它好像正直之人，

其外表似乎也十分和善，

---

[1] 卧在峭岩边缘的怪兽叫格律翁（Gerione）。格律翁本来是希腊神话中的巨人，没有任何凡人敢于和他作战；半神赫拉克勒斯抢走他的牛群，并将他杀死。在民间传说中，他是一个残忍、狡诈、善于欺骗的形象。此处，但丁凭借丰富的想象力，重新塑造了格律翁的形象，让他看守惩罚欺诈者的地狱第八层。

[2] 指武士的铠甲。

[3] 格律翁的有毒的尾尖可以击碎一切障碍。这里，诗人用格律翁隐喻欺诈；邪恶的欺诈能够摧毁一切障碍，它的臭气熏害着尘世的每一个角落。

[4] 指但丁和维吉尔在地狱第七层第三圈的边缘处走时所踩踏的岩石。

躯体却如长蛇模样一般； 　　　　12

它双爪至腋下长满长毛；

后背与胸部和两肋之间，

全都是疙瘩和车轮圆圈 [1]。 　　　　15

鞑靼人、突厥人所织锦缎，

色彩与花纹难这般鲜艳，

阿拉涅 [2] 织如此美布也难。 　　　　18

石崖把火沙漠围在中间，

那邪恶奇怪兽 [3] 卧崖边缘 [4]，

就好像有时候船儿靠岸， 　　　　21

半倚在陆地上，半浮水面；

亦似在嗜饮食北方人 [5] 处，

见水狸摆架势准备开战 [6]； 　　　　24

其 [7] 尾巴摇摆着悬于空中，

尾尖处一毒叉翘向上面，

就好似蝎子的毒勾一般。 　　　　27

放高利贷者

向导说："现需要改变道路，

把方向朝恶兽卧处略转，

它此时就趴在石崖那边。" 　　　　30

---

[1] 那怪物的胸与背和两肋处，疙疙瘩瘩的，还长满车轮状的圆圈圈。

[2] 阿拉涅（Aragne，另译：阿拉喀涅）是希腊神话中的人物。据希腊神话讲：阿拉涅是吕底亚少女，擅长织绣，引起雅典娜的嫉妒。雅典娜与其比赛织绣，结果阿拉涅取胜。雅典娜大怒，把她的织物撕碎，并把她变成蜘蛛。

[3] 指前面提到过的从地狱深处浮上来的怪物。

[4] 那怪物就像停放在岸边的船和卧在岸边捕鱼的水狸，上半身趴在把火的沙漠围在中间的石崖边上，尾巴垂在石崖的下面。

[5] 当时，欧洲的北方人被视为爱吃喝的人。

[6] 水狸主要生活在欧洲的北方。水狸在准备捕鱼时，总是身子卧于岸边，尾巴伸入水中，来回摆动，并用其排出的油脂引诱鱼。

[7] 指前面提到的趴卧在峭岩边缘的怪兽。

我们便从右侧向下走去，

沿崖边行走了十步之远，

为的是避火雨、炙热沙滩。 33

当我们至怪兽所在之地，

我看见不远处、靠近深渊 [1]，

一群人坐在那沙滩地面。 36

这时候老师便对我说道：

"为使你全带走此处体验 [2]，

我请你去他们那边看看。 39

但是你说话应扼要简短；

返回前 [3] 我将与此兽 [4] 交谈，

请它借我们用有力背肩。" 42

就这样我一人，毫无陪伴，

继续沿地狱的七层边缘，

至那群坐着的苦人身边。 45

他们苦从眼中喷发出来，

扑打这（儿），扑打那（儿），挥手不断，

遮火雨，扬炙沙，上下忙乱： 48

就好似夏日里狗儿逐虫，

被跳蚤、蝇、虻咬，忍受实难，

于是便用嘴、足不断驱赶。 51

恶毒火飘落在苦魂身上，

我目光投向了他们颜面，

却一个不认得，无法识辨。 54

我看到每个人脖颈悬袋，

---

[1] 指更靠近下面第八层的地方。

[2] 为了使你能够完完全全地把这里看到和体验到的东西都带回尘世，并将它们写出来。

[3] 指但丁返回前。

[4] 指前面谈到的趴卧在崖边的格律翁。

上面涂某颜色，绘有图案，

均欣赏己钱袋[1]，似享美宴。 57

张望着我来到他们中间，

见雄狮之形象举止庄严，

绘制在一黄色口袋上面[2]。 60

随后我目光车继续前行[3]，

见另外一袋色如血一般，

奶油白一只鹅绘于上面[4]。 63

有一人脖颈上挂白钱袋，

袋上绘蓝母猪，大腹便便[5]，

他[6]问我："来此坑[7]为了哪般？ 66

快离开，因为你还是活人。

你应知，我邻居维塔利安[8]，

他也将来此处坐我左边。 69

我来自帕多瓦，佛人陪伴[9]，

他们常震吾耳高声叫喊：

'一骑士钱袋绘三个鸟喙， 72

---

[1] 这句诗的主语是"每个人"。

[2] 黄色背景绘蓝色雄狮是姜菲利亚齐（Gianfigliazzi）家族的族徽，该家族属于圭尔费党（教宗党）；据说，这个家族的所有成员都是非常著名的放高利贷者。

[3] 人们常说"把目光推向……"，因而，此诗人把目光比喻成被人们推动的小车。

[4] 血红背景上绘白色鹅是奥布利亚齐（Obriachi）家族的族徽，该家族属于吉伯林党（皇帝党）；据说，这一家族的成员也都是非常著名的放高利贷者。

[5] 白色背景绘天蓝色母猪图案是帕多瓦（意大利东北部城市）名门斯科罗维尼（Scrovegni）家族的族徽。许多学者认为，这里但丁指的是雷吉纳尔多·斯科罗维尼（Reginaldo Scrovegni），此人是著名的放高利贷者，十分吝啬。

[6] 指这位大腹便便的灵魂。

[7] 指地狱。

[8] 可能指与但丁同时代的政治人物维塔利安·邓特（Vitaliano del Dente，另译：维塔利阿诺），他曾担任过意大利北部维琴察城和帕多瓦城的最高行政官。

[9] "佛人"指佛罗伦萨人。此句诗的意思为：周围陪伴我的都是佛罗伦萨人。

快让那伟骑士来此地面 [1] ！'"

他说罢撇撇嘴，吐出舌头，

就如同舔鼻的牛儿一般。 75

我担忧久逗留老师不悦，

他只让我停站短暂时间，

于是离悲惨魂，返其身边。 78

降入地狱第八层

此时见我向导已经爬上，

那一头凶猛的怪兽背肩，

他说道："你应该坚强、勇敢。 81

下行时我们需此类阶梯 [2]，

你在前，我想坐此兽中间，

以避免其尾巴害你伤残。" 84

身患有四日热 [3] 病痛之人，

其指甲灰白色，寒战不断，

只要见阴凉便浑身抖颤， 87

我闻言也变得如此这般；

但耻辱之情感威胁着我，

使仆在明主前变得勇敢 [4]。 90

我坐在怪兽的肩膀之上，

心里想："快把我抱在怀间 [5]。"

声音却未发出，无人听见。 93

---

[1] "伟骑士"指但丁同时代的佛罗伦萨人简尼·布亚蒙特（Gianni Buiamonte），他是佛罗伦萨的资产阶级暴发户，靠放高利贷起家；曾任该城邦共和国的高官，被人们称为骑士；其家族徽章为金地绘三只黑色鸟喙。"伟骑士"是对他的讽刺。

[2] 此次，但丁和维吉尔要依赖这一类外力的帮助才能够继续下行。

[3] 一种疾病，高烧，浑身发冷。

[4] 因耻辱之感使我在我的明智的主人（指维吉尔）面前变得勇敢。

[5] 心里想：老师（指维吉尔）呀，你赶快把我抱在怀里吧，我太害怕了。

那善者 [1] 曾助我，亦助他人 [2]，

他见我已跨上怪兽背肩，

便抱住、扶稳我，令我心安； 96

开言道："格律翁，动起来吧，

你应该兜大圈，下行须缓，

切记有奇重物驮在你肩 [3]。" 99

就如同一小舟离开岸边，

那怪兽徐徐退，脱离崖岩，

当感觉不再受限制之时， 102

便转身，尾至胸曾在地面 [4]，

伸展开，就如同一条鳗鱼，

爪划着空中气游动向前。 105

法厄同弛缰令狂马飞天，

似至今苍穹仍不断抖颤 [5]；

悲惨的伊卡洛感觉腰间， 108

蜡融化，羽毛已脱落背肩 [6]，

闻其父高声喊："此路凶险！"

其惊恐均难比此时这般 [7]： 111

我见到四周均悬空、无物，

除怪兽，什么都无法看见，

[1] 指维吉尔。

[2] 他是个善良的人，曾多次帮助我，同样也会帮助别人。

[3] "奇重物"指但丁。维吉尔请格律翁注意安全，因为他背上驮着凡胎肉体的但丁。

[4] 在活动之前，格律翁上半身卧在崖上，尾巴垂在崖下；当他慢慢把上身退出崖边转过身体时，尾巴恰恰在刚才胸部所在的地方。

[5] 据希腊神话讲，太阳神的儿子法厄同（Fetòn）驾驶太阳车飞驰于天空，不幸脱离轨道，烧毁了好大一片天；主神宙斯出面干预，用雷电将其击落。法厄同的行为震撼了苍穹，至今似乎仍然令天空颤抖。

[6] 伊卡洛（Icaro，另译：伊卡洛斯）是希腊神话中的人物。据希腊神话讲，伊卡洛是伟大的发明家代达罗斯的儿子，他与父亲用蜡和羽毛各自制作了一副羽翼，试图逃离克里特岛；然而，伊卡洛飞得太高，太靠近太阳，蜡被晒化，羽翼脱落，不幸摔死。

[7] 法厄同烧毁天空时和伊卡洛从天空跌落时，他们都没有但丁此时惊恐不安。

格律翁

心中生恐惧情无边无沿。 114

那怪兽慢慢游，离开峭壁，

我并未感觉它下行、盘旋，

只觉得下边的风儿拂面。 117

我听到右下方旋流之声，

轰隆隆，极恐怖，令我心颤，

于是便探着头望向深渊。 120

此时我对下落更加恐惧，

因见火并闻听哭声震天；

于是便颤抖着腿夹兽肩 [1]。 123

酷刑被设置在不同地点，

见它们越来越近我身边，

此时觉我们在下行、盘旋 [2]。 126

似猎鹰飞翔了许久时间，

并未见诱饵或鸟儿出现，

放鹰者只好说："噢，你快回转。" 129

它 [3] 起飞极敏捷，回落懒散，

兜百圈，着陆时极其愤懑，

落地处距主人十分遥远 [4]。 132

格律翁也如此落于深处 [5]，

把我们放在了崖脚下面，

卸下了身上的负重之后， 135

飞离去，速度如离弦之箭。

---

[1] 但丁被吓得浑身发抖，用双腿紧紧地夹住怪兽的肩膀。

[2] 但丁看到怪兽下方不同的地方设置着不同的酷刑，由于有了参照物，他发现自己在盘旋着下降。

[3] 指猎鹰。

[4] 就好像猎鹰在空中盘旋了许久，并没有发现任何鸟儿或放鹰者为它准备的诱饵，放鹰者只好唤它返回。猎鹰起飞时十分敏捷，但是，它未捕到猎物，并不情愿返回到主人的身边，因而，盘旋许多圈也不想落下；即便落下来，也愤怒地落在距主人很远的地方。

[5] 格律翁也像猎鹰那样，盘旋许久后才落在地狱的深处。

第 18 章

但丁和维吉尔从格律翁背上下来时已经进入了地狱的第八层。地狱的第八层共分为十个"邪恶之囊",或简称"恶囊",即十条同心圆形状的沟壑,它们一圈套一圈,就像十条护城河围绕着城堡一样。每条沟壑上都有岩石形成的小桥,把各条沟壑连接在一起,这些小桥从包围在沟壑最外面的峭岩处通向地狱第八层的中心点,那里有一个巨大的井口,井口下是地狱的第九层——科奇托冰湖。在十个"邪恶之囊"中分别惩罚着十种不同的欺诈者。第一个"邪恶之囊"惩罚的是淫媒者和诱奸者,他们满身污秽,有的迎但丁和维吉尔走来,有的则与两位诗人同向而行;站在岩石上的鬼卒们头上长着犄角,用巨大的皮鞭残忍地抽打着这些罪恶灵魂。但丁和维吉尔来到第二个"邪恶之囊",那里惩罚着阿谀奉承者的灵魂,他们浑身粪便,臭气熏天,令人作呕。

邪恶之囊

此处叫地狱的"邪恶之囊[1]",
有一道铁灰色坚硬峭岩,
把诸多邪恶囊团团围圈。   3
我见一深井的宽大之口,
正处在这万恶区域中间,
其结构适当处我再叙谈[2]。   6
井口与高高的峭壁之间,
一区域自然地形成圆环,

---

[1] 地狱的第八层被称作"邪恶之囊",即"装满邪恶的口袋";共分为十个"囊",其实指的是十条惩罚欺诈者灵魂的深沟。

[2] 地狱之井的井口在地狱的第八层,井底在地狱的第九层。在《地狱篇》最后几章中但丁会介绍地狱第九层——地狱之井的结构,因而此处说"其结构适当处我再叙谈"。

被分成十道沟，深谷一般 [1]。　　　　　　9

就好像为保卫城堡安全，

在四周挖沟堑将其围圈，

此处的道道沟所呈形势，　　　　　　　　12

也如同护城堡深深壕堑：

堡门有跨壕桥通向城外，

这些沟与崖脚亦有桥连；　　　　　　　　15

座座桥横跨在沟堑之上，

通向那巨大的深井口边，

汇集到井口处被其截断。　　　　　　　　18

我们从格律翁背上下来，

便发现已经至诸壕外边 [2]；

大诗人向左转，我随后面。　　　　　　　21

淫媒者和诱奸者

我看到右面有新奇惨景，

新酷刑、新鞭笞映入眼帘，

此惩罚首囊 [3] 中随处可见。　　　　　　24

恶沟 [4] 底罪灵魂赤身裸体，

一个个迈大步行走向前，

有的魂同向行，有的迎面 [5]。　　　　　　27

就如同大赦年朝圣人多，

智慧的罗马人巧过桥面 [6]：

---

[1] 地狱第八层的十条沟堑（十个"罪恶之囊"）如同深深的山谷一样。

[2] 已经到了十圈深堑的最外面，因为格律翁把但丁和维吉尔放在了峭壁脚下。

[3] 指第一个恶囊。

[4] 指上一句提到的"首囊"。

[5] 有的灵魂与但丁朝同一个方向走，有的灵魂却迎着但丁而来。

[6] 指罗马城中的圣天使古堡桥（ponte di Sant'Angelo）。那是一座举世闻名的古桥，将圣天使古堡和圣彼得大教堂与彼岸的城区连接在一起。

朝圣者、返回者各走一边；　　　　　　　30

一边人全面向天使古堡 [1]，

均朝着圣彼得 [2] 迈步向前，

另一边却朝向乔达诺山 [3]。　　　　　　33

我见到灰暗的岩石之上，

长犄角之鬼卒手握巨鞭，

在魂后残忍地抽打不断。　　　　　　　36

哎呀呀，那皮鞭好生厉害！

一抽打灵魂便奔逃向前，

没有人愿等待二次挥鞭。　　　　　　　39

正当我行走时，瞥见一魂，

于是便嘴一张脱口吐言：

"我似乎见过他，此人面善。"　　　　　42

随即我停脚步仔细观看；

贤向导也随我站立不前，

并给予我后退数步方便 [4]。　　　　　　45

被鞭挞那个人低垂其面，

欲躲藏，却无法不被识辨；

我说道："噢，低垂眼那个人呦，　　　　48

如若你并非是戴着假面，

必定是维内迪在我面前 [5]；

何罪孽使你受如此苦难？"　　　　　　51

---

[1] 指圣天使古堡。

[2] 指圣彼得大教堂。

[3] 位于罗马城内的一座小山。

[4] 维吉尔不仅让但丁停下来看刚刚走过的那个人，而且还允许他后退数步去观看那人。

[5] 指维内迪·卡恰内米（Venedico Caccianemico，另译：维奈蒂克·卡恰奈米科，1228—1302），博洛尼亚人，是博洛尼亚圭尔费党（教宗党）的重要成员，在该城担任过要职。由于曾想方设法与费拉拉城的埃斯特家族联姻，以加强自己的政治势力，因而被但丁视为"淫媒者"，置于此处，接受惩罚。

他答道："我本来并不想说，

但问得太明确，不得不言，

它迫使我想起往事一件。 54

我曾经诱吾妹吉佐贝拉，

去顺从那一位侯爵意愿 [1]，

这件事被传得污秽不堪。 57

此地方挤满了波伦亚 [2] 人，

不只我一个人哭泣不断；

萨维纳与雷诺两河之间 [3]， 60

说'斯啪'之语者何止万千 [4]，

却不如此处多，证明不难，

只需想我们有多么贪婪 [5]。" 63

说话时鬼卒仍挥舞皮鞭，

抽打他，口中还恶语不断：

"快滚开！此处并无女可骗 [6]。" 66

伊阿宋

重返回护卫我那人 [7] 身边，

随后又行数步，至一地点，

见一岩探出壁 [8] 似桥一般。 69

---

[1] 据传说，维内迪·卡恰内米为讨好费拉拉城的埃斯特侯爵，曾唆使其妹与侯爵通奸。

[2] 波伦亚为博洛尼亚之另译，诗中均译作波伦亚。

[3] 萨维纳（Savena）和雷诺（Reno）是流经意大利中北部博洛尼亚地区的两条河流，"萨维纳与雷诺两河之间"指的就是博洛尼亚地区。

[4] "斯啪"（sipa）是博洛尼亚方言中动词"是"的虚拟式形式，常被用来指博洛尼亚方言。此诗句的意思为：说博洛尼亚地区语言的人何止千千万万。

[5] 人间说博洛尼亚语的人虽然很多，但也没有这里多；要证明这一点并不困难，只要想一想我们人类有多么贪婪就足了。但丁认为博洛尼亚人都十分贪婪，死后必然会下入地狱，因而地狱装满了博洛尼亚人。

[6] 你这个拉皮条的，这里并没有可以欺骗的女人，快滚开！

[7] 指维吉尔！

[8] 指"邪恶之囊"周围的峭壁。

我二人右转后沿着斜坡，

向上行，轻松地登上桥面，

离开了那永恒峭壁圆环 [1]。 72

我们至岩石桥拱洞之处，

被鞭笞之灵魂行走下边，

向导说："你站住，以便看清， 75

生来便不幸的灵魂之面，

他们曾与我们同向行走，

因而还未曾见他们容颜。" 78

从桥上我又见一队灵魂，

他们虽来自于另外一面，

却同样被皮鞭抽打、驱赶。 81

贤老师未等我开口提问，

先问道："那大个（儿）你可看见？

他似乎未因痛泪水潸潸： 84

其王者之霸气着实不凡!

他便是伊阿宋 [2]，智勇双全：

科尔喀 [3] 羊被夺，自觉悲惨。 87

愣诺斯岛上的女子凶残，

杀死了他们的所有儿男 [4]；

许普西皮勒曾隐瞒真相 [5]， 90

伊阿宋过该岛，踏上岸边，

---

[1] "邪恶之囊"周围的峭壁成圆环形状。

[2] 伊阿宋（Iasòn）是希腊神话中的英雄，忒萨利亚王子。其叔父篡夺王位后，命令他去科尔喀（Colchide，另译：科尔喀斯）夺取金羊毛。在天后赫拉的帮助下，他与赫拉克勒斯、墨勒阿革洛斯等英雄乘坐阿尔戈号船，历经千难万险，取得金羊毛。

[3] 此处指科尔喀人。

[4] 据希腊神话讲，愣诺斯岛的女子发现男人都移情别恋，便愤然决定将他们全都杀死。

[5] 据希腊神话讲，愣诺斯岛国的女王许普西皮勒（Isifile）曾违反岛上女人们做出的杀死所有男人的决定，瞒过她们，设法放走了自己的父亲；后来，她爱上了经过该岛的伊阿宋，却被其所骗和抛弃。

邪恶之囊

他进献殷勤和花言巧语，
让这位少女也蒙受欺骗，　　　　　　93
先令其怀孕后弃之而去，
该罪令他在此忍受苦难；
这也为美狄亚 [1] 报仇雪冤。　　　　96
欺骗者 [2] 均似他，行走这面。
对此谷 [3] 及其魂知晓这点，
已足矣，其他均无须再言。"　　　　99

阿谀奉承者

我们至狭窄的一条小路，
那小路横穿过第二沟沿，
另一桥压在那沟壑双肩 [4]。　　　　102
我们闻另条沟 [5] 人群叹息，
噗嗤嗤，鼻与嘴急促气喘，
还用掌击自己连连不断。　　　　　105
沟沿上长满了一层霉菌：
下面的气喘是结菌根源 [6]；
眼见它，鼻闻它，忍受皆难 [7]。　　108
深谷底非常暗，漆黑一团，
只有登拱桥背方见光线，

---

[1] 据希腊神话讲，美狄亚（Medea）是科尔喀岛国的公主，爱上了来岛上寻找金羊毛
　　的伊阿宋，并与他结为夫妻；不料后来伊阿宋移情别恋。美狄亚由爱生恨，将自己
　　亲生的两个幼子杀死以泄愤，酿成了一场震撼人心的悲剧。
[2] 指伊阿宋一类的诱奸者。
[3] 指第一个"邪恶之囊"。
[4] 横跨在第二条沟壑之上。
[5] 指第二个"邪恶之囊"。
[6] 沟下的人不断地喘粗气，熏出了沟沿上的霉菌。
[7] 那霉菌太难看，也太难闻，眼睛和鼻子都无法忍受它。

因那里 [1] 是谷上最高地点。　　　　111

登桥背我们便见到沟中，

一些人浸泡在粪便里面，

人间的茅厕似秽物之源。　　　　114

正当我用眼睛巡视之时，

见一魂头与脸沾满粪便，

以至于僧与俗难以分辨。　　　　117

他吼道："你为何贪婪瞧我，

对别人却不似如此这般？"

我答道："如若我没有记错，　　　　120

发湿前我曾经见过你脸 [2]，

你便是阿雷修 [3]，来自卢卡 [4]：

因而我才细观你的颜面。"　　　　123

于是他击脑袋开口说道：

"我舌头从来不令人反感 [5]，

是献媚使我陷如此灾难。"　　　　126

这时候我向导开口说道：

"将目光你略微再推向前，

以便能清晰地看见一脸；　　　　129

那婊子肮脏且披头散发，

抓自己，指甲中满是粪便，

她时而蹲下去，时而立站。　　　　132

---

[1] 指拱桥背。

[2] 你头脸没有被屎尿弄湿时，我曾经见过你。

[3] 指卢卡人阿雷修·殷特尔米内伊（Alessio Interminei），此人是但丁的同代人，属于圭尔费党（教宗党），后来在"黑"、"白"两派斗争中站在白派一边。并没有其他史料证明他是一个阿谀奉承的人，然而但丁却把他置于阿谀奉承者之中接受地狱的惩罚。

[4] 卢卡（Lucca）是意大利中部的一座城市，距佛罗伦萨不远。

[5] 我说话总是令别人喜欢听。

此女叫塔伊斯 [1]，是个娼妇，

情夫问：'你对我感激万千？'

她答道：'感激得真不知如何吐言 [2]！'　　　　　135

我们眼至此已不能再看。"

---

[1] 塔伊斯是古罗马喜剧作家泰伦提乌斯（Terentius，前 190—前 159）的作品《阉奴》中的人物。

[2]《阉奴》中有这样一个情节：情人托拉皮条者送给塔伊斯一个女奴，他希望知道塔伊斯的反应如何，便问拉皮条者："塔伊斯很感激我吗？"拉皮条者答："感激至极。"此处，但丁把情节改变成情人直接问塔伊斯，而且语气极重，从而把阿谀奉承者的嘴脸表现得更加丑陋。

第19章

在地狱第八层的第三个"邪恶之囊"中，买卖圣职的恶魂，头朝下，脚朝上，像木桩一样倒栽在一个个狭窄的石洞中；灸热的火苗在他们的脚掌上滚动着，烫得他们小腿不断地抖动。在一个石洞中倒栽着尼古拉三世，通过与他对话，但丁不仅谴责了这位已故教宗的任人唯亲的腐败行为，而且还预言，尚活在尘世的、曾迫害他的卜尼法斯八世教宗和后来的克雷芒五世教宗也将来到这一层的恶囊中接受惩罚。

中世纪晚期，资产阶级诞生，拜金主义盛行，买卖圣职的腐败行为越来越猖獗。一人得道，鸡犬升天，执掌教廷的教宗一心想提携自己的子侄，掠夺尘世的财富，从而造成社会的混乱和激烈的政治斗争。但丁严厉谴责教宗的堕落，但谴责中仍带有一丝希望，他认为，只要教宗能够重新遵从教理教义，教廷便可以回归到"十诫"所指引的正确道路。

买卖圣职者

噢，西门术士 [1] 呀，可悲子孙 [2]，
主事物 [3] 本应该嫁予良善 [4]，
而你们这些人贪婪无度，
却非法操纵着金银万千；　　　　　　　　　　3
现已是应该吹号角之时，

---

[1] 据《新约·使徒行传》第8章讲，有一个叫西门（Simone）的善施魔法的术士皈依了基督教，他见使徒把手按在信徒的头上，使圣灵降临他们身上，便试图用银钱向圣彼得和圣约翰购买这种权力。圣彼得驳斥他说："让你的银子和你一同灭亡吧，你以为上帝的恩赐是可以用钱购买的吗？"从此之后，西门的名字便成为买卖圣职的代名词。
[2] 指西门的徒子徒孙，即买卖圣职的教会掌权者。
[3] 指上帝的事物，即执掌教廷的权力。
[4] 教廷的权力本应该与善良结为姻缘，即教廷的权力本应该由善良的人执掌。

因你们已经在三囊里面 [1]。 6

我们已来到了下个坟墓 [2],

登上了跨沟壑那座石岩 [3],

向下望,恰恰在两岸中间。 9

崇高的智慧 [4] 呀,你的神工,

显示于天与地、邪恶世间,

你赏罚之力度不倚不偏 [5]! 12

我见到沟壑的底部、两沿,

青石上布满了洞洞眼眼,

所有洞呈圆形,大小一般 [6]。 15

依我看那些洞不大不小,

好似为施洗者站于其间,

在美丽圣约翰洗堂可见 [7]。 18

我曾毁一个洞:有人溺水,

这件事刚过去没有几年,

我之言可证明,别再误传 [8]。 21

每洞口都露出双脚、双腿,

罪恶魂倒栽着头朝下面,

还有魂在其下,踪影不见 [9]。 24

---

[1] 中世纪,在宣读重要公告之前,为引起民众的注意和制造庄严气氛,须先吹响号角。这两行诗的意思为:现在是吹响号角宣判你们进入第三恶囊受惩罚的时候了。

[2] 指地狱第八层的第三个"邪恶之囊"。

[3] 横跨沟壑的石桥都是由自然的岩石构成的,因而此处称其为"石岩"。

[4] 指上帝的智慧。

[5] 你的惩罚是公正的。

[6] 大小都一样。

[7] 在美丽的圣约翰洗礼教堂中可以见到这类孔洞。当时对希望皈依基督教的人实行浸礼,即施洗者站在水池中为浸泡在水中的受洗者洗礼。佛罗伦萨的圣约翰洗礼堂是但丁受洗的地方,但丁对那里的情况记忆犹新:洗礼水池中修了许多孔洞,施洗者站在里面为受洗者洗礼。

[8] 但丁记得:有一次,一个男孩儿进入洗礼池中的一个孔洞戏耍,险些溺水而亡;但丁打碎孔洞,救出了男孩儿。后来这件事有许多误传,但丁希望他的话可以证明此事确实发生过,以后不要再误传了。

[9] 还有的灵魂在倒栽在洞口的灵魂下面,因而,看不到他们的身影。

西蒙的沟壑

两脚掌均燃烧炙热火苗，

双膝处急抖动，似鱼闪窜 [1]，

绳捆足似乎也能够挣断 [2]。　　　　　　　　27

脚跟至足尖处燃烧之火，

就好似涂油物火苗上蹿，

它仅仅炙烫着燃物表面 [3]。　　　　　　　　30

教宗尼古拉三世 [4]

我问道："老师呀，他是何人？

比别人足更抖，倍受磨难；

难道说更烈火将其足舔 [5]？"　　　　　　33

他答道："如若你心中愿意，

我带你去此沟较矮堤岸 [6]，

你直接询问他把何罪犯。"　　　　　　　36

我说道："你高兴，我便喜欢，

你是主，知我难违你心愿，

并晓得我心中未吐之言。"　　　　　　　39

说话间我们至第四道堤 [7]，

向左转，往下行，进入沟间，

那里既狭窄又孔洞布满。　　　　　　　42

---

[1] 当火苗烧到脚掌神经的敏感处时，倒栽的灵魂双腿猛地抽搐，就像水中受惊吓的鱼一闪便逃窜了一样。

[2] 即便他的双足被捆缚，那猛然抖动的力量也能够把绳索挣断。

[3] 脚掌上的火就像燃烧在涂了油的物件上，火苗是向上燃烧的，只能炙烫其表面。

[4] 教宗尼古拉三世（Niccolò Ⅲ，1277—1280 年在位）是意大利罗马人，原名乔万尼·盖塔诺·奥西尼。奥西尼家族是中世纪罗马势力最大的家族之一。

[5] 难道说舔舐这个人脚掌的火苗比别的火苗更烈？在诗人眼里，炙热的火苗在脚掌上滚动，就像在舔舐脚掌。

[6] 沟壑（恶囊）一圈圈地向下行，沟壑的堤岸也自然是一个比一个低。此处"较矮堤岸"指的是第三条沟壑与第四条沟壑之间的堤岸。

[7] 第三条沟与第四条沟之间的堤岸。

贤老师不让我离其左右，

带我至所议的孔洞旁边，

那人[1]用腿哭泣，身子不见[2]。 45

我说道："噢，悲惨魂，无论何人，

怎似桩倒栽着头脚反转？

若可以，就请你开口吐言。" 48

似教士听凶犯忏悔罪过，

我站那（儿）把倒栽之人呼唤，

这只能略推延其死时间。 51

他喊道："你来了，卜尼法斯[3]？

你已经站在了我的身边？

书骗人，竟然差数年时间[4]。 54

难道说这么快厌烦财富[5]？

为得它你不惜实施欺骗，

娶美女[6]，又令其卖淫赚钱[7]。" 57

闻此言我感觉莫名其妙，

似问者闻回答毫不着边[8]，

极尴尬，不知道如何答言。 60

维吉尔开言道："快告诉他：

'并非你以为者来到此间[9]。'"

我随即按嘱咐回答其言。 63

---

[1] 指倒栽在前面所议论的孔洞中的那个人，即尼古拉三世教宗。

[2] 见不到那个人的上身，但看到他那不断抖动的痛苦的腿，就知道他在哭泣。

[3] 指教宗卜尼法斯八世。他曾经迫害过但丁。

[4] 按照《神曲》所说的情况，我们可以推断，但丁游历地狱之事发生在 1300 年；而尼古拉三世则认为，天书预言，卜尼法斯八世将死于 1303 年；因而此处说"书骗人，竟然差数年时间"。

[5] 指尘世财富。

[6] 指执掌了教廷。"美女"隐喻教廷。

[7] 指使教廷堕落。

[8] 就好像提问者得到的回答竟然全不相干。

[9] 并非是你认为应该来的人来到了你的身边。

那灵魂因此便扭动双脚，

用哭腔对我说，叹息连连：

"你要把何问题摆我面前？ 66

若迫切想知道我是何人，

以至于走下了高高堤岸；

就应晓，大法衣 [1] 曾披吾肩。 69

我的确是母熊所生之子 [2]，

为提携熊崽子十分贪婪 [3]，

上界肥，此处却栽囊里面 [4]。 72

我头下还惩罚其他多人，

他们均卖圣职在我之前，

现层层挤压在石缝中间 [5]。 75

我错认你是那该来之人 [6]，

他至此，我也会跌落下面 [7]，

因而我急提问，令你茫然 [8]。 78

我如此头朝下，脚被灼烫，

在这里受折磨时间不短，

他 [9] 来此倒栽着不会更久： 81

---

[1] 指教宗的大法衣。

[2] 尼古拉三世属于罗马势力强大的奥西尼家族。在意大利语中，奥西尼的意思为"熊"。

[3] 为提携奥西尼家族的子孙我变得十分贪婪。

[4] 在尘世时我有无尽的财富，到了这里，却被打入此囊中忍受苦难。

[5] 现在他们都一个压一个地倒栽在这个石头洞穴之中。

[6] 指应该来接替尼古拉三世位置的卜尼法斯八世。

[7] 他一来到，我就会跌到下面，他则会接替我的位子。

[8] 由于急于想知道是否卜尼法斯来了，急急忙忙地提出了令你莫名其妙的问题，使你茫然不知所措。

[9] 指将来替换他的人，即卜尼法斯八世教宗。

因更恶牧人 [1] 会赶来替换 [2]；

那牧人西方来 [3]，无法无天，

我和他 [4] 都将被压在下面。　　　　　　84

人们读伊阿宋传奇故事，

他行贿之事载《玛加伯传》[5]，

法王也挺此人 [6] 如他一般 [7]。"

谴责其他买卖圣职的教宗

不知道我表现是否莽撞，

回答时用严厉腔调吐言：

"哎，上天主曾索要多少财宝，　　　　　　90

才肯向圣彼得托付己愿，

把钥匙交到了他的掌中？

'随我来'是主吐唯一之言 [8]。　　　　　　93

当恶魂 [9] 丧失其地位之时，

[1] 指教宗克雷芒五世（Clemente V，1305—1314 年在位）。

[2] 我在此受折磨的时间较长，卜尼法斯在此不会比我时间长，因为来接替他的另一位教宗会很快到达。尼古拉三世死于 1280 年，但丁游历地狱的时间是 1300 年，那时，他倒栽在地狱火囊里已经整整 20 年了；而继卜尼法斯之位的教宗克雷芒五世则死于 1314 年；如果从 1300 年算起，到克雷芒五世来替换卜尼法斯的时候，也不到 14 年；如果从卜尼法斯八世真实的死期算起，时间就更短，仅有 11 年。

[3] 克雷芒五世是法兰西西南部的加斯科涅人，因而，此处说他来自西方。

[4] 指卜尼法斯八世。

[5] 《玛加伯传》（另译：《马卡比传》）是《旧约》故事：犹太人祭司长欧尼亚斯三世的兄弟伊阿宋，为了谋取祭司长职位，曾经许给叙利亚国王安条克四世 360 块塔兰。请注意，不要将其与希腊神话中夺取金羊毛的英雄伊阿宋混淆。

[6] 指教宗克雷芒五世。

[7] 法兰西国王也像叙利亚国王安条克四世挺伊阿宋那样支持克雷芒五世。

[8] 难道说天主把打开天国之门的钥匙交到圣彼得手中时也索要了许多财宝吗？当时，天主只说了一句话："随我来。"据《新约》讲，耶稣召唤渔夫彼得随他传教时说："随我来，我要叫你们得人如得鱼一样。"

[9] 指出卖耶稣的犹大。

马提亚被选中，通过抽签 [1]，

彼得等也未曾向他讨钱 [2]。　　　　　　　96

你就该待在这，罪有应得，

守好你不义财——罪恶金钱：

它令你反查理，竟有斗胆 [3]。　　　　　99

在人间你曾掌神圣钥匙 [4]，

我对它 [5] 心中有崇敬无限，

若不是此崇敬禁我妄为，　　　　　　　102

我必定会吐出更毒之言；

你们的贪婪令世界悲哀，

踩好人，把坏人提上台面 [6]。　　　　　105

《福音书》作者 [7] 见女坐水面，

向诸王卖风骚赚取金钱，

是预示你这类牧师将现 [8]；　　　　　　108

那淫女生来便长着七头 [9]，

若美德仍然令其夫 [10] 喜欢，

---

[1] 据《新约·使徒行传》讲，犹大因出卖耶稣丧失了使徒的地位，须要补选一位，结果选出了马提亚和约瑟二人，后来又经过抽签选定了马提亚。

[2] 选中马提亚为新使徒时，圣彼得等老使徒也未曾向他索要金钱啊。

[3] 此处，查理指西西里国王查理一世（Carlo I, 1227—1285）。教宗尼古拉三世一直用买卖圣职所积累的财富与查理王作对，据说密谋推翻查理统治的西西里晚祷起义就是他煽动的。

[4] 教宗被视为圣彼得的继承者，因而掌控着象征教会忏悔权的银钥匙和开启天国之门的金钥匙。

[5] 指教宗所掌握的神圣的金银两把钥匙。

[6] 教宗的邪恶使尘世的是非颠倒，好人受到打压，坏人飞黄腾达。

[7] 指《福音书》的作者使徒圣约翰。

[8]《福音书》中记载了一个象征堕落的大淫妇形象，本来该书的作者用她隐喻异教罗马的堕落；中世纪许多人则认为，大淫妇的形象隐喻腐败的罗马教廷，圣约翰在撰写《福音书》时就已经预示将出现腐败的教宗。

[9] 在《福音书》中，"七头"最初隐喻罗马的七丘，而此处，但丁显然赋予了新意，可能隐喻作为天主教会存在基础的七大圣事，即：洗礼圣事、坚振圣事、圣体圣事、忏悔圣事、病人傅油圣事、圣秩圣事、婚姻圣事。

[10]指执掌教廷的教宗。

她便可从十诫[1] 获力无限[2]。 111

你们用金与银制造神灵，

超偶像崇拜者何止一点：

他们只造一个，你们百千[3]。 114

君士坦丁帝[4] 呀，罪不在你皈依基督信仰，

而在于牧师取你赠财产，

那财产是多少罪恶根源[5]！" 117

当我向他唱出此调之时[6]，

见他的两只脚猛烈抖颤，

似被怒或良心啃噬一般。 120

我确信向导[7] 会心中喜欢，

他一直嘴角上笑容可见，

静听着我所吐真诚之言。 123

此时他用双臂将我抱住，

紧紧地把我身搂于怀间，

又踏上下来时所走路面。 126

他紧紧搂抱我，不觉劳累，

抱着我走上了拱桥顶端，

小石桥跨四、五堤岸之间[8]。 129

---

[1] 指"十诫"。"十诫"是《圣经》记载的上帝借先知摩西之口向以色列民族颁布的十条规定，因而又称"摩西十诫"。耶稣复活后，"十诫"成为对全世界基督徒的诫命。

[2] 如果教宗还崇尚美德，教会就会从十诫中获得无限的力量。

[3] 你们比偶像崇拜者还坏，他们只崇拜一个偶像，你们却崇拜许多偶像；即谁能让你们赚钱，你们就崇拜谁。

[4] 指君士坦丁大帝，他是第一个承认基督教信仰合法的古罗马皇帝。

[5] 中世纪罗马教廷收藏着一份重要的历史文件，即《君士坦丁赠礼》；根据该文件，君士坦丁大帝把意大利和罗马帝国西部领土的统治权赠送给了教宗西尔维斯特一世。后来，文艺复兴时期，著名的人文主义思想家瓦拉撰写了《君士坦丁赠礼辨伪》一文，揭露了《君士坦丁赠礼》是中世纪教会伪造的假文件。但丁时代，《君士坦丁赠礼辨伪》一文尚未问世，但他已经感觉到这一赠礼是教廷腐败的根源。

[6] 当我向他说这些话的时候。

[7] 指维吉尔。

[8] 指横跨第四道沟的小桥。

在那里轻轻地卸下重物[1],
那小桥是一块陡峭石岩,
连山羊爬越它亦很困难。   132
此时见另一道深谷[2]出现。

---

[1] 指但丁的身体。
[2] 指地狱第八层的第四个"邪恶之囊"。

第20章

地狱第八层的第四囊中，受惩罚的是占卜者、巫师和占星术士。在尘世时，他们放肆地思考和谈论人类不该知晓的上天的秘密，把目光投向遥远的未来，试图通过自己的幻想预测尚未发生的事情；坠入地狱后，他们身体扭曲，上身朝后，只能看到后面，向后行走；他们沉默无语，眼中不断地流淌着泪水，泪水流入臀沟，浸湿了屁股蛋。按照中世纪天主教的教理教义，人类应该谦卑，不可试图探知上天对未来的安排，因而，此处对罪恶灵魂的惩罚体现了但丁对人类狂妄自大的谴责。

在介绍巫女曼托的时候，维吉尔向但丁讲述了曼托瓦建城的经过，体现了他对家乡的赤子之情。

占卜者扭曲的身体

现在我写首篇[1]第二十章，
把惩罚沉沦魂[2]酷刑展现，
那刑罚极新奇，从未曾见[3]。　　　　　　3
我此时已完全做好准备，
去观看眼前的谷底[4]苦难，
痛泣泪浸透了那座深渊。　　　　　　6
我见人沿环形山谷而来，
他们都沉默着，泪水涟涟，
似尘世祈神礼脚步缓慢[5]。　　　　　　9

---

[1] 指《地狱篇》。《神曲》分为《地狱篇》《炼狱篇》和《天国篇》三篇，《地狱篇》是其中的第一篇。
[2] 指此章中所展示的地狱灵魂。
[3] 此处的酷刑十分新奇，不仅尘世未曾见过，就是在地狱的前面几层中也未曾见过。
[4] 指展现在但丁眼前的地狱第八层的第四囊。
[5] 在尘世的宗教游行仪式中，人们总是一边行走，一边祈祷上天，因而走得很慢；这里的灵魂也迈着他们那样的缓慢步伐。

低垂首，我目光望着他们，

惊奇见每个人脸朝背面，

胸上端与下巴向后反转，　　　　　　12

上半身扭曲着眼向后看；

他们因不能够目视前方，

便只好倒退着来我身边。　　　　　　15

也可能世间人因为瘫痪，

身躯会扭曲得如此这般，

但我却未曾见，相信也难 [1]。　　　18

见此处魂形体如此扭曲，

泣之泪沿臀沟流淌不断 [2]，

浸湿了两侧的屁股蛋蛋，　　　　　　21

我怎能泪水不打湿颜面；

读者呀，若你能设身处地，

愿上帝可使你受教不浅。　　　　　　24

安菲阿、提瑞西、阿伦斯

我依桥一侧岩泣不成声，

致使那护送者 [3] 开口吐言：

"你还似其他的愚者一般 [4]？　　　27

在此处，恻隐死，怜悯方生 [5]；

对上天谴责者表示悲怜，

谁会比此等人更加凶残？　　　　　　30

你抬头，抬起头，快看那边，

---

[1] 或许尘世有人因患了瘫痪症也如此严重地扭曲身体，但是，我从来没有见到过，因而也绝不会相信。

[2] 灵魂都扭曲着身体，脸和胸部朝着身后，因而泪水流入了臀沟。

[3] 指护送但丁游历地狱和炼狱的维吉尔。

[4] 你还是像愚蠢的世人那样怜悯苦受难的灵魂吗？

[5] 在这里，恻隐之心死了，才会有对邪恶灵魂的怜悯；也就是说，只有冷酷才是对恶魂的怜悯。

忒拜 [1] 人眼前曾大地开绽；

因此事所有人高声叫喊： 33

'安菲阿 [2]，坠向哪（儿）？为何弃战？'

他只能向下坠，落入深渊，

至抓魂米诺斯判官 [3] 面前。 36

你快看他把背变成前胸，

因他曾把视线投得太远 [4]，

现只好倒着走，向后观看。 39

你再看提瑞西 [5]，面貌全变，

肢与体都不似以往那般，

他已经从男人变成女子， 42

若想弃女子身变回儿男，

须再击那两条缠绕之蛇，

把从前之木杖重握掌间 [6]。 45

阿伦斯 [7] 跟随他，面朝其腹：

---

[1] 忒拜（Tebe，另译：底比斯）是古希腊的一个城邦。

[2] 安菲阿（Anfiarao，另译：安菲阿拉俄斯）是希腊神话"七将攻忒拜"故事中的七将之一，阿尔戈国的君主，也是一位预言家；由于善于占卜和医术，受到古希腊人的崇拜和供奉。据说，他虽然英勇善战，却在一次战斗中被敌人追击，走投无路；但主神宙斯不愿意这位英雄死于敌人之手，便用霹雳炸裂大地，使其坠入地下，一直坠至冥界判官米诺斯面前。

[3] 米诺斯（Minòs）是希腊神话中的人物，曾是克里特国王，死后成为冥界判官，专门负责抓住进入冥界的灵魂，并判处他们在冥界忍受何种苦难；任何人都无法逃避米诺斯的审判。

[4] 隐喻其善于占卜和预见未来。

[5] 提瑞西（Tiresia，另译：提瑞西阿斯）是希腊神话中忒拜的一位盲人预言者。据荷马史诗《奥德赛》讲，他曾为木马计的设计者奥德修斯预示未来。

[6] 据奥维德的《变形记》讲，提瑞西因用木杖击打两条正在交配的蛇，变成了女人；七年后他又用同一根木杖击打了那两条蛇，又变回了男人。

[7] 据古罗马著名诗人卢卡诺（Lucano，另译：卢卡努斯）的作品《法尔萨利亚》讲，阿伦斯（Aronte）是古意大利伊特鲁里亚人的预言家，曾预言古罗马共和国晚期恺撒与庞培必有一战，恺撒将取得胜利。

提瑞西

卡拉拉 [1] 谋生于卢尼群山 [2]，

居住在一座座大山脚下，　　　　　　　48

他 [3] 的家亦安在云石洞间；

在那里他观星，瞭望大海 [4]，

从未有任何物阻其视线。　　　　　　　51

曼托女与曼托瓦

一女子用散发遮挡乳房，

致使你两只眼无法窥见，

遮挡处浓密密，全是毛发，　　　　　　54

她便是曼托女 [5]，四方踏遍；

最后她来到了生我之地，

因此我希望你静听吾言。　　　　　　　57

她父亲 [6] 离开了尘世之后，

巴库斯之城也被人踏践，

此女便久流浪尘世人间 [7]。　　　　　　60

一山 [8] 分日耳曼、提拉里堡 [9]，

---

[1] 指卡拉拉（Carrara）人。卡拉拉是意大利中北部托斯卡纳大区的一座城镇。

[2] 卢尼（Luni）是位于意大利中北部的一座伊特鲁里亚古城。卡拉拉人都以开采卢尼
山区的白色云石为生计。

[3] 指阿伦斯。

[4] 卢尼山区距大海不远。

[5] 据希腊‐罗马神话讲，曼托是预言家提瑞西（另译：提瑞西阿斯）的女儿，也是一
位著名的预言家，善占卜。《埃涅阿斯纪》《变形记》《忒拜战纪》都曾讲述过她的故
事，但内容不同。在斯塔提乌斯的作品《忒拜战纪》中，曼托被描写成一位主持血
腥祭祀的残忍的未婚女子；此处，但丁的诗句显然是以这种描述为依据的。

[6] 指提瑞西。

[7] 巴库斯（Baco）是希腊‐罗马神话中的酒神，生于忒拜城，因而，"巴库斯之城"
指的就是忒拜城。据希腊神话讲，曼托时代，暴君克瑞翁统治忒拜；曼托为逃避暴
政，离弃忒拜，四处流浪。

[8] 指阿尔卑斯山脉。

[9] 指提拉里城堡（Tiralli），它位于意大利与日耳曼的交界处。

贝纳科 [1] 卧于那山脚下面，

意大利是它 [2] 的美丽家园。　　　　　63

加尔达 [3]、亚平宁 [4]、卡牟尼卡 [5]，

之间有千余条流动之泉 [6]，

注入到上述的大湖 [7] 里面。　　　　　66

特兰托、维罗纳、布雷西亚 [8]，

三地的牧师 [9] 若至湖中间，

均可以画十字祈福于天 [10]。　　　　　69

为防御贝加莫 [11]、布雷西亚，

坚固的佩基拉 [12] 耸立岸边，

美堡垒处地势最低堤岸 [13]。　　　　　72

在此处贝纳科难载之水，

均倾泻，汇作了滚滚波澜，

成一河，把绿色牧场浇灌 [14]。　　　　　75

不再叫贝纳科，而唤敏乔 [15]，

因它已是河流，奔腾向前，

---

[1] 指位于意大利北部阿尔卑斯山脚的贝纳科湖（Benaco），又称加尔达湖（Garda）；它是意大利境内第一大湖。

[2] 指上面提到的贝纳科湖。

[3] 指加尔达湖，即上面提到的贝纳科湖。

[4] 指纵贯意大利半岛的亚平宁山脉，其北端与阿尔卑斯山脉相接。

[5] 指位于意大利伦巴第大区境内的卡牟尼卡山谷（Camonica）。

[6] 指河流。

[7] 指加尔达湖。

[8] 特兰托（Trento）、维罗纳（Verona）、布雷西亚（Brescia）是意大利东北部的三座著名城市。

[9] 指上述三地的主教。

[10]那是特兰托、维罗纳和布雷西亚三个主教区的分界线，三位主教均有权在那里主持教务活动。

[11] 贝加莫（Bergamo，另译：贝尔加莫）是意大利东北部的著名城市，位于伦巴第大区境内。

[12]佩基拉（Peschiera，另译：佩斯基耶拉）是一座堡垒的名称，这座堡垒是维罗纳城主卡利杰里家族的防御体系的重要组成部分。

[13]佩基拉堡垒所在地是贝纳科湖周边堤岸的最低处。

[14]在此处，贝纳科湖水倾泻而下，形成了一条河；河水浇灌出一片绿油油的牧场。

[15]此时，它不再叫贝纳科湖，而叫敏乔河（Mencio）。

后注入波河于戈维诺洛 [1]；　　　　　　　　78

至一片低地时刚流不远，

在那里伸展开，变成沼泽，

时常因水太少好似泥潭 [2]。　　　　　　　81

当那个凶处女 [3] 路过之时，

见泥潭中央有荒地一片，

无庄稼，也没有任何人烟。　　　　　　　84

为躲避尘世人她施法术，

率众仆定居于这块地面，

还把其空躯壳 [4] 留在此间。　　　　　　87

到后来周围人聚集于此，

因这里被泥潭团团围圈，

都觉得居此处十分安全。　　　　　　　90

城建于那女子 [5] 尸骨之上：

因她先把此地作为家园，

曼托瓦为其名，未做他选 [6]。　　　　　　93

庇纳蒙 [7] 欺骗了卡萨罗迪，

在昏庸之城主 [8] 受骗之前，

居民数更众多，千千万万 [9]。　　　　　　96

---

[1] 戈维诺洛（Governolo，另译：戈维尔诺洛）是意大利北方的一个小镇。敏乔河在戈维诺洛小镇处汇入波河。

[2] 此行诗句的主语仍然是敏乔河。敏乔河刚刚流出不远，便进入一片洼地，于是伸展开，变成了一片沼泽地；时常因为水太少，那片沼泽地就像是一个大泥潭。

[3] 指曼托女。见前面的有关注释。

[4] 指已经没有灵魂的人的躯体。基督教信徒认为，人死后，灵魂会离开躯体，飞往另一个世界，留在尘世的只是一个没有灵魂的空躯壳。

[5] 指曼托。

[6] 因为曼托最先选此地，建立了曼托瓦人的家园，所以人们就以她的名字为该城命名，称其为"曼托瓦"，并没有再通过抽签等其他方式为该城选择名称。

[7] 庇纳蒙（Pinamonte，另译：庇纳蒙忒）是曼托瓦的一个贵族，他曾建议城主卡萨罗迪将一些平民怨恨的贵族暂时逐出城；后来他又煽动民众暴乱，推翻了卡萨罗迪的统治，自立为城主。

[8] 指卡萨罗迪（Casalodi）。

[9] 在卡萨罗迪未驱逐城里的贵族之前，曼托瓦城的居民更多。

若你闻我家乡其他根源，

提醒你：那可是一派胡言，

真情非他们所讲述那般 [1]。"　　　　　　　　　99

其他占卜者

我答道："老师呀，你言确凿，

令信任充满了我的心间，

他人语全好似熄灭火炭 [2]。　　　　　　　102

告诉我在行走那群人中，

你见谁值得我关注一番；

因为我一心想知道这点。"　　　　　　　105

他说道："那个人 [3] 面挂须髯，

从脸颊直垂向棕黑双肩；

希腊只见摇篮，无男子时 [4]，　　　　　108

奥利斯 [5] 他做出重要预判，

共谋者是那位卡尔卡斯 [6]，

二人定何时可斩断首缆 [7]。　　　　　111

此占卜之人叫欧里皮鲁，

我崇高悲剧 [8] 曾把他颂赞，

你熟悉全诗篇，了解这点 [9]。　　　　　114

---

[1] 维吉尔嘱咐但丁不要相信其他人杜撰的曼托瓦建城史，只可相信他所讲述的故事。

[2] 其他人的话都好像已经熄灭了的火炭，没有任何温度了，即没有任何吸引力了。

[3] 指欧里皮鲁（Euripilo，另译：欧里皮鲁斯），他是一位参与攻打特洛伊的希腊英雄，但丁通过维吉尔的口说他是一位占卜者。

[4] 希腊的男人已经倾巢出动，去攻打特洛伊；除了妇女，只剩下摇篮中的婴儿。

[5] 奥利斯（Aulide）是古希腊的一个海港，希腊联军在那里聚集，然后起锚去攻打特洛伊。

[6] 卡尔卡斯（Calcanta）是随希腊联军攻打特洛伊的著名占卜者，他建议希腊联军主帅阿伽门农以亲生女儿为祭品换取神佑，获得顺风，以便起锚出征。

[7] 维吉尔告诉但丁，在奥利斯港，是欧里皮鲁与卡尔卡斯通过占卜一起决定了斩断缆绳起锚出征的时间。这种说法与《埃涅阿斯纪》中的记述不符。

[8] 指《埃涅阿斯纪》。中世纪，悲剧一词经常指体裁高雅的文学作品。

[9] 你熟悉《埃涅阿斯纪》整部作品，自然了解这一点。

那人是迈克尔・司各特君 [1]，

他腰细，极单薄，瘦如麻秆，

真通晓怎施展神奇欺骗。　　　　　　　117

看圭多・波纳提 [2]、阿兹顿忒 [3]，

后者曾善用皮、穿针引线，

现情愿操旧业，为时已晚 [4]。　　　　　120

你再看那一群悲伤女子，

为占卜她们弃梭与针线 [5]；

用草汁、肖像把巫术施展。　　　　　　123

该隐触海浪于塞维利亚，

负荆至两半球相交界线 [6]，

已到了我们该离去时间；　　　　　　　126

昨夜晚我们见满月圆圆，

有一事你定然牢记心间：

它 [7] 曾经助你于幽暗林间 [8]。”　　　　129

说话间我们便迈步向前。

---

[1] 维吉尔指着另一个灵魂说：那个人叫迈克尔・司各特（Michele Scotto）。迈克尔・司各特是苏格兰的哲学家、炼金术士、占星术士，曾在日耳曼神圣罗马帝国皇帝腓特烈二世的宫廷（设在意大利西西里岛的巴勒莫）中供职，从阿拉伯语转译了一些亚里士多德的哲学著作；传说他精通巫术，能通过占卜预知未来。

[2] 圭多・波纳提（Guido Bonatti）是 13 世纪末、14 世纪初意大利著名的占星术士。

[3] 阿兹顿忒（Asdente）是 13 世纪下半叶意大利帕尔马的一个鞋匠，因擅长占卜未来而闻名于世。

[4] 阿兹顿忒本来是一个鞋匠，如果他不做占卜，便不会下地狱；他现在明白了这一点，情愿继续操皮匠的旧业，但为时已晚。

[5] 为了做占卜她们放弃了女子本应该做的针线活。

[6] 该隐（Caino）是《旧约》中的人物，亚当和夏娃的长子。中世纪，欧洲的民间传说常把月亮上的阴影说成是该隐背负荆棘，因而，此处但丁用“该隐负荆”隐喻月亮。“该隐触海浪于塞维利亚，负荆至两半球相交界线”的意思是：月亮已经落至距塞维利亚（西班牙城市）不远的海平面，处在南北两个半球的交界线上。此时正是春分时节，大约早晨六点钟月落。

[7] 指月亮。

[8] 指全诗开始处所描写的但丁迷途的森林。然而，在《地狱篇》第 1 章中，但丁描述自己身陷幽暗森林中的时候，并未提及月亮曾帮助过他。

第 21 章

但丁和维吉尔来到横跨在地狱第八层第五条恶沟（恶囊）上的石桥，向桥下望去，漆黑一片，沟里装满了沸腾的沥青，买官卖官的污吏们浸泡在沥青中上下翻腾，不敢探出头来，因为恶爪鬼卒们随时都会用尖利的钩叉惩罚敢于露出沥青表面的罪魂。但丁亲眼见到鬼卒把新来的罪魂抛入沥青的令人震撼的恐怖场面。随后，他与鬼卒头目马拉科达对话，解释了来此的原因。接着，但丁又目睹了马拉科达如何命令诸鬼卒利用巡逻的机会把他和维吉尔送往另一座石桥，因为眼前的第六座石桥已经坍塌。

惩罚贪官污吏的恶囊

就这样下一桥，又上一桥[1]，
口中吐与《喜剧》[2] 无关之言[3]，
我们至拱桥的最高之处，   3
把恶囊另一道裂缝[4] 观看；
那里是又一片无谓哭泣，
我见它黑暗得令人惊叹。   6
犹如在威尼斯船厂之中，
冬季里煮沥青，稠稠粘粘，
涂抹在木舟的底或两帮，   9
不出海人们便修造帆船[5]；

---

[1] 走下架在第四条恶沟（恶囊）之上的石桥，又走上架在第五条恶沟之上的石桥。

[2] 指但丁的《神曲》。但丁将自己的代表作命名为《喜剧》，后来薄伽丘又为其冠以"神"字，从而作品以"神之喜剧"的名称流传于世，中译本通称《神曲》。但丁称体裁高雅的作品为"悲剧"，如维吉尔的《埃涅阿斯纪》，称体裁低俗的作品为"哀歌"，称体裁居中的作品为"喜剧"。他希望《神曲》拥有更广泛的读者，所以采用了中等体裁和俗语写作了这部作品。

[3] 说一些与我这部《神曲》无关的话，因而此处就不赘述了。

[4] 指第五条恶沟，即第五个恶囊。

[5] 冬季里，人们无法出海，便在船厂中修补旧帆船或制造新帆船。

有的人造新船，有人补舟，

被补舟都多次航行扬帆 [1]；   12

有的人固船头，有人修尾，

有的人制木桨，有人捻缆 [2]，

还有人补前帆、主桅大帆；   15

这下面 [3] 亦熬煮浓浓沥青，

但全赖神之功，不用火焰，

黏黏的黑色液涂满沟沿。   18

见沥青，却不见其中之物，

咕嘟嘟冒气泡，鼓向上面，

随后又瘪下去，似乎复原。   21

正当我凝双目下望之时，

"你小心，你小心！"向导吐言，

说话间便把我拉他身边。   24

我好似一个人未能及时，

看到他应躲避恐怖物件，

猛一惊，急转身，十分害怕，   27

一面看，一面又急忙躲闪：

见我们身后有一个黑鬼，

在桥上奔跑着来到身边。   30

啊，他面目太狰狞，令人恐惧！

其脚步极轻盈，双翼伸展，

我觉得他举动十分凶残。   33

那黑鬼肱骨尖，肩膀高耸，

一罪魂臀部全压在上面，

他双手把其踝紧抓掌间。   36

---

[1] 被修补的船因为多次出海而破损严重。

[2] 捻制牵桅索和固定船只的缆绳。

[3] 指此处的恶沟里面。

贪官污吏的沟壑

从桥上高喊道："噢，'恶爪鬼卒[1]'，

这便是圣齐塔[2]行政长官！

扔下去，我还要返回那里[3]，　　　　　　39

此类货在该城随处可见，

他们都为金钱颠倒是非，

除那个'邦杜罗[4]'全是贪官。"　　　　　　42

他将其抛下后转身离开，

沿石桥飞奔去，速度不凡，

远超过追窃贼凶猛大犬。　　　　　　　　45

恶爪鬼卒

那罪魂沉下去，躬身浮出；

但桥下众鬼卒高声叫喊：

"这里可没地方摆放'圣颜[5]'，　　　　　　48

并非似赛尔乔[6]游泳那般！

若不想被钩叉刮得太惨，

切莫要露出这沥青表面[7]。"　　　　　　　51

百余把铁钩叉将其抓住，

众鬼道："此处需你偷偷舞蹈一番，

---

[1] "恶爪鬼卒"是但丁专为在这一恶囊中看管罪魂的众鬼卒起的名字。

[2] 此处指意大利托斯卡纳地区的卢卡城。圣齐塔（Santa Zita, 1218—1272）是一位卢卡城虔诚的女信徒，死后被该城居民奉为圣人。由于她太著名，后来，人们就经常把卢卡城称作"圣齐塔城"。

[3] 指返回卢卡城。

[4] 邦杜罗的全名为邦杜罗·达提（Bonturo Dati），曾以反贪官的名义煽动卢卡民众驱逐贵族；随后，自己却大肆买卖官职；后来失势，被流放。但丁创作《神曲》时他还活在尘世。此处，但丁明显采用了挖苦他的艺术手法。

[5] 卢卡城的圣马丁教堂中有一尊来自拜占庭的古老的耶稣受难乌木雕像，被当地人奉为圣物，称作"圣颜"。

[6] 卢卡城附近的一条小河。

[7] 这几行诗的意思是：在赛尔乔河中游泳时，人们总是把头露出水面；然而，这片沥青可不是摆放"圣颜"的地方，你可千万别像在赛尔乔河中游泳那样把你被沥青染黑的脸也露出来，否则会被钩叉刮得很惨。

若可能，捞一把，无人看见[1]。" 54

鬼卒们似厨师命令助手，

用钩子抓住肉置于锅间，

以避免它漂浮沸汤上面。 57

维吉尔与马拉科达对话

贤老师对我说："你快藏身，

躲到那探出的岩石后面，

它可以遮你身，令人难见。 60

无论我将受到何等侵犯，

无须怕，因为我已有经验，

上次也曾经历如此纠缠[2]。" 63

随后他从那里走过桥头，

这时已到达了第六堤岸，

他必须表现得气定神闲。 66

似恶狗齐扑向一个穷鬼[3]，

因为他[4]到何处都要乞怜；

众鬼卒从桥下猛然冲出， 69

气汹汹就如同风暴一般，

所有的钩与叉转向老师，

他[5]喝道："你们都勿呈凶顽！ 72

在你等钩与叉抓我之前，

派一人走过来听我吐言，

[1] 此处，"舞蹈"比喻翻来覆去地折腾。在沸腾的沥青中，罪恶的灵魂会被烫得翻来覆去折腾不停，就像跳舞一样，但别人是看不见的；你正好可以趁别人看不见大捞一把。这是一句极其尖刻的挖苦：即便在沥青中忍受极端的痛苦，恶爪鬼卒还建议罪恶的灵魂能捞一把就捞一把。

[2] 维吉尔以前曾经到过地狱的深层。见《地狱篇》第 9 章第 22 行。

[3] 像一群扑向乞丐的恶犬。

[4] 指上一行诗句提到的乞讨的穷鬼。

[5] 指上一行诗句提到的老师，即维吉尔。

众鬼卒威胁但丁和维吉尔

然后定捉我否为时不晚。"　　　　　75

众鬼道："你过去，马拉科达！"

见众鬼停下来，一鬼向前，

"这对他有何助？"边走边言[1]。　　　78

老师道："难道说，马拉科达，

你认为无神佑、上天意愿，

便可见我闯过重重障碍，　　　　　81

安全地至你们这片空间？

让开路，这可是上天之意，

天令我为人指荒路向前[2]。"　　　84

闻此语其[3]傲慢烟消云散，

利钩也跌落在他的脚边，

"莫伤他！"对其他鬼卒叫喊。　　　87

引路人[4]对我说："噢，躲藏之人，

你一直蜷伏于岩石之间，

现在可安全地返我身边。"　　　　90

于是我朝着他快步奔去，

众恶鬼也全都迈步向前，

我真怕他们不遵守诺言；　　　　　93

曾见到降卒出卡波罗纳[5]，

周围有敌兵将千千万万，

他们也都吓得如我这般。　　　　　96

我全身紧紧地偎依向导，

---

[1] 马拉科达（Malacoda）一边走一边自言自语道：难道这对他有什么帮助吗？

[2] 是上天命令我在这个荒凉的地方为一个人（指但丁）指引道路。

[3] 指马拉科达。

[4] 指维吉尔。

[5] 卡波罗纳（Caprona）是比萨的一座城堡。佛罗伦萨和卢卡的圭尔费党（教宗党）联军曾围困该城堡，绝望的比萨的吉伯林党（皇帝党）守军，在得到生命安全的保证后，被迫投降；然而，他们走出城堡时仍然胆战心惊，生怕得胜的圭尔费军将他们杀害。

死盯着鬼卒的邪恶颜面，

一刻也不敢眨我的双眼。　　　　　　　　99

众鬼卒放下叉，一鬼却说 [1]：

"我用叉捅其 [2] 臀，可遂你愿？"

众鬼道："这很好，快快照办！"　　　102

但那个与向导对话之鬼 [3]，

猛然间转过身，开口吐言：

"斯卡米里奥内 [4]，且慢，且慢！"　　105

对我们他又说："不再可能，

沿那座第六桥继续向前，

因为它卧沟底，已经碎断。　　　　　108

若你们还想要继续行走，

可沿着此堤坝迈步向前，

附近有另一桥可通彼岸。　　　　　　111

至昨日比此刻再晚五时，

如若从路断起计算时间，

已过去千二百六十六年 [5]。　　　　　114

现在我派人去那里查看，

有无魂从沥青露出头脸；

你们可随这些善鬼 [6] 向前。"　　　117

---

[1] 其他鬼卒都放下了叉子，然而，却有一个鬼卒对另一个鬼卒说……

[2] 指但丁。

[3] 指马拉科达。

[4] 前面提到的要用叉子捅但丁臀部的那个恶爪鬼卒叫斯卡米里奥内（Scarmiglione）。

[5] 已过去一千二百六十六年。据说，耶稣被钉死在十字架时，地狱发生了强烈的地震，石桥被震塌了，也就是说石桥是耶稣受难日塌的。按照但丁的计算，石桥是在公元 34 年 4 月 8 日塌的；从那时算起，到但丁到达地狱第八层第六桥附近的前一天，整整过去了一千二百六十六年；那么，但丁到达那里的时间应该是公元 1300 年 4 月 9 日。

[6] 这些鬼卒可以善待你们。

恶爪鬼卒巡逻队

他命道："阿利钦 [1]，你快过来，

还有你，卡纳佐 [2]、格拉菲坎 [3]、

利比科 [4]、龇獠牙奇利阿托 [5]， 　　　　　120

德拉吉 [6]、法尔法 [7]、卡卡布兰 [8]，

疯狂的卢比堪 [9]，你也过来；

巴尔巴 [10] 率十鬼行走向前 [11]。 　　　　　123

你们沿沸腾的沥青巡逻，

送他们 [12] 安全至另一桥边，

它完好横跨在沟沿上面。" 　　　　　126

我说道："老师啊，这都是何等怪物？

你晓路，我们应独自向前，

我并未要求谁护卫身边。 　　　　　129

如若你似往常那样警觉，

他们都龇着牙，虎视眈眈，

难道你双眼却未曾看见？" 　　　　　132

他答道："我希望你勿恐慌：

让他们龇着牙、恶目睁圆，

---

[1] 阿利钦（Alichino，另译：阿利奇诺）是一个恶爪鬼卒的名字。

[2] 卡纳佐（Cagnazzo，另译：卡尼阿佐）是一个恶爪鬼卒的名字。

[3] 格拉菲坎（Graffiacane，另译：格拉菲亚卡内）是一个恶爪鬼卒的名字。

[4] 利比科（Libicocco，另译：利比亚科）是一个恶爪鬼卒的名字。

[5] 奇利阿托（Ciriatto）是一个恶爪鬼卒的名字。

[6] 德拉吉（Draghignazzo，另译：德拉吉尼亚佐）是恶爪鬼卒的名字。

[7] 法尔法（Farfarello，另译：法尔法赖罗）是恶爪鬼卒的名字。

[8] 卡卡布兰（Calcabrina，另译：卡尔卡勃利纳）是恶爪鬼卒的名字。

[9] 卢比堪（Rubicante，另译：卢比堪忒）是恶爪鬼卒的名字。

[10] 巴尔巴（Barbariccia，另译：巴尔巴利恰）是恶爪鬼卒的名字。

[11] 但丁为恶爪鬼卒们起了稀奇古怪的名字。诗中说"巴尔巴率十鬼行走向前"，其实，算上巴尔巴，受马拉科达之命前去巡逻的鬼卒一共才十个。

[12] 指但丁和维吉尔。

对被煮不幸者显示凶焰 [1]！"   135

众鬼卒转过身，走向左堤，

一个个先把舌紧咬齿间，

对他们之头目发出暗示，   138

那头目屁吹响，似号一般 [2]。

[1] 你别害怕，他们不是向我们瞪眼，而是向那些被沥青烹煮的不幸的罪恶灵魂瞪眼，
那就让他们龇着牙、咧着嘴、虎视眈眈地对他们显示凶焰吧！

[2] 对恶爪鬼卒们来说，其头目马拉科达的屁声就是进军号。

第22章

地狱第八层第五囊的沸腾沥青中"烹煮"着狡诈的贪官污吏，为减轻痛苦，纳瓦拉的钱博搂探出头来，却遭到残忍鬼卒的严厉惩罚。这一系列戏剧性的画面，在鬼卒阿利钦与贪官钱博搂的赛跑和其他鬼卒的愤怒中达到了高峰。随后，两个争吵的鬼卒跌入沥青中被烫伤，羽翼也被粘住，无法飞离那可怖的"泥潭"，其他鬼卒则急急忙忙地开始抢救他们。

恶爪鬼卒与贪官污吏

我曾见战场上骑兵拔营，

还见过攻击或校场演兵，

有时候也退却，自保性命 [1]；　　　　　　　　3

我曾见轻骑入阿雷佐地 [2]，

还见过众骑士演练战争，

驰骋于校场上，迎面猛冲；　　　　　　　　6

人们用外来物或者自造，

吹号角，也可能敲响钟声，

或击鼓，或城堡信号分明 [3]；　　　　　　　　9

我曾见陆与星指引航程 [4]，

却从未见航船、马队、步兵，

闻奇异笛子声开拔，前行 [5]。　　　　　　　　12

---

[1] 这几行诗反映了诗人真实的生活情况，但丁曾经是佛罗伦萨的一名骑兵。

[2] 但丁亲身参加过佛罗伦萨圭尔费党（教宗党）军队对阿雷佐吉伯林党（皇帝党）军队的战争，并亲眼见到过佛罗伦萨的轻骑兵深入阿雷佐腹地的场面。

[3] 战场或演兵场上，人们吹号、敲钟、击鼓或从城堡上发出其他鲜明的信号时，使用的不是从外国引进的器物，就是国内自己制造的器物。

[4] 我还曾见到过人们以陆地或天上的星星作为参照物，以确定自己在海上的航行方向。

[5] 却从来没有见过航船或骑兵、步兵以奇异的"笛子声"作为开拔和行进的信号。奇异的"笛子声"指的是前一章结尾处鬼卒司令放的屁。

我们随十鬼卒迈步向前，

哎，这可是凶恶的一群伙伴！

教堂中居圣人，贪食住店 [1]。   15

我全神贯注于沥青恶囊，

欲把其情况均收入眼帘，

细观看被"烹煮"罪魂表现。   18

似海豚向水手发出信号，

把后背拱起来，如弓一般，

促他们快行动保护木船 [2]；   21

有罪魂亦把背探出沥青，

但瞬间便隐匿，快如闪电，

只为了略减轻所受苦难。   24

常见到水沟边趴卧青蛙，

只露出嘴与鼻，一张小脸，

藏四足与身体其他部位，   27

众罪魂也如此身影不见；

当鬼首巴尔巴 [3] 靠近之时，

均立刻收缩到沥青下面。   30

纳瓦拉的贪婪罪魂

我至今仍然还记忆犹新，

见一魂 [4] 卧在那（儿），没有动弹：

---

[1] 在教堂中，人们会与圣人为伍；贪食者却只能去酒肆和饭店里寻求满足。这行诗的意思是：和什么人在一起，就会看到什么样的场面；我们和恶鬼在一起，就一定会看到残忍的事情发生。

[2] 据说，在海上航行时，如果见到海豚出没于船的周围，必定是暴风雨即将降临；因而，此处说"海豚向水手发出信号"。

[3] 恶爪鬼卒巡逻队的队长。见上一章第 123 行。

[4] 据分析，此人是纳瓦拉的贪官钱博搂（Ciampolo）。

时常是一蛙留，一蛙逃窜 [1]；　　　　　33

正对着此魂的格拉菲坎 [2]，

用铁钩抓其发，拖到上面，

他头发粘连着，水獭一般。　　　　　36

我已知所有的鬼卒 [3] 名字，

挑选时我便闻如何呼唤 [4]，

互唤时我又曾仔细分辨 [5]。　　　　　39

"喂，卢比堪 [6]，用利爪抓其皮肉，

剥其皮，致使他痛苦不堪！"

所有的鬼卒都齐声叫喊。　　　　　42

我说道："老师啊，如有可能，

去问问是何人遭此大难，

竟落入此残忍敌人掌间。"　　　　　45

我向导走到了那人身边，

问他是何许人，听其回言：

"我 [7] 本是纳瓦拉王国 [8] 之人，　　　　　48

母嫁给一无赖，生我人间，

那无赖毁自己亦毁家私，

母送我服侍一老爷身边。　　　　　51

善良王忒巴多 [9] 收我为臣，

我开始卖官职，捞取金钱，

---

[1] 人们经常会看到，在池塘边上，当一只青蛙惊慌逃窜时，另一只青蛙却留在原地不动。

[2] 恶爪鬼卒巡逻队成员。见上一章第 119 行。

[3] 指所有恶爪鬼卒巡逻队的鬼卒。

[4] 当马拉科达挑选鬼卒巡逻队成员时我就听到过他们的名字。见上一章第 118-123 行。

[5] 当鬼卒相互呼唤时，我也曾将他们与他们的名字仔细比对过。

[6] 恶爪鬼卒巡逻队成员。见上一章第 122 行。

[7] 书中并未明确说出此人的名字。

[8] 欧洲中世纪的一个王国，一部分领土位于现在的西班牙境内，另一部分领土位于现在的法国境内。

[9] 后来善良的忒巴多国王让我做了他的侍臣。1253 年，忒巴多（Tebaldo，另译：忒巴尔多）被加冕为纳瓦拉国王，1270 年离世；据说他是一位非常正直、仁慈的国王。

因而才在此处忍受熬煎。"   54

嘴龇出俩獠牙奇利阿托[1]，

他模样就如同野猪那般，

一牙便可令其[2]皮开肉绽。   57

他[3]好似一鼠困恶猫之中，

巴尔巴抱他于双臂之间，

随后便对老师开口吐言：   60

"我紧紧夹住他，你等[4]后站。

若想知更多事，提问自便，

但必须在别人毁他之前。"   63

向导道："告诉我，你可知道，

是否有拉丁人[5]在此下面？"

那魂道："我刚刚离开一人[6]，   66

他的家距那里确实不远。

若我仍伴他在沥青之下，

便不惧被爪、钩抓得太惨！"   69

利比科[7]开言道"已忍太久"，

说话间用铁钩抓其臂肩，

撕下来皮与肉好大一片。   72

德拉吉[8]也意欲钩抓其腿，

见此景什人长[9]心中不欢，

---

[1] 鬼卒奇利阿托的面貌特点是龇着两根獠牙。见上一章第120行。

[2] 指上面提到的邪恶的贪官、忒巴多国王的侍臣。

[3] 指纳瓦拉贪官的罪恶灵魂。

[4] 指但丁和维吉尔。

[5] 此处"拉丁人"指意大利人。

[6] 此人叫郭弥塔（Comita），是撒丁岛人，因而下一行诗说"他的家距那里确实不远"，即距意大利半岛不远。

[7] 恶爪鬼卒巡逻队成员。见上一章第120行。

[8] 恶爪鬼卒巡逻队成员。见上一章第121行。

[9] 指巴尔巴，他是恶爪鬼卒巡逻队队长；巡逻队共有十个鬼卒，因而此处称其为"什人长"。见上一章第123行。

沸腾沥青的泥潭

转动身向四周怒目观看。　　　　　　75

当鬼卒都略微安静之时，

那罪魂仍凝视他的伤肩，

我向导对他吐疑问之言：　　　　　　78

"你说离恶沥青来到岸边，

是何人在那里把你陪伴？"

他答道："其名叫郭弥塔，是位修士，　81

加卢拉之代表，欺骗之罐 [1]，

他主子之敌人落入其手，

却个个都对他交口称赞。　　　　　　84

竟然说：拿到钱便放囚犯 [2]；

办其他公务时亦很贪婪，

他不是小污吏，而是巨贪。　　　　　87

罗格道 [3] 米凯尔·臧凯老爷，

与此人是同流，罪恶多端，

他们谈撒丁事从不觉倦 [4]。　　　　90

哎呀呀，你们看那鬼龇牙：

我想说他恐怕并无意愿，

帮助我挠一挠身上疥癣 [5]。"

狡诈的罪魂与鬼卒的内讧

法尔法 [6] 欲攻击，瞪圆双眼，

---

[1] 当时撒丁岛是比萨的属地，共分为四个省，加卢拉是其中之一；修士郭弥塔曾被加卢拉总督委任为该省的代表，处理俘虏事务。"欺骗之罐"的意思为：他心中装满了骗术。"……之罐"的表达方法可以追溯至《圣经》。

[2] 郭弥塔居然说，只要俘虏交钱就可以获释。

[3] 罗格道（Logodoro，另译：罗格道罗）是当时撒丁岛的另一个省，据说，米凯尔·臧凯（Michele Zanche）曾是其总督。

[4] 他们二人的罪恶灵魂在沸腾的沥青中不知疲倦地讨论撒丁岛的事。

[5] 这是一句讥讽的语言，意思为：他恐怕不只是想用钩子给我挠痒痒。

[6] 恶爪鬼卒巡逻队成员。见上一章第 121 行。

大司令 [1] 转过脸，望他那面，

怒吼道："狠毒鸟，滚到一边！" 　　　　96

"若想见伦巴第、托斯卡纳 [2]，

我可以让他们出声、露面 [3]；

但如果让鬼卒躲闪一旁， 　　　　99

对报复之恐惧便可避免 [4]；

我尽管一个人坐在此处，

一吹哨就能唤七人来见 [5]； 　　　　102

无论谁露出脸都会如此，

这已经形成了我们习惯 [6]。"

受惊吓罪魂又如此吐言 [7]。 　　　　105

闻此言卡纳佐 [8] 抬起嘴脸 [9]，

摇着头，开言道："狡诈欺骗！

他说谎为能回沥青下面 [10]。" 　　　　108

那诡计多端者 [11] 开口回言：

"噢，若能让我伙伴蒙受大难，

我才真狡诈得有些不凡 [12]。" 　　　　111

---

[1] 指巴尔巴，他是恶爪鬼卒巡逻队的队长，因而诗人讥讽地称他为"大司令"。

[2] 指伦巴第和托斯卡纳人。伦巴第是意大利北方的一个地区，米兰是其首府；托斯卡纳是意大利中北部的一个地区，佛罗伦萨是其首府。

[3] 我可以让他们露出沥青并说话。

[4] 如果让这些凶恶的鬼卒躲闪到一旁，沥青下面的罪魂便没有了恐惧之感，就更愿意露面和说话了。

[5] 此处"七人"指许多人。这行诗的意思是：只要我一吹口哨，就会有许多罪魂从沥青下冒出来与我们相见；哨声可以告诉沥青下的罪恶灵魂，此时没有鬼卒监视，可以探出头来喘口气。

[6] 不只我如此，不管谁在沥青外面都会这样做，因为这已经形成了我们大家的习惯。

[7] 那位受到惊吓的罪魂说出了上面的话。

[8] 恶爪鬼卒巡逻队成员。见上一章第 119 行。

[9] 鬼卒都长着一副像狗一样的嘴脸，因而，此处诗人说"抬起嘴脸"，不说"抬起脸"。

[10] 指沉到沥青下面，以躲避鬼卒的惩罚。

[11] 指一直在说话的那位狡诈的罪恶灵魂。

[12] 被恶爪鬼卒捉住的灵魂洋洋得意地说：噢，若我能欺骗自己的伙伴，让他们露出头遭受更严厉的惩罚，那我才真的是狡诈呢。

阿利钦 [1] 全不顾别人意见 [2]，

对他说："若你逃，欲潜下面，

我不会在你的身后奔跑，   114

却抖翼飞翔到沥青上面。

我们且离堤顶 [3]，退至其后 [4]，

你快或我们快，比比看看 [5]。"   117

噢，读者呀，你们将听我讲新奇表演：

每人把目转向堤的另面 [6]；

那一位不悦者 [7] 更是这般。   120

纳瓦拉之罪魂抓住良机，

脚踏地，猛一蹬，跳出很远，

逃离了恶爪鬼司令身边。   123

每个鬼对于此都很懊恼，

阿利钦更悔恨，因是错源 [8]；

"你被捉！"他跃起，高声叫喊。   126

毫无益，罪魂已潜入沥青，

鬼卒 [9] 才胸用力抖翅飞天：

---

[1] 恶爪鬼卒巡逻队成员。见上一章第 118 行。

[2] 鬼卒阿利钦听说眼前狡诈的灵魂想逃走并潜入沥青下面，便忍不住想向其提出挑战。他告诉狡诈的灵魂，自己不会奔跑着去追他，而会飞起来去追他，因为鬼卒都长着翅膀。

[3] 指堤坝的上面。

[4] 退到堤坝的下面。

[5] 此时与众鬼卒说话的罪魂在堤坝的上面，阿利钦说，他可以退到堤坝的后面，即退到第四道恶沟一侧的下面，让出从堤坝下面至堤坝上面这一段距离，然后再展双翼飞着追赶奔向第五道恶沟的罪魂，比一比谁的速度更快，看看谁先到达装满沥青的恶沟。

[6] 所有在场的人、魂和鬼卒都把目光转向堤坝朝着第五道恶沟的侧面，即朝着装满沥青的恶沟那一面。

[7] 指认为罪魂在实施骗术的鬼卒阿纳佐。见本章第 107 行。

[8] 阿利钦更加悔恨，因为他是造成这一错误的根源。

[9] 指阿利钦。

羽翼并未飞到恐惧前面 [1]； 129

犹如见一猎鹰飞近身边，

鸭突然沉入水，转瞬不见，

懊恼且沮丧鹰重返蓝天。 132

怒火烧受戏弄卡卡布兰 [2]，

展翅在阿利钦身后追赶，

贪官逃正符合他的意愿： 135

可趁机与伙伴厮打一番。

见逃者无踪影，伸出利爪，

牢抓住阿利钦，欲开激战。 138

但对手 [3] 也是只凶猛雀鹰，

亦紧紧抓住他，扭作一团，

两鬼卒同跌入沸腾"泥潭 [4]"。 141

二鬼被热沥青立刻分开，

却无法脱开身，重升空间，

因翅膀被黏液 [5] 紧紧粘连。 144

巴尔巴见此景十分心痛，

命四鬼展双翼快飞对岸；

你从这（儿），他从那（儿），携带铁钩， 147

急忙忙降落到指定地点；

把铁钩抛向了被粘鬼卒，

他们已被煮得肉熟皮烂； 150

我二人离诸鬼，趁其混乱。

---

[1] 恐惧比羽翼的速度更快，因而，当鬼卒阿利钦胸部用力抖动翅膀时，恐惧万分的罪
    魂已经先行滑下堤坝的斜坡钻入沥青。
[2] 恶爪鬼卒巡逻队成员。见上一章第 121 行。。
[3] 指阿利钦。
[4] 指沥青构成的"泥潭"。
[5] 指沥青。

第23章

但丁跟随维吉尔在第五囊和第六囊之间的堤坝上行走，想起刚才恶爪鬼卒之间的争斗，突然意识到，鬼卒们一定会追赶他们实施报复。维吉尔也意识到了危险，于是，拉住但丁的手，携他一起沿岩石堤坝的斜坡滑入第六囊。

第六囊中惩罚的是伪善者的罪恶灵魂。一群罪魂披着闪闪发光的镀金铅制斗篷，吃力地缓慢前行。行列中有两个来自博洛尼亚的修士，通过对话，但丁和维吉尔得知，一个修士叫卡塔兰，另一个叫罗德林戈，他们曾经担任过佛罗伦萨的特别最高行政长官。

随后，但丁和维吉尔又见到了《圣经》中的人物该依法，因为蛊惑人心，迫害耶稣，他的罪恶灵魂呈十字形状躺着，被三个木橛钉在地面上；穿着沉重铅衣的罪魂，无论是谁，只要走过他的身边，都会践踏他的身体。

最后，卡塔兰修士告诉但丁和维吉尔，没有任何通道可以引导他们轻松地离开第六囊，他们必须努力攀登断桥的废墟堆，才能离开那里。

但丁和维吉尔逃离险境

我二人沉默且孤独无伴，
一个人走前头，一随后面，
就如同"小兄弟[1]"行走向前。
刚发生之争斗[2]令我想起，
伊索所讲述的那则寓言：

3

---

[1] 指小兄弟会的教士。小兄弟会是天主教方济会的别称。1209 年，阿西西的方济创立修会，该会成员之间以"小兄弟"相称，因此而得名。小兄弟会有一个习俗，两位教士在外面行走时，职务或资历较高的教士走在前面，较低的则在其后紧紧跟随。

[2] 指上一章所讲的恶爪鬼卒之间的争斗。

一青蛙与老鼠相互捆栓 [1]；　　　　　　6

眼前事与寓言若做比较，

其开头与结尾不差半点，

如"此时"与"这时"相比那般 [2]。　　　9

一思想会促生另一思想，

新想法产生于我的脑间，

我最初之恐惧成倍增添。　　　　　　12

我想到："这些鬼因为我们，

被嘲弄，遭受的伤害不浅，

我认为他们会万分恨怨。　　　　　　15

若他们怒加上邪恶意愿，

一定要追上来，凶相毕现，

会露出狗咬兔那副嘴脸 [3]。"　　　　18

我吓得浑身毛打起卷卷，

紧张地注视着我的后面，

开言道："老师呀，如不快藏，　　　　21

我担心恶爪鬼会来追赶。

似乎我已听到他们声音，

就好像在我们身后不远。"　　　　　　24

老师道："如若我是面镜子，

不会先反射你外表脸面，

而会先把你的内心展现。　　　　　　27

现在你思想已与我相融，

---

[1] 中世纪流传的《伊索寓言》的版本中讲述了一个青蛙和老鼠的故事：老鼠要过河沟，希望青蛙帮助它。狡猾的青蛙想淹死老鼠，就建议说，你趴在我的背上，并用绳子把你和我捆在一起，这样我们便可以一同游过河。当青蛙游到河中间准备沉入水中把老鼠淹死时，一只老鹰从空中俯冲下来，捉住了河面上的老鼠，同时也带走了青蛙。

[2] 眼前所发生的事情与伊索寓言所讲述的青蛙与老鼠的故事没什么不同，就像"此时"和"这时"两个同义词没什么区别一样。

[3] 会像狗咬兔子那样凶狠。

有同样之举动、同样容颜，

生相同之看法亦属必然 [1]。 30

沿着那右面的较低堤坝 [2]，

我们能下另一恶囊 [3] 里面，

这样便可逃脱预料追赶 [4]。"   33

他建议还没有全部说完，

我见鬼展双翼、已经不远，

欲飞来捉我们于其爪间。   36

好向导即刻便将我抓住，

似母亲被闹声惊醒一般，

见火焰已烧至她的身旁，   39

携儿子飞速逃，刻不容缓；

她关心儿安危超过自己，

甚至连一内衣都未曾穿 [5]；   42

向导从硬堤坝上面边缘，

仰身沿斜石坡滑到下面，

石坡是另一囊堤岸侧面 [6]。   45

渠水推陆上的石碾轮片，

靠近时，哗啦啦，速度倍翻，

亦没有我老师如此之快 [7]，   48

他飞速滑下了堤坝边缘，

---

[1] 我是一面反射你内心世界的镜子，现在你的思想已经与我的思想融合在一起，我们的行为和外表都相同，因而产生同样的想法也是必然的。

[2] 一层一层的恶沟（恶囊）由堤坝分割，逐步通向地狱的更低处，因而较低的自然是靠近下面恶沟的堤坝。

[3] 指第六个恶囊。

[4] 指前面提到过的但丁和维吉尔已经预料到的恶爪鬼卒的追赶。

[5] 母亲关心儿子的安危超过关心自己，携儿子逃跑时，她都没顾得上穿一件内衣。

[6] 维吉尔携但丁仰着身子从堤坝朝向第六恶囊的斜坡滑下去。

[7] 即便是靠近碾坊动力叶片的渠水流得非常快，也没有我老师的动作快。欧洲中世纪的碾坊往往建在河流附近，通过人工渠道引水作为推碾子的动力。为了增强水力，渠道的入水口往往修得较宽，而靠近推动碾子运转的动力叶片的出口处却修得较窄，从而水越靠近碾坊动力叶片时，流速就越快。

并把我搂抱在他的胸前，

我好像是其子，而非同伴。 51

他双足刚刚触恶囊沟底，

众鬼便至我们头顶堤岸，

但我们不再有恐惧之感： 54

他们被置此处只管五囊，

这可是崇高的上天意愿，

任何鬼都不能离位、自便 [1]。 57

惩罚伪善者的恶囊

沟底下见一群艳色之人 [2]，

绕着圈在行走，步履缓慢，

痛哭泣，看上去疲惫不堪。 60

他们都身披着一件斗篷，

式样与克吕尼修士一般 [3]；

斗篷帽低低地压在眼前。 63

其 [4] 外表镀着金，光彩夺目，

内里却极沉重，全都是铅；

腓特烈之铅衣如草一般 [5]。 66

啊，重斗篷令罪魂疲惫不堪！

我们俩随他们转向左面，

注意听悲惨者哭泣不断； 69

负重人太辛苦，行动缓慢，

---

[1] 上帝安排恶爪鬼卒看管地狱第八层第五囊，他们必须服从上帝的意愿，不可擅离职守，因而进入第六囊的但丁不必再害怕他们。

[2] 在这一囊中受惩罚的罪恶灵魂都披着色彩鲜艳的镀金披风。

[3] 此处"克吕尼"指法兰西的克吕尼修道院。克吕尼修道院建于公元 910 年，曾对天主教的发展起到过重要的作用。该修道院的修士都披着带帽子的斗篷。

[4] 指斗篷。

[5] 腓特烈的铅衣与其相比，就如同草制的那么轻。腓特烈指日耳曼神圣罗马帝国皇帝腓特烈二世，据说他有一种铅衣，专门用来惩罚侵犯王权的罪人。

只要是我二人迈步向前，

总会遇另一批新的伙伴 [1]。　　　　　　72

两个享乐修士

对向导我说道："请你找找，

是否有认识人在其中间，

可边走边环顾，四处看看。"　　　　　75

有一人懂我的家乡语言 [2]，

在我们身后喊："快快停站，

竟然在黑暗处如此奔跑 [3]！　　　　　78

或许你从我这（儿）可获答案。"

向导便转身说 [4]："你且等等，

然后按他脚步行进向前 [5]。"　　　　　81

我站住，见俩人面露急色，

欲尽快赶到我二人身边；

因负重、路狭窄，行动缓慢。　　　　　84

走近后他二人斜楞双眼，

反复地打量我，不吐一言；

随后便相互看，开口说道：　　　　　87

"此人似还活着，喉尚动弹 [6]；

若他们是死人，有何特权，

为什么无沉重法衣披肩 [7]？"　　　　　90

---

[1] 披铅制斗篷的罪恶灵魂，都行动缓慢，无法与轻装的但丁和维吉尔同步向前；因而二人向前走时，总会把见过的罪魂甩在后面，遇到的都是未曾见到过的罪魂。

[2] 指但丁的家乡托斯卡纳地区的语言。

[3] 这地方如此黑暗，别人都行走得十分缓慢，而你们却走得这么快，像奔跑一样。

[4] 转过身对但丁说。维吉尔走在前面，但丁跟在后面。

[5] 你先等等，然后，按照赶上来的罪魂的速度慢慢地行走。

[6] 他好像是个活在尘世的人，喉咙还在动。幽灵说话是不用喉咙的。

[7] 如若他们是离弃尘世的人，难道他们有什么特权吗？这里的罪恶灵魂都身披沉重的铅衣，他们怎么没有披？

随后又对我说："托斯卡纳人啊 [1]，

怎来到可悲的虚伪魂间 [2]？

你是谁？请勿要不屑吐言。"　　　　　93

我说道："我生长那座大城 [3]，

坐落在阿尔诺 [4] 美丽河畔，

至今日肉体仍把我陪伴 [5]。　　　　96

你们是何许人？我已看见，

两颊的痛苦泪流淌不断。

身上戴何刑具，亮光闪闪？"　　　　99

一魂答："大斗篷外镀黄金，

内里由铅制成，沉重压肩，

它令秤嘎吱吱、承重困难 [6]。　　　102

我们叫卡塔兰、罗德林戈 [7]，

波伦亚做修士，寻乐求欢 [8]；

我二人一同受你城邀请，　　　　　105

去维护那里的宁静、平安；

---

[1] 佛罗伦萨位于意大利托斯卡纳地区，现在是托斯卡纳的首府。说话人已经听出但丁的托斯卡纳口音。

[2] 地狱第八层第六恶囊中惩罚的是虚伪者。

[3] 指佛罗伦萨。佛罗伦萨是托斯卡纳地区最大的城市。

[4] 阿尔诺是流经佛罗伦萨的一条河。佛罗伦萨是意大利文化的摇篮，阿尔诺河也被视为意大利文化的母亲河。

[5] 至今肉体仍然陪伴着我的灵魂，即我仍然活在尘世。

[6] 如果把这件铅制的大斗篷放在秤上称，秤会承受不了它的重量，被压得嘎吱嘎吱地响。

[7] 说话的人叫卡塔兰（Catalano），和他在一起的另一个人叫罗德林戈（Loderingo，另译：罗戴林格）。二人均为博洛尼亚（即波伦亚）人，都是圣玛利亚骑士团的创始人。1266 年，为防止佛罗伦萨的圭尔费党（教宗党）和吉伯林党（皇帝党）发生内战，选定卡塔兰和罗德林戈担任该城的"特别最高行政长官"，临时独揽佛罗伦萨政务和军务大权。中世纪晚期，意大利北部和中北部形成了许多共和国性质的城邦公社，公社中派别林立，斗争十分激烈；为避免流血，各派势力经常会共同推选出一位外地的权威人士作为调停人，临时执掌公社的军政大权，被推选者职衔为"特别最高行政长官"。

[8] 指博洛尼亚的圣玛利亚骑士团成员，他们被民众戏称为"享乐修士"。

通常只请一人担此重任 [1]，

至今日加丁格吾功可见 [2]。" 108

该依法

我说道："噢，修士啊，你们之祸……[3]"

我的话未说完，一眼看见，

一个人被三橛钉在地面。 111

见到我，十字人 [4] 扭曲身体，

吹胡子，口中还叹息不断，

情况被卡塔兰修士发现； 114

他说道："你眼前被钉之人 [5]，

曾建议法利赛 [6] 做出决断：

为百姓必须让一人受难 [7]。 117

你可见他赤身横倒路面，

无论是谁路过他的身边，

他必觉有重物身上压碾 [8]。 120

---

[1] 一般情况下只请一人做"特别最高行政长官"，这一次却请了我们两人。

[2] 加丁格（Gardingo，另译：加尔丁格）是佛罗伦萨的一个地方，距市中心的僭主广场不远。这行诗的意思为：直至今日，我的功绩在佛罗伦萨的加丁格仍然清晰可见。

[3] 指他们在佛罗伦萨所造的孽。显然但丁要谴责这两个外来的执政者在佛罗伦萨所做的恶事，但他并没有把话说完。

[4] 被钉在地面上的人呈十字形状，就像被钉在十字架上。

[5] 此人是《圣经》中描写的犹太人的大司祭该依法（Caifas），他曾经蛊惑法利赛人害死耶稣。当初他使耶稣被钉在十字架上，如今，他被钉在地狱的地面上，呈十字形状，就像被钉在放倒的十字架上一样。

[6] 指《圣经》中说的法利赛人。他们是耶稣传教时代一个重要的犹太教宗派。按照基督教的解释，这个宗派只强调摩西律法的细节而不注意理解其基本道理；他们曾迫害救世主基督耶稣。

[7] 为了百姓的利益必须让一个人受难，这个人指的就是耶稣。

[8] 披着铅衣的罪恶灵魂，无论是谁，只要路过他的身边，都会踩踏他的身体；因而他会感觉有重物碾压他的身体。

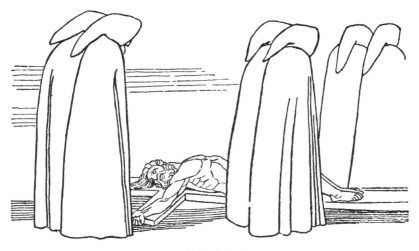

伪善者的惩罚

其岳父 [1] 亦在这（儿）受此痛苦，

其他的公会人也似这般：

它 [2] 可是犹太人苦难根源 [3]。" 123

倒地人被钉成十字形状，

受永恒耻辱的踏践苦难，

维吉尔见此景惊愕万般 [4]。 126

离开第六恶囊

随后他对修士如此说道：

"请讲讲，若你觉无何不便，

右手处 [5] 是否有一个出口， 129

我们可从那里走出此间？

而不必去强迫黑色天使 [6]，

引我们离开这沟底深渊。" 132

他答道："一石桥，没你想那么遥远，

它探出那一圈巨大圆环 [7]，

横跨在诸可怖恶沟之上， 135

只是在此沟处 [8] 已经折断；

沿沟底和堤坝桥的废墟，

你二人可向上努力登攀。" 138

---

[1] 该依法的岳父叫亚那（Anna），也是大祭司，害死耶稣的犹太公会的成员；因而他也承受与该依法同样的惩罚。

[2] 指害死耶稣的犹太公会。

[3] 公元 1 世纪，耶路撒冷毁于罗马帝国军队之手，犹太人被驱散，流浪于世界各地。诗人认为，犹太人受此苦难的根源是犹太公会迫害了耶稣。

[4] 维吉尔第一次下入地狱深层时，耶稣尚未被害，此处的刑罚亦不存在；所以，当他看到这种酷刑后感到十分惊讶。

[5] 上面说过，但丁与维吉尔正向左面行走（见本章第 68 行），因而他们的右手处自然指的是通往下面一囊的堤坝。

[6] "黑色天使"指地狱的鬼卒。但丁和维吉尔的地狱之行是上帝的安排，因而，在遇到无法克服的困难时，他们可以强迫鬼卒们遵天意提供帮助。

[7] 指围绕着地狱第八层的环形的石壁。

[8] 指第六囊处。

我向导在那里低头思考，
随后说：“他说的全是谎言[1]，
钩罪魂之鬼卒善于欺骗。” 141
修士道[2]：“波伦亚我已听说[3]，
那鬼卒有恶习千千万万，
谎之父，造谣言理所当然[4]。” 144
我向导于是便大步离去，
面阴沉，似心燃愤怒火焰；
我离开负重的那些罪魂， 147
沿敬者[5]之足迹行走向前。

[1] “他”指鬼卒首领马拉科达。在上一章中，马拉科达曾欺骗维吉尔说：前面有一座完好无损的石桥。其实，耶稣受难时，地狱发生了地震，第六囊上的桥被震断了；这表明上帝对迫害耶稣的该依法等伪善者做出了极其特殊的惩罚。
[2] 指卡塔兰。
[3] 在博洛尼亚时我就听说了。
[4] 他是谎言之父，因而，制造谣言对他来说也是理所当然的。
[5] 指维吉尔。

第 24 章

这一章的起始紧接上一章结束时的内容。面对鬼卒的欺骗，维吉尔面色阴暗，心情沉重，就像寒雪覆盖大地无法外出放牧的牧民一样十分恼火；见此情况，但丁心中也非常恐慌；之后，但丁的心情又随着维吉尔情绪的平复渐渐转好。

他们来到断桥的废墟旁，开始向上攀登；尽管有维吉尔在下面推着，但丁仍然感到十分吃力。沿着废墟爬上堤岸后，二人又登上了另一座桥的桥脊，但由于桥脊太高，站在上面听不清恶囊中罪魂说的话，也看不清恶囊中的情况，因而，他们走向较低的、距恶囊罪魂更近的堤岸。但丁看到第七囊中盗贼的罪恶灵魂在毒蛇成堆的地面上奔逃，他们的双手被毒蛇缠绕着捆绑在身后，无望获得解毒的鸡血石，更无法寻找到藏身之处。

在受惩罚的罪恶灵魂中，但丁看到一个令人惊异的场面：一个罪魂被一条如利箭般的毒蛇击穿脖颈，立即燃烧起来，化为灰烬；随后，灰烬又聚拢起来，恢复罪魂的原来模样。这是皮托亚人万尼·符契的灵魂，他因为盗窃教堂圣器室的珍宝被打入地狱。通过他的口，但丁讲述了皮托亚和佛罗伦萨黑白两派之间的血腥斗争。

攀登通往第七囊的堤岸

新一年开始的那段时间，
太阳在宝瓶宫预暖光线 [1]，
夜渐渐与白昼长度相似 [2]，   3
霜妹妹意欲在大地表面，
描绘她白姐姐 [3] 那副形象，

---

[1] 阳历 1 月 21 日至 2 月 21 日期间，太阳位于宝瓶星座（Acquario），那时正值一年初始之际，气温仍然很低，但是温暖已经在孕育之中；因而此处说"太阳在宝瓶宫预暖光线"。

[2] 白昼开始慢慢长起来，渐渐与夜晚的长度相近。

[3] 比喻白雪。

但笔锋不坚硬，持久极难 [1]；　　　　　　6

乡野的牧羊人已无饲料，

起床后，走出屋，眼望荒原，

白茫茫，于是便手拍大腿，　　　　　　9

返回屋，来回踱，口吐抱怨，

可怜虫，他已经不知咋办 [2]；

又探头，向外看，希望重生，　　　　　　12

见世界片刻间改变容颜 [3]，

便抓起他那根放羊牧杖，

把羊群赶出圈，驱向草原。　　　　　　15

见老师面出现阴沉之色，

我也是如此地心慌意乱，

随后似药力到，病魔不见 [4]；　　　　　　18

当我们至断桥附近之时，

向导 [5] 便转向我，悦色和颜，

山脚下 [6] 曾见他这样表现。　　　　　　21

先仔细看一看那堆废墟，

又反复在心中认真盘算，

后展臂抱我于他的怀间。　　　　　　24

似一人边行动边做评估，

就好像事先能清晰预见，

---

[1] 此时，大地上已不再有雪，但霜却覆盖地面，似乎要模仿白雪的样子；然而，它却难以像雪那样持久。

[2] 经过一冬的消耗，牧民的家中已经没有了饲料，他希望天亮后能够驱赶羊群走出羊圈去寻觅食物，然而却看到外面白茫茫的一片，十分恼火，拍着大腿，在屋中走来走去，抱怨不停，不知如何是好。

[3] 但过了一会，抬头向屋外一望，心中又重新燃起了希望，因为顷刻间世界改变了模样。

[4] 见到老师阴沉着脸，我的心也像牧民见到外面白茫茫一片时那样恐慌；随后又恢复了正常，就像药到病除后恢复健康一样。

[5] 指维吉尔。

[6] 指《地狱篇》第 1 章中所讲的但丁初遇维吉尔时的山脚。

他一面推我攀一座巨石，　　　　　　　　　　27

一面又注视着另一凸岩，

开言道："你抓住那块石头，

它能否承住你，试试再看。"　　　　　　　　30

此非穿长衣者行走之路，

他体轻，我被推，仍很艰难，

勉强能抠凸岩向上登攀 [1]。　　　　　　　　33

若不是与另一堤岸 [2] 相比，

此堤岸 [3] 更矮些，距离较短 [4]，

我不知他怎样，我会累瘫。　　　　　　　　36

但因为恶囊都向下倾斜，

一直到最低处井口 [5] 边缘，

每道沟均倾斜，高低不等，　　　　　　　　39

一堤高，另一堤位于下边；

我二人最终至岸顶高处，

最后的裂石岩陡峭难攀。　　　　　　　　　42

爬上去，我的肺喘息困难，

已不能再继续行走向前，

刚一到便坐在岩石上面。　　　　　　　　　45

老师说："你应该克服懒惰：

坐卧于床上的羽绒之间，

人美名绝无法四方远传；　　　　　　　　　48

谁虚度其一生，碌碌无为，

---

[1] 这可不是身穿令人行动不便的长袍之人应走的路，尽管维吉尔是个灵魂，身体很轻，我又由他在下面推着，我们仍然行走得十分艰难，勉强能抠着凸岩向上攀登。

[2] 指但丁与维吉尔已经走过的第五囊与第六囊之间的堤岸。

[3] 指但丁与维吉尔正在攀登的第六囊与第七囊之间的堤岸。

[4] 地狱第八层的十条环形恶沟（恶囊），一条比一条低，逐步通向该层中心处的巨大井口，井口下面是地狱的第九层，所以，围绕各囊的堤岸也一条比一条低；由于这种地形，第六囊与第七囊之间的堤岸自然比第五囊与第六囊之间的堤岸低，需要攀爬的距离也相对短一些。

[5] 指地狱第八层通往第九层的巨大井口。

把他的尘世衣 [1] 弃于世间，

就如同水中沫、空中云烟 [2]。　　　　　51

站起来，用精神击败气喘，

若它 [3] 不与肉体一同瘫软，

就必定能战胜一切困难。　　　　　54

还需攀更长的一段阶梯，

仅离开这些魂还差很远 [4]。

解我意，快行动，获益万千。"　　　　57

于是我站起身，显示力足 [5]，

其实我并不觉如此强健；

我说道："走，我坚强而且勇敢。"　　　60

我二人踏上了登桥之路，

它陡峭、极狭窄，行走困难，

比先前那一座更加艰险。　　　　　63

惩罚盗贼的恶囊

我边走边说话，好像不累，

一音从另条沟 [6] 传我耳边，

形不成词与句，其意难辨。　　　　　66

---

[1] 指人的躯壳。

[2] 谁碌碌无为地度过一生，随后把躯壳留在尘世，他就像风一吹就会散去的水中的泡沫和空中的云烟，不会为人类留下任何有益的东西。

[3] 指上一句所说的"精神"。

[4] 对诗句"还需攀更长的一段阶梯"有多种不同的解释，有的注释家认为，它指的是但丁和维吉尔到达地心后还要沿着一条通道向上爬到地球另一端的地面；有的注释家认为，它指的是但丁与维吉尔还将攀登炼狱之山；还有的注释家认为上述两层含义都包括；译者认为此处不必过度解读，这行诗只是要说"前面还有更长、更艰难的路要走"，因为下一行诗"仅离开这些魂还差很远"的意思是：我们仅仅离开此处的罪恶灵魂还远远不够，还距离我们所要达到的目标很远。它已经解释了上一行诗的含义。

[5] 显示出充满了力量。

[6] 指第七囊。

我虽然已经在拱桥脊背，

却不知他在说什么语言；

说话人像似在迈步向前。　　　　　　　69

我转身往下看，但人肉眼，

却不能至沟底，因为太暗；

我说道："老师呀，往那边走，　　　　72

我们下此高桥，踏上彼岸；

因此处我无法听清话语，

向下望，什么都难以看见 [1]。"　　　　75

老师道："无选择，应该如此，

因正当之请求只能照办，

行动时还必须沉默不言。"　　　　　78

我二人又走下这座桥头，

踏上了第八道岩石堤岸，

另一条邪恶沟 [2] 展现眼前：　　　　81

见沟中有一堆可怖长虫，

其形状极奇特，不同一般，

现想起仍令我血凝、色变。　　　　　84

利比亚沙漠也无法自吹，

虽"烟蛇""画尾蛇"随处可见，

它还产"翼蛇"与"双头长虫"；　　　87

全埃塞俄比亚、红海沿岸，

也未见如此多种类毒蛇，

与传播瘟疫的恶兽出现 [3]。　　　　90

---

[1] 老师呀，我们到前面的堤岸上去吧，因为在这高高的桥脊上，我既听不清囊里的灵魂说什么，也看不见黑乎乎的囊中有什么。

[2] 指第七囊。

[3] 在整个东北非和红海沿岸地区（毒蛇和恶兽常出没的地方）都见不到利比亚沙漠那么多毒蛇和恶兽，但是，与此处相比，利比亚沙漠也不能炫耀它的毒蛇和恶兽。古时，埃塞俄比亚常指非洲东北部的大片土地。

毒蛇

在那堆残忍的毒蛇之间，

赤裸的惊恐魂四处逃窜，

无望觅鸡血石、隐身洞穴， 93

因双手在身后被蛇捆栓 [1]；

蛇尾巴与蛇头绕过腰部，

牢牢地把结扣打在腹前。 96

变 形

靠我们堤岸 [2] 有一个罪魂，

见一蛇冲过去将其刺穿，

这一下恰击在颈肩之间。 99

简单的 o 或 i 尚未写完，

他立刻燃烧起，跌倒地面，

全身都化成灰，形影不见 [3]； 102

刚倒下被如此摧毁之后，

其骨灰便重新收拢一团，

又恢复原形状，只在瞬间。 105

就如同众伟大圣贤 [4] 所说，

凤凰死再复生，称作涅槃，

此轮回则需等五百余年； 108

它 [5] 一生不吃草，不食谷物，

---

[1] 惊恐的罪恶灵魂到处乱窜，想找到躲身之处或可以解蛇毒的鸡血石，却没有任何希望，因为他们的双手已经被蛇捆缚在身后。古时候，欧洲人认为鸡血石可以解蛇毒。

[2] 指第八条堤岸。此时，但丁与维吉尔已经站在位于第七囊与第八囊之间的第八条堤岸。

[3] o 和 i 是最容易写的两个字母，眨眼间便可以写出来；然而，在尚未写完 o 或 i 的瞬间，那个罪魂便跌倒在地化为灰烬。

[4] 指古代的伟大诗人和学者。

[5] 指凤凰。

只食用乳香与豆蔻泪点 [1]，

终结于甘松与没药巢间 [2]。 111

如癫痫跌倒后不知何故，

或许因魔鬼拉才摔地面，

亦或许气血闭，四体被拴； 114

站起时向四周瞩目观看，

因承受大痛苦神情茫然，

东瞧瞧，西望望，发出哀叹， 117

爬起的罪魂 [3] 亦如此表现。

噢，天主的惩罚是何等严厉，

这一击之力度令人震撼！ 120

万尼·符契及其预言

我向导随后问他是何人，

他答道："不久前我坠此间，

故乡是意大利托斯卡纳， 123

牲畜般生活曾令我喜欢；

我是骡，名字叫万尼·符契 [4]，

皮托亚 [5] 是我的卧居家园。" 126

对向导我说道："别让他走，

问何罪令其在此囊受难；

我见他易暴怒，鲜血沾满。" 129

那窃贼并未装没有听见，

---

[1] 指乳香和豆蔻滴出的形状类似泪珠的脂。

[2] 据说，凤凰可以活 500 年，临终时，在棕榈树上用甘松与没药筑巢，随后卧于其上，在香气缭绕之中结束生命。这种死法称作"涅槃"。

[3] 指前面提到的化成灰烬，随后又恢复原形的罪魂。

[4] 皮托亚人万尼·符契（Vanni Fucci）是私生子，即"杂种"，因而此处自称是"骡子"。他性情暴躁，好斗。1288 年，皮托亚的圭尔费党发生内讧，他站在黑派一边，残酷迫害白派。

[5] 皮托亚（Pistoia，另译：皮斯托亚）是意大利中部托斯卡纳地区的一座城市。

脸与魂均转向我们这边 [1]，

伤心与羞愧色涂于颜面；   132

随后说："我尘世生命被夺，

你见我在这里如此悲惨，

二者比，后者更令我心酸 [2]。   135

我无法拒绝答你的问题；

因行窃我被置此囊里面，

罪名曾错加在他人身上，   138

是我盗圣器室美丽物件 [3]。

为使你不能够幸灾乐祸，

如若你可走出此处黑暗，   141

就应该竖耳听我吐之言：

皮托亚逐'黑派'先瘦一圈 [4]，

佛城也随其后换人异面 [5]。   144

玛格拉河谷 [6] 被乌云笼罩，

玛尔斯引那里火气一团 [7]，

皮切诺原野 [8] 降狂风暴雨，   147

天空中展开了一场激战；

突然间他 [9] 撕裂空中云雾，

---

[1] 此行诗句中的"魂"指注意力。

[2] 与被夺走生命相比，如此悲惨地在这里受惩罚更令我心酸。

[3] 据说，万尼·符契曾经盗窃皮托亚教堂圣器室的珍宝，未被捉获，其他人却被判罪；因而，此处，诗人说"罪名曾错加在他人身上"。

[4] "先瘦一圈"的意思为：先减少了人口。1301 年 5 月，皮托亚城的"白派"在佛罗伦萨"白派"的支持下打败了该城的"黑派"，并将"黑派"成员驱逐出该城。这件事发生在佛罗伦萨的"白派"遭受迫害和放逐之前。

[5] 1301 年 11 月，在教宗的纵容下，法兰西瓦卢瓦伯爵查理率军南下佛罗伦萨，被放逐的佛罗伦萨"黑派"卷土重来，夺取政权，"白派"遭到迫害和放逐，佛罗伦萨更换了掌权人，政府改变了面貌；因而此处说"佛城也随其后改头换面"。

[6] 意大利东北部的一座河谷。

[7] 指霹雳。

[8] 指皮托亚附近的一片平原，那里曾经是"黑派"和"白派"相互厮杀的战场。

[9] 指上面提到的战神玛尔斯。

白派人个个伤，十分悲惨 [1]。　　　　　　　150
说此话为让你痛苦不堪 [2]！"

---

[1] 这段诗的意思是：战神玛尔斯从乌云笼罩的玛格拉山谷引来了雷霆闪电，致使皮切诺原野降下狂风暴雨，即爆发了激烈的战争；战争中"白派"大败，十分悲惨。

[2] 在黑白两派的斗争中，但丁站在了"白派"一边，因而受到牵连，被流放；所以此处说："说此话为让你痛苦不堪！"

第 25 章

当万尼·符契诅咒上帝时，一条蛇紧紧地缠住他的脖子，另一条蛇牢牢地捆缚他的胳膊，使他既不能说话也不能动弹；这是对蔑视上帝者的严厉惩罚。

第七囊中惩罚的是盗贼的罪恶灵魂。有三个罪魂来到但丁和维吉尔面前。一条六脚蛇（由钱法变化而成）紧紧地缠住其中的一个罪魂，并咬住他的面颊；随即，蛇与魂融为一体，变成一个混合体恶魔，缓慢地爬行而去。另一条愤怒的四足小蛇（由弗兰切斯科·卡瓦尔坎迪变化而成）刺穿一个罪魂的肚脐，两者立即相互转变：魂变成了蛇，蛇变成了魂。

但丁对魂和蛇变形的描述十分生动和精彩，充分体现了诗人的丰富想象力。

万尼亵渎神灵，但丁诅咒皮托亚

话音落，拇指插二指之间 [1]，

做淫秽之手势，高声叫喊：

"上帝啊，承受吧！你快来看 [2]！"　　　　　　　3

蛇随即均成为我的朋友 [3]，

一蛇把其脖颈（儿）紧紧绕缠，

好似说："我不让你再胡言。"　　　　　　　6

另一蛇把盗贼双臂绑缚，

打结于其腹前，牢牢捆栓，

致使他臂丝毫不能动弹。　　　　　　　9

啊，皮托亚 [4]，皮托亚，作恶多端，

---

[1] 话音一落，那个盗贼便把拇指插在食指和中指之间。这是一种表示男女性交的淫秽手势。

[2] 盗贼在公然侮辱上帝。

[3] 随后，蛇开始惩罚盗贼，因而诗人觉得它们都变成了他的朋友。

[4] 皮托亚（Pistoia，另译：皮斯托亚），见上一章的注释。

汝之恶远超过你的祖先 [1]，

不决心化灰烬为了哪般 [2] ？　　　　　　　　12

我走遍地狱的各层、诸圈，

未见魂对上帝如此傲慢，

忒拜的坠城者 [3] 也未这般。　　　　　　　　15

肯陶尔卡库

我见一肯陶尔来到面前，

他怒喊："贼在哪（儿）？贼在哪（儿）？

　　　　　　　　　无法无天。"

那恶贼 [4] 逃遁去，未吐一言。　　　　　　　　18

马雷马 [5] 蛇虽多，却难相比，

肯陶尔身上驮长虫万千，

人面下，马背上，毒蛇缠满 [6]。　　　　　　　　21

在他的脖颈后，双肩之上，

一恶龙盘卧着，双翼伸展，

无论是碰上谁必吐火焰。　　　　　　　　24

我老师开言道："这是卡库 [7]，

阿文庭那一块巨岩下面，

[1] 古罗马政治家喀提林组织叛乱，被西塞罗镇压，战死在皮托亚地区。据说，他的残部后来建立了皮托亚城，成为该城的祖先。在但丁的眼中，参加喀提林叛乱的人都罪恶深重。万尼·符契是一个来自于皮托亚的罪恶灵魂，但丁认为，今天的皮托亚人都和万尼一样，罪孽远远超过他们的祖先。

[2] 如此罪恶深重的人为什么还不下定决心化成灰烬啊？

[3] 指古希腊"七将战忒拜"故事中七将之一卡帕拗。见第 14 章第 46 行注。

[4] 指万尼·符契。

[5] 托斯卡纳近海沼泽地被称作马雷马（Maremma），据说，那里毒蛇非常多。

[6] 肯陶尔是希腊神话中的半人半马，马脖颈之上的部分长着人的头。此行诗句的意思是：肯陶尔的身上爬满了蛇，但脖颈以上的人面处没有蛇。

[7] 卡库（Caco，另译：卡库斯）是《埃涅阿斯纪》中所描写的半人半妖的怪物，住在罗马七丘之一的阿文庭（Aventino，另译：阿文提努斯）山的山洞中，他是火神伏尔甘的儿子，走路时口吐火焰。此处，但丁改变了卡库的形象：卡库自己并不喷火，而卧在他背上的飞龙口中喷火；除此之外，他还被说成是一个肯陶尔。

他经常造血湖一片一片 [1]。 27

曾偷走邻居的一大群牛，

采用的手段是狡诈欺骗，

因而走诸兄弟不同路线 [2]。 30

赫丘利痛打他足足百杖，

他仅觉有十下重击背肩，

便棒下止恶为，死得悲惨 [3]。"

第二种变形

恶卡库叫喊着奔跑而过，

三罪魂此时至我们下面 [4]，

若不闻他们喊："你等何人？" 36

我不见，向导也不会发现 [5]；

于是便停止了我们谈话，

注意力向他们身上移转。 39

我不识这三个罪魂面孔，

但恰巧出现了常见场面 [6]，

一魂对另一魂开口说道： 42

"那钱法 [7] 在何处，我咋不见？"

---

[1] 据说，卡库十分凶残，他的洞穴中到处是一片一片的血湖和一堆一堆的骷髅。

[2] 据说，卡库曾施展诡计，盗走了英雄赫丘利的许多牛；因而说他走的道路与其他肯陶尔不同。

[3] 虽然愤怒的赫丘利痛击他一百杖，然而，他只感觉到了十杖，因为，十杖后他已经死去。

[4] 此时但丁和维吉尔在堤岸上，罪魂在恶囊中，因而，这里说"三罪魂此时至我们下面"。

[5] 如果没有听见他们喊"你等何人"，但丁和维吉尔都不会发现他们，因为恶囊中十分黑暗。

[6] 经常会出现这样的情况：当你不知道面前都是些什么人时，却听到他们在相互交谈，从他们的交谈中，你可以了解他们是谁。

[7] 据说，钱法（Cianfa）是佛罗伦萨的一位贵族，却非常喜欢盗窃。但丁听到钱法的名字，便知道下面的罪魂来自他的家乡佛罗伦萨。钱法变成了一条六脚蛇，三个罪魂看不见他，因而，其中一个说："那钱法在何处，我咋不见？"见本章第 50 行。

卡库

为了使引路人能够注意，
我置指于下巴、鼻子中间 [1]。 45
你 [2] 迟迟不肯信我说之话，
读者呀，不足怪，这很自然，
亲眼见，我相信都很困难。 48
我举目对他们凝眸注视，
见一条六脚蛇至一魂前，
冲上去捆绑住他的身体， 51
中间脚抱其腹，紧紧绕缠，
两前足抓双臂，令其难动，
利牙齿咬住他两颊腮面； 54
双后足伸向了大腿之上，
其尾巴被置于两股中间，
从身后又翘向腰的上面。 57
常青藤虽牢牢缠绕树干，
也难比可怖虫如此这般，
它死死缚罪魂，十分凶残 [3]。 60
随后见如热蜡相互粘连，
蛇与魂黏一起，颜色全变，
他们已全不像先前那般： 63
似白纸燃烧时火苗向上，
火没至，先见有褐色在前，
虽未黑，但白色已经不显。 66
其他的两罪魂边看边喊：

---

[1] 但丁听到钱法的名字，知道下面是佛罗伦萨人，便把食指置于嘴前，提醒维吉尔不要说话；他想仔细听听他们要说些什么，看看他们要做些什么。

[2] 指读者。

[3] 常青藤总是牢牢地缠绕着树干，但是，也没有这条蛇捆缚罪魂那么紧，那么凶残。

"哎呀呀，阿涅尔 [1]，你咋蜕变！

既非一，亦非二，你快看看 [2]。"　　　　　69

两个头 [3] 现已经变成一个，

本来的二形象消逝不见，

它们已融合成一张颜面。　　　　　72

双臂处长出来四条胳膊，

大小腿、腹与胸全都改变，

其形状此之前从未曾见。　　　　　75

以前的面目已全被摧毁，

是二者，却与其并不一般；

就这样他缓慢爬离此间。　　　　　78

第三种变形

酷暑的鞭笞下蜥蜴迁徙，

它们要把篱笆巢穴更换，

过路时如闪电，速度极快，　　　　　81

一小蛇喷怒火，也似这般；

它浑身青黑色，如同胡椒，

朝另外两罪魂快速向前 [4]；　　　　　84

刺穿了其中的一个罪魂，

曾吸收营养的肚脐之眼；

又伸直跌落在他的面前。　　　　　87

被刺者盯着蛇未吐一言；

---

[1] 那个被蛇攻击的罪恶灵魂叫阿涅尔（Agnele）。阿涅尔是佛罗伦萨圭尔费党（教宗党）人，最初属于"白派"，后来又转为"黑派"；据说，他从小就是一个无耻的盗贼。

[2] 你快来看看，你已经蜕变，现在既不是你自己，也不是那条缠绕你的六脚蛇。

[3] 指罪魂的头和蛇的头。

[4] 有一条愤怒的小蛇，快速地奔向另外两个罪恶的灵魂；如酷暑天迁徙的蜥蜴，穿过小路时像闪电一样。这条小蛇是由弗兰切斯科·卡瓦尔坎迪变的（见本章最后一行的注释）。

甚至还停脚步，懒腰伸展，

似睡魔或热病对其开战 [1]。　　　　　　　90

他瞅蛇，蛇瞧他，二者对视；

蛇从口，他从伤，猛烈喷烟，

烟撞烟，融合成浓浓一团。　　　　　　93

卢卡诺 [2] 已不再继续讲述，

萨贝罗、纳西雕 [3] 如何悲惨，

只待闻我怎射智慧之箭 [4]。　　　　　　96

奥维德也不讲卡德、阿瑞，

其诗中，前变蛇，后者变泉 [5]。

我对他并未怀嫉妒情感 [6]：　　　　　　99

他从未使两个自然物体，

把形状相融合，如此转变，

两物种甘愿把本质互换。　　　　　　　102

它们都遵循着同一准则：

蛇尾巴成叉状，一分两边，

受伤者把双足合为一线。　　　　　　　105

---

[1] 被蛇刺穿的罪魂好像受到睡魔或热病的攻击，变得极其懒惰，伸着懒腰，一言未发。

[2] 卢卡诺（Lucano，另译：卢卡努斯）是古罗马的著名诗人，著有史诗《法尔萨利亚》。

[3] 萨贝罗（Sabello，另译：萨贝卢斯）和纳西雕（Nassidio，另译：纳西迪乌斯）是史诗《法尔萨利亚》中的人物，他二人均在利比亚沙漠被毒蛇咬伤：前者身体溃烂，化作脓水而死；后者身体肿胀，撑破铠甲，爆炸成碎骨烂肉而死。

[4] 此处，"智慧之箭"隐喻诗人创作诗歌的灵感。这几行诗的含义是：面对这怪异的场面，连卢卡诺都不再讲述萨贝罗和纳西雕的离奇故事，只等待听我如何讲述眼前的故事。

[5] 卡德（Cadmo，另译：卡德摩斯）和阿瑞（Aretusa，另译：阿瑞图斯）都是希腊－罗马神话中的人物，奥维德的《变形记》曾讲述过他们的故事。据《变形记》讲，卡德是忒拜城的创建者，因杀死战神玛尔斯的蛇，受到惩罚，变成了蛇。阿瑞是一位水仙，在河中洗澡时，河神阿尔弗斯看见了她的裸体，被她的美丽所吸引，爱上了她；河神拼命地追赶她，月亮女神狄安娜（在希腊神话中叫阿尔忒弥斯）为保护其贞洁把她变成阿瑞泉；然而，河神仍不放弃，最后，阿尔弗斯河水与阿瑞泉水汇合在一起。

[6] 我对奥维德转换物种的本领并不嫉妒。

两条腿被牢牢粘在一起，

顷刻间它们便紧紧相连，

其连接之痕迹丝毫不见。 108

分叉尾呈消逝罪魂腿状[1]，

其皮肤已变得十分柔软，

魂之皮则变得既硬又坚[2]。 111

我见魂臂缩于两腋里面；

那恶兽[3]双前足原本很短，

现延伸，其长度与臂一般[4]。 114

变形蛇随后又后足相缠，

形成了人那个隐秘器官[5]，

可怜魂则将其一分两半[6]。 117

浓烟把二者身涂染新色，

使一个生毛发，覆盖皮面，

同时把另一个发毛剃光， 120

此时见一跌倒，另一立站[7]，

但二者并没有移转恶目，

眼睁睁见双方改换嘴脸。 123

站立者把嘴脸收向双鬓，

太多的肉与皮汇集两边，

秃秃的两颊上耳朵出现； 126

未收缩之部分留在原处，

聚拢起一鼻子于脸中间；

---

[1] 呈现出已经消逝的罪恶灵魂的双腿的样子。

[2] 变成蛇的罪恶灵魂的皮却变得十分坚硬，像蛇皮一样。

[3] 指蛇。

[4] 与消逝的罪魂的臂膀长度相等。

[5] 指人的阴茎。

[6] 那可怜的灵魂却把其生殖器一分两半，变成了四脚蛇的两条后腿。

[7] 使变成魂的蛇身上长出毛发，变成蛇的魂身上的毛发脱光；此时见到，前者站立起来行走，后者跌倒在地爬行。

适当地加厚唇位于下面。 129

卧倒者之嘴脸向前伸长，

一对耳被抻到头顶上面，

似蜗牛伸出了触角一般 [1]； 132

吐言的一根舌现分两叉，

两叉舌此时却合成一片 [2]，

你变我，我变你，停止喷烟 [3]。 135

罪魂已变成了一条恶虫，

发出了嘶嘶声，奔逃囊间，

身后者 [4] 啐唾液，同时吐言。 138

转新背 [5]，他朝向另外一魂 [6]，

对其说 [7]："卜奥索离此地面，

他爬行，就如我从前那般 [8]。" 141

我如此见七囊变来变去，

若此笔太粗糙，花未画全，

稀奇景可使我免受责难 [9]。 144

尽管是我有些眼花缭乱，

心神也恍惚惚，似不明辨，

有两魂 [10] 并没有偷偷离去， 147

---

[1] 就像一只蜗牛，把头缩回壳中，前面只露出两只触角。

[2] 本来用来说话的人的舌头分成了两叉，不再方便说话；而蛇的两叉舌却合并成一片人的舌头。

[3] 魂与蛇互变过程完成后，便停止了喷烟。

[4] 指刚刚从蛇变成人形的弗兰切斯科·卡瓦尔坎迪。

[5] 指弗兰切斯科·卡瓦尔坎迪的脊背。因为它刚刚诞生，所以称其背为"新背"。

[6] 指"瘸普乔"。见本章第 148 行。

[7] 主语是刚刚从蛇变成人的弗兰切斯科·卡瓦尔坎迪。

[8] 卜奥索（Buoso）是刚才变成蛇的罪魂的名字。变成人形的蛇说：卜奥索应该像他从前那样爬行。

[9] 就这样，我看见了第七囊中魂与蛇之间变来变去。如果我因文采不好，没能如实地描写出物种变化时的生动场面，那么，如此奇妙的变化本身的精彩程度足以淡化我的无能，使我免受指责。

[10]指从蛇变成人的弗兰切斯科·卡瓦尔坎迪和下面将提到的"瘸普乔"。

我见到瘸普乔 [1] 站在面前；

在先前来这里三魂 [2] 之中，

唯有他没发生任何蜕变；   150

加维勒呀，另一人 [3] 曾令你痛哭不断。

---

[1] "瘸普乔"（Puccio Sciancato）是佛罗伦萨人，属于吉伯林党（皇帝党）。据说，"瘸普乔"只在白天做贼，晚上绝不入室偷窃，与其他盗贼相比，略显文明；因而，但丁将其置于此处受罚，却不让他变成蛇。

[2] 指阿涅尔、卜奥索、瘸普乔。

[3] 加维勒（Gaville）是佛罗伦萨附近的一个小镇。"另一人"指的是弗兰切斯科·卡瓦尔坎迪，他被加维勒人杀死。为报仇，卡瓦尔坎迪家族杀死了许多加维勒镇的人，因而，此处说"加维勒呀，另一人曾令你痛哭不断"。

第26章

　　这一章的开始，诗人便预示佛罗伦萨将遭遇一场灾难，普拉托等附近的城市对此都幸灾乐祸。随后，但丁和维吉尔离开第七囊的堤岸，登上横跨在第八囊上的桥脊，见到第八囊中有成千上万朵火焰，就像夏季夜晚中的萤火虫。每一朵火焰中都裹烧着一个策划阴谋者的灵魂。这一囊惩罚的是利用天赐的智慧作恶的灵魂，在尘世时，他们用欺骗的手段实现个人或小团体的利益，其智慧违反了信仰的宗旨和道德准则，因而是一种邪恶的狡诈。在这一章里，但丁还讲述了古希腊智慧的象征者尤利西斯的故事，他抗拒天命，煽动伙伴们越过大地边缘，最后葬身于大海之中。面对第八囊中智慧的欺诈者，但丁的态度与对待其他欺诈者罪恶灵魂的态度有所不同，他既谴责他们，又同情他们，甚至好像还有赞美尤利西斯探索精神之意。

预示佛罗伦萨的灾难

欢腾吧，伟大的佛罗伦萨，
你展翅飞翔在海陆云天，
地狱里也英名广泛流传[1]！　　　　　　　　　　　3
盗贼中我见你高贵市民[2]，
他们的表现却令我汗颜，
使你也难获得荣耀之感。　　　　　　　　　　　6
但若是凌晨梦十分灵验，
不久后你将有巨大灾难，

---

[1] 佛罗伦萨呀，你的英名不仅飞遍尘世的大海和陆地，而且还广传于地狱。中世纪晚期，资产阶级产生于意大利的佛罗伦萨，该城的手工业、商业、金融业十分繁荣，其名声传遍世界。在当时的佛罗伦萨行政长官政务宫的墙上有这样的铭文："她拥有海洋、陆地和整个世界。"
[2] 在第七恶囊中，但丁见到了五个盗贼的灵魂，其中四个是佛罗伦萨人。

普拉托等城也这样期盼 [1]。　　　　　　　9

如此时就发生，亦不算早，

该发生，必发生，理所当然！

因越老承此压越是困难 [2]。　　　　　　12

策划阴谋者的灵魂

先前曾沿阶梯走到堤岸，

我二人离开那（儿）[3]，重踏桥面 [4]，

向导行，并拉我向上登攀；　　　　　　15

沿那条孤独路继续行走，

攀援于尖岩与圆石 [5] 之间，

无手助想移动寸步都难。　　　　　　　18

我当时很痛苦，现在依然，

因为又想起了亲眼所见；

比以往应更抑我的才智，　　　　　　　21

令它难离美德自奔向前：

若吉星或祥瑞赐我此善，

我不会丢弃它，丧失灵感 [6]。　　　　　24

---

[1] 中世纪，人们认为凌晨时的梦可以预示即将发生之事。此处，但丁预告佛罗伦萨将发生灾难，普拉托等托斯卡纳的其他城市也都期盼佛罗伦萨遭殃。

[2] 但丁痛恨堕落的、混乱的佛罗伦萨社会，希望上天的惩罚快点降临；若惩罚来得太晚，那时他已年迈，就更难以承受上天对自己家乡的惩罚。这反映了但丁的矛盾心理：一方面他希望上天惩罚堕落的佛罗伦萨社会，另一方面又为上天惩罚自己的家乡感到痛苦。

[3] 指堤岸。

[4] 上一章曾提到，但丁和维吉尔为了看清楚第七囊中的情况，走下高高的石桥脊背，来到堤岸上；现在他们又离开堤岸，重新踏上石桥。

[5] "尖岩"指有棱有角的岩石，"圆石"指圆滑的石头。

[6] 第八恶囊中惩罚的是那些利用上天所赐的超人天赋欺骗他人的智者。但丁警告自己，在这里应该更抑制自己的才智，使其不要过分张扬，以免背离美德指引的道路。他认为，上天的吉星和祥瑞赐予了他才智，他不必急于将其显露出来，因为自己的才智和创作灵感是不会丢失的。

在普照世界者 [1] 长久露面，

少隐藏其颜的炎热夏天 [2]，

当苍蝇让位于蚊子之时 [3]，　　　　　　　　27

小山上休息的农夫发现，

山谷中葡萄园、庄稼地中，

明亮的萤虫儿好似火团；　　　　　　　　　30

至能够见沟底那个地方，

我看到八囊中团团烈焰，

其数量如农夫谷中所见 [4]。　　　　　　　33

就好似那以熊复仇之人 [5]，

眼见着以利亚 [6] 战车飞远，

拉车马直立身腾空而起，　　　　　　　　　36

他双目却难以紧随后面：

只瞧见一火团升上天空，

就像是小朵的彩云一般；　　　　　　　　　39

窄沟中火焰也如此移动，

全不似有罪魂藏在里面，

每个魂却裹着烈火一团。　　　　　　　　　42

我站在石桥上瞩目观看，

若不是手抓住一块石岩，

无人碰我也会跌入沟间 [7]。　　　　　　　45

---

[1] 指太阳。

[2] 指夜短天长的夏季。

[3] 指苍蝇开始隐藏、蚊子越来越多的黄昏时。

[4] 烈焰的数量就像农夫在山谷中见到的萤火虫那么多。

[5] 指《旧约》中的先知以利沙（Eliseo）。一群青年路遇以利沙，耻笑他秃头；于是他以耶和华的名义诅咒这些青年，林中随即走出两头母熊攻击他们，咬死了其中的四十二人。

[6] 据《旧约》的《列王纪下》第二章讲：先知以利亚是先知以利沙的师傅，一次，他们一边走，一边说话，一架火马车将他们分开，就此以利亚升天，以利沙已无法看见师傅，只见一团火飞向天空。

[7] 为看清囊中的情况，但丁将身体探出石桥，若不是紧紧地抓住一块岩石，他肯定会坠入囊中。

向导见我如此全神贯注，

开言道："魂在里，火在外面；

每团火均把魂灼烧，裹缠。"   48

尤利西斯与雕墨得

我答道："老师呀，我已察觉，

正准备就此事对你吐言，

你的话肯定了我的判断；   51

那是谁? 其火焰上分两尖；

厄忒俄克勒斯与弟相煎，

亦如此被双双置于火焰 [1]。"   54

他答道："雕墨得、尤利西斯 [2]，

此二人受苦于同一火团，

遭报应，因双双惹神怒怨；   57

他们在烈火中痛哭不已：

木马计开启了大门一扇，

走出了罗马人高贵祖先 [3]；   60

---

[1] 据希腊神话讲，俄狄浦斯杀死父亲拉伊俄斯，夺得忒拜国王位，同时在不知情的情况下娶了母亲伊俄卡斯忒王后。国民知晓此乱伦行为后，将俄狄浦斯驱逐出国。俄狄浦斯的长子厄忒俄克勒斯（Eteòcle）继承了王位，却与其弟波吕尼刻斯发生争端，并受到父亲的诅咒。后来，波吕尼刻斯以阿尔戈君主阿德拉斯托斯的女婿身份率军进攻忒拜。厄忒俄克勒斯奋力抵抗攻打忒拜的七将，战败后死于其弟波吕尼刻斯之手。波吕尼刻斯也死于同一场战争。

[2] 尤利西斯（Ulisse），希腊－罗马神话中的英雄，又称奥德修斯，他非常狡猾，著名的木马计便是他设计的。雕墨得（Diomede，另译：狄俄墨得斯），希腊－罗马神话中的另一位英雄，也十分狡猾，曾与尤利西斯共谋并实施了许多计策，其中包括木马计。在但丁的笔下，他们的欺诈行为激怒了天神，因而死后要在地狱忍受严酷的惩罚。

[3] 指埃涅阿斯。埃涅阿斯是特洛伊人安奇塞亲王与爱神阿佛洛狄忒的儿子。据维吉尔的史诗《埃涅阿斯纪》讲，特洛伊破城后，他携老父、幼子逃离，经过艰险的漂泊，在意大利半岛的台伯河口登陆；后来，他的后裔建立了罗马城，因而此处说"走出了罗马人高贵祖先"。

火焰的沟壑

另一计杀死了戴达密女 [1]，

她仍然为其夫痛苦万般 [2]；

他们亦为盗像遭受苦难 [3]。"　　　　　　　　　63

我说道："若他们能在那火中说话，

老师呀，为了使我请求价值万千 [4]，

我请你，并再三请你帮助，　　　　　　66

切莫令我等来拒绝之言，

让长着两角的火焰来此，

你看我已躬身向它示愿！"　　　　　　69

他答道："我接受你的请求，

因为它 [5] 真值得大大颂赞；

然而你现必须把口紧缄。　　　　　　　72

让我讲，因我知你要说啥，

他们是希腊人，十分傲慢，

---

[1] 戴达密（Deidamia，另译：戴伊达密娅）是希腊神话中的人物。希腊英雄阿喀琉斯
的母亲预见到他将死于战争，就把他装扮成女孩，藏在斯库洛斯岛的王宫中。阿喀
琉斯长大后与公主戴达密相爱，并生下一个儿子。尤利西斯和雕墨得受命去请阿喀
琉斯参战，因为他是攻陷特洛伊城不可缺少的人物。阿喀琉斯容貌俊秀，混在公主
与侍女之间无法认出。尤利西斯便心生一计，将矛与盾置于厅中，然后命人吹响军
号；闻号声，少女们均逃走，勇猛无敌的阿喀琉斯不但未逃，还拿起他所喜爱的兵
器。阿喀琉斯的伪装被识破，在尤利西斯和雕墨得的劝说下，他同意参战。阿喀琉
斯离开斯库洛斯岛后，戴达密悲痛而死。

[2] 戴达密死后进入地狱的第一层灵泊，在那里仍然为阿喀琉斯而哭泣。

[3] 特洛伊人视智慧女神雅典娜为护国神，将其雕像供奉在神庙中。相传，只要雅典娜
的神像在，特洛伊城就安全无虞。希腊人曾摸到特洛伊庙，杀死守卫，将神像盗
走。这里，维吉尔告诉但丁：尤利西斯和雕墨得不仅利用木马计攻破特洛伊城，致
使埃涅阿斯逃离家乡，漂泊于海上，后来为罗马城的建立奠定了基础；还用兵器和
军号辨认出阿喀琉斯并将其骗走，致使戴达密至今仍为其惨死而悲痛；而且还盗走
了特洛伊人的护国神雅典娜的雕像，致使特洛伊城失陷。正是因为这些罪孽，他二
人才在此囊中忍受苦难。

[4] 但丁怕自己的请求不受重视，因而请维吉尔代其向火中的尤利西斯和雕墨得提出请
求，因为维吉尔曾经描写过他们的事迹，但丁认为他在这两位希腊英雄面前更有
面子。

[5] 指上一行诗句中提到的"你的请求"。

或许是不屑听你吐之言 [1]。"　　　　　　75

那团火来到了我们近处，

好向导已认为谈话方便，

我听到他如此开口说道：　　　　　　78

"噢，你们俩在同一燃烧火团，

若生前我写下华贵诗句，

对你们曾做出有益贡献，　　　　　　81

请你们停住脚，切莫离去，

二人中有一个应回我言，

讲述他怎迷路，魂飞命断。"　　　　　　84

尤利西斯的最后一次航行

古焰中较大的那束火苗，

似被风吹动得抖抖颤颤，

发出了飒飒声，窃窃私语，　　　　　　87

火之端摇曳着开口吐言，

就好像说话的一只舌头，

把声音投向了火苗外面：　　　　　　90

"加埃塔 [2] 附近处喀耳刻女，

曾强行留住我一年有余 [3]，

离开她我返回家园之后，　　　　　　93

温情儿、慈祥父和我爱妻，

均难以阻止我探索世界，

---

[1] 在中世纪欧洲人的眼里，古希腊人创造了灿烂的文化，因而十分傲慢；通过维吉尔的口，但丁表示，恐怕尤利西斯和雕墨得不屑与他说话。

[2] 加埃塔（Gaeta，另译：卡耶塔）是一个海湾，埃涅阿斯的乳母加埃塔死于该海湾，为纪念她，埃涅阿斯用其乳母之名为该海湾命名。

[3] 特洛伊战争之后，尤利西斯在返回家园的途中，曾漂流到女巫喀耳刻（Circe）居住的海岛（距加埃塔湾不远），被其强行留住在该岛上一年有余。

熄灭我心中的欲望火炬 [1]；　　　　　96

爱妻本该幸福，我却欠债 [2]，

父亲他也需要老有慰藉，

恶与善之体验令我着迷；　　　　　99

我带领伙伴们登上木船，

人虽少，却对我不离不弃，

远航于大海的广阔水域。　　　　　102

西班牙、摩洛哥、撒丁海面，

左边岸、右边岸我全看遍，

海水浸其他岛亦现眼前。　　　　　105

赫丘利 [3] 曾标示大地边缘，

人类均不能过那道界限；

我右边驶过了塞维利亚 [4]，　　　108

左边又离开了休达 [5] 海岸；

众伙伴与我都年迈、迟钝，

当我们到达那海峡 [6] 面前，　　　111

我说道：'噢，兄弟们，已至西方，

你们都经历了千难万险；

去认识日背后无人世界 [7]，　　　114

因我们之生命十分短暂，

现在它已经是所剩无几，

---

[1] 从特洛伊返回家园之后，探索世界的好奇心促使尤利西斯决定再次离开家园，父亲、妻子和儿子都无法阻止他。

[2] 爱妻本应该享受夫妻之乐，我却再一次对她欠下了情债。

[3] 希腊－罗马神话中最伟大的英雄，在希腊神话中叫赫拉克勒斯，在罗马神话中叫赫丘利。相传，他在直布罗陀海峡处竖立了两根圆柱，标示大地的边缘，任何人都不能违反天意越过它们。

[4] 塞维利亚（Sibilia）是西班牙的重要城市，位于伊比利亚半岛南部。

[5] 休达（Setta）是西班牙在北非的一块属地，位于马格里布的最北部，在直布罗陀海峡附近的地中海沿岸，与摩洛哥接壤。

[6] 指直布罗陀海峡。

[7] 指直布罗陀海峡以西的地方，太阳在那里落山。直布罗陀海峡被认为是大地的边缘，它的西面只有一片汪洋，自然被看作是无人居住的世界。

切莫要拒绝此亲身体验；   117

应想想你们的最初起源：

并非为做畜生诞于世间，

而是为觅知识、寻求良善。'   120

我利用这一段简短话语，

把我的伙伴们欲望点燃，

再阻止其上路已经很难；   123

我们把船尾部朝向东方，

划动浆，似生翼，飞行向前，

木船的航向常偏向左边[1]。   126

夜晚见另一极[2] 星辰点点[3]，

我们的[4] 北极星低沉下面，

不再在海上空显露其颜[5]。   129

从开始艰辛的航程以来，

满月光已五次照亮地面，

亦五次收回其明亮光线[6]；   132

此时有一座山[7] 隐约出现，

我觉得极高大，虽然尚远，

这样的巨山峰从未曾见。   135

我们都雀跃喜，随后悲哀，

新大陆[8] 生出了旋风一团，

猛撞击木船头，十分凶险。   138

令船儿转三圈，搅动海水，

---

[1] 即船驶向西南方。

[2] 指南极。

[3] 船朝着南极的方向行驶，因而尤利西斯看见了南极的星辰升起。

[4] 指我们所生活的地方。

[5] 身后北极的星辰则越来越远，显得越来越低，直至海面上再也见不到它们。

[6] 从我们开始航行到那时，已五次月圆月缺，即已经过去了五个月。

[7] 指炼狱山。

[8] 指刚刚出现在眼前的炼狱岛。

第四圈便尽如那人^[1]所愿，

木船儿沉入水，尾巴翘天，　　　　　　　　　　141

直至海把我们完全吞咽。"

---

[1] 指天主，他要惩罚狂妄地违抗天命的尤利西斯及其伙伴。

第 27 章

在这一章中，但丁主要展示了蒙泰菲特的圭多的形象。他是罗马涅地区吉伯林党（皇帝党）的领袖，十分狡诈，曾多次被教宗开除教籍，晚年皈依方济会，成为该会的修士。传说，教宗卜尼法斯八世曾请他入宫，向他讨计如何攻陷科罗纳家族的佩内林堡垒，镇压其反抗；并向他许诺，如能获得他的计谋，便可以赦免他已经犯的和即将犯的所有罪过。圭多为教宗谋划的计策是：多许诺，少遵守诺言。为此，但丁将其置于地狱第八层的第八个恶囊里，让他与尤利西斯等其他献诡计者一样，忍受被火焰裹烧的痛苦。在展示圭多形象时，但丁还向我们介绍了罗马涅地区尔虞我诈的政治环境。

蒙泰菲特[1] 的圭多

那火苗停止了口中之言，
直立起，已不再抖抖颤颤，
在诗人[2] 允许下离开我们，　　　　　3
它身后一火团来到眼前，
从里面传出了嘈杂声音，
使我们转过身望其顶尖[3]。　　　　　6
杂音像西西里牛儿初叫，
就好似造牛的工匠哭喊，
他用己之利锉精制此牛，　　　　　9
哞哞哞，痛苦声令人震撼，
尽管是全身用黄铜铸成，

---

[1] 蒙泰菲特（Montefeltro，另译：蒙泰菲尔特罗）是中世纪意大利的一个地区，位于现在的马尔凯大区。
[2] 指维吉尔。
[3] 指那团火焰的尖部。

那牛儿仍似被痛刺心肝 [1]；　　　　　　12

最初时，许多的悲伤话语，

在火中无通道，难排外面，

现转成燃烧的烈火语言。　　　　　　　15

当话语找到了通道之后，

发音时，那魂的火尖抖颤，

就如同说话时舌头那般；　　　　　　　18

"你竟然讲我们伦巴第语，

说'走吧，我不再逼你多言'，

噢，那个人 [2]，我是在对你讲话！　　　　21

尽管我来此处有些太晚；

你看我，虽燃烧，却愿交谈，

切莫对说话者表示厌烦！　　　　　　　24

我来自拉丁地 [3]，携罪至此，

如若你从那个温馨家园 [4]，

也刚刚坠入此黑暗世界，　　　　　　　27

告诉我罗马涅是和、是战 [5]；

我家在山中的乌尔比诺 [6]，

与台伯源头 [7] 的两地之间。"　　　　　30

---

[1] "西西里牛儿"指西西里铜牛。它是古希腊的一种死刑刑具，由雅典工匠佩里鲁斯发明并献给西西里暴君法拉利斯。该铜牛是空心的，一侧装有门，受刑人从该门进入牛腹，然后用烈火烧铜牛，将犯人活活烧死。牛头设有十分复杂的管道，受刑人的尖叫被管道系统转变成公牛的怒吼声。据说，铜牛造好后，暴君命人把制造者关入铜牛中做实验。因而，此处诗人说"杂音像西西里牛儿初叫，就好似造牛的工匠哭喊"。

[2] 指维吉尔。

[3] 指意大利。

[4] 指上一行诗句中提到的"拉丁地"。

[5] 圭多以为维吉尔是刚刚坠入地狱的灵魂。

[6] 乌尔比诺（Urbino）是意大利东北部马尔凯地区的古城，坐落在山坡上，保留了许多风景如画的中世纪景色。

[7] 指亚平宁山脉的中北段，流经罗马的台伯河在那里发源。

罗马涅的现状

我正在俯着身注视下面，

向导捅我肋部开口吐言：

"你说吧，他来自拉丁家园 [1]。"   33

我早已准备好回答问题，

于是便开口说，毫不迟延：

"噢，在下面隐身的无影灵魂，   36

罗马涅 [2] 在它的暴君心间，

今与昔无时不处于战争，

我离开那里时未见实战 [3]。   39

拉文纳 [4] 仍然如多年以前：

波伦塔 [5] 之雄鹰卧伏其间，

切维亚 [6] 也被其羽翼遮掩。   42

曾长期被围困那片土地，

令法人血成河，尸骨如山 [7]，

现又被按在了绿爪下面 [8]。   45

---

[1] "拉丁家园"指意大利。维吉尔对但丁说：你跟他说话吧，他来自意大利。

[2] 罗马涅（Romagna）是意大利中北部的一个地区，中世纪，蒙泰菲特属于该地区。

[3] 贪婪的罗马涅地区的统治者钩心斗角，相互仇恨，在他们的心中孕育着战争；但目前尚未见他们真打起来。

[4] 拉文纳（Ravenna）是罗马涅地区一座十分重要的城市。

[5] 波伦塔（Polente）原本是一座城堡的名称，波伦塔家族起源于那里，因而得名。但丁时代，波伦塔家族统治着拉文纳城；后来被流放的但丁曾在该家族处避难。

[6] 切维亚（Cervia，另译：切尔维亚）是意大利的一座小城市，属于拉文纳省。

[7] "曾长期被围困那片土地"指位于罗马涅地区的弗利城（Forlì）。1281—1283 年，在罗马教宗的唆使下，法意联军向罗马涅地区的吉伯林党（皇帝党）发起进攻，包围了弗利城，但久攻不下，致使联军血流成河；因而此处说"令法人血成河，尸骨如山"。

[8] "绿爪"指奥尔德拉菲（Ordelaffi）家族，该家族的族徽是金底上绣绿色的张牙舞爪的雄狮。但丁时代，弗利城在奥尔德拉菲家族的统治之下。

维卢乔 [1] 那两只新老恶犬，

把牙齿变成了尖锐利钻，

蒙塔涅 [2] 受他们残酷摧残。　　　　　　　48

法恩扎 [3]、伊莫拉 [4] 狮崽统治，

它卧在白色的巢穴里面，

夏至冬其立场不断改变 [5]。　　　　　　　51

萨维奥 [6] 冲刷的那座城市 [7]，

半坐落山坡上，半卧平原，

生活在暴政与自由之间 [8]。　　　　　　　54

现在请告诉我你是何人，

切莫比其他人更欲隐瞒，

但愿你名声在尘世永传。"　　　　　　　57

圭多的罪孽与所受惩罚

那火焰放肆地狂吼之时，

其顶尖便左右抖抖颤颤，

随后又如此地叹息说道：　　　　　　　60

---

[1] 维卢乔（Verrucchio）指马拉台斯塔·维卢乔及其长子马拉斯提诺·维卢乔。1295
年，前者把吉伯林党驱赶出里米尼城，成为该家族的首位里米尼城主；后者继承前
者的权位，也成为里米尼城的城主。二人均十分凶残，因而此处诗人将他们父子说
成两只恶犬。

[2] 马拉台斯塔·维卢乔击败的吉伯林党首领叫蒙塔涅（Montagna），他失败后被俘，
最后被杀。

[3] 法恩扎（Faenza）是意大利中北部的一座城市，位于亚平宁山脉东北麓，博洛尼亚
市东南。

[4] 伊莫拉（Imola）是意大利中北部的一座城市，距博洛尼亚不远。

[5] "狮崽"指玛纳多·帕加尼侯爵（Maghinardo Pagani），他的旗帜是一只蓝色的狮
子绣于白底上。他是法恩扎和伊莫拉的统治者，十分狡诈，政治立场多变，在罗马
涅地区他是吉伯林党（皇帝党）人，在托斯卡纳地区他又站在圭尔费党（教宗党）
一边。

[6] 萨维奥（Savio）是一条小河，注入意大利东面的亚得里亚海。

[7] 指切塞纳（Cesena）城。一座位于意大利罗马涅地区的小城镇，现在属于弗利省。

[8] 切塞纳城的政治介于专制与自由之间。

"如果是能确信我的回言，

是说给必返回尘世之人，

这火焰便不会摇曳不断；　　　　　　　　63

从这个深渊中无人生还，

此说法若的确不是虚传，

回你话我不怕丧失颜面 [1]。　　　　　　66

我从前是武夫，后做修士，

曾确信把麻绳应束腰间 [2]；

见鬼吧，大祭司 [3]！如若无他，　　　　69

我赎罪之信念必定实现；

他令我又回到罪孽之中，

如何与为什么，请听我言。　　　　　　72

我也曾是母生骨肉之躯，

当时我行动非狮子那般，

而是只老狐狸，诡计多端 [4]。　　　　　75

深知晓各种的隐秘之术，

可巧妙用诈术，手段不凡。

以至于我名传海角天边。　　　　　　　78

人若是达到了一定岁数，

都会收桅牵索 [5]，降下风帆，

当我见自己已年迈之时，　　　　　　　81

以前的喜好事令我遗憾；

我忏悔曾犯的种种罪过，

---

[1] 圭多的灵魂对但丁说：如果无人能返回尘世，你也自然无法回去，那么，我就可以把我的事告诉你，不怕你在人间传播这些丑事，使我丧失颜面。

[2] 说话的人是蒙泰菲特的圭多（Guido di Montefeltro），他是但丁时代意大利一位著名的政治家和军事家，战功赫赫；1296 年加入方济会，成为一名修士。为表示安贫，方济会的修士都身穿简朴的僧袍，腰束麻绳。

[3] 指教宗卜尼法斯八世。他也是后来放逐但丁的教宗。

[4] 蒙泰菲特的圭多被当时的人看作一位诡计多端的武士。

[5] 帆船上固定风帆的索绳。

本来应有效果，哎，我好悲惨！   84

那一位法利赛新恶之王 [1]，

拉特兰 [2] 发动了一场恶战，

并非对撒拉逊、犹太之敌，   87

而是对基督徒挥舞刀剑 [3]；

他们 [4] 中并无人攻占阿克 [5]，

也无人苏丹地经商赚钱 [6]；   90

全不顾高地位、神圣职责 [7]，

也不看我把绳已缠腰间：

那绳子使缠者更瘦一圈 [8]。   93

他模仿大皇帝君士坦丁，

为麻风招教宗 [9] 出洞来见 [10]，

要求我也做他 [11] 治病医师，   96

医好他狂妄热，令其康健；

他请我提建议，我却沉默，

---

[1] 隐喻卜尼法斯八世。法利赛人是迫害基督耶稣的犹太人。

[2] 拉特兰（Laterano）是罗马城中的一个地方，公元 4 世纪，罗马皇帝君士坦丁在那里建立了拉特兰圣约翰大教堂。该教堂是天主教最重要的教堂之一，也是罗马教宗最重要的活动场所之一。

[3] 1297 年，教宗卜尼法斯八世发动了一场矛头指向罗马望族科罗纳的残酷斗争，此处，"拉特兰发动了一场恶战"影射的就是这场斗争。

[4] 指上一行诗句中提到的基督徒。

[5] 阿克（Acri）是叙利亚的一座濒海城市，曾被十字军占领，由耶路撒冷圣约翰骑士团统治长达百年之久，可以说它是十字军所控制的最牢固的堡垒；但是，1291 年还是被穆斯林军队攻克。参加攻打阿克城的人自然被基督徒视为敌人。

[6] 阿克被攻陷后，教廷下令，基督徒不准去穆斯林苏丹统治区域经商，违者将被开除教籍。

[7] 这句话的主语是"那一位法利赛恶人之王"，即卜尼法斯八世。

[8] 腰缠方济会麻绳的人都决心安贫，节制饮食，他们自然会比别人更加消瘦。

[9] 指君士坦丁大帝时期的教宗西尔维斯特。

[10] 君士坦丁大帝之前，基督徒受罗马帝国政府的迫害，因而都躲藏起来了；当时的教宗西尔维斯特也躲入索拉特山的山洞中。据说，君士坦丁大帝身患麻风病，只好请教宗出山为其治病；教宗西尔维斯特医好了皇帝的病，致使皇帝皈依了基督教，承认了基督教的合法地位。

[11] 指"那一位法利赛恶人之王"，即卜尼法斯八世。

争夺蒙泰菲特的圭多

因见他吐言时好似醉汉 [1]。　　　　　　　99

他说道：'你的心切莫疑惧，

我恕罪，你则应教我咋办，

怎么把佩内林 [2] 摔倒地面 [3]。　　　　102

你知道我能开亦可锁天，

把两把圣钥匙握于掌间，

我前任对它们却不喜欢 [4]。'　　　　　105

此话题太重大，令我觉得，

沉默会更不利，于是开言：

'圣神父，我将陷罪孽之中，　　　　　108

既然你能洗罪，免我受难，

为令你得胜利，护住宝座，

我建议许诺长、守约要短 [5]。'　　　　111

我死后圣方济前来接我 [6]，

但有位黑天使 [7] 如此吐言：

'留下他，切莫要令我吃亏，　　　　　114

他必须入我奴行列之间 [8]，

我现在定要揪他的头发，

因为他献诡计，把人欺骗；　　　　　117

怎可能既悔过，同时犯罪？

不忏悔，罪行便难以赦免；

---

[1] 圭多见教宗卜尼法斯八世胡说八道，像喝醉的人一样，因而不愿为他提建议。

[2] 佩内林（Penestrino，另译：佩内斯特里诺）即现在的帕勒斯特里纳小镇，位于距罗马不远的一座小山上。该镇居民抵抗教廷军队，拒不投降，令教宗卜尼法斯八世十分恼火。

[3] 教宗卜尼法斯八世对圭多说，他能以上帝的名义宽恕其所犯的罪过，但是，圭多必须告诉他怎么对付佩内林小镇的人。

[4] 教宗是基督在人间的代表，手中握着金银两把神圣的钥匙，可以开启或锁住进入天国的大门。卜尼法斯八世认为他的前任教宗没有很好地珍惜和利用好这两把钥匙。

[5] 可以多许诺，但许过的诺言不一定都遵守。

[6] 前面说过，讲话的人圭多已经加入方济会，成为该会的修士。

[7] 隐喻地狱中的鬼卒。

[8] 加入到我所管辖的罪恶灵魂的行列之中。

矛盾令两行为不得同兼。'   120

噢，我好苦，他抓我，对我开言：

'或许你想不到我通逻辑[1]。'

闻此语我感到十分震撼！   123

他说完领我把米诺斯[2]见，

那厮[3]尾缠我的硬脊八圈；

他暴怒咬尾巴开口说道：   126

'此人是火烧者其中一员。'

因而我如你见，在这（儿）受罚，

穿此衣[4]，行走着忍受苦难。"   129

当结束这一段话语之时，

那火焰扭动着，低垂其尖，

痛苦地离开了我的身边。   132

向导他陪伴我继续前行，

沿岩石登上了另一桥面，

桥下沟聚离间罪恶灵魂，   135

获应得之回报理所当然。

---

[1] 这是那位"黑天使"又补充的一句话。

[2] 地狱判官。见《地狱篇》第5章第4行有关米诺斯的注释。

[3] 指米诺斯。

[4] 指穿着火焰之衣。

第28章

地狱第八层第九囊在读者面前展现出一幅血腥的恐怖画面：挑拨离间和制造分裂者的身体受到极其残忍的割裂；在罗马涅封建主中煽动仇恨的皮尔·达·美第奇那喉咙被利刃刺穿，一只耳朵和鼻子被削掉；鼓励恺撒越过卢比康河的古罗马政客库里奥舌头被连根割断；引起佛罗伦萨圭尔费党和吉伯林党血斗的莫斯卡高举着两只断臂，滴落的鲜血污染了他的面容；唆使英国王子背叛国王的封建主贝尔特兰手提着自己的断头，就像提着灯笼一样。诗人并未把注意力置于对上述人物形象的具体、细致的描写之上，而是刻意地渲染了第九囊的恐怖气氛和罪恶灵魂受罚的残忍程度，令人毛骨悚然。

挑拨离间者的惨状

谁能够道明我眼见血、伤？	
即便是用无韵散文语言，	
细描述许多遍，讲清亦难。	3
任何的口与舌无能为力，	
因我们语言与智慧有限，	
无能力承载下如此纷繁。	6
受命运摆布的普利亚^[1]地，	
特洛伊之后裔^[2]长期奋战^[3]，	
敌人的战利品高高堆起，	9

[1] 普利亚（Puglia）古称阿普利亚，是意大利东南部的一个大区，东邻亚得里亚海，东南临爱奥尼亚海。

[2] 指罗马人。据维吉尔的《埃涅阿斯纪》讲，埃涅阿斯及其随从逃离特洛伊后在台伯河口登陆，他的后裔建立了罗马城。

[3] 指第二次布匿战争。在第二次布匿战争中，北非迦太基的汉尼拔将军率军越过直布罗陀海峡，绕道翻越阿尔卑斯山脉，进入意大利，骚扰古罗马共和国腹地；罗马人奋起抵抗，战争持续十六年之久，因而，此处说"特洛伊之后裔长期奋战"。

无误的李维讲指环如山 [1]；

为抗击罗伯特·圭斯卡多，

亦曾有无数的勇士蒙难 [2]；　　　　　　　12

还有人尸骨葬切普拉诺 [3]，

在那里普利亚 [4] 众人叛变 [5]；

阿拉多 [6] 无剑胜塔亚科佐 [7]，　　　　　15

那附近也埋着尸骨万千；

即便是把他们统统聚拢：

有的人臂或腿被人刺穿，　　　　　　　　18

有的人被斩断，晾在那里，

但若与九囊比，相差甚远，

仍显得血腥状不够悲惨。　　　　　　　　21

穆罕默德和阿里

见一魂，下巴至放屁之处 [8]，

---

[1] 公元前 216 年 6 月，迦太基军队在普利亚的坎尼地区大败罗马军团主力，六七万罗马将士战死或被俘，并有一位执政官和八十位元老院元老阵亡。据古罗马著名历史学家李维记载，迦太基人从战死的罗马人手上撸走的戒指可以堆成一座小山。诗人认为李维的记述是不会有错误的。

[2] 11 世纪前半叶，北方诺曼人罗伯特·圭斯卡多（Ruberto Guiscardo，1015—1085）率军南下意大利，为抗击他的入侵，许多意大利人战死沙场。

[3] 切普拉诺（Ceperano）是意大利罗马以南约一百公里处的一座小城镇。该小镇是兵家必争的战略要地，也是进入那不勒斯王国的门户。

[4] 此处指整个西西里王国。

[5] 公元 1266—1268 年，安茹伯爵查理率法兰西军队南下意大利，与西西里国王曼弗雷迪（属于日耳曼神圣罗马帝国皇室施瓦本家族）展开贝内文托战役；由于西西里男爵们背叛国王，弃守切普拉诺镇，王国军队惨败，曼弗雷迪战死。

[6] 阿拉多（Alardo，另译：阿拉尔多）是安茹伯爵查理的军师，十分狡诈，他的计谋决定了贝内文托战役的胜负。

[7] 塔亚科佐（Tagliacozzo，另译：塔利亚科佐）是意大利南方的一个小城镇。据说，在塔亚科佐战役中，查理·安茹已处于劣势，阿拉多建议他不要把全部兵力投入战斗，应保存储备力量，结果转变了战局，取得了胜利。阿拉多是一位军师，不持剑上阵，却使安茹伯爵获得塔亚科佐战役的胜利，因而此处说"阿拉多无剑胜塔亚科佐"。

[8] 指肛门。

被劈开，破裂身支撑已难，

桶底落，桶帮脱，难比其伤 [1]，　　　　　24

心肺脾肠胃肝露腹外面，

两腿间垂挂着五脏六腑，

那脏袋 [2] 将食物变为粪便。　　　　　27

我瞩目望着他，他亦看我，

用两手撑开胸，张口吐言：

"你眼前是被毁穆罕默德，　　　　　30

我现在敞开胸让你观看！

阿里他前面走，哭泣不止，

从额发至下巴被劈两半。　　　　　33

你在这（儿）所见的其他众人，

尘世把分裂种播撒田园，

现在此受裂身无尽苦难。　　　　　36

一鬼卒在身后折磨我们，

对我等表现得十分凶残，

我们绕痛苦路一圈之后，　　　　　39

他用剑把我们再次劈砍；

因我们到达其身边之前，

大伤口已愈合，身体复原。　　　　　42

你是谁？在桥上止步观看，

或许为把服刑时间拖延，

上天按你罪行做出决断 [3]。"　　　　　45

老师道："死不曾降其身边，

罪亦未引他来承受苦难；

我已死，但必须领他至此，　　　　　48

---

[1] 桶底和桶帮板脱落的木桶所展示出的"伤口"都没有这个罪恶灵魂的伤口大。

[2] 指胃。

[3] 穆罕默德见但丁在桥脊上观看囊中罪魂受罚，以为他在拖延时间，躲避惩罚，所以对他说：这种惩罚是上天按照你所犯罪行的轻重决定的，躲也无益。

为的是令他有充分体验；

引导他一圈圈下到这里，

此话真，似你我现在交谈 [1]。”   51

百余名罪恶魂闻听此言，

在沟中均止步把我凝看，

好奇心令他们忘记苦难。   54

“若不久你便能重见天日，

请你对多奇诺修士 [2] 明言，

如不想很快就随我至此，   57

他必须储备粮应对雪天，

不可能轻易获其他方法，

无储备诺瓦拉取胜实难 [3]。”   60

抬起脚欲离去穆罕默德，

迈步时对我吐上述之言，

随后便足落地，行走向前。   63

皮尔·达·美第奇那

另一魂喉咙被利刃刺穿，

睫毛下被刀削，鼻被斩断，

他侧面仅挂着一只耳朵，   66

随他人在那里惊愕观看，

喉管外到处被鲜血染红，

别人还未吐语，他张喉管 [4]，   69

---

[1] 我对你说的话是真实的，就像你我现在交谈一样确确实实。

[2] 多奇诺（Dolcino，另译：多里奇诺）是中世纪晚期意大利的一位修士，宗教改革家，倡导教会恢复初建时的纯洁，主张财产共有；被教宗指责为异端，后率五千余众退守山林，长期反抗教廷的镇压；在教廷重兵围困下断绝粮草，只好投降，最后死于火刑。

[3] 多奇诺是诺瓦拉人，因而此处说“无储备诺瓦拉取胜实难”。

[4] 由于喉咙被刺破，不能从口中吐言，只好张开喉管发出声音。

开言道"噢，你不是受罚之人 [1]，

在拉丁土地上 [2] 似曾相见 [3]，

除非你太像他 [4]，我被欺骗；   72

请记住皮尔·达·美第奇那 [5]，

维切利 [6]、玛卡勃 [7] 两地之间，

那美丽平原你若能重见 [8]。   75

应告诉圭多与安乔莱罗，

二位爷是法诺最佳成员 [9]，

若此处 [10] 之预言并非虚妄，   78

他们将被抛下所乘小船，

被波浪淹死在卡托利卡，

全因为一暴君无耻背叛 [11]。   81

马略卡 [12] 一直到塞浦路斯 [13]，

---

[1] "你"指但丁。皮尔认出但丁还不是死后被打入地狱接受惩罚的罪恶灵魂。

[2] 指意大利，因为古罗马时，那里是拉丁人居住的地方。

[3] 在意大利的某个地方我们似乎曾见过面。

[4] 指太像见过的那个人。

[5] 说话的人叫皮尔·达·美第奇那（Pier da Medicina），意大利中北部人士，其家乡距博洛尼亚不远。

[6] 维切利（Vercelli，另译：韦尔切利）是意大利北部的一座城市，位于皮埃蒙特大区，即波河平原的西部。

[7] 玛卡勃（Marcabò）是威尼斯人修建的一座城堡的名称，该城堡位于波河平原的东部。

[8] 如果你还能返回人间，重见维切利和玛卡勃两地之间那片美丽的平原（指波河平原），就请记住皮尔·达·美第奇那这个名字吧！

[9] 圭多（Guido）和安乔莱罗（Angiolello）是两位意大利东北部城市法诺（现属于马尔凯大区）有影响的贵族，风度翩翩，深受市民喜爱，因而此处说"二位爷是法诺最佳成员"。

[10] 指地狱。

[11] 此处，但丁通过皮尔的口预言：为了实现占领法诺城的野心，里米尼的暴君马拉台斯提诺邀请圭多和安乔莱罗去卡托利卡谈判，他背信弃义，在途中命人把二人装入麻袋抛入水中，活活淹死。

[12] 马略卡（Maiolica）是西地中海的一座岛屿，属于西班牙。

[13] 马略卡岛在地中海的西面，塞浦路斯岛在地中海的东面。此行诗句的意思是：从西到东，在整个地中海的范围内。

海盗与阿尔戈[1]犯罪万千，

此等罪尼普顿[2]从未曾见[3]。 84

在这里陪我的某个灵魂[4]，

不愿意再看见一座城垣[5]：

该城被独眼贼[6]控于掌中， 87

那叛贼请他们[7]与其谈判，

要借助浮卡腊狂风作恶[8]：

受骗者不必再祈祷、许愿[9]。" 90

我说道："若要我尘世传讯，

便请你清晰地对我明言，

是何人不愿把那城[10]再见。" 93

于是他手放在同伴两腮，

撑其嘴，掐颌骨，同时叫喊：

"就是他，现已经沉默无语， 96

被流放[11]，他曾向恺撒建言：

'推延对有备者必定有害。'

---

[1] 阿尔戈（Argos，另译：阿尔戈斯）是希腊的一座古城，位于迈锡尼附近的海边。阿尔戈被称作"希腊第一船"，因而，泛指古希腊的航海者。据说，古希腊的航海者常在海上抢掠，行为类似海盗。

[2] 尼普顿（Nettuno）是罗马神话中十二主神之一，大海的统治者；在希腊神话中被称作波塞冬。

[3] 这几行诗句的意思是：地中海从西到东，古今海盗罪恶滔天；但是海神尼普顿却从来没有见过这样凶残的犯罪行为（指迫害圭多与安乔莱罗的罪行）。

[4] 指古罗马政客库里奥。见本章第99行注。

[5] 指里米尼（Rimini）城。

[6] 指里米尼的暴君马拉台斯提诺，他是个独眼龙。

[7] 指前面提到过的圭多与安乔莱罗。

[8] 浮卡腊（Focara）是意大利中东部海边的一个区域，距佩萨罗城不远；那里的海面上经常起大风，航行需冒很大风险。在浮卡腊海面上，背信弃义的马拉台斯提诺下令将圭多和安乔莱罗装入麻袋扔到汹涌的波涛中淹死。

[9] 到达浮卡腊海面时，船员们都要祈祷上天，并向其许下诺言，以避免海难；然而，被淹死的圭多和安乔莱罗已经没有必要再祈祷上天保佑了。

[10] 指前面提到的"一座城垣"，即里米尼城。

[11] 指被赶出罗马。

此建言解开了恺撒疑团 [1]。"   99

噢，我觉得库里奥万分惊恐，

其舌被从喉咙连根割断，

想当初他多么勇于吐言！   102

莫斯卡

另一魂左右手均被刀斩，

把两只残断臂举于黑暗，

血滴落，污染了他的容颜；   105

高喊道："请你把莫斯卡 [2] 牢记心间，

他曾说：'难挽回，米已成饭。'

好悲惨！美家园 [3] 因此蒙难 [4]。"   108

我对他又说道："你族已灭 [5]。"

因而他痛加痛，凄凄惨惨，

悲伤去，就好似疯了一般。   111

---

[1] 此处所讲的人是古罗马共和国晚期的政客库里奥（Curione）。在前三头统治时期，他起初支持庞培，后来又站到恺撒一边反对庞培，被赶出罗马，投奔了恺撒。恺撒欲率兵返回罗马与庞培争权，经过里米尼城附近的卢比康河时，有些犹豫，担心因违反共和国的法律而受到惩罚，库里奥进言说："推延对有备者必定有害。"致使恺撒鼓起勇气，跨过禁河，从而爆发了罗马共和国的内战。后来，库里奥后悔为恺撒鼓气，不愿意再见到里米尼城，因为它会使其想起懊悔之事。

[2] 喊叫的人叫莫斯卡（Mosca），全称莫斯卡·兰贝尔提。据说，他是引发佛罗伦萨圭尔费党（教宗党）与吉伯林党（皇帝党）血斗之人。

[3] 指佛罗伦萨。

[4] 庞戴尔蒙特（Buondelmonte）已与阿米戴伊（Amidei）家族的一位少女订婚，却在媒婆的劝说下娶了另一位女子，此事激怒了该家族；阿米戴伊家族与亲戚们商量如何报复庞戴尔蒙特，此时，参加协商的莫斯卡说："难挽回，米已成饭。"这更激怒了众人，于是他们杀死了庞戴尔蒙特。此事件不仅引起佛罗伦萨几大家族之间的血斗，也成为城中圭尔费党和吉伯林党之间殊死斗争的导火线，致使佛城内战不止。

[5] 事发之后，莫斯卡所属的兰贝尔提（Lamberti）家族被逐出佛罗伦萨，从而走向灭亡。

贝尔特兰·鲍恩

然而我留下看那队罪魂，

见一景，证其实十分困难，

但只要讲述它我便抖颤；　　　　　　　　114

说真话良心在给我壮胆，

它 [1] 可是激励我最佳伙伴：

在纯洁铠甲下人可坦言 [2]。　　　　　　　117

我确见无头体行走地面，

现如今他仍似在我眼前，

如悲惨人群中他人一般；　　　　　　　　120

他揪发拎提着那颗断头，

手摇动，像是把灯笼空悬；

见我们头叫道："哎呀，快看。"　　　　　123

魂把己做成灯，为己照明，

一分二，二合一，怎可这般？

只有天可降下如此苦难。　　　　　　　　126

当那魂来到了桥下之时，

高抬臂，把断头举到上面，

使其音距我们更近一点 [3]；　　　　　　129

开言道："喘气者来见死人 [4]，

请你看我受刑多么悲惨，

是否有其他刑更加凶残 [5]？　　　　　　132

为使你把我讯传至人间，

---

[1] 指上一行诗句提到的说真话的良心。

[2] 说真话对道德来讲是一副纯洁的铠甲，在它的保护下人便有勇气坦诚地吐出心中之言。

[3] 此时但丁和维吉尔在横跨第九囊的桥上，罪魂把断头高举起，断头发出的声音自然距但丁更近些，因而也更清楚些。

[4] 你这个还喘气的活人却要来看我们这些死人。

[5] 还会有比这更凶残的刑罚吗？

贝尔特兰·鲍恩

你应知我便是贝尔特兰 [1]，

曾经向少年王 [2] 进献谗言。　　　　　135

我令那父与子成为仇敌，

亚希多 [3] 用诡计挑拨离间，

也未令押沙龙、大卫这般 [4]。　　　　138

我离间由血脉相连之人，

因而头脱离开它的躯干，

脑无髓，哎呀呀，我好悲惨！　　　　141

恶报应在我身得以体现。”

---

[1] 贝尔特兰（Bertram，另译：贝尔特朗），全名贝尔特兰·鲍恩，他是 12 世纪后半叶的一位封建主，诡计多端，晚年出家成为修士，死于修道院。他是英国国王亨利二世的陪臣，传说曾煽动国王长子背叛其父，因而但丁将其置于地狱第八层第九囊中接受极其严厉的惩罚。

[2] 指英王亨利二世的长子。

[3] 亚希多（Achitofèl，另译：亚希多弗）是《旧约》中的人物，大卫王的谋士。当大卫的儿子押沙龙叛乱时，亚希多不仅认可，而且大力支持，使叛乱者的声势越来越大。后来押沙龙不听他的建议，亚希多是个聪明人，知其必败无疑，于是他自缢而亡。

[4] 即使亚希多挑拨离间，使押沙龙与其父大卫王骨肉相残，其诡计也没有我的阴险毒辣。

第 29 章

　　第九囊中受惩罚的罪恶灵魂数量众多，伤口千奇百怪，其悲惨景象使但丁真想痛哭一场；更令但丁揪心的是罪魂中还有一位他的族人，此人叫杰利·贝洛，是但丁的长辈，喜欢挑拨离间，因纠纷被人杀害。

　　但丁在维吉尔的催促下，来到最后一囊（第十囊）的堤岸，见沟底一个个造假者的灵魂十分孱弱，像麻风病人，东倒西歪，相互依偎，不停地用指甲狠挠伤痂，身上发出腐肉的恶臭。

　　在第十囊的罪魂中，但丁遇见了阿雷佐的葛利浮里诺和佛罗伦萨的卡波乔，并听他们讲述了各自的故事；诗人还通过这两个灵魂之口，谴责了锡耶纳人的虚荣心。

杰利·贝洛

苦魂多，创伤亦奇异、恐怖，

令泪水模糊了我的双眼，

我真想停在那（儿）痛哭一番。　　　　　3

维吉尔却说道："你看什么？

为何仍让视线滞留下面？

为何只望残裂悲魂之间？　　　　　6

其他囊你可未如此这般；

你以为可逐个把魂观看，

但此谷二十二余哩一圈 [1]。　　　　　9

现月亮已经在我们脚下 [2]，

---

[1] "哩"即所谓的英里，1英里约等于1.6公里。第九囊的周长为22哩，范围很大，罪恶的灵魂也很多，你是无法一个个全都看到的。

[2] 地狱中的时间都是借助月亮所在的位置来表示的，而不用太阳所在的位置来表示；因为月亮夜晚才出现，它可以烘托地狱的黑暗气氛。此处，诗人说"现月亮已经在我们脚下"，意思为：月亮已经转到了南半球子午线处炼狱山的上空，即北半球已经是下午1点钟前后。但丁和维吉尔前一天晚上开始地狱之行，此时已过去约18个小时，再过5个小时左右，他们将走完地狱的全部24小时的路程。

我们能逗留的时间很短，

未见的其他物还须观看。" 12

我答道："若你曾仔细想过，

为何我向沟底张望不断，

或许会允许我在此停站。" 15

此时刻向导已抬步离去，

一面答我一面跟在后边；

随后又对向导补充吐言： 18

"我凝眸注视的恶沟之中，

可能有我亲族灵魂受难，

他因罪在那里哭泣不断。" 21

我老师于是说："你切莫要，

为了他伤脑筋，心肠变软。

要关注别的事，令其自便 [1]； 24

我见他在那座小桥下边，

手指你，显露出威胁容颜，

还听人把杰利·贝洛呼唤 [2]。 27

当时你正关注另外一人：

他曾把高城堡居住，掌管 [3]，

杰利便离开那（儿），你未看见。" 30

我说道："噢，向导啊，他是横死，

却没有任何人为其雪冤 [4]，

---

[1] 你应该关注其他事情，就让你亲族的灵魂自己待在那里吧，不要管他。

[2] 那位但丁的族人叫杰利·贝洛（Geridel Bello），在尘世时，他未得到家族的保护，被人杀死，而且死后没人为他报仇雪恨，因而在地狱中用手指着但丁，显露出要发泄恨怨的样子。据 1269 年和 1276 年的一些史料讲，杰利·贝洛是但丁父亲的堂兄弟。有关他的生平众说纷纭，最可信的是但丁的儿子雅各伯和彼埃特罗所留下的资料。雅各伯说，杰利喜欢挑拨离间，因此被杀。彼埃特罗补充说，杀死他的是萨凯蒂家族的勃罗达约。据说，1310 年，时隔三十多年后，杰利的几个侄子才为他报仇雪恨，杀死了勃罗达约；但此事也使两个家族结下了难解的仇怨。

[3] 指上一章提到的贝尔特兰·鲍恩，他是封建主，居住在高高的城堡之中。

[4] 但丁游历地狱时，杰利的侄子们还没有为他报仇雪恨。

血亲应与他背同一耻辱， 　　　　33

无人理致使他胸燃怒焰，

我判断：他为此悄然离去，

因而他更令我觉得可怜。" 　　　36

说话间我们至桥的另端，

在那（儿）见又一谷 [1] 出现眼前，

若有光，谷底景便入眼帘。 　　39

好似麻风病人的造假者

我们至最后的恶囊桥上，

见沟壑就像是一座"修院 [2]"，

那里有许多的"修行之士 [3]"， 　　42

他们都向我射怨恨毒箭 [4]，

支支箭均镶着怜悯铁头 [5]，

因而我捂住耳，欲避锐尖。 　　45

马雷马 [6]、撒丁岛、恰纳山谷 [7]，

七月至九月间，各家医院，

把病人全部都聚于一处， 　　48

其痛苦与此沟程度一般 [8]；

发出的恶臭味（儿）令人窒息，

似腐烂之肢体是其根源。 　　51

从左面我们下长长石桥，

---

[1] 指地狱第八层的最后一个恶囊。

[2] 像一座有墙壁和屋顶封闭的修道院。

[3] 隐喻忍受惩罚的罪恶灵魂。

[4] 他们的怨恨之言就像一支支射入我耳朵的毒箭。

[5] 他们的怨恨毒箭都镶着能够引起怜悯的箭尖，谁被射中，心里都会产生怜悯之情。

[6] 意大利托斯卡纳地区的近海沼泽地叫马雷马。

[7] 意大利中西部的一座山谷，位于托斯卡纳地区，锡耶纳城和阿雷佐城之间。

[8] 在 7 月至 9 月的夏季，由于天热，马雷马、撒丁岛和恰纳山谷等地最容易发生传染病，因而，那里的医院人满为患；如果把那里医院的所有病人都聚拢在一处，其悲惨情况可能会和这条恶沟的痛苦差不多。

造假者的沟壑

来到了最后的那道堤岸，

从那里看沟底视线更清， 54

至高主[1]之正义射出利箭，

每支都不虚发，百发百中，

把沟中造假者严厉惩办[2]。 57

埃癸娜[3]全民都身患疾病，

诸动物栽倒地，求生均难，

诗人们讲述时言辞凿凿， 60

说小虫也难免遭此大难；

古人借蚂蚁种传宗接代，

恶沟中之情景比这更惨： 63

充满了腐败的阵阵恶臭，

那山谷[4]望过去十分黑暗，

一堆堆孱弱魂非常怪诞。 66

有的魂卧另一灵魂腹上，

有的魂趴在其同伴背肩，

有的魂爬行于痛苦路面。 69

闻病人声悲哀，见状凄惨，

一个个均难以挺身立站；

默无语，我二人缓步向前。 72

我见到两灵魂依偎而坐，

就好像他们在相互取暖，

头至脚，全身都伤痂结满； 75

---

[1] 指上帝。

[2] 在第十囊中受严厉惩罚的是造假者。

[3] 埃癸娜（Egina，另译：埃伊纳）是希腊的一座小岛，其名来自于希腊神话。据奥维德讲，主神宙斯迷恋上了仙女埃癸娜的美貌，嫉妒的天后赫拉大发雷霆，决定报复，便降瘟疫于埃癸娜生活的海岛之上；可怕的瘟疫杀死了除国王埃阿科斯（宙斯与埃癸娜的儿子）之外的所有人，于是，埃阿科斯请求宙斯变槐树下的蚂蚁为人，从而使该岛又有了生机。

[4] 指第十囊。

他们均用指甲狠挠自身，

一下下拼命抓，连续不断，

因为无其他法解除痒患；　　　　　　78

从未见贪睡的养马之人，

能如此满足其主人意愿，

用力梳马鬃毛，令其[1]舒坦。　　　81

指甲挠身上的块块伤痂，

如用刀刮鲤鱼鳞甲一般，

或似剥其他鱼更大鳞片。　　　　　84

葛利浮里诺和阿贝罗

我向导于是对一魂说道：

"噢，用手指你剥皮，一点一点，

有时还将它们[2]作为铁钳；　　　　87

若指甲已足以令汝解痒，

就请你回答我开口吐言，

是否有拉丁人[3]在魂中间[4]。"　　　90

一个魂哭着答："如你所见，

我俩是拉丁人，容毁体残；

向我们提问者，你是何人？"　　　93

老师道："我来此，那活人[5]把我陪伴，

一层层走下了地狱台阶，

我引他把地狱情景观看。"　　　　　96

两罪魂于是便不再依偎，

---

[1] 指马。

[2] 指手指。

[3] 指意大利人，因为古罗马时期，意大利是拉丁人居住的地区。

[4] 如果用指甲挠身上的伤痂，已经使你解痒了，就请你告诉我，在你们这些罪魂中是否有意大利人。

[5] 指但丁。

转过身看着我，浑身抖颤，

闻声音 [1] 其他魂亦把身转。　　　　　99

好导师紧紧地靠我身边，

对我说："告诉他你腹之言。"

于是我遵其意开口说道：　　　　　102

"愿你们之名声存于世间，

不会在人心中销声匿迹，

而能够长久生，再活多年；　　　　105

你们是什么人，来自何方，

此刑罚即便是令人难堪，

也勿因怕泄露刻意隐瞒。"　　　　108

一魂答："我本是阿雷佐人，

锡耶纳阿贝罗 [2] 把我烧炼；

但不是因为他我来此间。　　　　　111

我的确开玩笑对他说过，

凌空起，我可以飞行于天；

他好奇，又任性，却缺理智，　　　114

希望我对他把绝技展现；

我并未变他为代达罗斯 [3]，

其父 [4] 却置我于烈火里面 [5]。　　117

因我在尘世行炼金之术，

永无错米诺斯 [6] 将我审判，

---

[1] 听到维吉尔说话的声音。

[2] 阿贝罗（Albero）是锡耶纳的一个有钱人，但头脑十分简单。据说，他与锡耶纳主教关系密切，主教视他为儿子；有人甚至说，他就是主教的亲生儿子。

[3] 代达罗斯（Dedalo）是希腊神话中一位伟大的艺术家和发明家。他曾经制造了人工翅膀，与儿子伊卡洛一起飞上天空，但儿子飞得太高，距太阳太近，粘接翅膀的蜡被晒化，翅膀脱落，跌入大海淹死。此处，诗人的意思是：我并没有让他也用蜡粘接翅膀，飞上天空，从而造成悲剧。

[4] 指锡耶纳主教。见本章第 110 行注释。

[5] 锡耶纳主教却判处我火刑，把我烧死了。

[6] 英明的地狱判官米诺斯是永远不出错的。

置我于十囊中忍受苦难 [1]。" 　　　　　　120

愚妄的锡耶纳人和伪造金属者卡波乔

我说道:"锡耶纳愚妄人多,

尘世间何处可与它比肩 [2]?

法兰西与其比亦差甚远 [3]!" 　　　　123

闻我言,另一位麻风病人 [4],

回答道:"斯里卡,你不应算 [5],

因他知应如何节制用钱 [6]; 　　　　126

丁香园栽花的尼科洛君,

最先令丁香把高贵体现,

也不该把他置此行列间 [7]; 　　　　129

卡恰与'被炫者'亦应排除:

前者毁葡萄园、树林大片,

---

[1] 说这段话的人叫葛利浮里诺(Griffolino),是但丁时代著名的炼金术士。他与锡耶纳人阿贝罗开玩笑,谎称自己可以像鸟儿一样在空中飞翔;阿贝罗信以为真,请求他教授飞行技术,后发现受骗,便怂恿锡耶纳主教以异端罪名判处其火刑。然而,他自己认为,并不是因为这个原因他在第十囊中受苦,而是因为他曾用炼金术骗人。

[2] 中世纪晚期,锡耶纳人的愚蠢、浮华、爱慕虚荣是出了名的。

[3] 难道还会有比锡耶纳人更愚妄的吗?连法兰西人都无法与他们相比。古罗马人认为高卢人(即中世纪的法兰西人)非常愚妄。

[4] 此人叫卡波乔。见本章下面第136行诗句。第十囊中的罪恶灵魂像麻风病人一样浑身溃烂,到处是伤痂。

[5] 你不应该把斯里卡算在里面。斯里卡(Stricca,另译:斯特里卡)可能指巴尔达斯里卡,斯里卡是他名字的简称。他的父亲曾两次担任博洛尼亚的最高行政长官,给他留下了丰厚的遗产;他却挥霍无度,干了许多疯狂的蠢事,以致倾家荡产。

[6] 此处的"因他知应如何节制用钱"是一句讽刺他的话。

[7] 尼科洛(Niccolò)也不应该算。尼科洛是斯里卡的兄弟,也花钱无度,贪图享受;据说他是第一个用昂贵的丁香做调料烧烤野鸡的人;甚至有人说,他烧丁香枝叶,用其香烟熏烤野鸡。可见他是一位十分奢侈的浪荡公子。

后者似头脑中智慧满满 [1]。　　　　　　132

想知谁助你损锡耶纳人 [2]，

就请你把目光转向我面，

它能够回答你这个问题：　　　　　　135

你可见卡波乔在你面前 [3]；

我曾用炼金术伪造金属，

并能够如猴般模仿自然 [4]，　　　　　138

看得出你把我仍记心间。"

---

[1] 卡恰（Caccia）指阿夏诺（Asciano，锡耶纳附近的城堡）的卡恰，他是一位浪子，
    变卖了自己所拥有的葡萄园和树林，几年内便挥霍尽全部财产。"被炫者"指巴尔托
    罗密欧·福尔卡切利，他也是一位挥霍无度的浪子，诗中说"后者似头脑中智慧满
    满"，显然是在讽刺他。

[2] 上面列举的都是锡耶纳的浪子，他们受到但丁的谴责，也受到说话人的谴责，因
    而，此处说话人问但丁是不是想知道谁在帮助他指责锡耶纳人。

[3] 如果你想知道谁在帮助你指责那些锡耶纳人，请把目光转向我，我的面孔可以回
    答你的问题（即认出我是谁）。说话人叫卡波乔（Capocchio），曾是但丁的同学，佛
    罗伦萨人，善于绘制各种形象和伪造各类物品；据锡耶纳档案馆档案记载，1293
    年，此人以炼金术罪被处以火刑。

[4] 我曾经是一个模仿自然的高手，可以像猴子模仿人那样把自然模仿得惟妙惟肖。

第 30 章

　　这一章中，诗人在读者面前展示了伪装他人者、伪造货币者和制造谎言者的形象，并讲述了几个极具代表性的有关这三种造假者的故事。简尼模仿已故者的声音，伪造遗嘱，窃取他人财产；密耳拉伪装成另外一个女人，与亲生父亲乱伦；他们是伪装他人的"典范"。阿达摩师傅私铸含金量极低的弗洛林金币，是伪造货币者的"杰出代表"。古希腊人西农用花言巧语欺骗了特洛伊人，致使木马计得以顺利实施，特洛伊城毁国亡，堪称制造谎言的"大师"。这些罪恶的灵魂均在地狱第八层第十囊中接受极其严厉的惩罚。伪装他人者像疯子一样，用野猪一般的獠牙撕咬同伴；伪造货币者身患水肿病，肢体严重变形；制造谎言者手冒着气，因发高烧，身上散发着恶臭。

伪装他人者简尼和密耳拉

塞墨勒 [1] 使朱诺 [2] 怒火冲天，

就如同她 [3] 多次表现那般 [4]，

把愤恨发泄于忒拜血脉：　　　　　　3

阿塔曼 [5] 失理智，是非不辨，

[1] 塞墨勒（Semelè）是希腊－罗马神话中的人物。她本是忒拜王国的公主，后来成为主神宙斯的情妇，并为宙斯生下了酒神狄俄尼索斯。据希腊－罗马神话讲，宙斯的妻子赫拉（即朱诺）因为嫉妒，唆使塞墨勒要求宙斯以神的面目出现；受到蛊惑的塞墨勒向宙斯提出了这一要求，当宙斯显露真面目时，她无法承受伴随主神出现的雷火而被烧死。

[2] 希腊神话中的天后赫拉在罗马神话中被称作朱诺（Iunone）。

[3] "她"指上一行诗句中所提到的"朱诺"。

[4] 朱诺是一位嫉妒心极强的女神，经常因宙斯爱恋其他女人而大发雷霆，因而此处说"就如同她多次表现那般"。

[5] 阿塔曼（Atamante，另译：阿塔玛斯）是希腊－罗马神话中的人物，奥尔霍麦诺斯国王，其妻是塞墨勒的妹妹，因her曾抚养过塞墨勒的儿子酒神狄俄尼索斯，朱诺（赫拉）便把怒火转移到她身上，令其夫阿塔曼疯狂。疯狂的阿塔曼错把妻子看作母狮，把两个儿子看作狮崽，用网捉住他们，并将一个儿子摔死在岩石上，绝望的妻子则抱着另一个儿子跳海身亡。

见妻子走过来，抱着二子，

一只手搂一个，紧拥怀间，   6

便喊道："我欲捕母狮、幼崽，

快张网把它们套在里面。"

随后便伸出了无情利爪，   9

将儿子雷尔考[1] 抛向一岩，

那孩子旋转着撞石而亡，

妻怀抱另一子溺死波澜。   12

特洛伊[2] 极胆大，无事不敢[3]，

但时运却熄它狂妄气焰，

使其国与君王一同覆没，   15

哀痛的赫卡柏十分悲惨，

见波吕克塞娜死去之后，

又看到波吕多卧于海滩，   18

这惨状导致她丧失理智，

就好似一疯狗狂吠不断：

是痛苦令其脑如此错乱[4]。   21

但未见谁伤害野兽或人，

似此处之恶魂这样凶残，

连忒拜、特洛伊相比也难[5]；   24

---

[1] 雷尔考（Learco，另译：雷阿尔库斯）是希腊 - 罗马神话人物阿塔曼的儿子。

[2] 此处指特洛伊人。

[3] 据希腊神话讲，特洛伊人曾雇佣海神波塞冬建筑城堡，雇佣太阳神阿波罗放牛，工作结束后还不付报酬；特洛伊的王子帕里斯拐走斯巴达的王后美女海伦，引发特洛伊战争，并敢于以一城之力挑战希腊联军；因而，此处说"特洛伊极胆大，无事不敢"。

[4] 赫卡柏（Ecuba）是特洛伊王后，国王普里阿摩斯的妻子。据欧里庇得斯的悲剧《赫卡柏》讲，特洛伊失陷后，赫卡柏把幼子波吕多托付给色雷斯国王波林涅。后来，她见到女儿波吕克塞娜被杀死，尸体被祭献于阿喀琉斯的墓前，儿子波吕多也被贪财的色雷斯国王害死，因愤怒而变得十分凶残；她把色雷斯国王诱至她的帐篷，杀死了他的孩子，弄瞎了他的眼睛。随后，她自己也丧失了理智，变成了一条疯狗。

[5] 连与忒拜有密切关系的疯狂的阿塔曼国王和特洛伊的疯子赫卡柏都难以相比。

我见到苍白的赤裸灵魂，

奔跑着追咬人，四处乱窜，

就好像冲出圈猪儿那般。　　　　　　27

一魂把卡波乔 [1] 追上，捉住，

牙咬住其脖颈，拖拽向前，

令其腹磨沟底坚硬石面。　　　　　　30

留下的阿雷佐罪魂 [2] 抖颤，

对我说："简尼魂 [3] 胸燃怒焰，

他如此惩罚人，极其凶残。"　　　　　33

我说道："噢，另一魂并不咬你，

我想在她逃离这里之前，

告诉我是何人并不困难。"　　　　　　36

他答道："那是个古代阴魂，

密耳拉 [4] 之邪恶有口难言，

与其父犯下了乱伦之罪，　　　　　　39

竟然把其他女模样装扮 [5]，

她恋父，超过了伦理界限；

就如同走过去那个恶魂 [6]，　　　　　42

为了获'马女王'继承之权，

---

[1] 前面提到过的伪造假币者。见上一章第135、136行。

[2] 指上一章提到的阿雷佐人葛利浮里诺。

[3] 用牙齿咬住卡波乔脖颈的恶魂叫简尼·斯基奇（Gianni Schicchi）。

[4] 那个古代的阴魂叫密耳拉（Mirra）。

[5] 据奥维德的《变形记》讲，密耳拉的母亲口出狂言，说自己女儿的美貌与最美的女神阿佛洛狄忒不分上下，此事激怒了女神。阿佛洛狄忒诅咒密耳拉，使其狂热地爱上自己的父亲塞浦路斯国王喀倪剌斯（Cinirà）。痛苦的密耳拉知道无法与父亲结合，试图上吊自杀，被乳母希波吕塔解救。希波吕塔心疼密耳拉，于是设计，让密耳拉装扮成另外一个女人与父亲乱伦。在希波吕塔的帮助下，密耳拉与喀倪剌斯同床12个夜晚，最后，终于被发现。暴怒的喀倪剌斯拿起刀准备杀死密耳拉。密耳拉向神呼救，于是神把她变成一棵没药树。这时密耳拉已经怀上了喀倪剌斯的孩子。没药树的树皮渐渐隆起，10个月后，在助产女神的帮助下，树皮破裂，生出一个男婴，他便是著名的美少年阿多尼斯。

[6] 指前面提到的简尼·斯基奇。

简尼·斯基奇和卡波乔

竟敢装多纳蒂·卜索马主，

立'合法'之遗嘱，掩盖欺骗[1]。" 45

伪造货币者阿达摩

我关注那两位暴怒灵魂[2]，

现已经走过去，不在眼前，

便转眼把其他罪魂观看。 48

见一魂，其形状十分奇怪，

只要把腹股沟[3]下面斩断，

无叉体就如同诗琴一般[4]。 51

严重的水肿病，体液紊乱，

使肢体不协调，十分难看，

面与腹相间比例不符， 54

患病者双唇张，合闭困难，

就好像那疾病令其口渴，

一片唇向下翻，一唇上卷。 57

他说道："噢，在这个哀痛世界[5]，

为什么你们无受罚苦难？

你们看而且应用心关注， 60

阿达摩师傅[6]有多么悲惨；

---

[1] 据说，佛罗伦萨人简尼·斯基奇善于模仿他人的声音。多纳蒂·卜索病故，其子西蒙内秘不发丧，唯恐父亲的遗嘱对己不利。他请简尼为其谋划。简尼让西蒙内去请公证人，说父亲病重，需要立遗嘱，以便他到时候模仿其声音按照西蒙内的意愿伪造遗嘱。西蒙内照办。简尼便模仿卜索的声音说，把那匹最好的母马（"马女王"）和一百块弗洛林金币赠予简尼。他用这种卑鄙的手段夺取了别人一大笔财产，因而死后被打入地狱第八层第十囊中受罚。

[2] 指前面说到的简尼和密耳拉。

[3] 腹股沟是连接腹部和大腿的重要的人体部位。

[4] 如果把下半身分叉的两条腿砍断，剩下的上半身就好像一张诗琴（类似中国琵琶的一种弹拨乐器）。

[5] 指地狱。

[6] 此人是阿达摩师傅（Adamo，另译：亚当师傅）。

尘世我获所有欲得之物，

现只盼一滴水，我好可怜！ 63

小溪从卡森亭 [1] 流下翠岗，

注入到阿尔诺，潺涟潺潺，

冲出了凉爽且柔软河道； 66

条条溪眼前过，并非徒然，

其生动之形象令我更渴，

苦甚于此疾病消瘦吾颜 [2]。 69

惩罚我之正义十分严厉，

它利用我犯罪那个地点，

迫使我发出了更多哀叹 [3]。 72

罗梅纳 [4] 我伪造合金假币，

洗礼者约翰像铸在上面 [5]，

因此我把焚尸留在世间 [6]。 75

若此处圭多和亚历山大 [7]，

或其弟罪恶魂出现眼前，

岂能为勃兰达我不去看 [8]。 78

绕圈走暴怒魂若说实话，

[1] 卡森亭（Casentin，另译：卡森提诺）是意大利斯卡纳地区阿雷佐城附近的一座山谷。

[2] 一条条的小溪经常在我眼前流过，此景象并非对我没有影响：它使我觉得更加干渴，这种干渴的感觉比令我消瘦的疾病更让我痛苦。

[3] 指阿达摩使用他自造的假币当场被捉获，不得不发出哀叹。

[4] 罗梅纳（Romena）是意大利托斯卡纳地区的一座古堡，阿达摩曾经在那里铸造弗洛林假币。

[5] 洗礼约翰是佛罗伦萨城的保护圣人，弗洛林金币上印着他的头像。

[6] 据说，阿达摩师傅是一位来自外地的伪造货币者，1281 年的一天，他在佛罗伦萨使用自造的弗洛林伪币，被人发现，佛罗伦萨政府将其判处火刑。

[7] 圭多（Guido）和亚历山大（Alessandro，另译：亚历山德罗）是罗梅纳城堡的主人，他们还有一个兄弟。这兄弟三人是阿达摩造假币的怂恿者。

[8] 勃兰达（Branda）是意大利锡耶纳城的一股著名的泉水。这几行诗句的意思为：如果怂恿我造假币的圭多和亚历山大或者他们的另一位兄弟出现在我的眼前，我怎么能只想着去喝清泉水而不去看看他们呢？

三人中有一人已在其间 [1]，

但四肢被'捆缚'，我能咋办 [2]？　　　　　81

假如是我身体略微轻便，

用百年可向前移动一点，

我现在便已经踏上道路，　　　　　84

为寻他走入到变形者 [3] 间；

尽管是绕一圈十一余哩 [4]，

此沟壑至少有半哩之宽 [5]。　　　　　87

因他们我归属这个家族 [6]，

是他们诱我把弗洛林炼，

那三 K 合金币价值低廉 [7]。"　　　　　90

说假话者西农

我问道："那两个可怜人，他们是谁？

都紧紧依偎在你的右边，

似冬季潮湿手冒着轻烟。"　　　　　93

他答道："我跌入此沟之时，

这二人便在那（儿）未动半点，

我认为会永远如此这般。　　　　　96

---

[1] 第十囊中惩罚的是造假者，暴怒的罪恶灵魂在囊中绕着圈行走。上面提到的兄弟三
　　人中的圭多死于 1292 年，但丁设想 1300 年游历地狱，此时，圭多已经死去多年，
　　自然已经在地狱第八层第十囊中。

[2] 水肿病使我难以行动，就像被捆住了手脚，因而我无法去看兄弟三人中已经来到这
　　里的那个人；对此我又能怎么办呢？

[3] 指第十囊中受惩罚的罪恶灵魂，他们都忍受着水肿病带来的痛苦，肢体变得奇形
　　怪状。

[4] 指英里。

[5] 第十囊的周长是十一余哩，宽度至少是半哩。

[6] 指水肿病人的家族。

[7] 由于他们兄弟三人的蛊惑，我才铸造只有三 K 金的不值钱的伪币，因而被打入地
　　狱，成为水肿病人中的一员。

一个是奸诈女，诬告约瑟 [1]，

另一个叫西农，亦善欺骗 [2]：

因高烧他们都臭气熏天 [3]。" 99

阿达摩师傅与西农的争吵

那男的 [4] 或许因其名受辱，

于是便心中燃愤怒火焰，

拳猛击阿达摩硬腹 [5] 上边。 102

那肚皮发出的响声如鼓，

阿达摩则挥臂回击其面：

面部也比肚皮似乎不软； 105

同时说："我虽然十分沉重，

行动时肢与体不太方便，

但手臂仍灵活，可打你脸。" 108

闻此言西农道："赴火之时，

你手臂可不曾如此这般；

铸币时它却是更加灵便 [6]。" 111

水肿者 [7] 又说道："这是真话，

---

[1] 据《旧约》讲，埃及法老的侍卫长波提乏买了雅各布和拉结的儿子约瑟做奴仆，非常信任他，命他管理家务。波提乏的妻子爱上了英俊的约瑟，命其同寝，约瑟不从；于是她恼羞成怒，诬告约瑟调戏她。波提乏被妻子的谎言激怒，命令把约瑟下狱。

[2] 西农（Sinòn）是《埃涅阿斯纪》中的人物。希腊联军久攻不下特洛伊城，便佯装撤退。奸细西农留下，对特洛伊人谎称自己被希腊人抛弃，他声泪俱下，赢得特洛伊人的怜悯；随后，他劝说特洛伊人把腹中藏有精兵的木马拉入城中，致使特洛伊城破国亡。

[3] 他们都患有水肿病，发高烧，身上散发着恶臭。

[4] 指西农。

[5] 由于水肿病，鼓胀的肚皮变得很硬。

[6] 你受火刑的时候，手臂可不像现在这样，但铸假币时却比现在更灵活。西农对阿达摩这么说是因为阿达摩被处以火刑时手是被捆着的，铸币时他完全显示出了造假的天才。

[7] 此处指阿达摩。

特洛伊被要求口吐实言，

当时你却无此真诚表现。"　114

西农道："我话假，你币亦假，

我在此是因为曾把罪犯，

你罪比其他魂更重万千！"　117

那肚皮肿胀者[1] 回答其言：

"违誓者[2]，那匹马[3]，请记心间，

世人均知此事，你心怎安[4]！"　120

希腊人[5] 回答道："你口干渴，

它使你舌开裂，痛苦难言，

腐败水亦遮住你的双眼[6]！"　123

铸币者又说道："疾病缠身，

你常痛，破裂嘴合闭已难；

我虽渴，体液也令体肿胀，　126

然而你却头痛，身燥如焰；

那喀索斯之镜你须舌舔[7]，

并不需其他人更多吐言。"　129

我全神贯注地听其讲话，

老师却对我说："你还在看？

再如此，我就会胸燃怒焰！"　132

听到了他对我愤怒之语，

我向他转过身，自觉汗颜，

---

[1] 仍指阿达摩

[2] 指西农。他曾向特洛伊人发誓说他的话全是真的。

[3] 指特洛伊木马。

[4] 人人都知道特洛伊木马计，你为实施这一计谋，违背誓言，做出了欺骗他人的丑事；面对此事，你的心怎么能安啊！

[5] 指西农。

[6] 体中的恶水使你浑身浮肿，以至于令你看不清事物。

[7] 那喀索斯（Narcisso）是希腊神话中的人物，长得十分英俊，他以清水为镜子，欣赏自己的美貌，并意欲拥抱自己投射在水中的倒影。"那喀索斯之镜你须舌舔"的意思为：你须饮用清水。

记忆中羞愧情仍在盘旋。　　　　　　135

似一人梦见了痛苦之事，

他希望梦中事只是虚幻，

存在事不存在是其期盼；　　　　　　138

我也是如此想请其原谅，

却难以找到那求情语言，

当时我真不知应该咋办 [1]。　　　　141

老师说："小愧疚可洗清更大错误，

你之错不足道，何必自惭；

因而可卸掉你一切伤感 [2]。　　　　144

若以后时运又把你带到，

像这样争吵的罪魂面前：

听争吵之愿望十分卑劣，　　　　　　147

应想到我始终在你身边 [3]。"

---

[1] 但丁听到维吉尔的指责，心中慌乱，十分惭愧，真希望刚才的事情没有发生；就像一个人梦见不悦之事，希望梦中的事永远不会发生，即便是真的发生了，他仍然希望那仅仅是一个梦。面对维吉尔，但丁不知怎么办好，也找不到求其原谅的词语。但在维吉尔的眼中，但丁沉默不语、满面羞愧的样子已经说明他认识到了自己的错误。

[2] 用更小的羞愧便可以洗清比你所犯的错误更严重的错误，你的错误微不足道，不必自责，请你摆脱心中的痛苦。

[3] 若以后你又碰巧遇见了如此争吵的罪恶灵魂，不要听他们的争吵，他们太恶劣了，就连听他们争吵都是不光彩的。你应该想到，我一直在你身边，会指责你关注这些卑劣的人和事。

第31章

离开地狱第八层第十恶囊，但丁和维吉尔默默地穿过最后一道堤岸，靠近巨大的地狱井穴。昏暗中，但丁望见远处耸立着一些高大的不明物，以为是城堡上的碉楼；接着，他又听见响亮的号角声，似乎是处于危险中的勇士罗兰在吹求救号，令人不寒而栗。走近后，才发现，那些高大物并非碉楼，而是站立在井穴中的巨人，他们的下半身被堤坝遮掩住，仅仅露出肚脐眼儿以上的部位，但仍显得十分高大。吹号者是《旧约》中的所谓猎手宁录，他由于狂妄地要建筑通天高塔，激怒了上帝，受到惩罚，人类也随之遭难，被迫说相互无法理解的语言。随后，但丁又遇到了巨人菲阿特、安泰和巨型怪物布亚雷。最后，利比亚巨人安泰用手把但丁和维吉尔放到井穴底，即地狱的第九层科奇托冰湖。

巨人

他 [1] 的话先狠狠将我刺伤，
用红色把我的双颊涂染 [2]，
随后又敷伤药，令我心安；　　　　　　　　　　3
我听说勇武士阿喀琉斯，
与其父长枪也如此这般，
先伤人，之后又使其复原 [3]。　　　　　　　　6
我二人背朝向悲惨山谷 [4]，
穿过了围谷的那道堤岸，
默无语，口中均未吐片言。　　　　　　　　　　9

---

[1] 指维吉尔。见《地狱篇》第 30 章结尾。
[2] 但丁羞愧得脸都红了。
[3] 据奥维德的《变形记》讲，阿喀琉斯继承了父亲留下的神枪，那杆枪能治愈它所造成的枪伤。这几行诗句的意思是：就像阿喀琉斯的神枪那样，维吉尔的话先令我很难堪，后来又安慰了我。
[4] 指第十囊。

这（儿）不及白昼亮、夜晚黑暗，

因此我不能够看得很远[1]；

然而我却闻听号声嘹亮， 12

它可使雷鸣都难以听见[2]，

那号声传过来，又向回旋，

于是我把双眼转向那边[3]。 15

查理曼曾遭受痛苦溃败，

丧失了近卫士[4]，十分悲惨，

恐怖的罗兰号无此震撼[5]。 18

我头朝那方向些许时间，

见许多高塔楼呈现眼前；

于是问："老师呀，这里是什么地面？" 21

他答道："因为你眼望处距离太远，

更何况此处又如此黑暗，

于是你脑中便产生虚幻[6]。 24

靠近时你的心自会明辨，

视觉会怎样受距离欺骗；

因而你应催己快速向前。" 27

随后他亲热地拉住我手，

开言道："在我们移步之前，

为使你不过分感到惊愕， 30

你应知非塔楼入你眼帘，

---

[1] 这里既没有白昼那么明亮，也没有夜晚那么黑暗，我虽然能够看见，但也看不了
多远。

[2] 号角声十分响亮，连震耳欲聋的雷声都能被它掩盖。

[3] 诗人顺着号声的回音把目光转向吹响号角的方向。

[4] 指查理大帝手下的第一勇士罗兰。罗兰是查理的十二位近卫士之一。

[5] 即便是罗兰吹响的十分恐怖的号角声也没有此处的号声令人震撼。据法兰西著名的
骑士史诗《罗兰之歌》讲，查理大帝率法兰克军撤退，近卫士罗兰殿后，被敌人重
兵包围，处于危险中的罗兰吹响求救的号角。最后，无援的罗兰战死在比利牛斯的
一个山谷。

[6] 你眼见的所谓塔楼，实际是你头脑中虚幻的影子。

285

是巨人沿堤岸站于井穴，

肚脐眼与井口高度一般。" 33

当迷雾渐渐地散去之时，

眼前物一点点清晰可见，

它们是被雾气遮掩颜面； 36

我慢慢靠近了井穴边缘，

透过那黑暗的浓气观看，

错觉散，恐惧却增长不断； 39

就像是蒙泰雷 [1] 座座碉楼，

耸立在环形的围墙上面，

有许多可怖的高大巨人， 42

站立在井穴的堤岸下边，

上半身露井外，仍受威胁：

宙斯神发威时雷震云天 [2]。 45

宁录

我已经辨认出一个巨人，

看见了他脸面、胸腹、背肩，

一双臂垂挂于身体两边。 48

大自然弃制造此物 [3] 之技，

这做法太正确，理所当然：

坶尔斯失执行命令巨汉 [4]。 51

---

[1] 蒙泰雷（Montereggion，另译：蒙泰雷乔尼）是锡耶纳人为抵御佛罗伦萨人的进攻于 1213 年修建的一座城堡。

[2] 据希腊神话讲，众巨人曾联合起来，攻打奥林匹斯山，试图篡夺主神宙斯的最高统治权，失败后受到宙斯的严厉惩罚；宙斯不断地用雷电震慑他们，使他们不再敢反抗。

[3] 指野心勃勃的巨人。

[4] 玛尔斯（Marte）是希腊－罗马神话的战神，所有战士都是玛尔斯命令的执行者，好战的巨人也不例外；然而，大自然却不再产生此类反抗主神的物种，致使战神丧失了此类执行命令者。

它 [1] 制造象和鲸并未后悔 [2]，

晓理人必定会心中明辨，

此决定正确且考虑周全；　　　　　　54

大体量再加上邪恶意愿，

与智慧结合将威力无限，

人类便无能力防其侵犯。　　　　　　57

我觉那巨人面又长又宽，

似罗马圣彼得松球 [3] 那般，

其身体骨骼也比例相等，　　　　　　60

下身的遮羞布是那堤岸 [4]，

露出的上半身仍很高大，

即便是弗里斯 [5] 人踩人肩，　　　　63

三个人摞起来难触其发，

从锁骨三十拃 [6] 量向下面，

才能够将将地量到堤岸。　　　　　　66

"拉法尔迈迈开咋比阿米 [7]。"

凶恶口开始了高声叫喊，

那张嘴不适合赞美诗篇 [8]。　　　　69

我向导对他说："愚蠢之灵，

如若你心中有激情、怒焰，

号角可帮助你排泄愤怨！　　　　　　72

---

[1] 指大自然。

[2] 大自然也制造了象和鲸这样体型巨大的无理智的低级物种，对此它并未感到后悔。

[3] 指那座位于梵蒂冈博物馆后院的著名铜雕 "松球"（该院因此得名 "松球庭院"），但丁时代，该铜雕被置于圣彼得大教堂的前厅，因而此处称其为 "圣彼得松球"。

[4] 紧靠着地狱井穴的那道堤岸就像遮羞布一样挡住了巨人的下半身。

[5] 弗里斯（Frison，另译：弗里斯兰人）是古代位于今天的荷兰及德国靠近北海南部地区的一个种族，是日耳曼人的一个分支，他们个个身高体壮。

[6] 三十拃的长度大约 7 米。

[7] 这是一句无法解读的话。但丁用此来表示巨人的话是没人能听懂的。

[8] 虽然巨人的话无人能听懂，但从他的凶恶表情可以看出，他吐出的绝非是赞美之词。

噢，傻瓜蛋，快摸摸你的脖颈，

有皮带牢牢地系在上面，

号角就悬挂你宽阔胸前。" 75

随后又对我说："他是宁录，

自暴露；因其罪，人类悲惨：

尘世失用同一语言习惯[1]。 78

无人能听得懂他说什么，

他也难懂别人交谈语言，

因而你莫理他，亦勿空谈。" 81

菲阿特与布亚雷

我二人于是便转向左面，

又走了一箭地，未曾停站，

见一人更高大，更加凶悍。 84

我不晓是何人将他捆绑，

只看到他右臂被缚胸前，

另一臂也牢牢捆于身后， 87

束缚他之工具是条锁链；

左一道，右一道，脖颈以下，

露出的上半身被缠五圈。 90

向导说："他试图显示强悍，

对至高宙斯神十分傲慢，

名字叫菲阿特[2]，活该如此， 93

巨人们曾经令众神胆寒，

他那时甩臂膀展开恶战，

---

[1] 宁录（Nembròt）是《圣经》故事中的人物，他魁梧高大，被称作英雄之首。相传宁录是创建巴比伦王国的首位国王，因而人们认为是他率领巴比伦人欲建筑巴别塔，试图登天，从而惹怒了上帝，使人类受到不再讲同一语言的惩罚。

[2] 菲阿特（Fialte，另译：厄菲阿尔特斯）是希腊神话中的一个巨人，力大无穷，敢于挑战诸神，曾把两座山峰摞在一起作为云梯攻打奥林匹斯山。

现双臂被捆缚，行动已难。"　　　　　　96
对向导我说道："如若可能，
硕大的布亚雷[1] 应入吾眼，
此巨怪我真想亲眼见见。"　　　　　　99
向导道："你将见巨人安泰[2]，
他没有被捆缚，并能吐言，
我们将被他置最深罪渊。　　　　　　102
你想见那怪物[3] 距此更远，
他也像眼前者受缚背肩，
仅仅是其面部更显凶残。"　　　　　　105
闻此言菲阿特晃动身体，
如此强之地震从未曾见，
它竟能令一塔猛烈摇颤！　　　　　　108
我从未比此时更惧死亡，
若不是见到那缚身锁链，
仅恐惧可令我魂飞魄散。　　　　　　111

安泰

我二人又继续向前行走，
来到了那安泰巨人面前，
不算头五阿拉[4] 露井外面[5]。　　　　114
老师道："汉尼拔率将士溃退之时，

---

[1] 布亚雷（Briareo，另译：布里亚柔斯）是希腊神话中的一个体积庞大的怪物，长着五十个头，一百只臂膀，善于喷火。

[2] 安泰（Anteo，另译：安泰俄斯），希腊神话中的一位巨人，是大地女神盖亚和海神波塞冬的儿子，住在利比亚，因而也被称作利比亚巨人。他力大无穷，而且只要保持与大地的接触，就会从母亲那里获得无尽的力量，从而不可战胜。后来，赫拉克勒斯发现了安泰的秘密，将他举到空中，使其无法从大地女神那里获取力量，最后把他扼死。

[3] 指巨型怪物布亚雷。

[4] 阿拉是古代佛兰德地区的计量单位，一阿拉约合两米半。

[5] 安泰露在井穴外面的部分，不算头部，大约有五阿拉那么高。

河谷使西皮阿荣耀灿烂 [1]，

你 [2] 曾捕千余头凶猛雄狮，　　　　　117

驱入那幸运的河谷 [3] 里面；

若你也与兄弟 [4] 并肩战斗，

或许人会做出另种判断：　　　　　120

大地的儿子能奏凯而旋 [5]。

科奇托 [6] 锁住了底层冰寒，

莫不屑把我们放到下面。　　　　　123

不要让我们找提乔 [7]、提佛 [8]，

弯下腰，你切莫拉长嘴脸。

此人可令你名广传世间，　　　　　126

你希望这件事 [9] 可以实现；

他 [10] 还是一活人，命尚久远，

除非是天主恩提前召唤。"　　　　　129

那巨人急忙忙伸出双手，

把我的好向导捧于掌间，

[1] 汉尼拔（Annibale）是古罗马共和国时期北非古国迦太基名将，被誉为战略之父。第二次布匿战争期间，他奇迹般地率领军队从西班牙翻越比利牛斯山和阿尔卑斯山进入意大利，多次以少胜多重创罗马军队，并在意大利半岛南北转战，搅扰罗马共和国腹地十六年之久。最后，在北非扎马地区的巴格拉达斯河谷，罗马统帅西皮阿彻底击败汉尼拔，从而获得了"阿非利加人西皮阿"的光荣称号。

[2] 指巨人安泰。

[3] 因在那座北非的河谷中西皮阿彻底战胜了汉尼拔，所以此处称其为"幸运的河谷"。

[4] 指汉尼拔。巨人安泰和汉尼拔都是北非人，因而，此处称他们为"兄弟"。

[5] 巨人安泰生活在巴格拉达斯河谷附近的山洞中，他捕捉雄狮为食物，曾经驱赶无数头雄狮走过那条幸运的河谷。诗人说，假如这位巨人也加入他的非洲兄弟汉尼拔的队列，与其并肩作战，或许人们会对那场战争的胜负做出另一种判断，即大地之子安泰会取得胜利。

[6] 科奇托（Cocito，另译：科奇士斯）是地狱第九层的冰湖。

[7] 提乔（Tizio，另译：提替俄斯）是希腊 - 罗马神话中的巨人，因试图强奸阿波罗和狄安娜的母亲，被两位天神杀死。

[8] 提佛（Tifo，另译：提佛乌斯）是希腊神话中的喷火巨人，进攻奥林匹斯山时被宙斯用雷电劈死。

[9] 指上一行诗句所说的"此人可令你名广传世间"。

[10]"他"指但丁。

安泰

赫丘利曾知其握力不凡[1]。 132

维吉尔感觉到被其抓起，

对我说："快来这（儿），入我怀间。"

就这样我二人拥作一团。 135

从倾斜一面观卡里森达[2]，

如若有云飘过它的上面，

就好像塔压向你身一般； 138

看安泰弯腰时我有同感，

那一刻太恐怖，吾心抖颤，

真希望行走于另一路线[3]！ 141

深井吞路西法、犹大于腹[4]，

那巨人将我们置其里面，

随后又把弯腰直立起来， 144

就如同船上的挺拔桅杆。

---

[1] 罗马神话中的大力神赫丘利（Ercule，即希腊神话中的赫拉克勒斯）曾与他交过手，
知道他力气不凡。

[2] 意大利博洛尼亚城有两座相邻的高塔，其中较矮的那座叫卡里森达，它是座斜塔，
倾斜度极大，看上去似乎要倒在另一座塔身上。

[3] 当人们仰面观看斜塔时，若有云朵飘过天空，便会觉得斜塔在继续倾倒，并向其压
过去；安泰向我弯腰时，我也有同样的感觉，因而十分恐惧，真希望没有踏上这条
危险的路，而走的是另一条安全一点儿的路。

[4] 地狱魔王路西法（Lucifero）和出卖基督耶稣的最邪恶的罪人犹大（Giuda）都在地
狱井穴之中。

第32章

利比亚巨人安泰把但丁和维吉尔放到地狱深井里面，二人进入地狱的第九层，即地狱的最底层。地狱第九层由科奇托冰湖构成，分为四环。最外面的一环叫"该隐环"，其名来自《圣经》中背叛并杀害兄弟的该隐；背叛和残害亲人的罪魂的身子被冻在冰湖中，只有头露在外面，就像炎热夏季水中的青蛙只露出小脸一样，但他们的头都低垂向冰面。第二环叫"安忒诺环"，其名来自出卖自己祖国特洛伊，致使该城陷落的叛徒安忒诺；背叛祖国和党派的罪魂的头也露在外面，身子被冻在冰湖中。第三环叫"托勒密环"，其名来自出卖庞培的埃及国王托勒密十三世；背叛宾客的罪魂仰卧着被冰冻在湖面上。第四环叫"犹大环"，其名来自出卖耶稣的犹大；出卖恩人者被冻在透明的冰中，呈现出各种痛苦的状态。

在湖面上，但丁看见了一系列残忍且悲惨的景况。首先，他看见两个罪恶的灵魂被冻在一起；在尘世时，二人本是亲兄弟，却相互残杀；此时，他们像争斗的公羊一样互相用头猛烈撞击。接着，他又遇到一个杀死亲属的罪魂，这个罪魂向但丁揭示了他自己和其他几个罪魂的姓名，以此发泄心中的怒火和耻辱之情。但丁继续在冰面上前行，进入科奇托冰湖的第二环，他的一只脚狠狠地踢在了一个罪魂的脸上，于是他与那个罪魂发生了激烈的争吵。随后，但丁又看见两个被冻在同一个冰窟窿里的罪魂，其中一个正在啃噬另一个的脑壳。

地狱第九层——科奇托冰湖

座座岩[1]均压在悲惨深穴[2]，
如若是能创作刺耳诗篇，
可助我展示出此穴情景，

3

---

[1] 指压在深井之上的八层地狱。地狱各层都由坚硬的岩石构成，因而此处说"座座岩"。
[2] 指地狱中心处的深井，下面是构成地狱第九层的科奇托冰湖。

定然会绞脑汁做出奉献；

然而我并没有此类才能，

难免在讲述时忐忑不安；　　　　　　　6

用称呼爸妈的俗人语言，

描写出全宇宙底层深渊，

这并非似儿戏那样简单 [1]。　　　　　9

神女 [2] 帮安菲翁曾筑忒拜 [3]，

现在快助我诗准确展现，

使陈述就如同事实那般。　　　　　　12

噢，生来便比他人更惨之魂 [4]，

还不如羊儿们活于世间 [5]，

如今你却身处难述空间 [6]。　　　　15

我二人被放入黑暗井底 [7]，

比那个巨人 [8] 脚更低地面，

然而我仍望着高高岩壁，　　　　　　18

此时闻："走路时小心观看，

你之足切莫踩兄弟脑袋 [9]！

我们都悲惨且疲惫不堪。"　　　　　　21

闻此言，我转身，看见脚下，

---

[1] 用普通人的语言很难描写出地狱最底层的可怖景况。

[2] 指希腊神话中主管诗乐和文化的九位女神缪斯（muse）。

[3] 安菲翁（Anfione）是希腊神话中的人物，主神宙斯和忒拜王后的私生子。据希腊神话讲，缪斯曾让他用竖琴演奏出悦耳的乐曲，吸引来齐泰隆（Citerone）山上的石头，自动堆砌成城墙。贺拉斯在《诗艺》中，以及斯塔提乌斯在《忒拜战纪》中，都曾讲述过这个故事。

[4] 指身处地狱第九层的罪恶灵魂，他们比其他地狱之魂罪孽更重，受到的惩罚也更严厉，因而，与其他罪恶灵魂相比，他们更不应该生于尘世。

[5] 羊是畜生，其行为体现的是天性，没有罪孽，也不会被打入地狱忍受如此严厉的惩罚；如果是只羊，你就不会遭受如此苦难，因而此处说"还不如羊儿们活于世间"。

[6] 指地狱第九层这个难以用语言描述的可怖空间。

[7] 指地狱深井的底，即科奇托冰湖。

[8] 指利比亚巨人安泰。

[9] 指被冻在科奇托冰湖中的罪魂的脑袋。此诗句的大意是：虽然我们有罪，但也是人啊，和你是同类兄弟，你可千万别踩我们的头。

冰冻层

好一片冰冻湖呈现眼前，
不像水，却如同玻璃一般。　　　　　　　24
奥地利多瑙河严冬季节，
或远方顿河在冰雪寒天，
均未曾结冻出如此厚幔[1]；　　　　　　27
即便是坦布拉[2]、彼特拉山[3]，
轰隆隆瘫倒在冰幔上面，
其[4]边缘也不会吱吱裂断[5]。　　　　　　30

该隐环

在村姑常梦中拾麦季节[6]，
青蛙便从水中探出小脸，
呱呱呱，一声声鸣叫不停，　　　　　　33
冰中魂亦如此只露愧面，
被冻成青灰色，痛苦万般，
牙磕牙，就好似鹳啄抖颤。　　　　　　36
每个魂均把脸低垂冰面，
嘴显示他们都忍受冰寒，
眼表明其心中十分悲惨。　　　　　　39
我略看四周后，眼望足下，
见两魂紧紧地拥作一团，
他二人头发都相互粘连。　　　　　　42
"连胸者，告诉我你们是谁？"
闻我言，他二人脖子后弯，

---

[1] 指冰层。
[2] 坦布拉（Tambura）是位于意大利托斯卡纳地区的阿普亚内山的一座山峰。
[3] 彼特拉（Pietrapana）是另一座位于意大利托斯卡纳地区的阿普亚内山的山峰，与坦
　　布拉山峰为邻。
[4] 指前文提到的科奇托湖结成的冰面。
[5] 形容冰冻得非常结实。
[6] 指麦收季节，即夏天。

望着我，两只眼向上翻看；　　　　　　45

他们本仅仅是眼中含泪，

此时泪一滴滴落在唇边，

上下唇被冻结，张口已难。　　　　　　48

用镉子钉木板不如此紧，

随后似两头羊互撞额面，

怒已使此二人胸燃烈焰。　　　　　　　51

有一个双耳被冻掉之魂，

尽管是低垂首，口却吐言：

"为何你看我们如瞧镜面？　　　　　　54

若想知是何人在你面前，

比森乔 [1] 流入一山谷中间，

谷属此二人父阿尔贝托 [2]，　　　　　　57

他们本出一体，息息相关。

此处 [3] 有被亚瑟杀死之人，

其胸脯与影子被矛刺穿 [4]。　　　　　　60

还可见那'烤饼 [5]'罪恶灵魂，

另一魂用其头阻我视线，

此人叫萨索尔·马凯洛尼，　　　　　　63

---

[1] 比森乔（Bisenzo）是意大利托斯卡纳地区的一条小河，是阿尔诺河的分支，流经普拉托城。

[2] 阿尔贝托（Alberto degli Alberti）是托斯卡纳地区的一个伯爵，在比森乔流域有多座城堡；因临终前分配财产不公，引起儿子亚历山德罗和拿破仑内的争端，最后二人相互残杀而死。

[3] 指地狱第九层的科奇托冰湖中。

[4] 指亚瑟王的儿子（或外甥）默德瑞（Mordret），他试图杀死亚瑟王，夺取王位；后被亚瑟王用长矛刺穿胸脯，拔出长矛时，阳光穿过伤口，照亮其身后的影子，因而，此处说"其胸脯与影子被矛刺穿"。

[5] "烤饼"是意大利皮托亚（Postoia，另译：皮斯托亚）城贵族万尼·坎切列里（Vanni dei Cancellieri）的绰号，由于党派斗争，他妻子家某人被坎切列里家族的人杀死，为给妻子报仇，他竟然杀死了自己的族人。

你应知是何人在你面前[1]；

但‘该隐[2]’却难寻罪恶灵魂，

更比此两兄弟[3]应冻冰面。　　　　　　　66

告诉你我名叫卡米丘恩[4]，

这样你便不会让我多言；

卡尔林将来此把我罪减[5]。”　　　　　　69

安忒诺环与博卡·阿巴蒂

随后见千余张冻紫面孔，

如今我见结冰浑身抖颤，

将来也必定会永似这般[6]。　　　　　　　72

我二人走向了中心之处，

那可是所有的重力中点[7]，

颤巍巍我身处永恒冰寒[8]；　　　　　　　75

不知道是时运还是天命，

---

[1] 萨索尔·马凯洛尼（Sassol Mascheroni）是佛罗伦萨的贵族，为争夺遗产，他杀死了一位亲属。罪行败露后，萨索尔被装入带钉子的木桶中滚动游街，最后被处死。在托斯卡纳地区，这件事无人不知，因而此处说“你应知是何人在你面前”。

[2] 指该隐环（Caina）。该隐环是科奇托冰湖的第一环，此名来自《旧约》杀害兄弟的该隐（Caio）。据《圣经》讲，该隐和亚伯都是亚当和夏娃的儿子，亚伯牧羊，该隐种地。该隐把蔬菜和粮食供奉给上帝，亚伯则把羊群中头生的羊供奉给上帝。上帝看中了亚伯的供物，没看中该隐的供物。该隐大怒，便趁亚伯不备将其杀死。

[3] 指前面提到的阿尔贝托伯爵的两个相互残杀而死的儿子。

[4] 卡米丘恩（Camicion）是一位贵族，属于居住在阿尔诺河上游的帕齐家族。据说，他与某亲属共有几座城堡，为独占这些城堡，他袭击了那位亲属，并将其杀死。

[5] 卡尔林（Carlin）与卡米丘恩是同族，他本属于“白派”，后受贿赂，倒向“黑派”，致使属于“白派”的族人遭受惨败。卡米丘恩认为，卡尔林是政治叛徒，比他为夺取财产出卖、杀害亲属的罪行更重，因而，卡尔林死后来到地狱第九层时，他自己的罪行就显得轻一些。所以，这里说“卡尔林将来此把我罪减”。

[6] 但丁见到了许许多多冻得紫青、可怖的脸，至今仍记忆犹新：看到冻结的冰，便浑身抖颤，将来也必定如此。

[7] 地狱第九层的中心便是整个地狱的中心，按照地心说理论，那儿也是宇宙的中心；“重力”指地球引力，“重力中点”即地球的中心点。

[8] “永恒冰寒”指地狱科奇托湖的冰寒。

令我行无数个人头之间，

却重重踢到了一魂颜面。 78

他哭着对我喊："为何踩我？

你欲为蒙塔佩[1]报仇雪冤？

否则你为什么把我踏践[2]？" 81

我说道[3]："老师呀，在此等我，

对此人[4]我欲解一个疑团；

随后我便快行，尽随汝愿。" 84

向导他止脚步，我又开口，

对那位恶骂的怨者[5]吐言：

"你是谁，如此对别人非难？" 87

他反问："你是谁，竟踢人脸，

还要过冰湖的安忒诺环[6]？

是活人，我更难忍此凶残[7]。" 90

于是我回答道："我是活人，

可助你传美名，满足汝愿，

把你也置放于名人中间[8]。" 93

他说道："你岂懂此处的献媚之术，

我所盼与你言恰恰相反，

---

[1] 蒙塔佩（Montaperti，另译：蒙塔佩尔蒂）是意大利托斯卡纳地区锡耶纳附近的一座
小镇。

[2] 说话人叫博卡·阿巴蒂（Bocca degli Abati），本属于圭尔费党（教宗党），在蒙塔佩
战役中他倒向吉伯林党（皇帝党），致使圭尔费党大败，蒙塔佩小镇惨遭洗劫。

[3] 但丁对维吉尔说。

[4] 指刚才哭喊的人，即博卡·阿巴蒂。

[5] 指前面提到的博卡·阿巴蒂。

[6] 安忒诺环（Antenora，另译：安忒诺耳环）是地狱第九层科奇托冰湖的第二环，其
名称来自荷马史诗中劝说特洛伊人把海伦还给希腊人的智者安忒诺（Antenore，另
译：安忒诺耳）。按照中世纪的传说，安忒诺是特洛伊的叛徒，他把特洛伊的保护神
雅典娜的雕像交给了敌人，并亲手打开了木马的门，放出了混入城中的希腊勇士，
致使特洛伊城沦陷。

[7] 假如我是活在尘世的人，就更无法忍受你这种欺辱。

[8] 我是活在尘世的人，回到尘世时我可以帮助你传播名声。

快滚开，不要再令我厌烦！" 　　　　96

我揪其脖颈后头发说道：

"你最好把名姓向我明言，

否则我将头发全都薅断。" 　　　　99

他答道："头发断我也不说，

即便是用全力踏我千遍，

我对你也不透名姓半点。" 　　　　102

我已经将其发绕在手上，

并薅掉好几绺，握于掌间，

他嚎叫，但双眼倔强低垂； 　　　　105

另魂吼："博卡呀，为何叫喊？

牙磕牙还不够 [1]，非得狂吠？

是何鬼竟令你如此这般？" 　　　　108

我又说："恶叛徒，休再多言，

我将你真消息带回人间，

定让你蒙羞辱，遗臭万年。" 　　　　111

他答道："快滚开，任你咋说，

如若你还能够出此深渊，

对这位饶舌者 [2] 切莫不言。 　　　　114

他因爱法国人银子哭泣 [3]，

你可说：'在罪人乘凉深渊 [4]，

杜埃拉 [5] 那个人我曾看见。' 　　　　117

若问到：'还看见其他何人？'

---

[1] 难道冻得上牙打下牙还不够吗？

[2] 指刚才插言的那个罪魂。

[3] 因被法国人收买而被打入地狱，在此忍受严酷的惩罚。

[4] 指地狱深渊。

[5] 刚才插话的人叫卜奥索·杜埃拉（Buoso da Duera），他曾经是意大利北部城市克雷莫纳的城主，本属于吉伯林党（皇帝党），应该抵抗法兰西安茹伯爵的入侵，却被其收买，放弃抵抗，放法国人自由通过他管辖的地区。

佛城断贝卡里一人[1]喉管，

他此时就冻在你的身边。　　　　　　　120

我觉得加奈龙[2]、简尼[3]、忒巴，

再往前此三人均能看见，

后者竟趁睡梦把城奉献[4]。"　　　　　123

我二人离开他，继续向前，

见两魂被冻在同一洞间[5]，

一头盖另一头，如同帽子，　　　　　126

上面的好像食面包饿汉，

狠狠咬下面魂那颗头颅，

将牙齿深插入头颈之间：　　　　　　129

似胸燃愤怒的提德乌斯，

啃梅纳利普斯太阳穴般[6]，

这人也如此地啃噬不断。　　　　　　132

我说道："噢，对那魂你如野兽，

告诉我为何竟如此恨怨，

若这样，我们可一言为定，　　　　　135

---

[1] 指泰索罗·贝卡里（Tesauro dei Beccaria，另译：台骚罗·德·贝卡利亚）。贝卡里家族属于吉伯林党，而泰索罗却是一座修道院的院长，曾任教宗派驻托斯卡纳地区的特使。1258 年，当吉伯林党被驱逐出佛罗伦萨时，圭尔费党人指控他勾结吉伯林党，将其斩首，因而，此处说"佛城断贝卡里一人喉管"。

[2] 加奈龙（Ganellone）是加罗林系列骑士传奇中的人物，查理曼的妹夫，罗兰的继父；但他出卖了罗兰，致使罗兰战死在比利牛斯山脉的龙赛斯瓦耶斯山口。

[3] 简尼全称简尼·索尔达涅利（Gianni de' Soldanier），是佛罗萨贵族；该家族属于吉伯林党（皇帝党）。1266 年 11 月，佛罗伦萨爆发了反对吉伯林党政府的民众暴乱，简尼背叛了家族，成为民众暴乱的首领。

[4] 忒巴（Tebaldello，另译：泰巴尔戴罗）是意大利法恩扎城人，属于吉伯林党。他受到一些吉伯林党成员的耻笑，因而怀恨在心，决意报复，并在 1280 年 11 月 13 日夜里偷偷打开城门，放敌人入城，致使法恩扎被圭尔费党人占领，因而此处说"后者竟趁睡梦把城奉献"。

[5] 冻在同一个冰窟窿里。

[6] 提德乌斯（Tideo）是希腊神话中的人物，围攻忒拜城的七将之一。战斗中他被敌将梅纳利普斯（Menalippo）击伤，但仍然奋勇作战，最后杀死了梅纳利普斯；当战友把梅纳利普斯的首级递给他时，他竟狠狠地咬开脑壳，吞食其脑髓，以泄愤怒。

如果你仇恨他理所当然 [1]，

我知晓你是谁、他犯何罪，

而且我说话舌不会枯干，　　　　　　　　　　138

返尘世我定会回报一番 [2]。"

---

[1] 如果你恨他恨得有道理。

[2] 如果我知道你是谁，并知道他犯了什么罪，而且返回尘世时舌头还没有干枯（即还有能力说话），我就为你做宣传，以此回报你对我的讲述。

第 33 章

正在啃噬同伴脑壳的罪恶灵魂是乌格里诺伯爵，他背叛了吉伯林党，出卖了自己的家族，依靠圭尔费党的支持夺取了比萨的政权；当吉伯林党重新掌权时，他与诸儿孙一起被打入牢狱，并饿死在那里。被他啃噬的是大主教鲁杰里的头骨，由于迫害乌格里诺和其他圭尔费党人，死后，他与乌格里诺的灵魂被冻在同一个冰窟窿里，并忍受被其啃噬脑壳的痛苦。

离开乌格里诺的罪恶灵魂，但丁和维吉尔继续前行，进入科奇托冰湖的第三环——托勒密环，那里的罪恶灵魂仰卧着被冰冻在湖面上，流出来的眼泪结成冰，罩住罪魂的脸，形成水晶般透明的面甲，阻止了新眼泪流出，迫使痛苦向内心转移，从而罪魂心中的悲伤之情不断增长。在这个惩罚杀害宾客者的冰环中，但丁遇到了阿贝利格修士与多利·勃朗卡；前者以设宴为名，诱杀了来做客的政敌；后者也以设宴为名，诱杀了岳父，夺取了他的权位。

乌格里诺伯爵

那罪魂从恶啃食物抬嘴，
又在被啃坏的脑壳后面，
用其发把嘴巴擦拭一番。　　　　　　　　　3
随后说："只要是想那苦难，
未开言吾心便剧痛不堪，
但让我讲述它是汝意愿[1]。　　　　　　　　6
若吾语是粒种，能够结果，
令我啃之恶徒臭名远传，

---

[1] 一想起那可怕的惩罚，我的心就会剧烈地疼痛，因而，不愿去想它；但是，让我讲述那段故事是你的意愿，我只好顺从了。

你将见我说话热泪潸潸[1]。　　　　　　　9

我虽然并不知你是何人，

也不晓你如何下到此间，

但听音似来自佛城[2]那边。　　　　　　12

告诉你，我名叫乌格里诺[3]，

大主教鲁杰里[4]在我身边，

我对你现说明怎有此伴。　　　　　　　15

因为他施阴谋，心怀邪念，

信任他，我被俘，魂飞命断，

现在我说这些徒劳枉然；　　　　　　　18

你将闻不可能听说之事，

了解我死得有多么悲惨，

看一看他[5]是否把我侵犯。　　　　　　21

有一座高高塔名唤'鸟笼[6]'，

因囚我它获得'饿塔'之名[7]，

透塔窗我多次见到满月[8]，　　　　　　24

它后来把别人又关其中；

我曾经做一个凶残噩梦，

---

[1] 如果我的话能够像一粒种子那样结出令你了解此人邪恶行为的果实，从而通过你使他的臭名传得更远，那么，我便会边哭泣边向你讲述。
[2] 指佛罗伦萨。
[3] 乌格里诺（Ugolino，1220—1289）是比萨贵族，吉伯林党（皇帝党）人。但是，当他看到圭尔费党（教宗党）得势时，便背叛了吉伯林党；1276年，在佛罗伦萨等圭尔费党统治的城邦的支持下，他夺取了比萨政权。后来，以大主教鲁杰里为首的吉伯林党在比萨得势，乌格里诺又见风使舵，试图与其合作，却被大主教欺骗，与儿孙数人一起入狱，并被活活地饿死于狱中。
[4] 1278年，鲁杰里（Ruggieri）被任命为比萨大主教，他诱骗乌格里诺与其合作，从而夺取了比萨政权。由于迫害乌格里诺和其他圭尔费党人，受到教宗尼古拉六世严厉斥责，被判处终身监禁；死后其灵魂与乌格里诺的灵魂被冻在同一个冰窟窿里。
[5] 指比萨大主教鲁杰里。
[6] 指瓜兰迪家族（中世纪晚期比萨的贵族）的一座塔牢，曾用来饲养猎鹰，因而被称作"鸟笼"。
[7] 乌格里诺饿死在这座塔牢中，因而该塔牢被后人称为"饿塔"。
[8] 我透过牢窗，曾数次见到月圆，即已经过去数月。

梦揭我遮面纱，令我看清 [1]：　　　　　　27

一山使比萨人不见卢卡 [2]，

我梦见此爷 [3] 追猎物踪影，

狼与崽在山里奔逃求生 [4]。　　　　　　30

瓜兰迪、斯蒙迪、兰弗兰奇 [5]，

驱饥饿、敏捷的训犬 [6] 前行，

充当着捕猎的老爷 [7] 先锋。　　　　　　33

不一会（儿），父与子 [8] 疲惫不堪，

我似乎见到了犬牙尖尖，

将它们两肋处全都撕烂。　　　　　　36

天明前我便从噩梦醒来，

见吾儿睡卧在我的身边，

在梦中索面包哭泣不断。　　　　　　39

若想到我心中预感之事，

你不悲，定然是心地凶残 [9]；

若不泣，你为何泪水湿面 [10]？　　　　　　42

这时候孩子们全都醒来，

已经到通常的开饭时间，

---

[1] 我做了一个噩梦，那梦预示了我可怕的未来。

[2] 指比萨城外的比萨山，假如没有这座山，比萨人在比萨城中便可以看见距其不远的卢卡城。

[3] 指鲁杰里大主教。

[4] 梦中我看见这位老爷（指说话者乌格里诺身边的鲁杰里大主教）在追赶猎物，把狼和狼崽都赶入了比萨山中。狼和狼崽隐喻鲁杰里大主教的政敌乌格里诺和他的孩子们。

[5] 瓜兰迪（Gualandi）、斯蒙迪（Sismondi）、兰弗兰奇（Lanfranchi）是比萨城三个显赫的吉伯林党家族，他们追随鲁杰里大主教迫害乌格里诺伯爵。

[6] "训犬"指训练有术的猎犬，此处隐喻受鲁杰里大主教煽动的比萨民众。

[7] 指鲁杰里大主教。

[8] 指前面提到的"狼与崽"，即乌格里诺伯爵与他的孩子们。

[9] 假若你也能想象到我心中预感到的灾难，却不悲伤，那么你一定是一个心地残忍的人。

[10] 如果你不想哭泣，那么，为什么会泪水湿面呢？

乌格里诺伯爵和他的孩子们被打入牢狱

但每人都为梦恐惧不安 [1]；   45

我听到下面门被人钉死，

塔楼成与外界隔离空间，

便不语，眼望着诸儿之脸。   48

我未哭，内心已冷漠如石，

诸子 [2] 泣，安塞摩 [3] 开口吐言：

'父亲呀 [4]，你咋了，如此呆看？'   51

我眼中没有泪，也不回答，

就这样过一天又一夜晚，

直到那另一日照耀世间。   54

一丝光射入到痛苦狱中，

我扫视孩子们四张小脸，

也好像看见了自己面容，   57

痛苦地把双手咬于齿间；

孩子们以为我想吃东西，

立刻都站起身，开口吐言：   60

'父亲呀，是你为我们穿可怜肉衣 [5]，

被你吃会减少我等苦难，

现在你剥下它理所当然。'   63

我镇定，为减少他们悲痛，

两天中我们都沉默无言；

大地啊，太冷酷，怎不裂断 [6]？   66

我父子受四日如此熬煎，

---

[1] 孩子们也都做了噩梦，每个人都因噩梦而感到恐惧。

[2] 指乌格里诺伯爵的孩子，包括儿子和孙子。

[3] 安塞摩（Anselmuccio，另译：安塞尔摩）是乌格里诺伯爵的孙子。

[4] 此处，安塞摩叫爷爷"父亲呀"，更拉近了乌格里诺与孩子们的关系，使场面显得更加悲哀。

[5] 是你生了我们，给了我们肉体。

[6] 乌格里诺恨不得大地裂开把他吞入腹中，这样他便不会有眼睁睁看着孩子们饿死在面前的痛苦。

伽多 [1] 儿扑倒在我的脚边，

'父亲啊，不救我？'他吐悲言。　　　　69

他死去；其他的三个孩子，

随后也饿死于第五、六天；

我因此失光明，变成瞎子，　　　　　72

两天中不断把儿名呼喊，

还不停抚摸着每具尸体，

但挨饿比忍痛更加艰难。"　　　　　75

话音落又开始斜楞双眼，

对悲惨骸髅骨啃咬不断，

其牙似恶犬的利齿一般。　　　　　　78

对比萨的谴责

啊，比萨呀，你是那美家园 [2] 人民耻辱，

在你处人们说 Sì 的语言 [3]，

既然你邻居都迟迟无为，　　　　　　81

卡普拉、哥格纳便来惩办，

阿尔诺河口处筑起堤坝，

愿比萨人人都溺死波澜 [4]！　　　　84

即便是伯爵爷乌格里诺，

曾出卖你 [5] 城堡，把尔背叛，

---

[1] 伽多（Gaddo）是乌格里诺的儿子。

[2] 指意大利。

[3] 指意大利语的俗语。在《论俗语》中，但丁把产生于拉丁语的法语称作 Oil 语，普罗旺斯语称作 Oc 语，意大利语的俗语称作 Sì 语；Sì 在意大利俗语中的意思为"是的"。

[4] 卡普拉（Capraia，另译：卡普拉亚）和哥格纳（Gorgona，另译：格尔勾纳）是第勒尼安海中的两个小岛，距比萨不远，正对着阿尔诺河口。这几行诗句的意思是：既然附近的城市都迟迟不行动起来惩罚意大利的耻辱之城比萨，那么，就让卡普拉岛和哥格纳来惩罚吧；愿它们能堵塞阿尔诺河的出海口，使泛滥的洪水淹没比萨城。

[5] 指比萨。

乌格里诺之死

也不应令其子受此苦难。　　　　　　　87

年轻的乌圭琼、勃利伽塔 [1]、

和前面提及的两位少年 [2]，

忒拜呀，新忒拜 [3]，他们 [4] 是无辜者，　　90

　　　　　　　　　却要受难。

托勒密环

我二人又继续向前行走，

来到了另一群冰冻人前，

不垂首，他们却仰卧冰面 [5]。　　　　　　93

是冰泪阻止其继续哭泣，

痛苦已封闭住他们双眼，

悲伤全向内转，增长不断 [6]；　　　　　　96

最初的眼泪都结成冰溜，

形成了一面甲 [7]，水晶一般，

睫毛下眼窝窝被冰填满。　　　　　　　　99

寒冷使我的脸变得僵硬，

就好似结成了一层老茧，

虽然已没有了丝毫知觉，　　　　　　　　102

---

[1] 乌圭琼（Uguiccione，另译：乌圭乔涅）是乌格里诺最小的儿子，勃利伽塔（Brigata）是乌格里诺的孙子。

[2] 指前面提到的伽多和安塞摩。

[3] 忒拜（Tebe）是古希腊一个充满血腥的城邦，诗人认为，比萨城的无情类似于古代的忒拜，因而称其为"新忒拜"。据希腊神话讲，忒拜城的创建者卡德摩斯曾杀死巨龙，拔下其牙齿种入土中，长成许多武士；武士们残忍地相互杀戮，最后只剩下五人；这五人帮助卡德摩斯建起了忒拜城，成为忒拜城名门的始祖。

[4] 指被饿死的乌格里诺的儿孙们。

[5] 但丁和维吉尔继续前行，进入科奇托冰湖的第三环；这一环叫托勒密环，罪恶的灵魂都仰卧着被冻在冰面上。

[6] 由于眼泪都冻成了冰，罪恶的灵魂想哭也哭不出来，只好把悲痛转向内心，从而使内心的痛苦不断地增长。

[7] 面甲是中世纪骑士战盔的组成部分，它可以保护骑士的面部；面甲可以掀起，也可以放下，放下时只露出眼睛。

却像是有股风瑟瑟不断，

我问道："老师呀，谁扇此风？

此处气不是已全然不见 [1] ？" 105

他答道："很快你便到一处，

为何降此风你亲眼可见，

你双眸能给出准确答案。" 108

阿贝利格修士与多利·勃朗卡

一悲惨冰冻者对我叫喊：

"噢，你们竟一个个如此凶残！

去终极之处 [2] 的诸位灵魂， 111

快揭去硬面纱 [3]，令我露颜，

在我泪又重新冻成冰前 [4]，

让我能略排泄心中悲怨。" 114

我答道："若求助，须告知你是何人，

知你名我若不助你脱难，

就注定被冻在寒冰下面 [5]。" 117

他答道："我名叫阿贝利格，

是修士，献果于罪恶之园，

---

[1] 按照中世纪的气象学理论，太阳照耀大地，使其湿气蒸发而形成风；地狱里没有阳光，自然不会产生蒸气，因此也不会有风。然而，但丁却感觉有瑟瑟的风声，所以产生了疑问。

[2] 去地狱最底层的中心地带。

[3] 指在罪魂脸上结成的冰的面具。

[4] 在我新流出的眼泪结成冰之前。

[5] 若你求我相助，就要告诉我你是谁；如果你告诉了我你是谁，我却不助你脱离苦难，就注定受到更严厉的惩罚，比你还惨：你被冻在寒冰的表面，我将被冻在寒冰的下面。

投恶桃报恶李理所当然 [1]。"　　　　　　　　120

我问道："噢，难道说你已死去？"

他答道："我肉体尚在人间，

它怎样，我没有消息半点。　　　　　　123

托勒密 [2] 冰之环有一特权：

阿特洛波斯 [3] 在剪线之前，

罪魂便经常会先坠此间 [4]。　　　　　　126

为了使你能够更加情愿，

把结冰之眼泪剥离我脸，

告诉你，我这等叛卖罪魂，　　　　　　129

叛卖时肉体便被魔掌管，

那恶魔夺走它，将其控制，

直到它 [5] 寿数尽才能算完；　　　　　　132

然而魂却先坠深井里面。

我身后这个魂忍受冰寒，

他肉体或许仍活在人间；　　　　　　　135

如若你刚到此，需要知道，

是多利·勃朗卡 [6] 在你面前，

他在此被囚禁已经多年。"　　　　　　　138

---

[1] 阿贝利格（Alberigo）是意大利北部城市法恩扎的贵族，"快活修士团"（天主教教团，1260 年成立，以调解党派争端、保护弱者为宗旨，其成员可以结婚，住在家中，因而被人们称作"快活修士团"）成员。他曾声称要与政敌和好，请他们来其别墅花园赴宴，却在宴会上以"上水果"为号将政敌杀死。他死后被打入地狱最底层忍受极其严酷的惩罚，因而此处说"投恶桃报恶李理所当然"。

[2] 地狱第九层的第三环叫托勒密环（Tolomea），惩罚的是出卖宾客者的罪恶灵魂。

[3] 阿特洛波斯（Atropòs）是希腊神话中命运三女神之一，专门负责剪断生命之线，使至大限之人死亡。

[4] 来托勒密环受惩罚的人，往往肉体还活在尘世，灵魂就已经跌入地狱；这是托勒密环的一个特权。

[5] 指叛卖者的肉体。

[6] 多利·勃朗卡（Branca d'Oria，另译：勃朗卡·多利亚）是热内亚人，吉伯林党人；曾在撒丁岛任职，是总督米凯尔·臧凯的女婿；但为了篡权，请岳父来其城堡赴宴，趁机将他杀死。

我说道:"我认为你在骗人,

勃朗卡现在还未弃人间,

仍然在尘世上吃喝睡穿。"　　　　　　　　141

他答道:"上面有沥青深沟 [1],

由'恶爪鬼卒 [2]'们严格看管,

米凯尔尚未到那里之时,　　　　　　　　144

魔鬼已入此人身体里面 [3],

一亲属 [4] 也与他同样受罚,

因他们一起把客人背叛。　　　　　　　　147

现在你快伸手打开我眼。"

我并未开其目、顺从他言,

因粗野是对他礼貌表现 [5]。　　　　　　　150

对热内亚的谴责

啊,热内亚,你的人与众不同,

无良俗,却沾染邪恶习惯,

为什么还不快消亡世间 [6]?　　　　　　　153

我见你一居民 [7] 罪恶滔天,

他把那罗马涅恶魂 [8] 陪伴,

灵魂已浸泡在科奇托湖,　　　　　　　　156

躯体却似乎仍活于世间。

---

[1] 指地狱第八层的第五恶囊。

[2] 看守地狱第八层第五恶囊的鬼卒。见第 21 章。

[3] 米凯尔·臧凯(Michel Zanche)是撒丁岛的总督,犯买官卖官罪;被其女婿多利·勃朗卡谋杀后,灵魂坠入地狱第八层的第五恶囊;当他的灵魂还没有到达第五恶囊的时候,谋害亲属的多利·勃朗卡的罪恶灵魂已经先行坠入科奇托冰湖中受罚,其肉体则被魔鬼控制着仍然活在尘世。

[4] 指多利的侄子,他协助多利杀害了米凯尔,因而受同样的惩罚。

[5] 对这样粗野的罪恶灵魂,粗野便是礼貌的表现。

[6] 邪恶的多利·勃朗卡是热内亚人,因而,但丁在此诅咒热内亚人。

[7] 指前面提到的多利·勃朗卡。

[8] 指前面提到的阿贝利格。

第34章

科奇托冰湖的第四环叫犹大环，出卖恩人者像麦秆一样被冻在透明的冰里：有的躺卧着，有的站立着，有的倒栽着，还有的曲着身，如弯弓一样。

湖心也是地球和整个宇宙的中心，那里站立着地狱魔王路西法，他高大无比，长着一个头、三个面孔，每个面孔下有一对巨大的蝙蝠翅膀，六只巨翼扇动出三股寒冷的风，使科奇托的湖中水结成冰。路西法像一座把麻秆绞碎的巨大的打麻机，口中咀嚼着三个顶级叛徒：正面的嘴里咀嚼的是出卖基督耶稣的犹大，他的头插在魔王的口中，身子悬在外面，不仅被魔王的大嘴咬碎头颅，而且整个身体的皮肤都被其利爪抓烂；侧面的两张嘴分别咀嚼着两个谋杀恺撒的叛徒，一个是恺撒的养子布鲁图，另一个是恺撒重用之人卡修。

维吉尔携但丁跃上魔王的身体，抓住他身上的毛，向下退至魔王大腿根与臀部的连接处，即地心处，然后吃力地转过身，沿着魔王的腿向上朝着南半球的方向继续爬行。随后，他们脱离魔王的身体，沿着魔王与岩壁之间狭窄的通道爬向上方，爬出通道后进入一个较宽敞的地下洞穴；在那里，维吉尔向但丁讲解了地狱和炼狱的形成过程及其他一些宇宙的奥秘。二人交谈之后继续前行，沿着一条黑暗、狭窄的小路走上地面，重新看见蔚蓝的天空和闪烁的群星。

犹大环

老师说："地狱王旌旗招展[1]，

正迎着你与我行进向前[2]，

---

[1] 中世纪，在纪念耶稣受难日（复活节前的星期五）的仪式上，人们高举十字架列队前行，用拉丁语咏唱赞美词，其中有一句是"王旗展"；"王旗"指的是耶稣受难的十字架。此处，但丁将其改为"地狱王旌旗招展"，以此隆重推出地狱魔王路西法的恐怖形象，使人的恐惧之感油然而生。

[2] 并非路西法迎但丁和维吉尔而来，而是他们二人走近魔王；这种写法使人有亲临耶稣受难仪式观看游行队伍行进的感觉。

向前望，看是否你能识辨[1]。"　　　　　　　　3
如升起浓浓的一团迷雾，
入夜的北半球降下黑暗，
我似见远处有庞然大物，　　　　　　　　6
像一台风车在隆隆旋转；
风太大，我偎在向导身后，
因那里无其他避风港湾。　　　　　　　　9
描述我所到处，诗句抖颤[2]，
那里魂全冻在寒冰里面，
似透明玻璃中封闭麦秆。　　　　　　　　12
有的魂躺卧着，有的直竖，
直竖的站立或头朝下面，
还有的面贴脚，弯弓一般。　　　　　　　15

路 西 法

我二人向前行一段时间，
老师指那造物[3]让我观看，
他面貌曾经也英俊不凡[4]；　　　　　　　18
老师脱我依偎，令我止步，
开言道："狄斯王[5]在你眼前，
此处需披甲胄、意志更坚[6]。"　　　　　　21
读者呀，我冻成何模样，怎样音哑，
请勿问，我不会写给你看，
因没有描述其适合语言。　　　　　　　　24

---

[1] 看你是否能辨别出魔王路西法。
[2] 当我描述我所到之处的恐怖景况时，连我的诗句都吓得瑟瑟发抖。
[3] 指魔王路西法。
[4] 路西法曾经长得非常英俊，是上帝身边的天使，天上最明亮的星。
[5] 古罗马人称统治冥界的魔王为"狄斯"，此处指地狱魔王路西法。
[6] 此处，你需要披上勇气的铠甲，意志更加坚强，才能够面对令人恐惧的魔王。

我虽然没有死，但也未活，

如若你有智慧心该明辨：

既非生又非死，何等悲惨！　　　　　　　27

痛苦国之帝王 [1] 立在那里，

他胸部露出了寒冰湖面；

与其臂相比较巨人渺小，　　　　　　　30

比例胜巨人前吾身矮短 [2]；

若手臂如此长，你可想象，

其身躯有多高，心自明辨 [3]。　　　　　33

他先前极帅美，如今奇丑，

因他对造物主扬眉，傲慢，

理应成一切苦产生根源 [4]。　　　　　　36

噢，当我见他一头却生三面，

感觉到多么地奇异非凡！

其中的一红脸面向前方，　　　　　　　39

另外的二面孔与它相连，

连接处在两侧肩膀上方，

一直到恶魔王头的顶端；　　　　　　　42

右边脸好像是白里透黄，

左边的看上去更不一般，

就好似尼罗河上游人面 [5]。　　　　　　45

每张脸下方有一对翅膀，

与大鸟极相称，羽翼长宽，

---

[1] "痛苦国"指地狱，其帝王自然指的是地狱魔王路西法。

[2] 我与巨人相比，自然十分矮小；但巨人与魔王的手臂相比，比我在巨人面前更显得矮小。

[3] 魔王的手臂如此长，你可以想象到他的身躯有多么高大。

[4] 据基督教传说讲，路西法曾经是上帝创造的最光辉耀眼的天使，由于骄傲至极，反叛上帝，坠入地狱，成为地狱魔王和所有苦难的根源。

[5] 在非洲尼罗河上游生活的是黑人。魔王左侧的脸是棕黑色的，与非洲黑人的脸一样。

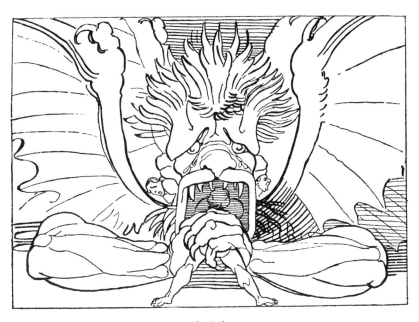

路西法

从未见海上行如此巨帆 [1]。　　　　　　48

并非是鸟翅膀，而是蝙蝠，

只要是抖羽翼，风儿席卷，

三股风 [2] 均生于魔王之处，　　　　　51

科奇托被冻结，极度冰寒。

六眼沿三下巴流淌泪水，

伴随着血唾液滴落不断。　　　　　　54

每张嘴咀嚼着一个灵魂，

如同用打麻机碎麻一般，

三罪犯忍受着极端苦难。　　　　　　57

对正面那罪魂，咬不足道，

因利爪抓与挠更加凶残，

其后背皮已经不剩半片。　　　　　　60

犹大、布鲁图和卡修

老师说："那忍受至苦之魂，

腿蹬踹，头已在魔嘴里面，

是犹大，他曾把天主背叛 [3]。　　　　63

那（儿）还有头下垂两个罪魂，

布鲁图 [4] 垂挂于黑色嘴脸，

你看他扭动着不吐一言！　　　　　　66

---

[1] 魔王每侧脸的下方都长着一对翅膀，又长又宽；像鸟儿一样，翅膀与魔王身体的比例相称；从来就无人看见过海上行驶的大船有如此宽大的风帆。

[2] 三对翅膀扇出三股风。

[3] 据《圣经》讲，犹大（Giuda）曾经是耶稣十二弟子之一，后来，为了三十块银币出卖了耶稣。

[4] 布鲁图（Bruto，另译：布鲁图斯）是古罗马共和国晚期的元老院元老，曾支持庞培反对恺撒，恺撒获胜后原谅且重用他，并收其为养子；然而，他却以维护共和体制之名联合部分元老刺杀了恩人恺撒。

另一个是卡修[1]，其体强建。
但此时夜幕又再次降临，
应离去，我们已全部看完[2]。”   69

脱离路西法的身体

我搂住老师颈，遵其意愿，
他瞅准时间和着足地点，
趁魔王全展开羽翼之时，   72
跃上身，把肋毛紧抓掌间；
沿簇簇浓密毛、叠叠冰层，
顺魔王之躯体退向下面。   75
当我们退至他大腿根时，
也就是臀部的隆起之弯，
我向导吃力地喘息转身，   78
头转至足处，腿则相反，
紧扒住魔王毛，似攀登者，
我以为又要回地狱空间[3]。   81
老师似力已尽，喘息说道：
“要抱紧，沿此梯向上登攀，
我二人才能出万恶深渊。”   84
随后他沿狭窄岩道上行，
置我于道口处，坐于其边，

---

[1] 卡修（Cassio，另译：卡西乌斯）是古罗马共和国晚期政治家、将军，曾支持庞培
反对恺撒，恺撒胜利后宽恕并重用他；然而，他却以维护共和体制之名与布鲁图等
人合谋刺杀了恩人恺撒。

[2] 指参观完了地狱。

[3] 在魔王路西法大腿与臀部连接之处，维吉尔吃力地上下掉转身体，头转向刚才脚所
在的地方，腿转向刚才头所在的地方；随后紧紧地抓住魔王身上的毛，好像在向上
攀爬，致使但丁误以为又要爬回地狱。

然后迈敏捷步至我面前 [1]。   87

我举目，本以为可以看到，

路西法会像我离开之前，

然而见他把腿举到上面 [2]；   90

若当时我苦于百思不解，

蠢人均会像我如此这般，

因不晓我已越那个中点。   93

老师道："你快快站起身来，

前面路仍漫长、荒凉、艰险，

太阳又至最初三时一半 [3]。"   96

我二人并非在宫殿厅廊，

而身处天然的地洞里面，

地不平，也没有明亮光线。   99

维吉尔讲解宇宙的奥妙

站起身，我说道："我的老师，

在离开此处的深渊 [4] 之前，

略讲解可引我走出疑团：   102

冰去哪（儿）？他 [5] 怎么如此倒栽？

为什么太阳在短暂时间，

---

[1] 随后维吉尔和但丁脱离路西法身体，沿着魔王与岩壁之间一条狭窄的岩石通道向外爬行；他们来到通道的出口处，维吉尔先把但丁置于出口的边上，让他坐在那里，然后自己也一个健步跳出通道口，来到但丁的面前；此时，但丁和维吉尔已身处一个较宽敞的地下岩洞中。

[2] 此时，但丁已经在南半球。他向上爬，以为是朝着魔王头的方向行进；然而，他举目一望，看见的却是魔王的两条腿。从南半球看，站立在北半球的魔王自然是倒立的，但丁看到的也必定是魔王的腿。

[3] 中世纪，天主教会为方便按时祈祷，把白天 12 个时辰分为 4 段，第 1 段为 1 时至 3 时，第 2 段为 4 时至 6 时，第 3 段为 7 时至 9 时，第 4 段为晚祷，即 10 时至 12 时。此处的"最初三时"指的是第 1 个时段（即日出后的 1 时至 3 时），即今天人们所说的约 6 点至 9 点；所谓的"三时一半"，指的是 6 点至 9 点的一半，即 7 点半。

[4] "深渊"指地狱。虽然但丁和维吉尔已经走出地狱，但他自以为还在地狱之中。

[5] 指地狱魔王路西法。

从黄昏跨越至黎明天边 [1]？"　　　　　　105

他答道："那恶虫 [2] 穿透地球 [3]，

我曾抓他的毛越过中线 [4]，

你误认仍停留地心那边 [5]。　　　　　108

下退时，你还未越过地心，

一转身，你便已过了界限 [6]：

所有的重力均集于此点 [7]。　　　　　111

你此刻已来到南半球下，

对面的北半球干土遮面 [8]，

无罪主 [9] 曾生活那片土地，　　　　　114

被害于天球的顶端下边 [10]；

你脚下踏着的那个小球，

是冰湖犹大环球体背面 [11]。　　　　　117

此处 [12] 是清晨时，彼处 [13] 夜晚；

---

[1] 刚才维吉尔讲"太阳又至最初三时一半"，即已经是清晨 7 点半了。对此但丁产生了疑问，不久前维吉尔还说"夜幕又再次降临"（见本章第 68 行），他不知道为什么这么快一整夜时间就过去了。

[2] 指地狱魔王路西法。

[3] 魔王路西法就像一条穿透水果的虫子，穿透了地心，他的上半身立在地狱底层的科奇托冰湖中，腿却透过地心，伸向南半球。

[4] 指位于地心的南北半球分界线。

[5] 指北半球那边。

[6] 当我们向下退时，你还没有越过地心的分界线，仍然在北半球；然而，当我转身时，你便已过了地心的分界线，进入了南半球。

[7] 按照当时流行的地心说理论，地球是宇宙的中心，地心是地球的中心，因而地心是宇宙的中心的中心；根据亚里士多德的理论，宇宙的中心即吸引所有重力的中心。

[8] 位于南半球对面的北半球由陆地覆盖。

[9] 指基督耶稣。他无罪，却被世人陷害而死，因而此处称他为"无罪主"。

[10] 地球是圆形的，周围的天自然也是圆形的，因而可以被称作天球；北半球弧形的天空罩在地球的上方，其中心点也是天球的最高点（即天球的顶端），下面便是北半球陆地的中心点；按照但丁的说法，那里是基督教的发源地耶路撒冷。

[11] 此时，但丁身处南半球的地心处。在但丁的眼中，地心是一个小球体，该球体南面是他此时所在的地方，北面则是地狱科奇托冰湖的中心犹大环。

[12] 指南半球。

[13] 指北半球。

以魔[1]毛为梯子我向上攀，
他依然插在那（儿），宛如从前。　　　　　120
路西法从天降[2]，落在这边[3]，
南半球陆地均沉入波澜，
因惧怕地狱的魔王淫威，　　　　　　　123
转移至北半球，形成地面；
或许是为避魔形成空穴，
此处陷，一高山拱出海面[4]。"

重踏地面

我二人所在处距魔已远，
与应行之洞穴距离一般[5]，
并非是靠眼睛探知距离，　　　　　　　129
闻下流小溪声做出判断[6]，
那小溪将岩石侵蚀一洞，
曲折行，坡度缓，流水潺潺。　　　　　132
好向导携我沿隐蔽小路[7]，
开始返明亮的世界地面；

---

[1] 指地狱魔王路西法。

[2] 路西法本是天使和上帝身边最明亮的星，但由于傲慢，背叛上帝，被上帝打下天界，跌落在地球上。

[3] 指南半球。

[4] 路西法从天上跌落时，头冲下摔在南半球；因惧怕其淫威，南半球的陆地沉入海底，转移至北半球，形成了北半球的陆地。但丁和维吉尔所在的南半球洞穴中原有的岩石也拱出南半球的海面，形成了炼狱山，这或许是因为它们要逃避地狱魔王吧。

[5] 穿过狭窄的岩石通道，但丁和维吉尔进入一个较宽阔的地下洞穴，在那里他们谈论了地狱和炼狱形成的经过及其他一些宇宙的奥秘；此时，他们已经远离魔王，走完了南半球地下行程的一半，前面洞穴最低处的起始点至地面的距离是他们将要行走的另一半路程，因而此处说"我二人所在处距魔已远，与应行之洞穴距离一般"。

[6] 地下一片黑暗，但丁和维吉尔不能靠眼睛，只能靠小溪的坠落声判断还需要走多远才能到达地面。

[7] 因看不见，只能靠听觉的指引沿小路前行，因而称"隐蔽小路"。

走出地狱

连片刻都不想停下休息，　　　　　　　　135
他在前，我在后，向上登攀，
一直到透过那圆圆洞口，
天空的美丽物 [1] 再现眼前。　　　　　　138
走出洞，又重见群星之天。

---

[1] 指蔚蓝的天空和群星。

《地狱篇》索引

词条后加黑的数字表示章次，普通数字表示行数。

Anfione-安菲翁，希腊神话人物，曾在缪斯帮助下修建忒拜城墙：**32**，10

Angiolello-安乔莱罗，意大利法诺城贵族：**28**，77

Anna-亚那，《旧约圣经》中的人物，该依法的岳父：**23**，121

Annibale-汉尼拔，北非古国迦太基的统帅：**31**，114

Anselmuccio-安塞摩（另译：安塞尔摩），意大利比萨乌格里诺伯爵的孙子：**33**，50，90

Antenora-安忒诺环，地狱第九层科西托冰湖的第二环：**32**，88

Anteo-安泰，希腊神话的巨人：**31**，100，112-145；**32**，17

Antioco-安条克，叙利亚国王：**19**，86

Appennino-亚平宁，意大利的山脉：**16**，96；**20**，64

Aragne-阿拉涅（另译：阿拉喀涅），希腊神话中善纺织女子，后变成蜘蛛：**17**，18

Arbia-阿比亚，意大利托斯卡纳地区的小河：**10**，86

Aretusa-阿瑞（另译：阿瑞图斯），希腊-罗马神话中的水仙，后来变成泉水：**25**，97

Arezzo-阿雷佐，意大利佛罗伦萨附近的城市：**29**，109

Argenti Filippo-菲利普·阿尔詹蒂，佛罗伦萨人，但丁的仇人：**8**，61

Arianna-阿里阿德涅，希腊神话人物，克里特岛的公主，后成为酒神的妻子：**12**，20

Aristotele-亚里士多德，古希腊哲学家：**4**，131

Arlì-阿尔勒，法兰西南部普罗旺斯地区的城市：**9**，112

Arno-阿尔诺，意大利托斯卡纳地区的河流：**13**，146；**15**，112；**23**，95；**30**，65；**33**，83

Aronte-阿伦斯，古意大利伊特鲁亚人的预言家：**20**，46

Arpìe-哈庇厄，女人头鸟身妖怪：**13**，

10，101

Arrigo de'Fifanti-阿里戈·菲凡提，13世纪佛罗伦萨政治人物：**6**，80

Artù-亚瑟，不列颠骑士传奇中的国王：**32**，59

Asciano-阿夏诺，意大利锡耶纳城附近的城堡：**29**，130

Asdente-阿兹顿忒，帕尔马城的鞋匠，善长占卜：**20**，118

Atamante-阿塔曼，希腊神话中的人物，奥尔霍麦诺斯国王：**30**，4

Atene-雅典，希腊的城市：**12**，17

Atropos-阿特洛波斯，希腊神话中命运三女神之一：**33**，125

Attila-阿提拉，匈人国王：**12**，133；**13**，148

Augusto Ottaviano-奥古斯都·屋大维，古罗马帝国第一代皇帝：**1**，71

Aulide-奥利斯，古希腊的海港：**20**，109

Aventino-阿文庭，罗马七丘之一：**25**，26

Averroè-阿威罗伊，12世纪阿拉伯哲学家：**4**，144

Avicenna-阿维森纳，11世纪阿拉伯哲学家：**4**，144

Azzo Ⅷ-阿佐八世，埃斯特侯爵：**12**，112；**18**，56

Azzolino Ⅲ (或Ezzelino Ⅲ)-阿佐利诺，13世纪意大利东北部强悍的政治人物，吉伯林党领袖：**12**，109

B

Bacchiglione-巴基廖，意大利东北部流经维琴察的小河：**15**，113

Bacco-巴库斯，罗马神话中的酒神：**20**，59

Barbariccia-巴尔巴（另译：巴尔巴利恰），恶爪鬼卒：**21**，123；**22**，29，59，145

Bartolomeo Folcacchieri-巴尔托罗密欧·福尔卡切利，挥霍无度的浪子：**29**，132

Batista (San Giovanni Battista)-洗礼约翰：

Fortuna-"时运"，指时运女神：**7**，61；**15**，70，93，95

Fotino-佛提努斯，传播异端学说者：**11**，9

Francesca da Rimini-弗兰切卡，里米尼人：**5**，73-142

Francesco d'Accorso-方济各·阿克索，法学家：**15**，110

Francesco d'Assisi (san)-圣方济：**27**，112，

Francia-法兰西：**19**，87

Frati Godenti (Gaudenti)-"享乐修士"，天主教宗派：**23**，104

Frati minori-"小兄弟"，指天主教小兄弟会（即方济会）成员：**23**，3

Frisoni-弗里斯，指弗里斯人，生活在现在的荷兰地区：**31**，63

Fucci Vanni-万尼·符契，皮托亚人：**24**，121-151

Furie-复仇三女神，希腊-罗马神话中的人物：**9**，34-60

G

Caddo-伽多，意大利比萨乌格里诺伯爵之子：**33**，68

Gaeta-加埃塔（另译：卡耶塔），海湾：**26**，91

Galeno-盖伦，古希腊医师：**4**，144

Galeotto-加列奥托，亚瑟王的宫廷总管：**5**，133

Gallura-加卢拉，意大利撒丁岛的一个地区：**22**，82

Ganellone (Gano)-加奈龙（另译：加纳隆），加洛林骑士传奇中的人物，出卖罗兰的叛徒：**32**，121

Garda-加尔达，意大利境内最大的湖泊：**20**，64

Gadingo-加丁格（另译：加尔丁格），佛罗伦萨的一个地方：**23**，108

Garisenda-卡里森达，意大利波伦亚（另译：博洛尼亚）城中的一座著名的斜塔：**31**，136

Gaville-加维勒，意大利佛罗伦萨附近的小镇：**25**，152

Genesi-《创世记》，《旧约圣经》的第一部分：**6**，106

Geri del bello-杰利·贝洛，但丁的亲戚：**29**，27

Gerione-格律翁，生有翅膀的魔鬼：**17**，97，115；**18**，19

Gesù-耶稣：**4**，53；**12**，37；**19**，90；**34**，114

Ghisolabella-吉佐贝拉，波伦亚人维内迪·卡恰内米的妹妹：**18**，55

Giacobbe-雅各，《旧约圣经》中的人物，以色列人的祖先：**4**，60

Giacomo da Sant'Andrea-圣安德烈（意大利的一个小镇）的雅各莫，意大利帕多瓦人：**13**，133

Gianciotto Malatesta-姜乔托，里米尼的弗兰切卡的丈夫：**5**，107

Gianfigliazzi-姜菲利亚齐，佛罗伦萨的家族，圭尔费党人：**17**，60

Gianni de' Soldanieri-简尼，佛罗伦萨贵族，吉伯林党人：**32**，121

Gianni Schicchi de'Cavalcanti-斯基奇·简尼，佛罗伦萨人：**30**，32，44

Giasone-伊阿宋，希腊-罗马神话中的人物，阿尔戈英雄之首：**19**，85

Giganti-巨人，希腊-罗马神话中的人物，宙斯的反叛者：**31**，42

Ginevra-桂尼拉（另译：桂尼维亚），中世纪骑士传奇人物，亚瑟王的妻子：**5**，135

Giovane-少年王，指英王亨利二世的长子：**28**，135

Giovanni (San) evangelista-福音约翰：**19**，106

Giovanni battista (San)-圣约翰洗礼堂，位于佛罗伦萨：**19**，18

Giove-宙斯，希腊神话中的主神：**14**，52；**31**，45，92

Giubileo-大赦年：**18**，28

Giuda-犹大，出卖耶稣的叛徒：**9**，27；**19**，94；**31**，142；**34**，63

Giudecca-犹大冰环，地狱冰湖最里面的

M